逼真

退戈 著

北京燕山出版社
BEIJING YANSHAN PRESS

图书在版编目（CIP）数据

逼真 / 退戈著 . -- 北京：北京燕山出版社，
2021.9

ISBN 978-7-5402-6118-4

Ⅰ. ①逼⋯ Ⅱ. ①退⋯ Ⅲ. ①长篇小说—中国—当代
Ⅳ. ① I247.5

中国版本图书馆 CIP 数据核字（2021）第 134916 号

逼 真

作　　者：退　戈

出 品 人：一　航

选题策划：航一文化

出版统筹：康天毅

责任编辑：满　懿

特约编辑：赵　婷

装帧设计：林晓青

出版发行：北京燕山出版社有限公司

地　　址：北京市丰台区东铁匠营苇子坑138号

邮政编码：100079

发行电话：（010）65240430

印　　刷：北京盛通印刷股份有限公司

开　　本：710×1000　1/16

印　　张：19.25

字　　数：376千字

版　　次：2021年9月第1版

印　　次：2021年9月第1次印刷

书　　号：ISBN 978-7-5402-6118-4

定　　价：49.80元

目录
contents

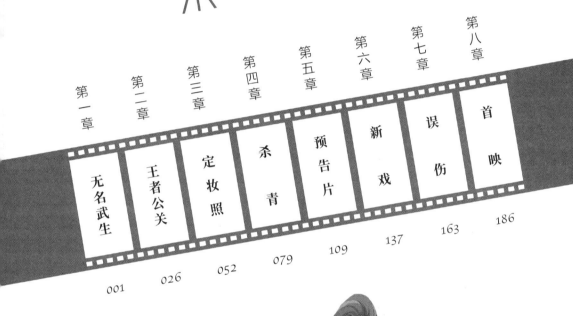

第一章

— 无名武生 —

"林城。"旁边穿着民国旧式短衫的男人努努嘴示意道，"你这是被截和了？之前说好让你演那个男二号邱公子的啊。"

林城低下头搓了把手，不做应答。

那人又发出明显不悦的咂嘴声："你那经纪人真不要脸！"

林城上部戏，靠着一股武打的狠劲儿，深得导演赏识。那导演见他确实有点儿屈才，就给他介绍了这个剧组的角色。

他正准备签约，居然被经纪人截走。经纪人和剧组天花乱坠地一通胡侃，把角色转给了手上新签约的一个年轻艺人。林城原定的男二号，就这么变成了只有五六集戏份儿的边缘男配角。

男人不平道："这你也能忍？"

林城仰起头喝水，喉结上下滚动，身上带着的冬日里的寒意，被入口的热水稍稍驱散，面无表情的模样，叫人完全看不出他的喜怒。

他着实长了一张性情冷淡的脸，低垂的睫毛因为寒冷而微微发颤。可哪怕是这样脆弱的模样，也透着一股不可靠近的疏离气场，仿佛万事与他无关。

"你难了。"男人视线轻轻瞥去，自顾自地叨叨，"那小子没经验没演技，下手也没个轻重，待会儿估计有你好看。"

这剧的男二号是个反派，书中的设定是下手狠辣，所以会有不少打戏。今天这一场，就是林城被"打死"的一段。

林城紧紧握住保温杯，冷到发红的手指，又因为过于用力而变成了青白色，然后将杯子放了下去。

见林城一直不搭话，那人渐渐收了声，只最后感慨了一句："武生没前途啊……"

这年头儿硬实力已经没那么重要了，背景才是。

远处导演拖长了音喊人过去，叫专业指导给几人讲解一下待会儿的跑动路线，听说林城打小学武，又兴致勃勃地要给他安排几个高难度的镜头……

"那个男二号是怎么回事？我当时的角色要求是什么？是武生！能打、能跳、能扛揍的那种！结果他呢？吊着威亚只跳了一次就给我跳医院去了，我心脏病好歹没给他吓出来！然后呢，告诉我只是小扭了一下，但是受惊了需要休息！剧组一天空着要多少钱！这是恶心我吗？跟我要大牌？你告诉我怎么忍！"

王泽文甩上车门，阴沉着脸，朝着手机一阵怒吼。

寒冬里他穿着一件黑色的大衣，身姿挺拔，说话的时候白气不断从嘴里喷出，俊秀的眉紧紧皱着，眼神往前面一扫，自带杀气。

"我要的是武生，结果你给我找了个舞生。电影那么大个镜头，本来要求就高，结果他还……他那种也叫会跳舞？广场舞的大妈都比他扭得好！"王泽文紧绷着脸，越说越气闷，"这个人我一定要退货，否则你告诉我怎么拍！给他准备二十个替身，再请个专属抠图师够不够？"

手机对面的人淡淡地说："已经开机了，你告诉我怎么找人？不到万不得已，就那么干吧。"

王泽文停住，质问道："我只是要一个长得帅身材好还扛揍，年龄不超三十，有丰富演戏经验和优秀武打水准的男演员，怎么了，我国十四亿人里都挑不出来一个吗？"

对面的制片人回了一句："挑不出来。"

王泽文被噎了一下，愤怒道："那些武生都去哪里了！到底是没有伯乐还是没有千里马？"

制片人不得不提醒他："我们这个本子的男二号，台词少、片酬低、人设差、打戏苦，还不常露正脸……"都被拒了多少次了，心里没点儿数吗？

王泽文听着忧郁了。

制片人忍着没笑，知道自己这个朋友的脾气，又催促："什么时候回来啊？我们不能因为他一直停工啊。副导演找了几个替身，你赶紧回来看看。这都是钱啊。"

王泽文嘴里倔强地吐出一个字："不——"

制片人乐呵呵地说："拍都拍了，你还能怎么办？"

王泽文脾气上来了，就是不肯："谁都可以，但是我绝对不接受他这样的。我就是随便在街上盲选一个，都比他好！一个绣花枕头大沙包，不敬业，耍大牌，带坏剧组风气，还敢乱我档期……"

听着他又要开始叨叨，制片人抢先一步说道："你要是能找得到合适的，且经费支持，那我也支持。"

王泽文眼睛一亮："你说真的？"

"真的。大家都是为了小钱钱嘛。"制片人话锋一转，"前提是快。两天时间，明天晚上12点之前，你要是能把人带过来，我就同意把人给你换了。"反正那个演员没那么大能量，混到人嫌狗厌的地步，是他自己厉害。

这角色剧组找了两个月了才勉强定下，王泽文要是真能在那么短的时间里找到个合适的武生，那就是他厉害。

王泽文这人，一向自认挺厉害的。换而言之，就是充分自信，心里没点儿数。他满意地将电话挂了，从通讯录中翻找合适的人选，立志要在半天之内把人定下，好叫制片人彻底闭嘴。

他正埋头走路的时候，发现前方人头攒动，细语阵阵。他昂首远眺，才知道原来是一段桥被封了。有摄像机在远处摆着，应该是剧组正在取景拍摄。

王泽文上前随意拍了拍前面的游客，问道："兄弟，这拍的什么剧呢？什么时候能好？封路的时候合法报备了吗？"

他话音刚落，一个矫健的身影就从他眼前飞了过去。

速度之快，见所未见。

王泽文的嘴还张着，声音却被硬生生掐断在喉咙里。

什……什么飞人？

王泽文一个迅猛扭头，追逐起对方的身影。

寒冬二月，那人只穿了一件薄薄的外套。应该是剧本要求，连那一件外套都破破烂烂的，像是被撕过后再挂到身上的。他脸上糊了黑色的煤渍，叫人看不清楚他的脸，只有一双眼睛，亮得灼人。

小武生直接从远处的高墙上跳下，越过两三米远的深沟，站稳在路边的石柱上，紧跟着蓄势一跳，攀住不远处石桥上凸起部位，腰部发力，凭借他那几乎超越人类极限的素质，翻了上去。

跑酷都不带这么酷的！

这人没吊威亚！

王泽文整个人愣住了，直到冷风灌进他的口腔，才后知后觉地闭嘴。

这小子可以啊！

王泽文激动起来，觉得自己比龚自珍厉害多了，还没来得及劝天公抖一抖，人才就降了下来，还是直接降在他的面前。

是缘分啊！

王泽文赶紧从人群中挤出去，来到石桥边的第一线，尽可能地靠近那个演员。

镜头中，一个穿着白色西装的年轻演员跑了上来，冲着先前的那个武生喊了两句台词，然后一拳重重地捶在他的腹部。

王泽文不由得抽了口冷气。

他虽然年轻，可已经在圈子里混过不少年，起点极高。行业里那些"敲打指教"他清楚得很。看见小武生脸色顿青，又强忍着不出声的模样，就知道那小白脸儿是真打了，还打得不轻。

打也就打了吧，拍完就行，结果他打了人后竟然忘词了。

远处导演愤愤地喊了声"卡"，这完美的一条，遗憾没过。

重来一次。

王泽文看小武生默不作声地回到原点，而剧组的人却都围在小白脸儿的身边，不由得皱起了眉头，心里有点儿不是滋味。

善良、公正、伟大的王导啊，就是不喜欢这种捧高踩低的常态风气！他可真是圈中清流！

第二次相同的地点、相同的场景，武生的表演依旧如此完美。

为了躲避小白脸儿的拳头，小武生屈着身体躲了一下，借由错位，主动把这个场景混过去。结果小白脸儿一拳没有打实，竟然又抬臂打了第二次。

小武生的表情当即变了。

小白脸儿是故意的，这行为实在是太明显了。

见他二人针锋相对起来，他们的经纪人王涛在一旁皱了皱眉，但还是忍了下去。

林城年纪大了，合约又快到期，两人合作得并不愉快，相信他不会续约。说实话，他是瞧不起林城的。这人好几次不听他的话，在圈子里混，清高的人，根本没前途。

相比起来——

王涛视线落在旁边的白色西装男子身上。

听话、年轻、上道，长相又很有时下流行的美男风。虽然还是半新人，却已经凭借选秀节目攒了不少粉丝，比林城这个混了多年还没冒过头的"老腊肉"好多了。

他当然知道怎么选。相信换成其他人也会这么选的。

林城捂着腹部站起来，嘴角紧抿，绷成一条直线。

导演拍桌喊了声"再来一次"，没有要管的意思。工作人员快速跑动，准备归位。围观的人群中却爆发出一声质问："这是都不要脸了啊？"

视线齐齐转了过去。

王泽文指着小白脸儿就喷道:"谁定的你俩的角色?用屁股选的角儿?这货谁啊?脸不行,演技也不行,结果良心还不行,你靠什么上的位?靠你无人能及的无耻吗?"

众人都愣住了,一时没人回答他的问题。

王泽文顾自冷笑道:"要拍戏就好好拍戏,整什么风,作什么妖?大街上公开拍呢也敢下黑手,睁开眼睛看看我们现在是什么社会!后台报来让我听听!那么厉害的吗?"

小白脸儿涨红了脸,变成了小红脸儿,他冲上前怒道:"你骂谁呢!"

王泽文越骂越火,想起了自己剧组的憋闷事儿,正好也朝着他发泄。

"就骂的你,心里没点儿数吗?你这'咖位'也敢耍大牌?攒了几个粉丝就以为自己是天王老子了?多少布料才能遮得住你那张一百码宽的大脸?专门欺负人家敬业,有本事下黑手,有本事找人家出去一对一啊!你敢吗?你个屄货!"

导演终于反应过来,怒道:"你谁啊?给我赶出去!"

周围的保安过来拦他。

"城市公共区域凭什么让我走?你有那个权力吗?你是个导演,这组里的歪风邪气你不管,专门纵容这些横的在组里搞事——我说谁敢动我!滚!"

王泽文大喝一声,瞪向身边靠近的人,又正正地指着林城道:"你!在这里受这个气做什么?就是出门卖红薯,也比留在垃圾堆好!周围全是苍蝇,这钱赚得你不嫌臭吗?跟我走!老子带你混!"

导演站了起来,将手上东西一摔,骂道:"都看什么看!不用吃饭了啊?全部给我归位!保安,把他给我架出去!"

一直低着头,叫人能忘记他还存在的林城,这时候缓缓地说了一句:"我不拍了。"

他的声音和缓,只是一句陈述,依旧叫人听不出喜怒。

导演没有把他的话接收进脑海,暴躁地指挥道:"摄像师人呢!"

王泽文却得意了,叫嚷道:"他不拍了,听见了没?你继续拍风景吧!"

林城脱下身上的外套,拿起放在一旁的棉服,将扣子扣到最上边,裹住自己精瘦的身体,然后长长嘘出一口白气。

导演终于怔住,扭过头问:"你说什么?!你刚说了什么?"

林城掀起眼皮,淡淡地重复了一遍:"不拍了。你们这个剧组不讲道理。"

导演深吸一口气,快被气疯了,扭头四顾,大声喝问:"经纪人呢?你的经纪人!"

王涛黑着脸跑出来，朝导演赔笑。

导演："他要解约！你给他算算剧组的损失，告诉他要赔多少钱！"

"我没签约。"林城声音冷到了极点，"你不是临时切了我的角色吗？"

导演又是愣了下，继而狠狠地盯住王涛。

王涛苦笑，黑着脸走到林城前面，想要训斥。

林城不看他，将手揣进兜里，棕褐色的瞳孔在冬日的阳光下显得特别柔和，率先道："我下星期合约就到期了，到时间再找我吧。我先走了。"

王涛还真拿他没有办法，自己当初就是仗着这个，才从他手里抢的角色。

"你疯了吗林城？"王涛跟上他，压低声音，拽住他的手臂说，"你现在走，就是跟我过不去。"

林城淡淡应了一声："哦。"已经过不去了。

"有点儿意思。"王泽文旁听了一会儿，皮笑肉不笑道，"瞎说什么！没见人不乐意搭理你吗？当自己是什么人物？！"

王涛对着他恨道："你到底是谁啊？"

王泽文此时是见一个"杀"一个，哂笑道："关你屁事？"

"我管我的艺人又关你屁事？"

…………

林城越过两个无意义对骂的家伙，去旁边临时搭建的棚里，把裤子给换了。

等他出来的时候，戴墨镜的男人已经不见了，而王涛正在导演的旁边卖好，至于那个男二号——季云帆，则交握着两只手，乖巧地站在旁边。

林城不再多看一眼，转身离开。

他从兜里掏出振动的手机，用快要僵直的手指点进最上面的聊天框。

一颗电灯泡：【视频】

一颗电灯泡：拍到了，画面非常清晰。老子可是陪你吹了一早上的冷风，有什么表示？

林城给他发了个红包。

一颗电灯泡：【龇牙】才两百？！你有问题没有？我网费都不够付的！

林城停下脚步，将聊天界面关掉，眯着眼睛，看向堵在他身前的男人，问道："有事？"

他的声音清冽而干脆，却带着多说一个字都不大乐意的倦怠。

那人低笑了一声，而后摘下自己的墨镜，正是王泽文。

没有什么发光的特效，就是一张能叫人隐隐嫉妒的清隽的脸。

恰好是林城最想要的那种五官，不会过于刚硬，却非常有男人味儿。

王泽文壮志凌云地道："带你去混电影圈！"

林城的声音几乎同时响起："不约。"

"嗯？"王泽文并未发现哪里不对，只咂舌道："不用拒绝得那么快吧？"

他说着上上下下仔细地打量了林城一遍。

林城已经将脸上的脏东西洗干净，清楚地露出原本的面貌。他知道自己的这张脸跟传统印象里的武生不搭，没有方正硬朗的线条，也没有带着皱纹和伤疤的男人印记。

按他经纪人的话来说，就是眉清目秀、唇红齿白，与武生的形象反差很大，极具迷惑性，这也是当初王涛愿意签他的原因。

虽然他并不喜欢。

王泽文似乎还比较满意，又道："我看你身手不错，带你去试个镜。能不能成，看你自己表现。"

林城定定地看着他，没有作声。

王泽文笑了："不知道我是谁？"

林城依旧毫无反应。

见他是真不知道，王泽文挥挥手道："算了，你跟我来吧，我组里的演员你肯定是知道的。"

他伸手拽了一下，林城站着没动。

王泽文好笑道："怎么？不相信我？你以为我是谁？"

林城最近不关注那些偶像，猜他大概是哪个还没有出道，或者刚出道的新人。

说话有底气，穿着高档。是自带背景的新"流量"吧。

王泽文说："我是认真的，带你去试镜。"

林城扫了他两眼，问："剧组里演员说了算？"

王泽文以为他是担心这个剧组的场景再现，冷笑着说："嗬，当然是我说了算。"

林城低下头，那剧组完了。

王泽文索性抬手一指："我的车就在那边。"

他说着拽住林城的衣袖，把他往前面的路上扯，同时从兜里掏出钥匙，摁了一下，向他展示自己的座驾。

林城一眼瞥去，他对豪车没有研究，但这车显然是不用研究也能知道的一个品牌。

王泽文在手机上输入地址，点击导航，示意给林城看，说："就这儿，可以吧？"

林城看了一眼，地点虽然是郊区，但并不算什么荒郊野外，那地方的确有几个影视公司在搭棚建场。

于是林城点了下头。

"嗨，"王泽文半是无奈半是无语，"你可是个武生啊，还怕我对你怎么样？"

他心里也是很郁闷，多少人求着他给个试镜的机会，他却在这里巴巴地求着别人。可惜"贱"是人类的本性，他今天还非跟林城过不去了，一定要走完这段"孽缘"。

二人上了车，王泽文老老实实地开了没多久，导航上就出现了掉头的提示。

林城紧张起来，身体坐直了一点儿，看着车辆拐向与导航路线不同的另外一个方向，问道："去哪儿？"

王泽文叫他这模样气笑了，说："卖了你！"

林城仰起头，看见不远处医院的鲜红标志。

林城迟疑了下，说："我没什么事儿。"

一只手突然从驾驶座伸过来，按在他的额头上。

林城很少有被人摸额头的体验，错愕中不由得抖了一下，然后浑身僵直地向后靠去。

手指冰凉，触感柔软，不像他的手，正反全是厚茧。

那只手很快撤走了，并没有让他觉得不适。大概以为他发抖是因为冷，手的主人又将车内的暖气开高了一点儿。

王泽文这种安静体贴的模样，完全看不出之前的那种嚣张和毒舌。

最后车辆果然停在医院外面的停车场，王泽文转了两圈儿才找到停车位。他的情绪已经平静了，推开车门说："下来。"

林城说："算了。"

"你脸色太难看了，有没有事是医生说了算，你说的算什么？"王泽文催促道，"我不想中途接个伤号去剧组，然后再挂半个月的病假。下来！"

林城见他已经下去，无奈，只能跟着走了出去。

最后二人用了一个多小时的时间，挂了号，摸了骨，确认没什么大问题。如果有什么意外，得等片子出来了才知道。

倒是林城因为常年做武生，身上有不少陈年旧疾，被医生耳提面命了两句。

从医院出来，王泽文将他塞回车里，重新启动，这次终于是朝着片场的方向去的。

车上依旧非常安静，只有某女星娇柔的导航声在不断回响。

林城捏着医院给的塑料袋，小声地说了一句："谢谢。"

王泽文笑了出来，瞥他两眼，随手把广播给打开了，然后才开始询问起林城的公司、演员证，以及过往的履历。林城挑了几个简单的问题作答。

半个小时后，两人抵达剧组片场。

保安直接放二人进去。见王泽文出现，剧组众人纷纷抬手招呼。

"王导！你回来了。"

王泽文淡淡地应了一声，目光从众人身上扫过。虽然回应简单，但众人还是从他的单字里听出了他的喜悦。

他好像心情不错的样子。

导演助理得知消息，从远处飞奔而来。他还不知道王泽文现在的情绪，记忆尚停留在昨晚王泽文意欲"杀人"的时候，于是保持着最谦卑的态度，殷勤地喊道："善良、公正、智慧的王导啊——"

如此郑重的形容词。

助理说："早上大家伙儿拍了几条，已经导出来了，你需要现在过目吗？"

"男二号，试个戏。"王泽文没接茬儿，指着林城言简意赅地说，"把剧本给他看一下。挑一段武戏，再挑一段文戏。"

说完他扯了下大衣，在自己的专属座位上坐了下去。

助理立马应了一声，抬眼打量林城。他脸上带笑，仿佛在看着救命恩人。没想到王泽文这出门一趟，就带了个新男二号回来。只是这人面孔比较生，他叫不上名字。

助理想与他拉近距离，摆出笑脸问道："亲，请问你是科班毕业的吗？"

林城的视线正落在不远处的一道身影上，那人穿着白色的羽绒服，顶着古装发型，满脸倦容地在背台词。

如果他没认错，那应该是一位当红"大花"。

如果他没记错，"大花"最近在拍的，是一部比较知名的武侠剧。

虽然最近几年武侠剧几近没落，无论是票房还是收视都处于低潮，但武侠剧始终有一批固定的粉丝，其题材也有着独特的魅力，只要拍得好，演员是非常"吸粉"的。

这部电影的阵容并不差，是角逐假期档的强势影片之一。多少人争抢着想吃这块"大饼"，正常来讲，林城……凭他的资源，恐怕连个"十八线"配角试镜的机会都拿不到。

助理见他出神，以为他是女主角的粉丝，贴到他身前，又问了一遍："亲亲亲！你听见我说话了吗？"

林城回神，镇定地收回视线，说："不是。"

助理顿了下，继续找补："那你演过几部电影了？"

林城："没有。但是演过几部电视剧。"

旁边一人嘀咕了声："电影跟电视剧哪儿一样啊！"

王泽文脸色顿时不好看了，狠狠瞪向助理。

助理也不知道自己怎么老踩雷，可又觉得自己冤得慌，这好像不是他的错吧？为了补救，连忙大声问道："你是演武生的……有经验吗？"

林城暗中松了口气，点头说："我四五岁开始学武，一直学到十二岁，后面也有在练习。"

助理仿佛被拯救了，握着他的手道："那太好了！我们就缺武生呢！"

王泽文怒道："不缺我带他回来干吗！"

助理嘴角抽了抽，也不知道怎么好好的搭讪就变了味道。他赶紧转移话题："你有什么称手的兵器吗？身形流派走哪家的？刚还是柔？我找武指师傅给你排段动作？"

"不用了！"王泽文忍无可忍，"就这样！让他上！他是武生，知道怎么演！直接试镜，扯东扯西干什么？你很闲吗？！"

助理小刘灰头土脸道："哦。"

听到刚才几句对话的工作人员表情却不怎么好了，如果不是知道王泽文的为人，他们甚至能直接上去骂一声"搞笑"，现在强压着心头的不适，暂做旁观。他们站在镜头后面，用眼神互相吐槽：

"上哪儿找来的这么一个主儿？电影是好拍的吗？"

"怎么感觉比之前的那个还不如？"

"王导翻车的话，这面子给不给？"

"没关系，我们还有替身和特效，观众能理解。"

"虽然但是，我们还有监制和制片人……他们不能理解。"

王泽文的后脑勺对着他们，不知道他们在搞什么小九九，摘了手套，在那边确认机器的正常运行。

道具师从旁边拿了把软剑过来，递给林城试试手："角色是拿剑的，你会用剑吧？"

林城点头。

林城虽然不算高——许多从小练武的武生其实都不大高，但是林城比例好。他脱了外套，穿着紧身的衣服往那儿一站，看着就是个唬人的形象。

众人心想：形象起码是合格的。

林城找好镜头，思考了一下表演的角度，略做迟疑后，微微侧过身，以斜角的方式站立。

他将剑往旁边一抖，摆了个起势。

银光在寒冬的冷阳里闪动，他抬起眼，眸光朝侧面众人脸上一扫。镜头对准了他，他不再是那个安安静静地站着的路人甲，而是个满身血气的无名剑客。

冷得如霜，煞得如剑。气质与他的脸恰好相称。

林城要使的是之前他练习过许多遍的剑法。

他在电视圈里浪荡了那么多年，混不出头可以说是没有好机会，但是每次能抓到的机遇，他都抓住了。

剑身微微上抬。

下一秒，身影开始晃动。

剑光连闪，朝着前方急促地扫去。飒飒风声，连着虚影将剑身舞得眼花缭乱。

就算是外行人，也可以清楚看出，他的动作很快，那恐怕是专业人士才能打得出来的招式。

突然，他进击的动作一顿，脚下轻点，回剑防御，侧身一挡。随即，他似被刺中脖子，整个人猛地向后偏了过去。

原先急急如雨的攻势，骤然变得滞涩起来，仿佛遇到了莫大的阻碍。

他用剑挡在身前，左手手掌挡在剑身之后，倒退数步，全身肌肉都在诉说着他此刻的紧张。

众人屏住呼吸。

终于，剑客眼神一变，带着孤注一掷的决绝，右脚点地刹住退势，手中长剑一抽，随着下腰的动作，往前狠狠一扫。

风静叶落，杀气消弭。

一切尘埃落定。

剑客收剑归鞘，转过身背对着他们，那倔强的腰背，如冰山一般坚韧而冰冷。

众人的呼吸迟缓了两拍，用力眨了眨眼睛，才回过神来。

林城的肢体动作实在是太厉害了！不过是一段不到两分钟的武戏，他们却犹如看完了一场激烈的双人交锋。

这是一出精彩到可以直接用来表演的默剧，足以看出表演者的技艺炉火纯青，这根本不是什么外行人靠模仿就可以实现的。

高……高手啊！

林城收势后才转了回来，依旧安安静静地站在那里，像是个勤勤恳恳，又不会说话的老实孩子。

王泽文很欣慰，很满意，很高兴。

老实好，娱乐圈里，谁不喜欢听话的好孩子？

王泽文仰着头，带了点儿神气的表情，回头问道："怎么样？这个人演北固可以吧？"

几位副导演和编剧连连点头，恨不得现在就将人认下。

这样的武打技巧，他们能说什么？

非常合适。动作漂亮利落，招式灵巧绚丽，一个毫无争议的满分选手。

他的身材以及五官线条特别适合大屏幕，也符合当下的审美。招他来，那些身材魁梧的替身都可以省掉了。

就算他文戏不行……反正这是个面瘫角色，又全程蒙面，最关键、最闪亮的部分是武打，文戏可以稍稍放宽要求，而且，凭他刚才舞剑时展露出来的表情变化，可以看出他并不是个糟糕到无可救药的人。

之前那个男演员，就是他的经纪人拿头跟王泽文保证，说他绝对可以胜任这个戏，王泽文才会招进来的。没想到世上竟有人能没数至此。

对比起来，这个小演员真是太可爱了！

王泽文对着监视器，继续说："至于文戏……"

"我觉得文戏也可以。"他身后的副导演瞬间没了骨气，指着林城说，"这位小朋友的形象，一看就跟北固非常搭。冷如青松，又带着一点儿淡淡的忧郁，是不是？"

另外几位也跟着点头。

"武戏如果能快速过的话，文戏慢慢纠也用不了多长时间。王导您技术那么好，一定能用镜头的技术弥补。"

王泽文心里是很高兴的，但他还是要端着一个严格的导演的架子，于是指着林城道："不用看剧本了，你，做一个隐忍愤怒的表情。"

林城穿得单薄，脸都快被冻僵了，闻言沉思片刻，然后提起一口气，做出一个克制愤怒的表情。

结果一道鼻涕喷了出来。

众人顿时笑翻。

一个胖胖的中年男人带头鼓掌道："很好！非常好！我知道你把握住了精髓！"

组里的气氛立马活跃起来。

林城默默低下头，用快要失去知觉的手指从兜里掏出一包纸巾，把脸擦干净。他耳尖上一片通红，不知道是冻的还是臊的。

王泽文也想笑，但他努力板起脸，说："这个角色的台词不多，但是内心戏非常复杂，需要很多的解读。后期你来找我，我给你讲戏。武打动作也多，比较危险。我提前跟你说清楚了，你别到时候后悔。你必须认真拍，如果你不认真，我可以像现在撤了男二号一样撤了你。中途给我搞事，我是要你赔偿损失的。"

林城点头，眉毛轻轻皱着，鼻尖冻得通红。那模样一看就很可怜乖巧。

助理已经将他脱下来的大衣捧过来，披到他身上，并朝他笑了一下。

王泽文顺利地将自己手底下的班子搞定，乐颠颠地跑去找制片人，要他兑现承诺，又想起林城现在没有经纪人，也没演过电影，可能不知道他们剧组的规矩，临时叫了一声："小刘！"

助理："在呢，王导！"

王泽文："你给他讲一讲片场的要求和规则！"

助理搭相声似的应道："好的，王导！"

刚喊完，王泽文就不见了踪影。

"欢迎你加入《夜雨》剧组。"助理走到林城的面前，朝他伸出手，笑道，"你好，北固。"

林城愣了愣才反应过来。

"北固……"他念了一下这个角色名，还不知道自己要演的究竟是个什么人物，顺势和助理握了下手。

此刻他的眼神有些茫然。

就这么进了一个大组，在他准备要退圈的时候？

助理似乎很理解他，笑了起来，说道："王导平时只管拍摄的事儿，杂事都归我管，我叫刘峰。有什么问题你可以找我，来来，先加个好友。你平时喜欢用微信，还是用 QQ ？"

林城也掏出手机："都可以。"

助理又道："我们剧组，就认真拍戏，不整什么幺蛾子。你记住这句话就行。"

他说着看了一眼林城，觉得他也不是个会作妖的人，点到为止。

刘助理正要展开讲讲剧组的事情，旁边一人先行喊道："哎，那个！新人演员，叫什么来着的？你先去化妆！"

林城偏头看去。

副导演已经抓住他了，笑着对刘峰道："他我先带走了，今天拍完再还给你。"

助理挥挥手："慢走……啊不对！你的个人信息呢？经纪人呢？我还得给你做安排呢！"

《夜雨》剧组因为男二号的事情，整个拍摄通告都废了。剧组人员连夜制定了新的安排，今天王泽文有事出去，他们都在二组干活儿，找了替身演员，拍男二号的戏，想等男二号回来之后，补个特写完事。这样可以节省时间，缩减成本。

但是现在林城来了，替身的戏当然也就不需要了。就替身那魁梧的身材，哪有林城的潇洒啊？

还好人来得早，今天才拍了没几条。

副导演兴奋地要拉林城去场景里补飞檐走壁的镜头。

因为拍的是远景，林城不需要仔细化妆，只穿了戏服，戴上假发，就被同剧组的师傅给赶鸭子上架了。

林城也不知道是不是所有的电影剧组都那么惜时如金，反正这个组干什么都挺迫切的。

等林城学完一套动作，排练了两遍，中场休息的时候，王泽文已经回来了。他正在另外一个场景的棚里，盯着女主角拍室内戏。没来打断林城的拍摄，说明应该是成了。

林城穿上外套，踱步过去，站在房间外面安静地等他。

阳光半洒在他身上，衬得他皮肤特别白皙。

王泽文拍了一会儿才看见他，不由得一笑，对众人喊了声"休息"，又朝他招招手，示意他过去。

林城走过去，裹着大衣，小声问："能不能先不签约？"

王泽文挑眉。

林城说："我和经纪公司还没有解约……一个星期吧，其实一个星期都不用。"

王泽文也是围观了他们那场闹剧的人，知道这个时间段有点儿尴尬，闻言点了下头说："可以。合约你先拿回去看一下，没问题的话，组里的戏你就照常拍着，我跟刘峰说一声。但是所有内容都得保密，这个规矩你懂的吧？"

林城："懂。"

林城没有签约，王泽文也就没把完整的剧本给他。

男二号多的是打戏，在没有近景的情况下，拍的是他的武技。王泽文让他一星期之内，把之前缺掉的远景镜头给补上，顺便和武指把后面动作学一下，然后再拍个定妆照。等签完约，再正常走拍摄流程。

林城这身材、这姿势，拍武打戏就是怎么拍都好看。

加上他上手快，和武指简单交流了一下，就能马上配合得上，几个镜头下来几乎都没有 NG（重来），进度竟然比预想的快。

制片人也过来看了一会儿，觉得确实还行，又扭头走了。

副导演对林城更是"宠爱有加"，一直到傍晚，刘助理跑来跟林城说，他的房间订好了，让他抽点儿时间安排一下，他才得以从副导演的手中逃脱。

林城独自去换了衣服，从兜里掏出手机查看记录。

他发现王涛给他打了十几个电话，还发了几十条短信。

林城没回，先切到社交软件上查看"热度"。

今天早上他和季云帆——那个和他同经纪人的花美男——拍戏的画面已经传上去了。"灯泡"是个专业的狗仔，选的角度非常刁钻，加上镜头质量高，那清晰的画面，让对方连否认狡辩的机会都没有。

视频是早上传的，中午的时候，"水军"开始转发造势，到了晚上，终于慢慢"出圈"。

不知道是不是王涛得罪了人，还是大众对于娱乐圈的行业乱象已经忍耐到了极限，碰到跟"爱豆"有关的丑闻，都喜欢凑凑热闹，事情发酵的"热度"比他想象的要高。

视频下面简直是"脱粉"现场，节奏控都控不住。

难怪王涛跟屁股着了火似的找他。

林城一时间有些恍如隔世的陌生感，又觉得有点儿荒诞。

这时手机再一次响了起来，振动的频率显得如此急切，林城悠悠地点了接通。

林城穿着常服出来的时候，王泽文正在吃饭，刘峰则在一旁拿着手机和他刷八卦新闻。

不知道是看见了什么，两人凑在一起，嘀嘀咕咕说得特别激动。

王泽文余光突然扫见林城靠近，立即噤声，摆出一副高冷的模样。

林城见状脚步停了一下，然后才朝他们走近。刘峰则直白得多了，他捧着手机跑过来，挤眉弄眼地问道："这是不是你啊？"

林城偏头看了一眼，发现正是他刚才看的视频，点了点头。

刘峰乐道："你就是这么被王导捡回来的？"

林城觉得"捡"这个字用得比较微妙，含糊道："应该吧。"

刘峰用力拍了下他的肩膀："你这是否极泰来啊！有什么不好意思的？"

林城看向王泽文，问道："王导，我明天能不能请个假？"

王泽文顿了一下，用余光打量他，说："什么事儿？"

林城说："我去解约。"

"这时候找你去解约啊？"刘峰"喊"了一声，"动机肯定不单纯！"

"那解约完直接把这边的签了。"王泽文抽出纸巾擦嘴，然后点头说，"我准了，明天我送你去，这里打不到车。"

林城张了张嘴，对着王泽文一脸"老子必须去看热闹"的表情，还是将"可以打车"四个字生生咽了下去，改口道："谢谢。"

收工之后，大家一起去吃了饭。因为林城没有助理，剧务受命开车送林城回家一趟，帮他把行李搬到酒店来。

回到酒店门口时，林城又遇到了刘峰。刘峰笑着跟他打了个招呼，提醒说："跟剧组相关的消息先不要发，也不要提跟王导有关的事情。"

林城点头。

从进《夜雨》剧组开始，林城就知道王泽文是谁了。

王泽文的身份背景，网上并没有详细记录，因为他这人不大喜欢露脸，就算是剧组跑宣传，他也不会出面。但是在业内，他确实很有名气，已经是个相当值钱的金字招牌了。

他还在上大学的时候，拍了一部小成本的爱情商业喜剧。恰巧当年就火这个题材，他的电影拿了当季票房第一，全年票房第五的好成绩，成了当年的一匹黑马。

随后他又接拍了几个本子。

不知道是他眼光独到，还是他的剧组实力高超，几部电影的票房表现都不错，虽然没有登顶，可却都留下了名字，因此他成为了一位出色的商业片导演。

早几年的时候，似乎是为了吃饭，王泽文还接拍过两部电视剧和一部网络剧。

电视剧的拍摄时长比较短，像都市剧或者青春剧，快的话一两个月就可以拍完。某些剧开出的酬劳甚至相当高。

不过在电视剧的圈子里，他显然没有发挥出自己的优势，被几部偶像题材的电视剧吓得够呛，之后就彻底"封印"了这一市场。

能够在大学时期就组建出一支成熟的团队，且拿到好几部不错的剧本，证明王泽文是个有背景有资源的人。

林城以前觉得这样的人与自己毫无关联，没想到竟然碰上了。

他把手机塞到枕头下面，沉沉吐出一口气，闭上眼睛休息。

王涛和季云帆这夜睡得并不好，或者说是一夜未眠。

季云帆打人的视频刚传出去的时候，影响范围并不大，王涛找人删了就没再管，结果季云帆的粉丝不依不饶起来，非说有人抹黑他们哥哥，把一盆脏水泼向了他的队友。

对面粉丝近日正憋屈，苦于无处发泄，一怒之下和他们在线 battle（比拼）。

双方越吵越火热，越火热越快乐，越快乐越失控。

对面的粉丝翻出了原视频，制作了长微博，将季云帆以前被爆出的大大小小、真真假假的"黑料"都搜集起来，尤其是和选秀拍摄期间，他霸凌队友相关的内容全部混在一起，往各大社交软件的评论区发。

因为数量过多，纵然有几件属于造谣，但看起来也很像真的，路人不觉被洗脑。

等王涛发现的时候，事态已经失控。

至此网友们又开始刷起了一个"老梗"：我们只想你们哥哥认错，粉丝是想让他死啊！

身为当事人，王涛有点儿笑不出来。

林城那边不配合，网上压评论撤热搜白白用了一笔公关费，屋漏偏逢连夜雨，剧组那边的人又致电来骂。

王涛气得嘴角起燎泡，连带着对季云帆的印象也差了不少。

他要是不那么"戏精"，也不至于变成今天这样啊！

第二天一大早，王涛就起来了，先去公司交接了一些事务，然后心急火燎地赶到约定的咖啡店。

他一进门就看见了自己忧心所在的另外一个主角。

林城脱了外套搭在椅子上，里面只穿了一件单薄的线衫，正背对着门口坐在那里喝茶。

王涛大步过去，将手中文件砸到桌上。

林城抬起眼皮，不冷不热地看了他一眼，没有起身的意思，也没有打招呼的意思。

王涛见状怒火丛生，差点儿当场掀桌，想想又忍了下去，冷着脸在他对面坐下，说："你改微博密码了？"

林城"嗯"了一声。

王涛张嘴就想骂人，可是对上林城凉飕飕的眼神，气焰不觉消了一截。

"你昨天怎么回事——"王涛硬生生地憋了回去，知道现在说什么都没用，"你现在，马上去微博发一条消息澄清，说昨天的武打只是正常排练走位而已，云帆没拍过打戏，不熟练，你在引导他，不存在什么霸凌的情况。"

林城坚持说："存在。他就是故意的。"

王涛看他这样子当即怒道："你马上就解约了，这种关头你还想搞出什么事情来！昨天你拍拍屁股走人，你知道我在后面费了多大劲儿才给你摆平？"

"是吗？"林城问，"多大？"

王涛瞪着眼睛道："你脑子是捐了吗？嫌少啊？"

林城不语。

两人沉默了一会儿，他们之间的气氛实在有点儿奇怪。

一个暴躁得像火，一个淡定得像水。

水没有能灭掉火——毕竟林城的本质还是一桶油，谁点他他烧谁。

他笑了一下，让王涛徘徊在发疯的边缘。

随后林城问："怎么解约？"

"解约可以啊。"王涛被气笑了，阴阳怪气道，"先把损失给赔了。"

林城说："那是你的失误，和我没有关系。"

王涛说得唾沫横飞："你擅自离开剧组，给我添了麻烦。还有你之前擅自接活儿，我也没跟你计较。你别以为你的合约快到期了你就可以放飞，一个星期也是一个星期，你需要我找法务跟你一笔笔核算，看你得赔多少钱吗？"

王涛太过投入，都没发现自己身后正坐着一个等待看好戏的男人。

那个男人始终等不到自己期待的"打脸"戏，终于醒悟。林城这样的乖宝，怎么可能斗得过王涛那样的黄鼠狼？

于是那个人站了起来，伸出了手，一把按住王涛的肩膀，强迫他坐下。

王涛抬头一看，发现竟然是昨天片场里的那个疯子，当即惊得又站了起来，一会儿看林城，一会儿看王泽文，问道："他怎么会在这里？——不是，你到底是谁啊？怎么阴魂不散的？"

林城解释说："是他送我过来的。"然后对王泽文点了下头，露出一个叫他看了笑话的羞涩笑容。

王泽文下巴一扬，蔑视地看着王涛道："他现在在我的剧组。谢谢你给我送了个不错的演员。"

王涛笑了："你哪家野鸡公司的？林城，你也疯了是吧？你是第一天进圈吗？怎么跟个弱智一样，随便被人一忽悠就跟着跑了？这么多年了，这么明显的骗子你也信？剧组？片场？两块钱还是三块钱？比得上卖红薯吗？"

王泽文愣了下，这是他生平第一次被人说野鸡，过于新鲜，所以差点儿没反应过来。

王泽文沉声道："你不知道我是谁吧？"

王涛吼道："老子问你多少遍了，你聋吗？能不能别多管闲事？你是他爸啊？滚开！"

一旁的服务生紧张地看着他们。他已经观察很久了，碍于王泽文跟林城的颜值没有上前。毕竟这家咖啡店经常会有明星出入，店长让他们都"闭着眼睛"工作。

那边王泽文掏出手机，沉着脸开始翻通讯录。

王涛将外套往后一扬，依旧朝着王泽文挑衅道："来啊，有本事叫人来啊。我们公司就在对面，看看你能叫来几个！千万别尿！我要是怕了，我认你做爸爸！"

林城斜视了王涛一眼。从不知自己的经纪人竟然弱智至此，大概是昨夜没睡，又被各种"黑料"给气晕了脑袋吧？

手机提示音响了很久，在林城怀疑要被通信公司强行挂断时，对面点了接通。王泽文开了外放。

"老秦，你们公司真是什么垃圾都收啊！"

对面的人顿了一下，然后道："王泽文，你受什么刺激了一打电话就骂人。你自己吸引垃圾是你自己的问题，审视一下自己，好不好？"

王泽文张口欲言，卡住了，又指着王涛问："你叫什么名字？有本事再报一次。"

王涛冷笑："装得还挺像，我凭什么告诉你？"

林城友情提醒："王涛，隔壁的那个王，全是水的那个涛。"

"王涛！听见了吗？隔壁的那个王——我呸！"王泽文瞪了林城一眼，"我第一次听人这么解释名字的！"

林城装作无事发生过，不是很准确的形容吗？

王泽文："你们这个经纪人，人品不行，你好好管管！在外压迫演员，不走正当流程，出事了搞诽谤勒索。你们公司不要名誉了吗？哦，他还骂你是野鸡。"

对面的人顿了下，问道："所以你干吗？找我告状啊？我是你家长吗？我为什么要给你撑腰？"

王泽文："我看上了你们公司一个人，他现在还有一星期合约到期。赶紧把这破事给我办了，我好拉他进组！他一小神待不了你们这妖庙，大家互相放过，行不行？"

对面的人笑道："一星期都等不及？他是你什么人啊？"

"关你屁事！"王泽文直接把电话挂了。

王涛挑了挑眉，哂笑道："然后呢？你打给谁了？这装得不够成熟吧？"

没多久，王涛的手机响了起来。他一看，是他的上级领导，专门管理公司经纪人的部门经理。

"王涛，你怎么回事？秦总刚才打电话过来，说你骂他是野鸡？"对面的人冷声道，"你现在在哪里？你要跟谁解约？你工作还要不要了？"

林城离得近，从外放的听筒里听见了一个"野鸡"，因为对方咬字很重，说到这个词的时候像是差点儿没把牙齿咬碎。

为什么这两个人都那么在乎"野鸡"这个词呢？

随后王涛就用手挡住手机，走到一旁去说话。此刻他尿得跟个真孙子一样，不停地点头哈腰，一直道歉，只是脸色越来越黑，到后面已经快撑不住了。

等他把电话挂了的时候，王泽文的手机上也收到一条短信。他笑了下，说道："这不就成熟了吗？"

王泽文一把拉过林城，揽住他的肩膀，半身的重量压在他身上："来，认认人，王涛，我儿子，你侄子。"

林城抬起头，发现王泽文并没有看着他，也没有笑，只是眼神有些幽冷地落在王涛身上。

林城能感受到他的愤怒，自己却心不在焉起来。

因为有了王泽文的关系，林城的解约进行得非常顺利。

半个小时后，林城无障碍地签完字，跟在王泽文的身后出了咖啡厅。

林城坐在副驾驶座上，车已经开出来有半个小时了，他的手机突然收到了一条阴阳怪气的短信：可以啊，遇上贵人了。

林城能想象得到王涛此时的意难平，笑了一下，回道：托你的福。谢了。

王涛怒火攻心，差点儿梗过去：风水轮流转，还不一定呢！

林城这次没回，没必要和王涛这种人纠缠不清。他把手机屏幕盖到腿上，就听旁边王泽文低沉中带着点儿揶揄的声音响起："现在高兴了？"

林城才意识到自己此刻笑得可能有些小人得志，伸手摸了下脸，压住唇角。

王泽文嘴角抽了抽，心想：这人怎么比我还喜怒无常。

片刻后，林城问："王导，你认识我们老板？"

王泽文说："都是一个圈里的，只要你不是签的野鸡公司，基本上认识。你们公司还投了《夜雨》呢，你不知道？"

林城说："哦。"

林城觉得这回答有点儿冷淡，可又想不出怎么接话，于是又跟了一次："哦哦。"

王泽文："……"这孩子该去看看脑子了。

和那边解完约，林城终于可以安心地跟剧组签约了。因为他没有公司也没有经纪人，王泽文直接叫法务和他谈。

林城相信王泽文的为人，毕竟那么大一个组在这儿摆着，而且这是一个他绝对不能拒绝的机会。听律师讲解完相关条款后，林城没提什么特殊条件，大笔一挥就把合同签了。

搞定合同之后，王泽文让人把剧本给他。

林城用了一天的时间，将自己角色的剧本完整地过了一遍。

他拿到的角色是一名杀手，叫北固。

故事从一个冬季开始。

寒冬之月，陛下驾崩。太子还远在边疆戍守，得知京城突变的消息后立即回京。

此时北固出现了，他的任务是刺杀太子。

他乔装成一名剑客跟在太子身边。太子可能知道，也可能不知道。

他们一路同行，互相欺骗。

最终，在那种明知虚假的温情之中，北固还是放弃了自己的计划，并用性命为太子送上了最后的助攻。

因为演员的不停变动，《夜雨》剧组的拍摄计划也出现了频繁修改。好在王泽文的剧组严格，不允许轧戏，大部分的演员都空出了时间待命，可以接受小幅度的调整。

整个组的统筹安排进行得十分到位。

林城最近在隔壁跟着副导演拍了几场动作戏，从自己最擅长的地方熟悉剧组，每天晚上则回房间看剧本背台词，相当刻苦。

今天林城终于要到王泽文这边的组来拍。

早上他跟着武指耍了两剑。他是没什么问题，但是和他对戏的一个配角动作总是不到位，一直拍不下来。副导演也有些躁了，让大家休息一下，亲自带着林城来找王泽文。

王泽文这边似乎也不大顺，男主角正灰头土脸地站在旁边背台词。天气冷了，他还能听见男主角断断续续的抽气声，声音都在发抖。

林城脑海中闪过一个名字——郭奕世，一个刚毕业的当红小生，出道时拍了一部票房大爆的冷门电影，虽然当时话题都不在他身上，但是借此打下了基础，之后影途一路通畅。

副导演领着林城走上前，像"戏精"一样地对着王泽文说道："王导，我可把人交给你了啊。你要保护好他，注意脸不要受伤，这边拍完，要把他还给我们。"

王泽文不耐地挥了挥手："什么你的人？他本来就是我的人好吧？我看上的，我挑的我签的我带来的！"

副导演："……"可以，但是没必要。

王泽文又扭头问："剧本看完了吗？台词都记住了吗？"

林城说："记住了。"

北固这个角色的台词并不多，林城看拍摄通告，前面几场基本不需要他说话。

北固是个不善言辞的面瘫，那时候又没有 QQ 空间，他只能把所有的心事都写在眼睛里。

所以这个角色最难的是心理揣摩，要用眼睛打开他心灵的天窗。

心理揣摩这一关林城真的过不了，最后打开的可能是他的天灵盖，他有点儿担心。

"嗯。"王泽文没看出他的紧张，或者觉得紧张也没什么——剧组里的演员都紧张着呢，长手一指，示意道，"先去记一遍走位，注意打光，大家跟着排练一下。"

今天主要拍北固与太子冯重光相遇的戏。

这个有如行尸走肉的无情刺客，在看见冯重光陷入绝境时，突然生出了人生中的第一根反骨：他不仅没有趁机痛下杀手，还帮太子脱离了险境。

刘峰见他是个新人，紧皱着眉头很是紧张，孤零零地站在那里看着可怜，小声地给他打了个预防针，说道："王导这人比较严厉，待会儿如果他骂你了，你不用放在心上，尽管认真拍就好了。"

哪知王泽文耳朵尖得很，竟然听到了带有自己身份的关键词，于是立马喊道："谁严厉？我严厉了吗？组里哪个人不知道王导拍戏的时候有如春风化雨，让人欲罢不能？"

众人无语。

刘峰深谙他的品性，却还是无法欺骗自己的内心，忍不住问道："春天里的王导，之前您去见林城他经纪人的时候，和平了吗？"

林城想说挺和平的，毕竟他觉得很快乐。结果王导作案经验丰富，很有自知之明，怕林城卖了他，于是先行投案自首，并进行狡辩。

"你想说什么？你想说我嘴毒是不是？我嘴毒吗？我怎么可能嘴毒呢？我从来只说事实！"王泽文说，"我就是嘴再毒，又怎么比得上他们蠢的十分之一？那些被我骂过的人，都犯下了什么错？非要把我逼到这种地步——"

众人卑微地低下头。

苦了您了，伟大的王导。

刘峰朝林城眼神示意，表示就是这个样子。

林城唇角微微上翘，没压住，看向一旁裹着大衣的王泽文。

王泽文端过旁边的保温杯喝了一口。

虽然他才二十多岁，在导演圈里，是儿子级别的年纪，但他已经学会喝枸杞养生了。

毕竟拍电影是一项透支生命的工作，他每天都在进行生命值与怒气值的互相转换。

休息了一会儿，王泽文让众人站到各自的位置，准备先拍一条。

林城低着头，看向自己面前的收音设备，再看着眼前这个恨不得将自己扭成十八节的年轻大哥，内心并不平静。

"怎么样？"大哥朝他抛了个眼神，"大兄弟，你说这角度合适吗？"

林城："……"

王泽文在那边叫道："杆爷，欺负人家新人干什么？还好他是个面瘫，他要是笑场了，我算到你头上！"

被点到名的操作员笑道："没什么，就逗逗他，怕他紧张嘛。"

王泽文看了一眼屏幕，又说："这是什么死亡打光？北固的脸色都一片惨白了！怎么那么像鬼？"

灯光师怒而申诉："这才不是打光的错，是他被你们吓到失色了！"

王泽文："好了，都闭嘴！一群老流氓！"

林城的第一场戏，正式开拍了。

北固站在半山腰的荆棘之后，将身影隐在一片灰暗之中，透过稀疏的枯枝，冷漠地看着前方与人苦苦缠斗的冯重光。

生死、家国、天下，对北固来说都不重要。或许是现实消磨掉了他所有的希望，同时也抹杀了他的欲望，这世上任何人的离合悲欢都与他无关。

今日，只要他杀了冯重光，从此便天下易主，风云无常。可是那又怎样呢？纵然冯重光执掌天下，翻云覆雨，如今也不过是块任人宰割的鱼肉而已。

冬日的山林一片枯槁，他的眼神同样满是萧瑟。

北固手指不断摩挲着剑鞘上的花纹，眼神虚落在那个垂死挣扎的人影上，随着风声的呼啸，他拇指一顿，往上一顶，寒剑出鞘……

王泽文喊停："不对！眼神里有太多东西，这个时候的北固是不会外泄情感的！"

林城顿了下，会意点头。

结果这一幕就卡住了。

"停！放太空了，死鱼眼都要出来了！

"不行！你过分注意镜头，不要用余光去瞄镜头！

"卡！感觉不对！

"不对不对，再来一次！注意你的肢体动作，你剑出鞘的那个动作，要再狠一点儿，厉害一点儿。"

一个近景镜头，连续卡了五次，众人脸色都严肃了起来。

今日份和平犯错额度已满，如果继续 NG，将解锁王泽文的怼人模式。

林城看见众人表情变了，也跟着变了。那张原本就白皙的脸，此时更是没有半点儿血色。

杆爷在心底对着王泽文骂了一声，低声安慰林城说："待会儿他说什么你都别往心里去，他人就那样，随便骂骂，骂完明天就忘了。"

只见不远处王泽文阴沉着脸大步流星地走过来，那架势看起来相当蛮横。

众人心想：不会是要动手吧？一个新人而已，不至于吧？

王泽文骂出了他的名言："你怎么回事！"

众人心想：果然如此！

是他们还不懂王导。王泽文转了个方向，对着旁边的人骂道："你的站位怎么那么奇怪？非堵到他面前，干扰他的情绪。还跟他聊天儿，你聊什么聊？"

收音师后知后觉："……？！"关他什么事儿？地球有引力错了吗？

他转了一圈儿，收获了无数同情的目光，然后咬着唇，硬生生地将这份苦涩的委屈咽下。行，为了新人，他忍。

林城还在愣神儿，右手便被人抓住。不知道是冷的，还是被气氛给吓的，他不觉打了个哆嗦。

这魔鬼——瞧瞧把人小林吓成什么样了！

王泽文也叫他抖得愣了下，眉头微微蹙起，林城正要道歉，就听王泽文努力地平缓着语气说："你看着镜头，但是不要太在意它。电影的技巧和电视剧的不一样，你不能那么刻意地去追镜头。放轻松一点儿，你太僵硬了。"

他对林城，全然没有对那帮人的冷酷无情。

众人心底齐齐闪过一句——王导偏心！

王泽文说："你的眼神没到位，我觉得你可以拍好。你再试试。"

其实北固的眼神只是一个一闪而过的镜头，像剑光闪过一样，不是特写。更重要的是他手部的动作，刚才那样的表现已经可以了。

但是王泽文觉得，现在才开拍，这种难度的情绪都酝酿不起来，后面还得了？非要把这个镜头抠出来。

他皱眉想了想，突然回过头来说："我想要什么样的眼神？我想要你第一次看见我时的那种眼神！"

第一次看见王泽文时？

王泽文提示了下："不约！"

林城："……"

众人："？"

林城做好了抗压的准备，没想到王泽文留下这么轻飘飘的两句就回去了，他茫然了一阵，定下心来，好好应对。

拍到第七条的时候，这一场终于过了。

众人安心，林城跟着松了口气。

王泽文懒散地靠在椅背上，捧着热水袋，皮笑肉不笑地道："谁以后再在剧组里讲关于我的鬼故事，让新人演员误会我，影响拍摄进度，干扰团队和谐的……呵呵。"

众人无奈。他们哪里有说什么？不过是大家慧眼如炬罢了。

如果能向阿拉丁许愿望，他们所有人共同的期盼是能让王泽文有点儿自知之明。

这部分拍完，补了几个镜头，继续拍林城和郭奕世的文戏。

这时北固已经救下冯重光了，他的念头在杀与不杀之间徘徊，很难说哪个占据了上风。

冯重光大约也是知道的，但他是个很聪明的人，只欣喜若狂地对北固表示了感谢。

北固淡淡地看着他，对他所有的搭讪都表示沉默。冯重光装作不知，热情地靠近了北固，与他攀谈。

北固似乎感受到了他暗藏的紧张与谨慎。太子殿下那小心翼翼讨好的模样，给他带来了一丝愉悦，所以他没有动手，而是跟在太子的左右。

北固像个猎人，考虑着应该何时宰杀自己的猎物。

林城依旧保持着他亲妈不认的冷漠眼神，站在郭奕世对面做个背景板，甚至连走位都没有。

文言文本来就不好背，何况现在天又冷，郭奕世那舌头就跟打结了一样，总是绕不过来，带着林城 NG 了好几次。

"对不起。"郭奕世看着很是挫败，"我背熟了，就是……"

林城说："没关系。"

两人抬起头，看见了对方眼里相同的紧张，笑了一下。

旁边助理将剧本送到郭奕世手上，他红肿的手用力捏着，费劲地把纸张翻开来，开始继续记台词。

今天什么都不顺，王泽文大概也被影响了，他脸色阴沉，趁着休息的时间出去抽了两根烟，控制好情绪，再回来拍摄。

林城做完背景板，今天属于他的戏就告一段落。

他准备离开，王泽文叫住他，说："今天大家收工以后，你拿着剧本和笔记，来我房间找我。知道我在哪个房间吧？"

林城："知道。"

王泽文没什么心情，只应了一声："嗯。"

第二章

－ 王者公关 －

今天的拍摄工作拖延了一段时间。晚上9点半，林城特意等了一会儿，才过去找王泽文。

他到的时候，屋里还有另外几个人。

王泽文和他组里的工作人员坐在里面喝小酒谈工作，林城拿着剧本进去，相熟的副导演邀请他在旁边坐下。

林城朝众人简单打了个招呼，便安静地坐在那里。

王泽文从众多文件里翻出一个本子丢过去，说："这是刘峰做的剧本围读记录，你先看看，看能不能看得懂。"

林城翻开，目光从一片零散的文字记录里滑过，发现内容记得相当杂乱。

王泽文又问："你剧本都看完了吗？看了几遍？"

林城说："看完了。不知道多少遍。"

王泽文："有什么收获？"

他也就随便问问，毕竟现在认真拍电影的年轻人太少了，电影圈这边还好，有各种大佬压着，规矩严格一点儿，电视圈那边听说一片混乱——草台班子上不了场面，演员自带编剧随时加戏，或者干脆不记台词的都有，更别说揣摩角色了。林城拍了那么多年电视剧，不知道有没有染上那些坏习惯。

林城犹豫了下，说道："我写了……一点儿人物小传。"

王泽文挑眉，叼着未点燃的烟抬起头，说："给我看看。"

林城将底下压着的本子递过去。

"只有八百多字。这两天太累了，没有时间，"林城说，"以后我再整理一下。"

他进组也才没多久，既要看剧本，又要背台词，还被副导演抓着一个人当两个人用，能有时间整理人物小传已经不错。

王泽文说："不错。"

王泽文看了一遍，本子上的字迹有点儿潦草，得仔细看才能分辨得出来。他能理解，白天要拍武打戏，体力消耗大，手也被冻僵了，能写得出好看的字才怪了。

他看林城的笔记内容，写得很认真，只是上面有很多表示不明的问号。

林城骤然得到这样一个机会，没有故作圆滑地偷懒，也没有上蹿下跳地发展人脉，相反勤勤恳恳、脚踏实地，用最愚笨也最有用的方法努力着。

没有导演会不喜欢努力的演员，王泽文当然也是。

王泽文笑了下，说："不懂？"

林城点头。

王泽文的导演之魂熊熊燃起，站起来轰赶他的伙伴道："行了，今天散了，我给他讲讲戏。"

众人见状笑了一下，撑着扶手站起来，搬起电脑和各种文件，排队走出房间。

屋内安静下来，只有一股淡淡的烟味儿萦绕在空气中。

王泽文问："抽烟吗？"

林城摇头。

"挺好。"王泽文又笑了一下，"等我五分钟。"

王泽文说完起身去往卫生间，林城听见了打火机按动的声音。

他坐在沙发上继续翻阅手上的记录，粗略地找了一遍，才发现根本没有关于北固的内容。

那个演员在第一次围读剧本的时候就缺席了。

林城闻到了一丝烟味儿，王泽文倚在卫生间的门口，说道："很认真啊！"

"我想拍好这个角色，"林城顿了下，转过身说道，"报答你。"

他演了那么多年的戏，中间曾经一度退圈，可是最后他又回来了。

两天前他还想着要解约退圈，结果又遇见王泽文了。

几次三番，说不清到底是不是命运。

说没有遗憾那是假的，他全心全意地投入这一行，总想留下些什么。现在他没了公司，这或许会是他的收官之作。

他要把这部电影拍好，拍到没有遗憾。这是他唯一的念头。

王泽文听着却是吓了一跳，烟头的火光闪动，抖落了些许灰烬。

"报答我什么？这么郑重？"

林城说："慧眼识英才？"

王泽文失笑："行。"

他进去摁灭了烟头，回来后，坐在林城旁边。

王泽文想他刚来，连深读剧本的时间都没有，就问了个最基础的问题："你怎么看待北固这个角色？"

北固虽然是男二号，但在这部电影里的戏份儿并不多，不过是个相对多些的配角罢了，《夜雨》的绝对主角是冯重光。

冯重光上京的路上，会遇到许多人，他的部下、他的恩师、他的兄弟，以及他的爱人。这些性格与立场都截然不同的人，代表了冯重光的牵挂与仇恨，他们在他称王的道路上不断拉扯博弈，不惜展示出自己最为不堪的一面。

只有北固，他从来不关心谁是太子，谁是皇帝。他作为反派出场，却是整部片子里最没有欲望的人。

冯重光和他讲黎民苍生，讲天下大道，北固不懂，但是在他对冯重光的不断观察中，身为"人"的那一面，慢慢觉醒。

北固，就是乱世中最无辜、最无知、最普遍，又最残忍的那一类人。

王泽文又问："他对冯重光的感觉呢？"

林城不确定道："起先是讽刺？"

高高在上的太子，与卑如蝼蚁的自己。原本天上地下的两个人，如今却反了过来。冯重光的生死，被捏在了自己手中。

他可笑地看着这个荒诞的世界。

他怀着一种很复杂的心理救下冯重光，也许他自己也想不明白。

林城试探道："理解之后，陷入了自我怀疑？"

王泽文没说对，也没说不对，只合上了他的笔记本，问道："你明天有戏吗？"

"后天，拍这一场。"林城翻到剧本标注的那一页，递给王泽文。

王泽文看着内容，手指捏着下巴摩挲，陷入沉思。

"我来和你对一遍台词。按照你自己理解的情绪走，我来看看。"片刻后，王泽文说，"认真点儿，就当我是冯重光，好好看着我的眼睛。"

"好。"

王泽文卷起剧本，放低了声音，和他对词。

"……我认不认得出你，当然重要……"他念台词的时候，声音放得缓而沉，有种安抚的味道在里面，与郭奕世截然不同。

林城盯着他的眼睛，不自觉地被他的声音牵着走。

王泽文明亮的眼睛、笑容，都带着一种强大的吸引力。

林城心想：王泽文如果去做演员，一定会是个好演员。不需要镜头，他也可以表现得像入了戏，何况他还有那么出色的长相。

林城发觉自己有些分心，忙抽回视线，落到剧本上。

王泽文突然说："看着我。"

林城扭过头狐疑地看了他一眼，又转回去。

王泽文不满道："你躲着我干什么？"

他继续道："你不看着我，我怎么知道你什么眼神？你戴着面具就露着一双眼睛，你知道吗，我要考核你，根据你的表现，考虑是不是给你多加几个特写镜头。"

林城忙应了一声："哦，好。"

王泽文拿着笔示意道："这里会有一个镜头，我希望你能拍出来，毕竟是北固态度发生转变的关键点，你现在这样不行。"

林城说："我调整调整。"

王泽文要给他讲清楚，因为林城完全不是一副了解了的表情。

"有那么一个人……"王泽文卷着剧本，歪头沉思，顿了下，才继续道，"他是这世上第一个对你好的人，你很不习惯。虽然不愿意承认，但他确确实实地感动到了你，而你根本不会处理这样的情绪。你明白这是一种什么感觉吗？"

林城眼珠动了动，手指搓动着纸张，脑海中冒出几个人，最后定格在了王泽文的脸上。或许因为这个人就在他面前，所以他的面孔比所有人都要清晰。

林城瞥向王泽文，镇静地说道："我明白。"

王泽文："那当他和你站在一起的时候，你会是一种什么感觉？"

林城皱了皱眉，轻声说："有点儿……难以形容。可能是因为紧张，靠太近的话，好像会呼吸困难。"

"也可以。"王泽文想了想点头说，"那这里你就当呼吸困难，自然地把蒙面巾扯下来一点儿，露出你脸上的表情，这样的话也比较好表现。可以……"

林城在纸上飞速记笔记，王泽文接着说："你具体要怎么表现呢？有点儿惊讶，有点儿不解。欲言又止，想反驳他，奚落他，可是又觉得没劲，因为这个时候你自己都在迷惑。哦，别忘了你还在病中，需要表现得很虚弱。当然我没让你用眼神表达出那么多复杂的情绪，你只要皱眉——表情不要做得太夸张，放到银幕里的时候会是灾难。克制一点儿的皱眉，同时眼神迷离，够味儿就行了。回去对着镜子多练一会儿，记住我刚才说的那种心情。"

王泽文对着林城不大自在的表情左右看了看，满意点头。他觉得林城的气质和北固真是天然相似，现在的表情就挺到位的。

王泽文说："虚弱不用担心。明天早上你先去拍一段武打戏，拍完后不要休息，直接过来，我保你虚得真真的。"

林城应了一声。

之后王泽文又跟他讲了一会儿，把后面几段的内容都给捋清楚了，看时间不早，才放他回去。

林城回到自己房间之后，又翻出笔记和剧本仔细看了一遍。

他不是一个天赋型的演员，也没有科班出身的相关经验。虽然拍了很多年电视剧，却还没有挑过主担，而且电视剧对演员的要求也没那么高，他学到的东西很有限。他曾经去系统性地进修过演技，但那与真实经历总归是不一样的。

他也不知道在大银幕上，自己究竟能够表现出几分，唯有继续努力而已。

王泽文愿意这么细致地指点他，他很感谢。正是因为知道圈子里跟红顶白、见人下菜的常态，他才尤为感激。

林城闭上眼睛，开始设想拍摄时的场景，一遍遍地过那一场戏，让自己沉浸进去。

慢慢地，他神志开始迷离，而脑海中的画面却越来越清晰。

他觉得自己就是北固。

他穿着一件黑色的外袍，站在寒冬的天地里，回头相望，一片肃杀。

冯重光将手按在他的背上，催促道："快走！"

林城开始回忆。

这一幕，是北固跟随冯重光北上的路上，遇到一队敌我不明的铁骑。

北固受伤，但坚持带走了冯重光。二人狼狈脱逃。

寒冬深夜，北固衣着单薄，闭着眼睛在山庙之中假寐。他的伤口已不再流血，可是疼痛仍在，加上漏风窗户中吹进来的寒风，叫他全身止不住地瑟瑟发抖。

他这一生，经历过多次生离死别，早已看淡，此时也只是心如止水地等待着天明。

痛是能熬过去的，但苦不能。

冯重光睡在他旁边，半夜醒来，悄悄朝他走近。

北固不动声色地扣住自己胸口的长剑，默默地听着他的脚步声。北固正准备先行出手的时候，一件大衣盖了下来，将他裸露在外面冻得红肿的手脚包裹住。

北固按捺住了，没有动作，可是滚动的眼珠以及骤然僵硬的四肢，暴露了他在假寐的事实。

冯重光低声笑道："醒着？"

他的笑有种特别的魅力，能叫人放松警惕。

北固不语。

冯重光坐了回去，许久后说："其实我想看看你的脸。"

北固终于出声："重要吗？"

冯重光说："重要。以后再见面，我才能认得出你。"

北固呼吸沉重，再开口声音还是很虚弱："重要吗？"

冯重光仰起头。

"你是北固，北固是你。世上千万人之中，只有一个北固。世上可以有千万个叫北固的人，可是只有一个人是你。"冯重光说，"陪我闯关，两次救我的人，也只有你一个。我认不认得出你，当然重要。"

北固睁开了眼睛，视线却难以聚焦。他的手臂稍稍一动，将身上的大衣往上提了一些。

衣服内侧还带着冯重光的体温，似乎能替他挡住这彻骨的寒意。

之后便再也没有人说话。

冯重光抱着自己的手臂，颤抖地坐在火堆旁边，冷得难以入眠。

那微弱的火苗，无法让他们取暖。它不断地惊险跳动，似乎连自己都抵挡不了夜里的这股寒气。

两人沉重的呼吸声不断在深夜里交响。在北固不由得想自己是否会冻死的时候，他们终于等到了天亮。光照进窗户，带来若有若无的暖意。

冯重光打了个哆嗦，艰难地站起来，准备接着赶路。

北固已经无法动弹了。他身上开始发热，昨夜流了太多的血，此刻神志恍惚。

冯重光喊了他两声，北固都没有应答。冯重光犹豫片刻，将人背到自己的身上，要带他出庙。

北固迷迷糊糊地醒来，发现自己趴在冯重光的背上。他暴着青筋的手按住了对方的肩膀，说："你大可以在这里丢下我。"

冯重光固执地道："不。"

北固由衷不解："为何？"

冯重光只说："再往前走一段路，就是我与亲信相约会面的地方，届时你我就安全了。你还能支撑吗？"

北固的手越加用力，死死掐住他的肩膀。

"我与你又是什么关系？"北固附在他的耳边，声音已经轻得快要听不清，"你莫非没有听过我的名字？不知道我是谁？"

冯重光扯动着僵硬了的脸部肌肉，笑道："我不管你是谁，你都是我的臣民。只要你没有背叛我，我就不会抛弃你。"

北固眸光闪烁。

到这里，画面都是正常的，林城深陷其中，还能分出一丝心神乱想，自己知道该怎么演了。

可是后面，梦境就开始变得光怪陆离起来。

大概是因为今天晚上的时候和王泽文聊了太久，想得太多。

他的画面闪过了电影中后面的情节，又与现实不断交叉。

王泽文的声音低缓而富有磁性，极具迷惑性，林城差点儿分不清他是谁。

真正的冯重光，大概不会笑得这么温柔的，因为郭奕世演的太子，性格要更加刚硬一点儿。郭奕世只会把台词念得像在宣誓，以表现出自己顶天立地的男儿气概。

林城忍不住信了。也许他信的不是冯重光，而是王泽文。

等早上闹铃响起，他从梦里惊醒，已经记不大清昨夜具体的内容。

林城爬起来。

他和北固有些相像，对他人的善意不知所措。就跟王泽文说的一样，他在圈子里混久了，习惯了那些虚假的关心、暗中的算计，第一次面对王泽文这种直白、真切，又坦诚的体贴，确实有些不知所措。

他心里默念了两句，冷静下来，又去拿剧本。

无论是看剧本还是看小说，有了先入为主的观念之后，都很容易对角色进行代入。林城休整了一天，却依旧没调整过来。

他怕影响自己的状态，默默翘掉了当天晚上去和王泽文对戏的约定，王泽文也没有主动来找他。

于是又过了一天，轮到有他的场次。

郭奕世裹着棉衣站在角落和林城对词，"走替"试了几遍，确认打光和镜头的位置。王泽文坐在不远处，脸上完全看不出喜怒。

林城的脸很冰凉，但是寒冷的天气正好叫他的大脑冷静下来，不去想太多。

只是真正在和郭奕世对戏时，他完全没有实感，甚至觉得有点儿出戏，好像冯重光不该是郭奕世演的这个样子。好在这一幕林城已经想象了太多遍，他一站到场景中，所有的台词和情绪都已经就位，叫人完全看不出他心里的想法。

剧组的工作人员惊了下，没想到他文戏的业务水平也如此高，交头接耳了几句，然后认真工作。

只有王泽文挑眉，赞许地笑道："晚上回去做功课了？"

之前讲戏的时候，林城明显少了点儿状态，现在跟角色就贴合得很好。

刘峰在一旁朝林城竖大拇指，赞扬他做出的杰出贡献。

王导好心情，剧组就是晴天！

林城笑了一下，披着大衣站在旁边。

然而正式开拍的时候，这一条没过。

郭奕世的表现力不行，被王泽文频频要求重拍，林城也只能跟着他一次次 NG。

郭奕世的演技水平，很多情况下是看剧组负不负责，导演愿不愿意给他纠正，显然王泽文就是这样一个精益求精的人。

一个上午都在拍郭奕世背着北固行走的戏，摄像师和灯光师都拍得疲惫了，郭奕世也在发抖。

大冬天的拍外景，实在不是一件好受的事情，林城跟郭奕世都很紧张。

好在今天林城状态好，就算陪着郭奕世一遍又一遍地过，也没出过什么岔子，成功避免了王泽文暴走。

这么一场戏，拍了二十来遍，才终于收工。

结束的时候，剧组上下都松了口气。郭奕世看起来有些颓丧，对着林城呼出一口白色的浊气，什么都不想说，挥了挥手表示感谢，然后走了。

林城耷拉着眼皮到旁边休息。

王泽文走过来，拍了下他的肩膀。他在林城对面坐下，掏出一根烟，本来想点，似乎又想起林城不抽烟，只叼在嘴里。

王泽文问："昨天怎么没来找我？"

林城说："昨天收工太晚，大家都辛苦了。"

王泽文："那后面几天也要辛苦了？"

林城顿了下，捏着手中的热水杯转了一圈儿，迟疑着道："那我……"

王泽文的手拍在他的后背上，自认为猜到他内心的想法，一副长辈模样的宽厚表情道："一个人琢磨没有两个人讨论有用。我没有烦你。脸皮厚点儿是好事，我也喜欢提携有天赋又努力的年轻人。今天可能真的太晚了，明天拍完之后，来我房间找我。正好过几天要开始新一轮的围读，你做做准备。"

他说得很强势，不给林城拒绝的机会。

林城点头答应。

王泽文拿出手机道："微信给我，等我和他们讨论完了，叫你过来。准时来，懂了吗？"

林城从兜里掏出手机。

两人加上好友之后，林城才发现，这应该是王泽文的私人号。

他的微信头像是一颗愤怒的萌版海胆球，浑身的刺都往外夆着，浑身漆黑，只有一双圆滚滚的眼睛用力瞪着，翻出半圈儿眼白。

林城看了一眼，忍不住又看了一眼，莫名觉得两者极为相似，又有点儿可爱。

大概是什么前世今生的巧合吧。

几天后，天气放晴，王泽文急着要拍一场武打戏。

近月来天公不作美，山间的天气总是阴沉沉的，难得等到了合适的天气，剧组开车过去，准备拍摄。

这场戏是林城与女主角黄时清的打戏。

一片宽阔的湖水，远处映照着深色的群山。灿烂的暖阳之下，湖面泛着金光。镜头中粼粼流动的光色，被放大得更加壮观。

旁边临时搭了一栋木屋。

按照写好的剧情，此时北固已经与冯重光分离。他找到了女主角，想从她的嘴里得知冯重光的去向，而女主角怀疑他的居心，不肯告知。

北固不是一个会服软的人，他行事向来干脆，面对不说实话的人，只做一件事，那便是打。

于是二人动起手来。打到半途的时候，冯重光出现了。

此时女主角恰好被打落水中，冯重光心急之下，击了北固一掌。

虽然剧情中要落水的是女主角，但二人一直在贴着河边对打，威亚的控制不是那么精准，如果走位不小心，两人都有掉下去的风险。副导演让他们提前熟悉一下，一定要多彩排几遍。

林城从第一次进组之后，就没再见过黄时清，到了今天才有机会近距离和她接触。

她看起来比第一次见面时还要憔悴，不知道是疲于拍戏，还是受到私事影响，经过浓妆和打光遮掩，倒是看不大出来。

黄时清"咖位"大，性格冷，这种状态下更不想和他打交道。林城很有自知之明，与她保持着社交距离，只管排练。

排练是很枯燥的。二人慢动作快动作都试了好几遍，武指在旁边耐心地纠正。一趟趟下来，有点儿小毛病，但并不严重。

林城的武打戏没有问题，走位精准，动作板正，各个细节记得清清楚楚，应变能力也很强，整个剧组都放心。就是黄时清没有相关的基础，会麻烦一点儿。

王泽文在一侧盯了许久，又着腰来来回回逛了好几圈儿。多日的过劳工作，让他额头的青筋一下一下失控地往外弹跳，眉头紧皱不解。

他也看出了黄时清的心不在焉，考量再三，还是没给她施加压力，只是反复询问道："走位记住了吗？"

黄时清："记住了。"

王泽文沉吟片刻，又说："这一场离河边很近，得非常小心。我再问你一次，记住了吗？"

黄时清："嗯。"

王泽文于是扭头叮嘱道具组那边的人，让他们打起精神，准备开工。

黄时清的助理早已经备好毛巾跟热水在旁边等候。

林城依旧穿着他那一身黑色的长衣，不过这次外面多了件过于宽大的外袍，是男主角给他留下的。他抖着剑，不停地小跳热身，准备开场。

王泽文目光在他身上顿了一下，表情稍稍缓和。

"各人员就位……"

"北固，你疯了吧！"

一声叱咤厉吼，两道人影从木屋中飞出。

女主角脚尖轻点，急速后退，饶是如此，也没甩开那个身负重伤的男人。

她退到河边，没有去路，只能反身与他缠斗。二人几个交锋，战况激烈。

女主角手中的剑不断朝林城的面门袭去。

不承想，这时出了意外。

原先排练过好几次的动作，出现了失误。女主角记错了招式，多出一个转身，又跳过了对手的两个动作。

林城愣了下，没反应过来，剑已经朝着他的脸刺来了。

这时候他恰好贴着河边走，为了躲避，只能后退一步。

后面便是冰湖。

先后两声"扑通"，黑色的人影彻底没入水中。

惊叫声在片场周围响起，可惜林城已经听不到了。

冬天的湖水冷得彻底。表面的那一层近似冰碴儿，下面是彻骨的寒意。

林城扑腾了两下，灌进两口腥臭的河水，整个人差点儿晕过去。他知道自己这时候绝对不能下沉，靠着多年锻炼出的身体素质，扛过了水流，努力往岸边游去。

众人拥上前，赶紧拉了他一把。

黄时清也落水了，因为冲势太过，又被林城吓到，扑了进去。但她有威亚吊着，只有下半身沾了水。众人反应也及时，没让她遭太多罪，已经把她拉了上来。

此时大多数人都围在她的身边，紧张地查看她的情况。

林城冷得浑身打战，大脑快要停止思考。他看不清周围的景象，睫毛下垂着，努力想将自己缩成一团。

只听见嘈杂的人群安静了一会儿，随后是王泽文暴怒的咆哮。

"你们怎么回事！黄时清！你魂不舍守地演什么戏，你刚刚打的什么玩意儿！"

黄时清本就面无血色的脸又白了一分。

林城被那怒骂吼得回神了些，紧跟着一条毛毯盖到他的身上，将他裹住。林城微微抬头，看见王泽文白皙的下巴。

这一幕与他之前戏中的某个画面重合了起来，可又不是他的幻觉。

王导此时非常愤怒，胸腔剧烈震动，高亮的声音不断在林城耳边炸开，同时一双手不忘紧紧抓住毯子的两边，把他整个包了起来。

"他没助理你们没看见吗？把人拖下水了连条毛毯都不会给？干愣着干吗？她有什么好围着的？自己凭本事下的水，有本事接着下去啊！

"啊？刚刚送走一个，你上赶着和他搭伴儿啊？我就问你能不能好好拍戏？我请你来是烧钱来的吗？这一幕危险我提醒过你了吗？能不能拍我问过了吗？让你多小心、记清楚我说过了吗？不能拍你就说，你为什么不说！你以为这是敬业？叫别人陪着你一起倒霉？"

林城从喉咙里挤出两个字，想说"没事"，一条白色的毛巾再次从头顶罩下，大手用力揉搓着他的脸，把他脸上的水渍擦干净，同时也将他的声音揉得细碎。

黄时清声线发颤："对不起。"

王泽文怒气难消："我知道你最近有事。要请假，好，我尊重你了，但是你给我的尊重呢？别以为拿过几个奖就在我的组里有特权，我的组里不认'咖位'！好好拍戏，我让你做大爷。搞不清事情的，我让你知道什么叫大爷！"

周围的人噤若寒蝉，一个敢替黄时清说话的都没有。

要说大牌，这里谁能比得过王泽文？

这主儿高兴了给你赔个笑脸；不高兴了，砸烂了你场子也没人有话说。

林城挣扎着想要站起来，一双手伸到他的面前，他迟疑了下，握了上去。

对方的手心也很冰凉，但和他比起来，却显得非常暖和。

那双手一把将他扶了起来，并且搀住了他。

王泽文："热水！"

周围的人匆忙将保温杯递了过来。

王泽文挑了一个，塞进林城手里，又喊了刘峰过来，让他送林城回去洗个澡，换身衣服。

林城几乎是浑浑噩噩地走到休息室，然后被推进去冲热水澡。

他在化妆间里吹了一会儿暖气，换上了干净的衣服。过了一会儿，终于缓过来了。除了身体软绵绵的，没有别的毛病。

他不顾形象地瘫软在角落的沙发上，闭上眼睛开始想刚才发生的事情。

王泽文是人好，他对谁都这样。

林城看了一眼不远处满脑袋忧愁的刘峰，问道："还回去拍吗？"

刘峰缩着脖子，无声做着口型道："还拍啊？"

林城说："那场地该怎么办？"

"我是说黄时清那边，"刘峰努努嘴示意，"不知道她那边情况怎么样。我现在没收到消息啊。"

林城"哦"了一声。

圈子里是有高低贵贱的，艺人的商业价值就是他们的标价。

今天如果换了别的剧组，林城被打下水，估计什么事儿都不会有。

而如果换了林城失误将黄时清打下水，那他恐怕这辈子的事业都要完了。

林城也没什么不满的，地位是自己混出来的，他只是有点儿担心后面的戏能不能拍下去，王泽文当时骂得挺厉害。

随即王泽文就走进来了。

刘峰迅速从座上起身，跟兵马俑似的一动不动地挺立在旁边，向他行注目礼。

王泽文脸臭得厉害，在桌上甩下手中的剧本，也没看他，径直走到林城身边，用手背贴住他的额头，问："怎么样？没发烧吧？"

刘峰忙说："医生开过药了！那个，黄姐的助理去煮姜汤了。"

王泽文语气不善道："嗯。"

当一个毒舌开始说单字的时候，就证明他已经气到丧失本性，跟点着了引线的炸弹一样，十分危险。

这个不需要推断，王泽文的表情如是说。

刘峰好久没有接到这种等级的警报情况了，心想：黄时清这位姐姐的威力可真大，居然有本事把人气成这样。同时也有些惊讶，王泽文早就不是初出茅庐的新人了，这样见惯风霜的老司……老前辈，也会因为工作的事儿震怒。

不管刘峰的内心多么复杂，面上只管摆出同仇敌忾的样子来。

王泽文的手背也很冰凉，失了知觉，试了半天没试出结果来，心情更加烦躁，所幸旁边刘峰及时地恭敬地两手向上，呈过来一个水滴形体温枪。

王泽文翻着白眼，把体温枪对着林城的耳朵"嘀"了一声。等看清上面的数字，那眼白隐隐又有翻红的趋势。

林城犹豫了下，趁早说："我可以把今天的戏拍完。"

王泽文确实是来找他上工的。

剧组不能拖，景都搭好了，后面的场地也租好了，延长一天，全是钱。

黄时清那边他刚刚去过，已经教育好，状态也调整完了，就差他这边了。

今天的戏几乎都在林城这里，明天、后天也有他，他不好缺席。

王泽文张了张嘴，还没说出口，林城已经明白他的意思，主动站起来说："我去找王姐化妆，再换身衣服，给我半个小时就可以了。"

他站起来，比王泽文稍矮一些。王泽文近距离看着他苍白的面容，还微红的眼睛鼻子，以及故作轻松一脸淡然的表情，莫名有点儿不是滋味。

他想林城一定是在圈子里吃过很多苦，才会表现得那么自然，这是肯定的，毕竟他们第一次见面的时候他就是那么窘迫。

然后他也把林城拉到自己组里来吃了不少苦。

这是个努力又听话的人。

王泽文压下情绪，最后放缓了语气，说："去吧。"

经过这事儿，整个组里没人敢大声说话，连手机也不敢摸出来。

黄时清披着大衣出来，给林城道了歉。

林城摇了摇头，表示没关系。

她本身就是个性格较冷的人，说完之后就坐到一旁等着开拍。

这一次拍得还算顺利，二人照着排好的那样，走了一遍流程。

林城的动作已经练得足够熟练，不需要过多思考，身体自行就能配合她打出来。到黄时清落水，这一幕就可以结束。

林城朝她胸口踢了一脚，威亚立即吊着黄时清往后飞去。刚一落水，人又被吊起来，飞回岸边。

黄时清火速脱掉外面的湿衣服，走进休息室。

她在戏服里穿了防水和保暖用的衣服，根据角色需要，外面还套着一件厚重的披风。不像林城，他的人设不管冬夏都是穿着一件单薄的黑衫。

所以黄时清出水的时候，冰水还没有灌进衣服，情况看起来没那么糟糕。

林城补了几个在湖边的镜头，这一场算是完成了。

后面本来应该接着拍男女主角的戏，林城的戏安排得很散，都是穿插其中，但因为今天的事儿，王导征求了二人的同意，决定先把林城相关的内容给拍完。

于是郭奕世提前来了，开始准备后面的工作。

林城坐在一块光滑的石头上面，试图让自己的脑子冷静下来。

他闭上眼睛，开始在脑海里模拟剧本上的内容。

冯重光一掌打伤了北固，北固没有对他还手。他显露出一丝无奈，想劝北固离开。他还有大事要做，而他并不相信北固。他没有杀了北固，已经是最大的善意了。

冯重光说："你总有想做的事情吧？"

北固其实没有。他连活着的欲望都不大强烈，又怎么能为别人拼尽性命呢？但是他对着冯重光点了点头。

冯重光："那就去吧，我相信会有河清海晏的一天。到时候，你也不必做一个杀手了。"

他叫北固走，其实北固是无处可去的。

他的世界里没有善恶，没有情感。可是当他遇到了冯重光的时候，犹如最利的刀归了鞘，突然变得温和内敛起来。

冯重光是第一个对他好的人，救了他，教了他什么是天下，什么是大义，把浑浑噩噩的他点醒了，将他暗藏在心底的最不安的涌动给挑破，让他陷入了无尽的自我怀疑和一段没有结果的探索道路之中，开始思考起逃避了几十年的关于人生的问题。

当他开始学会思考时，世界就变了。

北固孤独的身影慢慢行走在冬日这条没有绿意的道路上，最后停住脚步，回头望了一眼。

镜头中林城的眼睛带着微红，带着迷惘，带着犹豫。他还在迷途之中，比开始时的冷漠，多了不一样的感情。

林城没有想那么复杂，他脑海中只有一个问题——这部电影杀青了以后，他该怎么办。

他的戏应该快杀青了。

这个问题竟叫他有些难过，可难过的源头在哪里，他又说不清楚。

"好。"王泽文平静地宣布了完成。

众人原本还担心林城的身体状况会影响他的发挥，却不想他本人和北固这个角色真的是太过贴合，从拍摄开始到现在，几乎没遇到什么瓶颈。

不知道王泽文究竟是从哪里挖出来的人，可以说是他们剧组的幸运星了。

林城打着喷嚏，准备走开。

"等一下。"王泽文道，"林城，过来一下。"

林城听见，小跑着过去，站定在他面前，叫道："王导。"

他耳边嗡嗡作响，有些耳鸣。说话也带着鼻音，不是很有精神。

王泽文看他这样子，不自觉放缓了语气，说："再过来一点儿。"

林城不懂他要做什么，又靠近了一步。

王泽文掀开盖在膝盖上的衣服，站了起来，查看他的体温。

"我怎么觉得你烧得更厉害了？"他听王泽文说，"医生怎么说？你这得有 39℃ 了吧？能不能坚持？"

林城含含糊糊地应了两声。

王泽文忍不住大声道："你怎么回事！"

林城配合着寒风，从脊背处打了个哆嗦。同剧组的人员也跟共振似的，小小地抖了一下。

这句话的杀伤力实在是太大了，简直就是暴风雨的开幕词。王泽文每次说了这句话，后面跟着的就是一长串的讽刺。

王泽文："我是说，不舒服就讲，虽然演员拼是好事，但不注意自己的身体还是不行。你身边没有助理……北固这个角色的戏份儿挺多的，而且特别辛苦，最好是有个人照顾你，你自己也得小心一点儿。不过今天的事情是一个意外……"

"刘峰！"王泽文说着，将刘峰喊过来，嘱咐道，"你还是陪林城去一趟医院吧，盯着他点儿，我看他不大对劲。"

刘峰暗暗嘘出口气，高声应道："唉！"然后朝林城笑了下。

林城不想给他们添麻烦，想说自己一个人也可以去。王泽文却拍了拍他的肩膀，带着不容置疑的语气道："去吧，今天你的戏拍完了，看完医生回去休息，不用回来了。"

林城看着那双有些红肿的手，迟缓地点了点头。

刘峰已经迫不及待地抓着他，喊道："林城，冷吗？我这里还有件大衣。"

林城还没回答，那边王泽文先道："加上吧，别出去的时候又吹严重了。"

林城都还没反应过来，已经被人披了一件大棉衣。那棉衣得有两个他那么大，直接把他脸都给埋了进去。

分明是王泽文盖在腿上用来保暖的那一件，内衬里还暖洋洋的。

王泽文推着他说："行了，去吧。"

最后，林城在医院挂了大半天的点滴，一直挂到晚上 7 点多。

刘峰将他送到之后就回去了，林城一个人留在医院里，太过无聊，躺着睡了一会儿。结果由于发烧的原因，睡得浑身燥热，很不舒服，没一会儿又醒过来，干脆坐起来玩儿手机。

他忍不住去翻了下王泽文的微信朋友圈。他之前看王导的朋友圈时，没敢点赞，也没敢评论，怕显得他不务正业玩儿手机。这会儿在医院，好像看朋友圈的理由还挺充足的。

王泽文的最新动态，是他的午饭记录。

"番茄牛腩饭【暴怒】，以后剧组不可以出现任何'nan'字！"

林城觉得所有愤怒的表情到了王泽文身上都很有趣，所以手指一按给他点了个赞。

没多久，王泽文那边给他弹了一条消息。

王泽文：怎么样了？

林城：医生说没事。打完点滴就可以出院了。

林城：王导在忙啊？

王泽文：跟剧务商量一下明天的安排。

王泽文：什么时候回来？叫司机去接一下你吗？

林城：不用了，我打完最后一瓶就回来。护士把吊水的速度调得很慢，我也不确定要多久。

王泽文那边回复速度断断续续的，有点儿慢，看起来真的很忙。

过了片刻，才回复一条消息。

王泽文：好，那你回来的时候注意安全。【是谁在嫉妒我】

林城看着后面那个表情包笑了出来。不知道为什么，就是觉得很好笑。点了点头像上的黑海胆，感觉身体好多了。

挂完水的当天，林城的体温降下去了，结果不知道是不是夜里他踢了被子，第二天又开始反复。

趁着早上没有他的戏，林城跑去医院做了复诊，然后举着没挂完的药水回片场进行准备。

这间休息室里人很少，现在只有他一个，是黄时清为了表示歉意腾给他的。

林城看了一会儿剧本，不大能进入状态，总忍不住分神。这时身边的手机适时地振了一下，他抗拒不了诱惑地拿起来一看，发现联系他的人是王泽文。

王泽文：你今天上网了吗？

林城：还没有。

王泽文：不要上网。过来准备一下。

林城：我点滴打完就去。

王泽文：哦，不急。

一会儿急一会儿不急的，这欲盖弥彰也太明显。

林城准备切小号上去看看，恰好刘峰走进来，见他埋头刷手机，心情很好的样子，笑道："你在跟谁聊天儿哪？"

林城回说："没有，是王导。"

刘峰却好像更激动了，跳过来说："你加上王导好友了？"

林城顿了下，问："不是大家都有吗？"

"怎么可能！王导不喜欢这些交际的。"刘峰一脸"吾儿可期"的表情，拍了拍林城的肩膀说，"好好加油啊，这说明王导看好你。当然大家都很喜欢你，比如我啊！"

林城顿了下，然后道："我已经和公司解约了，以后还拍不拍戏也不一定。"

刘峰想起来这事儿，遗憾地发出一个单字："啊……"

林城无所谓地笑道："是好事啊。解约之后不用分成，这部电影的报酬够我吃好长一段时间了。"

刘峰点头："也是。"

林城的片酬低是相对而言，但如果不分成的话，还是挺可观的。

刘峰看着他嘴角上翘的弧度，在一旁的椅子上坐下，感慨道："你心态真好。"

林城心想：在圈子里"糊"个十几年，谁的心态都会变好。

他被刘峰一提醒，倒是想起件事，迟疑着问道："王导没事吧？"

"没事啊，王导能有什么事儿？"刘峰说着顿了一下，一副劫后余生的庆幸表情道，"我们也没事！"

林城："……我是说，他昨天骂得挺凶的，会不会得罪人？"

林城见过对演员凶如狗的导演，毕竟导演也只是制片人召集来的剧组工作人员而已，胳膊干不过资本，加上脑袋螺旋式上天也不行。他担心王泽文得罪太多人，那么年轻，将来就完了。

"我们老板啊……"听林城说完，刘峰表情诡异道，"别人担心得罪他还差不多。"

林城："啊？"

"被导演骂两句而已，大家都习惯了的，没事没事。"刘峰挥挥手，一副浑不在意的表情，笑道，"你放心吧，王导浪得很有分寸的。"

"你说谁浪？"

房间里突然冒出第三人的声音来，刘峰脊背生寒，以为是大白天说鬼见鬼，撞枪口上了。

结果下一秒房门被推开，进来的是组里的一个道具师。

刘峰拍着自己的胸口，笑骂道："干吗啊你！吓死我了！打你啊！"

那人笑了下，从角落里搬出一个箱子，不忘回嘴："谁让你说王导坏话，该！"

刘峰坚决否认："谁讲他坏话了？是修饰好吧！"

那边林城已经用小号登上了微博。

他点了下刷新，才知道王泽文为什么叫他不要上网了。

被人带着上热搜了。除了上热搜的那个标签之外，还有好几个相关的话题：林城截和、夜雨潜规则、夜雨北固。

　　林城怀疑夹在中间的那个"'糊'是最好的保护色"也是为他而诞生的。

　　这可真是人生巅峰啊！

　　里面的内容没什么新意，就是寻常套路。

　　"话说林城是哪个'三十六线'？"

　　"林城啊，我的小'墙头'，居然上热搜了。"

　　"难怪不火，专门想着走歪门邪道了。"

　　"《夜雨》这电影还能看吗？亏我还期待了很久。"

　　…………

　　林城没什么粉丝，对方又请了"水军"，有预谋地"泼黑水"。

　　他的相关词条全部被"屠"了。一搜索他的名字，后面就能冒出一串不堪入目的脏话来。

　　网友们深"扒"他过往的采访视频，断章取义地进行截图，笃定他是个喜欢说谎装×的"戏精"，打上红色字体在各处评论。又结合他多年来从龙套到配角的作品表，脑补出他用不正当的手段拿到角色的全过程，且井井有条地给他排了时间表。

　　还翻出了不知道多少年前的旧照片，对着上面的人物编纂出八百字的小论文，配合备忘录，信誓旦旦地表示他们朋友／同学／同事亲眼所见，并从微表情分析证明：这些全是证据！

　　还别说，逻辑还是挺缜密的。

　　林城又搜了下《夜雨》，发现最新消息里同样在讲这个事情。

　　"王泽文晚节不保啊。"

　　"王泽文不老吧？虽然他拍的电影多……但他其实是个青年导演来着。"

　　"《夜雨》的公关谁做的？还不出来做事，白领工资的吗？"

　　林城查了一下原先那个男二号的名字，发现最近对方有部电视剧要开播，目前还没冒出来给任何回应。

　　按照正常流程来说，到了明天，或者后天，等事情发酵一下，他再慢悠悠地出来约束粉丝，这场炒作就可以结束了。

　　林城在那边翻阅，刘峰突然举着手机冲过来。

　　他探头在林城的手机页面上望了一眼，发现自己还是晚了一步，"啊"了声，灰头土脸地道："又要被骂了。"

　　他的五指翘在空中，思考着要在聊天框中输入什么文字。

　　林城知道他应该是在和王泽文聊天儿，关掉页面，笑说："你说我没看就好了，我没关系的。"

刘峰不知道该怎么安慰："你不要在意那些事情了，管不了别人瞎说，大部分是'水军'而已。"

林城笑道："我都快退圈了，本来就不在意啊。王导当我还小，其实我已经很大了。"

刘峰也笑："王导是很喜欢照顾人的，虽然他发脾气的时候才跟小屁孩儿一样。"

林城说："是发脾气的频率跟小屁孩儿一样吧？"

两人一起放声大笑，笑了一会儿又做贼心虚，小心地收了声，观察周围有没有目击证人，然后该挂水的挂水，该工作的工作。

林城的点滴很快就挂完了，他拆掉了针头，跑出去找王泽文。

身在娱乐圈，被"拉踩"被炒作都是很正常的事儿。林城没有关注这种小事，剧组也没放在心上，大家主要还是做自己的工作，想尽快把电影拍完。

就是王泽文看起来不大舒心，因为烦躁，抽了特别多的烟。一根接着一根，身上带了浓重的烟味儿。之前还想着遮一遮，今天彻底放弃了。

林城犹豫许久，问道："王导，你没事吧？"

"啊？"王泽文又点了根烟，吞云吐雾道，"我当然没事，你关心一下自己吧。今天的拍完了吗？拍完就回去休息吧。"

林城："哦。"

到了晚上，林城回到酒店，在电脑前坐下，终于有时间上网查看进展。

他当这件事已经平息下去了，搜索了一下关键词，发现关于自己的部分确实平息下去了，但是网友依旧很热情，大家讨论的重点全部偏到了王泽文的身上。

不知道是不是那个男二号得罪了人，有人浑水摸鱼，在拉王泽文下水。

网友们也瞬间被带了节奏——欺负林城一个"十八线"有什么意思？不如"扒一扒"王泽文这样有背景的家伙来得有趣。

林城看了下。

"黑"王泽文的内容，比"黑"他的有新意一点儿。

一部分人说王泽文不露脸是因为长得很丑。一部分人说王泽文能拍那么多商业电影，每部排片还都不低，肯定是走了特殊道路。还有人说王泽文在剧组十分霸道，顶着一百八十斤的肥肉，喜欢骚扰女演员。

反正总能找得到"黑"的角度。

林城看着被气笑了。

他刷了一会儿，觉得还有时间，就上了自己的几个小号，在相关内容下面"洗"关于王泽文的内容。

吵架是很好挥霍时间的，尤其在跟别的"水军"斗智斗勇的时候。

他现在工具设备不足，也没有联系工作室的伙伴，就自己单枪匹马地上，刷出了以一当千的壮烈感，那种激动让他感冒都好了不少。

过了不知道多久，林城发现自己其中的一个小号，收到了王泽文的私信。

王泽文："水军"？

林城确认了两遍，不是高仿，是本人。

他的小号里面基本都是些转发点赞，且业务比较集中，还是挺容易看出"水军"身份的。他犹豫了下，给对面发了回复。

你这木头啊：自发的。没收钱，不算"水军"。

王泽文：为什么自发的？

林城笑了一下。

你这木头啊：因为我是你的粉丝呀。【转圈圈】

林城发完一个表情包，觉得还蛮有意思的，又在后面跟了好几个。

你这木头呀：【晚安】

你这木头呀：【吹吹，不痛】

你这木头呀：【我有魔法】

王泽文那边没有马上回复。

林城得到了正主的关注，有了激情，又继续去掉别的"黑子"。

过了片刻，林城发现对方给自己发了一个红包。

你这木头呀：不收红包了。

王泽文：你还蛮有意思的。

王泽文：你们一般几点下班啊？

林城看了一眼时间，才发现都快晚上 11 点了。

你这木头呀：快睡了，明天早上 7 点还要上班。

王泽文：那你去睡吧。

你这木头呀：好。【比心】

王泽文：【比心】

林城这边还有一场骂战没有结束，他揉了揉眼睛，继续作战。

过了半个小时，王泽文再次联系他。

王泽文：你不是去睡了吗？

你这木头呀：你怎么还在线啊？

王泽文：开完会上来看一眼，看见了你奋斗在第一线的英勇身姿。

你这木头呀：哈哈，我真的要去睡了。

王泽文：你去休息吧。不用管他们，这边事情快完了。

你这木头呀：公关要上线了呀？

王泽文：嗯。王者公关。

林城心想：王导这么喜欢催人去休息的吗？倒是很有身为长辈的自觉了。

他关掉插件和网页，站起来伸了个懒腰，去卫生间洗漱。

深夜 12 点。

在林城与王泽文相继被辱骂了十多个小时之后，《夜雨》的官方账号终于给出了回应，只不过回复的态度让众人大跌眼镜。

"为什么换掉你，心里没点儿数吗？'水军'说得没错，不火是有原因的，因为那点儿心思都用来害人'拉踩'了。我为什么选他？一是因为他便宜，片酬只有你的十分之一。二是因为他是专业武生，比你更适合北固这个角色。三是因为他敬业，且十分敬业。不会吊个威亚就住院半个月，不会学套动作需要用上几个小时，不会态度不端正还给我叽叽歪歪，也不用强制要求保姆车天天接送。寒冬落水感冒发烧为了不拖剧组进度主动要求加班。你自己说，给我一个不换掉你的理由，是自带'水军'抹黑导演给剧组创流量吗？啊？滚！"

"吃瓜"群众沸腾了。

"大戏啊！是王导本人吗？"

"这骂人的风采很像王导啊！"

"王导精准踩点。"

"我就喜欢看你们圈内人'撕'。来得更猛烈一点儿怎么样？"

"我今晚上还可以睡吗？！让我'吃瓜'！让我接着吃！"

可惜，没多久这条微博就被删除，《夜雨》官方重新发了一条上来，措辞很官方。内容后面的手机型号后缀也变了。

"演员是剧组工作人员经过共同考核后决定的，出于档期、成本、水平等各方面考虑，所选择的最合适的人选，不存在任何私人相关的考虑。质疑电影质量的网友，可以耐心等待电影制作完成。我们接受群众的考验。相约影院，不见不散。"

林城正要睡的时候，看见这两条消息，整个人都清醒起来。

他以为所谓的谈妥，是找到原先那个男二号，和他说好了澄清事宜，将这件事安全地过渡过去。

原来"王者公关"的意思居然是自己上？！

看看这事儿闹的。

网友们彻夜未眠，林城同样也是。大家都在耐心等待这场舆论战的胜负，看看最后是谁先认怂。

王导不愧是王导，他是个负责任的人，没有就这样弃广大网友于不顾。一个小时后，王泽文登录自己的账号，上传了之前林城试镜时录下来的一小段视频。

"我招的男二号。某人的试镜视频我也有，要不要一起看一看哪？"

画面里，林城脱了外套，里面只贴身穿着一件单薄的长袖，对着前方舞剑。

镜头角度拍得不好，毕竟当时不算正式拍摄，主要是为了看看他的实力，但就算角度偏斜，没有打光，也丝毫不影响他的表现。

利落的招式、矫健的动作、熟练的表演，直观而强势地证明林城是个武打技术过硬的专业演员。不断抖动的剑身似乎卷起呼啸的风声，那种紧张而危险的气息，几乎能从屏幕里面涌出来。

没用任何特效，这是毋庸置疑的优秀。

网友们正闲着无聊，是怀着好玩儿的心态随手点开的视频，不想这一段短短的视频，却叫他们在深夜里振奋得无法入眠。

也是这一段视频，真的将事件推上一个高潮。

观众爱看武侠片，想看的难道是"五毛特效"和镜头慢放吗？当然不是，是那种仿佛能挑战人类极限的优美身姿和能满足自己二次元想象的完美技巧。

普通人努把力也能做到的事情，要什么想象？

人类本质还是"慕强"。没有实力需要走后门的，那才叫潜规则。有实力的，就是伯乐与千里马，慧眼识英才了。

网上风向瞬间反转。

"这小哥的身手也太好了吧！我记住他的名字了！"

"宝藏武生啊！王导哪里找来的？我都不知道武生界还有这么一个小哥哥！"

"《夜雨》是武侠片吧？演员有这能力的话，我就放心了。期待正片。"

"林城这业务水平和武打基础，某人也敢碰瓷？他先把广播体操给学会可以吧！"

"能把导演得罪得那么死的，某位哥哥真是第一个。他到底什么背景？这么肆无忌惮的吗？"

"营销翻车，孽力回馈。"

"林城居然是武生？我还以为我看错名字了！"

林城看着网上的评论，颇有种哭笑不得的意味。他没想到人生的高光时刻，居然会在这种时刻出现。

他重新点开那段视频，反反复复看了好几遍。

让他自己评价，那段武打其实满是毛病。

手脚有点儿僵硬，可能是当时冻的。表情也十分奇怪，因为他确实有点儿紧张。

林城怀着好玩儿与反省的心态，拉着进度条左右移动，以观察自己的举剑姿势跟仪表，对着细节吐槽了几遍，又关掉页面去刷评论。

短短十几分钟时间，相关的评论又多出了近千条。

林城看着下面各种认可表扬，心情有点儿复杂，暖暖的，又有点儿泛酸。

他们武生，就算自己实力过硬，也未必能在镜头前面出彩，因为配角不能抢走主角的光芒，导演和粉丝都不允许。

他拍过许多武打镜头，有挨打的，有对打的，有上不了台面的，有马马虎虎的。制作精良的剧组他还没机会参与，就算参与也博不到单独的长镜头。众人看过就忘，很少会注意到他。

所以他得到过的相关夸奖屈指可数，甚至很多对他眼熟的观众，可能都不知道他其实是一个武生。

他用了那么多年，受过那么多伤，忍过那么多苦，都没能打破这个圈子的规则，现在想要退圈了，却突然得到了一块糖。

它很甜——可惜太晚。

林城笑了一下，抖开被子，决定躺下睡觉。

眼见事情变成这样，片方的公关人员干脆放弃抵抗。他们删掉了官方微博上的那条声明，重新发布了一条，简单直白地写："请网友与部分人员不要造谣。"

至于原先那个男二号的试镜视频，也没必要放了。王泽文说得直白，林城的表现又可圈可点，暂时给对方留点儿面子，好进行后期交涉。

说实话，《夜雨》这个剧组的公关还是挺看得开的。大概是王泽文出现任何爆炸操作，都在他们的预料之内。能压最好，压不住就算了，反正他们只是负责公关，天塌了也不用他们把脑袋顶上。

王导，自有制片人收。

甚至《夜雨》的内部工作群里，剧组人员自己都八卦得很兴奋。几人深夜嗑着瓜子，喝着小酒，意味深长地指责。

"××这样不厚道啊。【指指点点】"

"我要转'黑'了。"

"王导挺他，他'脱'一个粉丝我给你发一块钱红包。'水军'不算。"

"【干什么干什么】你是在羞辱王导吗？红包上限五万吧？ ××能有五万粉丝吗？王导是看得起五万块钱的人吗？！"

"你们的嘴都太毒了，一点儿都不大度，不像我们 @英明神武大王导一样公事公办。王哥，您睡了不？我能去您房间借包烟不？"

"闭嘴！你这一去，还能回来吗？咱组里的摄像师不多，为了大家，珍爱自己的生命不好吗！"

王泽文刚发泄完，身心舒畅，已经准备休息，被连串的消息提示振得不行，将几个人全部拉了禁言，嘴里低声骂道："有病。"

清晨，旭日高升，剧组众人又开始新一天的工作。

王泽文年纪轻轻就遭到了熬夜的报复，精神萎靡，困意难减，坐下之后，立即点了根烟提神。

制片人心急火燎地冲到片场，把手里的文件夹往王泽文的桌上重重一丢。

这一丢蓄满了气势，代表着他的愤怒、他的责任，以及他昨晚上脱掉的头发的自尊。

制片人吼道："你怎么回事！王泽文，你今天必须给我一个解释！"

王泽文抬起眼皮，悠悠地冒出一句："排练很久了吧？"

制片人的气焰被他半路斩断，后面的话突然卡壳。

王泽文开导说："看开点儿，年纪也不小了。"

制片人怒极反笑："我看开什么？你半夜不睡觉就知道玩儿微博。老子好不容易让人把你密码改了，你动作倒是挺快呢！你怎么就那么能呢？"

王泽文挑了挑眉，谦虚道："还行吧。"

制片人："你到底在搞什么啊？"

王泽文将燃着红光的烟举到半空："我不能让我的粉丝失望啊。"

制片人惊道："你哪来的粉丝？"

"深夜为我冲锋陷阵、熬夜厮杀的粉丝啊。你不知道他多有意思。"王泽文拿出手机道，"你要不要我发一条微博问问，我有没有粉丝？"

制片人拍掉他的手，气道："这种小事你也回应，你不是说剧组很忙吗？"

王泽文理所当然道："对啊，剧组很忙啊，我本来就憋着气呢嫌没处发，他非过来招惹我，难道还怪我骂他？他贱不贱哪？啊，你说，贱不贱哪！"

制片人："……"他怀疑王泽文在顺便骂他，但是他不想对号入座。

王泽文义正词严道："而且他居然欺负我的人，人小林无不无辜？前边在恪尽职守带病厮杀，后边因为我们被人'黑'了。如果这样我们还无动于衷，做人未免太不厚道。"

刘峰在不远处大声道："正义的王导无法忍受那些肮脏规则的存在！尤其是在自己的眼前！"

"看见了没有？我是靠着人格魅力在工作的。"王泽文对着刘峰递去一个赞赏的眼神，深沉道，"我要是人设崩了，我的班子不就散了吗？民无信不立啊。"

制片人："你当我傻？"

"我就说了，平白欺负我的人就是不行！反正我不允许！"王泽文敲着桌子，转守为攻，朝着制片人逼问道，"当初是谁要招那个男二号进来的？他才是麻烦的根源！他的公司是不是要撤资？赶紧撤，老子自己补上！"

制片人："这是资金的问题吗？"

王泽文："他都不要脸了，你却问我他有什么问题？我怎么知道他那个神经病有什么问题！"

制片人崩溃抱头："啊啊啊！"

林城本来是想去感谢一下王泽文的，可是看对方被制片人逮住，且两人吵得面红耳赤，制片人一副要"杀人"的模样，怕自己此时上前，会让他二人加深矛盾，就悄悄躲到了旁边。

其实是他多虑了。有他没他，在王导的组里，制片人都是需要关爱的弱势群体。

化妆师兴奋地喊林城过去换衣服。

这位姐姐今天工作起来十分有朝气，甚至连手上的动作都轻柔了不少，抚摩林城头发的时候，还带上了一点儿慈爱。

没有什么比"吃瓜"吃在第一线更让人快乐了。

她的人生刚刚完成了一次大圆满。

林城起了身鸡皮疙瘩。

林城的妆化得很快，姑且也算是不露脸的角色的好处之一。等他化完妆，那边两人还在拉扯。王泽文一面跟制片人据理力争，一面拽着剧务安排工作，可见大脑功能极其强大。

林城坐到角落里一个奇形怪状的歪凳子上，耐心等待导演的召唤。刘峰迈着小碎步，从树的后面跑过来。

他站到林城附近，见对方一直盯着王泽文，不由得笑着说："别管他们，讲相声呢。"

林城这才注意到他，抬起头问："真没事？"

刘峰没回答，打量了他片刻，说："林哥，我发现你的运气特别好。"

林城此生还是第一次得到运气好的赞扬："你真不是在挖苦我吗？"

"怎么会！"刘峰一个小跳，蹲到他的旁边，说，"我跟你讲，运气好不好，不是看过程，而看结果！你看我们王导，每次拍戏都能遇到几个奇葩，毕竟组大了嘛，什么烂人都能碰上。但不得不承认王导翻车的概率小呀，所以他还是个天选之人！你也是，你虽然接连倒霉，但倒霉之后都是好运。大落后必接大起，这才是真锦鲤！"

林城哭笑不得："你到底在说什么啊？"

刘峰猥琐地握住他的手，上下用力搓了搓道："我在试图借你的好运啊，林哥！"

林城忍着不适将手抽了回来，表现夸张地在衣服上用力擦了两把，带着怀疑的目光瞥他。刘峰看见他这副表情，哈哈大笑。

王泽文的声音远远传来："小刘，你在干什么！闲着没事干了吗？就去打扰我们的演员！"

刘峰从地上弹了起来，惊恐道："这你也能看见？"

"你王导火眼金睛，别试图在偷懒的时候瞒过我！"王泽文顿了下，又说，"你自己偷懒就算了，能不能别影响别人！"

刘峰讪讪地应了一声，乖巧荡向别处。

王泽文又喊："林城过来，讲戏了！"

林城拿上剧本，披着外套跑过去。

第三章

— 定妆照 —

王泽文见林城过来，摁灭了烟，将制片人轰走，抽出笔抵在纸面上，用眼神示意他坐下。

因为郭奕世跟黄时清也在，林城就搬了凳子，坐在较远的外围。

林城这两天着重拍的是一场刺杀的戏。

在被冯重光赶走之后，北固独自思索了许久。

他未必想明白了，只是人生的计划里多出了一项想做的事儿，所以不管缘由，他都要去做。

今夜，他要去刺杀本电影最大的反派，一个禁锢了他的人格跟尊严的人——他的仇人，同时也是他的主人。

他知道此行一去难复返，却仍旧义无反顾地踏上这条路。

可笑的是，他想死的时候，苟且地活着；想活的时候，却要孤单地死去。

然而北固依然是北固，无论是生是死，都不会有人为他感到伤心。

这是一个比较重要的情节，也是他"领盒饭"的地方，在电影中占了不短的时长。可是整段剧情里，他都没有台词。

他最重要的，还是潜行跟反击时的武打戏。

王泽文给他讲了下具体的人物分析，以及表现时需要注意的细节，交代完之后，直接放心地把他交给一旁的武指。

林城收了东西，欲言又止。

为了节省成本，这个场地改变了一下装饰，大部分跟住所有关的镜头，都要在这里进行，这几天不是只拍一个时段的剧情，王泽文还要拉着另外几人对台词。

尤其是黄时清。黄时清在中后期有很长一段台词，可是她的情绪始终投入得不大对劲，无法让王泽文满意。

林城忍不住猜测她可能是被王泽文给骂伤了，埋头坐在王导对面听训时，反应十分麻木。

他见王泽文实在是忙，将想说的话咽了回去，默默走开。

可能是因为武打戏份儿多，对体力的要求高，而林城的戏服偏偏是薄薄的一层，耐不住这寒冬，拍了一上午，下午的时候，他再次发起了高烧。

武指发现他的状态不对，赶紧让他先去休息。

趁着午饭的时间，林城又去了一趟医院，把剩下的药瓶打上。

医生测完他的体温，差点儿急火攻心，一面给他改药剂，一面愤怒地说要跟他的上级好好聊聊，质问他们怎么可以在病人身体还没恢复的情况下，就让人继续吹风受凉干苦力，这样下去不是要恶化成肺炎吗？

林城解释了两句，说是要配合团队工作，结果医生越加生气，劝林城不要做杨白劳。说他搏一搏，只能把领导的单车变摩托，还耳提面命地跟他科普了感冒的严重性，警告他不要觉得年轻人身体好就不当回事，必须重视起来。

林城怕了，连连点头，表示自己知道。

他去一楼结账的时候，王泽文终于发现组里的"吉祥物"不见了，给他发了一条消息。

王泽文：人呢？

林城：医院。

发完这一条，对面没了消息。林城拿着手机想了想，多加了一句。

林城：快回去了。

王泽文还是没有回音。

林城举着吊瓶，火速往剧组赶。

等林城回到场地，已经是接近下午2点，王泽文才忙完，准备吃饭。

王泽文端着盒饭过来，盯着他绯红的脸颊看了一会儿，在他旁边坐下。

林城扫了一眼他的饭盒，发现今天的菜是土豆炖鸡肉、番茄炒鸡蛋，还有一块红烧肉。

是他喜欢吃的菜，可惜他现在完全没有食欲。

王泽文用筷子搅了下凝固的米饭，说："把今天的戏拍完，你休息一个星期，我已经让刘峰去改通告单了。"

林城想开口，王泽文不容置疑道："就这样，我没跟你好商好量的意思。"

林城见他面色不悦，点了点头，片刻后说："谢谢。"

王泽文问："你早上的时候，想跟我说什么来着？"

林城惊讶地看过去："你发现了？"

王泽文说："没事早跑开了，你哪儿那么乖还在我身边赖着？"

林城沉默了下，想自己当时只不过是多站了一会儿而已，哪里算赖着。

"就想跟你说声谢谢。"

"你怎么老跟我说谢谢？"王泽文问，"我对你很好吗？"

林城认真说："非常好。"

王泽文自己都不知道自己哪里好，林城已经在那边说道："给我出气，帮我解约，还给了我一个这么重要的角色……"

王泽文："角色是你自己挣的，至于重要不重要嘛，看你演得怎么样了。"

林城不由得问道："那我演得怎么样？"

王泽文眼神闪烁了下，才笑着点评道："在自己专业之内的部分，还是挺不错的。"

林城琢磨了下。

在王泽文的眼里，他的专业就是武打，所以除却武打的部分，只是一般般。

林城不得不承认，这是他第一次拍电影，确实没什么经验。无论是对镜头的捕捉，还是细节的处理，都是靠大家帮忙点拨修改的。他学过相关的理论，但实际操作没那么简单，他还有很多要学习的地方。

王泽文真的尽心尽力教了他很多。

王泽文突然将饭盒递到他面前："想吃啊？"

林城："……没有。"

"那你一直盯着干什么？"王泽文摸向脖子道，"看得我都发麻了。"

林城这才反应过来，赶紧移开视线。

王泽文扒了两口已经凉掉的饭，又问："放假准备去哪里玩啊？"

林城抓着自己的左手手腕，在已经结痂的伤口上挠了挠，回答："没什么计划。"

王泽文："你以前去哪里玩？"

林城迟疑了片刻，说："我不大喜欢旅游。"

林城性格比较沉闷，不喜欢交际，也不喜欢去人多喧哗的地方，待在家里看书、学习、工作、做饭，干什么都好，总归比旅游轻松。

王泽文赞同地说："我也不是很喜欢。为了工作，成天要大江南北地跑，所以一到放假，就想窝在家里。"

林城往手心哈了口热气，把右手揣进兜里，左手因为挂着吊瓶，只能塞进外套里。然而这个天气，打着点滴的手根本焐不暖。

王泽文瞥了一眼，站起来呼喊道："刘峰啊！刘峰！"

刘峰捧着碗，隔着大半个场地，主动汇报道："王导！我的日程表已经排好了！"

王泽文说："你的热水袋我征用了！"

刘峰："……"就知道薅助理的羊毛，他太惨了。

王泽文继续叫："快给我拿过来！"

刘峰假意"嘤"了一声，让剧务帮忙去外面超市买个新的热水袋。

等王泽文吃完饭的时候，充好电的热水袋刚好送到。王泽文收起碗筷，示意对方把东西塞给林城，然后裹着黑色的大衣，潇洒地走了。

林城仰头目送他离去，左手贴紧手心的热源。

这个人……这个人啊，真的很好。

那边王泽文走了没几步，又放下高傲的气场，绕回来问："你下午要干什么来着？"

林城茫然道："等开工？"

王泽文："就在这儿等？"

林城："那等一下去旁边的空房间看看？"

他待会儿跟黄时清和郭奕世各有一小段戏，酒店离这里太远，他只能留在片场等。休息室的数量有限，且离拍摄地有段距离，他的拍摄时间不凑巧，不想跑来跑去。

林城是没有保姆车的。他没有"咖位"，也没有经纪人为他争取，剧组就没给他安排特别的休息空间。

王泽文直接勾勾手指："跟我来。"

林城一只手抓住挂吊瓶的杆子，另一只手捏住热水袋，胳膊下夹着剧本，紧跟在王泽文的身后。

二人进了附近临时搭建的工作棚，推开门，里面烟雾缭绕，一群剧组工作人员正在休息。

林城以为王泽文有什么指示，熟练地腾出一只手，从兜里掏出纸笔，准备记录。结果王泽文左右找了一圈儿，最后拖了把椅子出来，推到他的面前。

两人面面相觑。

王泽文看他一副"等候检阅"的表情，不禁失笑，指着说："坐这儿吧，以后看剧本和休息也可以来这里。"

旁边的几人闻言也朝林城友好地笑了一下。

林城很敬业，大家有目共睹。

他是中途插进来的演员，当时剧组已经开机，没能给他足够的准备时间，所以他每天都会提早一两个小时来片场，背台词，看剧本，观察众人的表演。几乎不玩儿手机，也不会无所事事地在周边闲荡，他用尽一切努力让自己尽快融入剧组。

跟别人比起来，他完全可以挂一个三好学生的奖章。

剧组上下对他的态度都很满意。聪明又肯吃苦的演员是不好找的，对比起怠惰的天才，他们更喜欢这种一步一步走得踏实的潜力新人。

因此，哪怕林城在拍摄过程中常犯一些新人的错误，众人也会耐着性子给他指点，多说两句，让他明白。

整个组的幕后人员都挺喜欢他，在他生病的时候多关照一点儿自然没什么意见。

林城知道他们的好意，真诚地朝众人道谢。

王泽文在自己的"王座"上坐下，指示道："都少抽点儿烟啊，把'小太阳'推过来。"

众人贡献出一台电暖器，刘峰自觉将"小太阳"推到林城的旁边，调整好角度，又给他拿了条毯子。

王泽文看林城全副武装，应该不会再冻着，就不再关注他，转过身继续工作。

电暖器传出的热度让林城慢慢暖和起来。不知道是周围的环境太过安逸还是怎么着，林城看着剧本，困意渐渐来袭，用手撑着下巴，不知不觉睡了过去。

下午的拍摄异常顺利。好几场都是在排练后一条过，饶是王泽文也挑不出错来，严肃的神情渐渐缓和，甚至露出一些欣慰。

众人状态正酣，想着今天效率高，或许能加拍两场，减轻后面的压力，王泽文突然对着喇叭叫了声："等等！"

正在拍着的两名主演愣了下，不知道又犯了什么错，紧跟着听见那边传来稀里哗啦的椅子拖动声。

林城坐在后面太安静了，王泽文都忘了他的存在，随意间一个扭头，才发现他还坐着，没有在意。又过了一会儿，王泽文想起来点滴挂在林城的手上，猛然一个扭头发现不知道已经打完多久，都回血了。

王泽文连忙冲过去，把针头拔出来。

退热的点滴有点儿刺激性，林城手臂的血管周围起了几个稀疏的红点，印在他的皮肤上，尤为显眼。他的手掌也是一片冰凉，冻疮让手指显得肿胖了不少。

林城被他的动静惊醒，茫然地睁开眼睛，迎面看见王泽文一脸无奈的表情，才意识过来。他立马站起来，结果放在腿上的剧本不慎滑落到地上，林城低头一看，又茫然地弯下腰去捡，整个人迷迷糊糊的。

王泽文轻声地叹了口气："算了，你回去休息一下吧。今天的夜戏先不拍了，等你退热了再说，反正我们这个场地要租一段时间。"

林城赶紧清醒过来，抿着唇角，把剧本的边角抚平，抱进怀里。

王泽文一看这老实孩子的倔强表情，就知道他在想什么，自尊心强的人最怕给别人惹麻烦。

王泽文拍着林城的肩膀说："我待会儿也有事，今天的行程本来就得调整，你别多想，你已经做得不错了。"

旁边几位大哥跟着道："是啊是啊，小林慢慢来，要注意休息啊。"

晚上王泽文确实有事，他被制片人坑出去找投资商喝酒了。

王泽文虽然抽烟，但并不大喜欢喝酒，尤其是工作期间。烟能帮他保持清醒，而酒只会麻痹他的神经。认识他的都知道他的习惯，所以哪怕是去跟投资商见面，他也只是小酌两杯。

一顿饭吃了两三个小时，双方都还算高兴。散场后，制片人叫了助理过来，把王泽文送回去。

王泽文回到酒店，被大厅里的暖气一吹，登时昏昏欲睡。

这两天他太累了。剧组的幕后工作人员比演员要累得多，需要高强度工作以保证进程的正常运行，连续几天熬夜都算正常。他的组资金充足，倒不至于那么拼命，可遇到突发事件，或是到了中后期时，依旧要赶工赶到怀疑人生。

王泽文走上电梯，用手按揉着太阳穴，慵懒地抬起眼皮，在电梯的昏黄灯光下，看着前面镜子里的眼睛。

数字格不断向上跳动，他突然想起林城来。

林城今天的脸色不大好，不知道有没有好好休息，不如去看看他怎么样了。

王泽文这样想着，手已经快一步地点下了楼层。

因为酒店里暖气开得足，王泽文有些燥热，扯了下衣领，然后脱下外套，甩到肩上，抬手叩响面前的木门。

未几，脚步声从里面传来。在门口停了一下后，林城解锁开门。

林城穿了一件普通的白色线衫，没穿袜子，顶着湿漉漉的头发，诧异地看着他。

王泽文越过他扫了一眼房间，发现了平铺在桌子上的杂乱纸笔，笑说："研究剧本啊？"

林城点头。

王泽文脸上的笑意又真诚了两分。

林城不是个喜欢说话的人，跟那些八面玲珑的人不一样。进组那么多天了，好像也没交到什么朋友。

说实话，王泽文觉得这样的人不大适合娱乐圈，但是他就喜欢这份纯粹。

王泽文抬脚往里走，说："你做武生多少年了？演过多久的电视剧？我看你在镜头前面并不怯场，就是专业稍稍差了点儿。"

林城顿了下，跟在他的身后，回答说："其实也有十几年了吧。"

"十几年?!"王泽文一惊，回过头上上下下地打量着他，说："我记得你才二十几岁啊！"

"二十五。"林城声线平缓，"我十来岁的时候，就在横店跑群演了。如果群演算的话，是有十几年了。不过那时候未必能有镜头，也不会有人教我。"

电视剧的群演，能有多少技术含量？演得再差，观众也会理解。

王泽文在沙发上坐下，推开桌上叠着的纸，查看上面的文字，同时问道："那你不是初中就是高中出来打拼了？"

"嗯。"林城坐到他对面，"我家里没人，自己出来赚点儿学费。"

王泽文不由得又看了他一眼："那你剧本看得顺利吗？"

他倒不是歧视，《夜雨》的剧本挺艰涩的，里面还有不少古文，没点儿文化素养，可能真的看不懂。

很多演员就压根儿看不懂剧本，只能靠死记硬背。就算那样，也背得吭吭哧哧的，演不出台词里的情感，让导演恨不得把自己的头割下来送给他们。

林城回说："看得懂。我读的普高，后来上大学了，平时也在学习，古文历史什么的，都有了解，论文也有在看。"

王泽文再次惊讶。圈子里学历低的事情屡见不鲜，很多人习以为常，会保持继续学习的人那是寥若晨星。毕竟市场要求不高，做轻松的事儿，就可以赚到大笔的钱，为什么要辛苦自己。

脸皮厚着厚着是能习惯的。

王泽文问："你上的哪所大学？我记得你不是科班生啊？"

林城："不是，我上的 A 大，计算机系。"

"我去——"不怪王泽文，这确实有点儿惊人。

这学校是所还算不错的综合大学，计算机也是里面的一个热门专业。

林城在兼顾学习的情况下还要从事与专业不符的工作，可比娱乐圈里吹的某些"水货"厉害多了。

王泽文心想：武生，上了普高，念了计算机系……最后当了"十八线"演员。

这孩子的人生经历真传奇。搞不懂他。

他哪里知道，林城其实早就有转行的心理准备了。

最初做群演的几年，他已经见识到娱乐圈的残酷。虽然他年纪小，但是他比别人要早熟。他知道做群演赚到的钱是没有保障的，同门的师兄弟里能出人头地的寥寥无几，大多落得一身伤，最后潦倒退场。

他不想把自己的未来交付给这个前景不明朗的行业。他可以努力，可以过得更好。所以他打拼了几年，攒了笔钱，就跑去读普高了。

只是……只是他还是不甘心就那么草草结束，在演员这个行业里他投入了太多。正是因为有所付出，才赋予它坚持的价值。之后林城难得不理智地和王涛签了份五年合约，一直拖延到现在。

可惜那经纪人只是废物一个。

王泽文说："我记得你的戏份儿不多了。"

林城擦头发的手僵了一下，闷闷地发出一声"嗯"。

"等你的戏杀青了，我请你喝酒。"王泽文朝对面的人笑道，"这段时间也辛苦你了。"

林城说："谢谢王导。"

王泽文把桌上的东西整理好，码齐放到一边，又问："有什么愿望吗？王导今天心情好，可以给你一个奖励。"

林城沉思片刻，抬起头道："我想好好拍这部电影。"

"不是正在拍吗？你难道没有好好拍？"王泽文说，"不要给自己太大的压力，我觉得已经很好了。"

"我是说……"林城斟酌了一下，声音低沉道，"我会很认真地拍，希望剧组和导演也能真心地拍，最后放到银幕上的，是真正好看的镜头。"

他希望自己的镜头里自己就是主角，不是陪衬，不是绿叶，不是只能比男主角粗糙的丑角。

这很可能就是他的落幕之作了。

王泽文一听就明白了，拖着长音"嗯"了一声。

"王导的镜头下面，就没有好演员会不好看。"王泽文语气似有保证，"敷衍一个认真工作的人，不是我们剧组的风格。你敢演，我就敢拍。"

林城深深看了他一眼，而后扯下毛巾，像是憋不住一样灿烂地笑道："谢谢王导。"

王泽文也笑。他莫名觉得面前这人的喜悦能让他跟着放松起来，那种笑容极具感染力。如果北固的人设不是个面瘫，他一定让林城加一个类似的镜头。

王泽文站起来，拍了拍他的肩膀："下一场戏很重要，养好病，保持住状态，我等你回来。"

"我等你回来。"这句话在林城心中很有分量，他攥着毛巾，用力点了点头。

突然来了假期，林城也不知道该做什么，买了车票，决定先回家一趟。

　　他买了房子，但不是在本市。为了工作方便，他在市中心的位置租了一套三居室。书房里摆了四五台电脑，偶尔也拿来当工作室。

　　当初因为进组太急，林城只回来拿了换洗的衣服和部分常用的物品，没来得及好好整理，这次回来，就发现东西上全落了灰。

　　林城用了一整天的时间，把整个屋子打扫了一遍，沙发桌椅全部用抹布擦干净，然后用塑料纸盖住。被子跟窗帘也拆下来洗了晾晒，冰箱里过期的食物全部丢弃，并用消毒水做了清洁。

　　虽然是一间不大的房子，但随便打扫一遍，林城就出了满身的汗。

　　处理完之后，他什么都不想再做，直接窝到床上睡了十几个小时。等醒来时，身体已经好了大半，测过体温，发现也没有再发烧。

　　林城松了口气，但为了保险，还是多穿了两件衣服才敢出门。

　　房东就住在他楼上，是个有点儿热情的中年妇女，家里有钱，喜欢购物，每次买多了东西就会送给林城，还总想带着他一起出去跳广场舞。虽然一次都没成功，但她始终锲而不舍。

　　她听到楼下的动静，在林城要出门的时候穿着拖鞋就跑下来。

　　"小伙子！小伙子你回来啦？"

　　林城的手挡在门把手前面，点头说："嗯。你要进来检查一下房间吗？"

　　"不用不用。"房东阿姨笑呵呵地凑近，一脸心照不宣地问道，"你戴着口罩干什么？"

　　林城觉得这话问得奇怪："我有点儿感冒。"

　　"还想骗我！"房东阿姨爽朗地大笑起来，"我都知道的！阿姨也很潮的好吧？我就说你这个小伙子长得那么精神又那么帅，好少见，果然是个明星啊！"

　　林城："……"他确实是因为病了。

　　房东阿姨拿出手机，高兴道："我跟我女儿说她还不相信。你能不能把口罩摘掉给我拍张照片啊？我保证不乱发的，也不告诉别人你住在这里。可不可以？"

　　林城犹豫了下，摘下口罩站到她旁边。

　　阿姨看见他的脸，又激动地叫道："哎哟，果然很帅啊！我看你比电视上那些男明星好看多了！不化妆都好看！"

　　林城摆出笑脸"营业"，多问了一句："你怎么知道我的？"

　　房东阿姨美滋滋地对着手机操作："我女儿给我发的照片，我一看就认出你了。"

　　林城："我的照片？"

　　"是啊，你的照片呀。"阿姨说，"你拍了一部很厉害的电影，是不是？那两张照片是真好看！我女儿说你以后一定能火！她是你的'自来水'！"

阿姨拿到照片就想去跟女儿炫耀，都没什么心情跟林城寒暄了，走到楼梯口的时候，又想起来，代她女儿跟林城叮嘱道："你出门小心一点儿，男孩子记得保护好自己，口罩要戴牢。你可太好看了！"

林城："……哦。"他现在知道房东是真的很潮了。

等楼梯间重新安静下来，林城掏出手机进行搜索。他刚打开微博，后台就冒出数不清的私信。

不用查，他也知道了，关键词正挂在热搜上。

是北固新的定妆照出来了。

林城切进《夜雨》的官方账号里，很快找到相关的内容。那条微博是昨天傍晚发布的，可惜他没有及时看见。

这次放出的定妆照一共有两张。

一张是蒙面的，在拍摄时抓拍的照片。

天空中密布着斜斜滑落的冬雨，雨水在光色映衬下透着银光。

北固跃在空中，纤长的四肢展开，犹如一把锋利的兵器。他手中的长剑直指屏幕，剑尖带着杀意，晃成一道虚影。

雨水被剑身打碎，细小的水花朝四面飞溅。脸部唯一可见的眼睛里，是早已麻木的冷漠。

虽然画面静止，但因为拍摄的技术很好，显得十分真实，仿佛下一秒长剑的剑尖就能穿破镜头刺到你的面前。而那双眼睛，虽然冷冽，却并不显得空洞，在光影虚实的交加下，给它覆盖上了别的情感色彩。

这一张其实是额外的，另外一张才是原先计划好的定妆照。

北固盘腿坐在地上，胸口抱着一把长剑。白雪落在他黑色的衣袍上，肩头堆积了浅浅的一层细雪，而他仰头看着上方，瞳孔里倒映着闪烁的光线，似有星辰万里。

与第一张里的枯寂截然不同，此时的北固脸上是困惑和生气的。

他侧脸鲜明的轮廓在深色的背景图里，被反衬得特别苍白。加上当时他确实很冷，而摄像师还让他表现出北固后半段时期的那种迷茫状态，所以人物的气质，看起来有点儿病态。

没想到就是这种带着点儿忧郁的病态，为他吸引了一大批"路人粉"。加上之前被"黑"的"热度"还没过去，众人对他正是眼熟，网友们在下面疯狂号叫——

"之前没看清楚，这个小哥哥也太帅了吧！"

"我还要！不够！继续！"

"我承认他比我帅那么亿点点吧。"

"跟我想象中的江湖剑客一模一样！一模一样啊！这轮廓这弧度这气质，为什么只有半张脸？你们给男二号一点儿排面行吗？这可是男二号啊！"

"为什么我的图片加载不出来？快给我看看啊！"

偏偏《夜雨》的官博还很皮，故意在评论区撩人："求我呀，求我呀，求我就给你们看小哥哥，我这里还有两张动图哟！"

底下粉丝全在愤怒痛骂"皮下"臭不要脸，偷窥美男恶劣炫耀。

这时电梯来了，林城抬起头，正好看见了对面镜子里的自己。

他抬手摸了摸侧脸，觉得并没有多好看。

他更喜欢气势强悍一点儿的脸，而不是一张适合装乖巧卖可怜的奶油小生脸。

电梯门自动合上，林城没有进去。他抱着手机，干脆在自己的房门前坐下，继续刷相关的评论。

有个营销号发了几张对比照。

"顺便给大家看看某小生的定妆照。大家细品，但是什么都别说，以免再给林城'招黑'。【图片】"

林城手指顿了一下，点开那张图片。他也想比对一下二者的区别，看看王泽文选择他究竟是对是错。

《夜雨》在正式开机之后，其实已经发过一次角色的定妆照，其中当然包括原定的男二号。

那张照片的设计其实和林城的差不多，只是姿势稍有差别。

男星右手扣着长剑，侧身站立，仰望上方。

脸，是帅的，可是完全看不出角色的特性；也的确是面无表情，可是看起来十分生硬。他的姿势像是硬摆出来的，手脚摆放乃至仰头的幅度都透着不自然。

一眼就能认出是男星本人，但也只是男星本人。身上没有北固的气质，更加没有林城的那种张力。

"真的是'公开处刑'。我都要怜爱他了。【笑哭】"

"这差距，王导偏爱林城'实锤'。【狗头】"

"换我我也偏爱，这样的人谁不爱？"

"不要为难王导，你就是让某'流量'摆一样的姿势，他也拍不出这样的硬照啊。"

"真的太厉害了！明明没哪里不对，但对比起来就是哪里都不对！"

林城扯了扯嘴角，心里有点儿骄傲，甜滋滋地泛出来。

风头太大，可能要被对方的粉丝记恨上。

但是爽啊！

他切换到自己的大号，转发了《夜雨》官博的那一条，并在后面跟了三个笑脸，然后关掉软件，切到自己的兄弟群里，在里面通报了一声。

祥云压城：放假七天。

150V 电压：林城你终于诈尸了！你上热搜了你知道吗？"彩虹屁"需要吗？内部人员打九折哟！

祥云压城：不用。

220V 电压：请客吃饭吗？

祥云压城：可，我去买菜，你们顺便带点儿海鲜过来。

220V 电压：求报销！

150V 电压："水军"真的不需要吗？火的机会就在眼前啊！"十八线"这一辈子能上几次热搜？劝君珍惜眼前热啊！

祥云压城：【红包】

150V 电压：又是两百块？两百块能买个啥？两百块只能买一堆"僵尸粉"！

变压器：林城你变了，我对你很失望。

变压器：两百块只能买一只龙虾，肯定端不出厨房就被你吃掉了！我们怎么办？

祥云压城：自己补贴。

150V 电压：【图片】看我吹的"彩虹屁"高级吗？"水军"需要吗？我给你加了一晚油！

这帮人的名字起得很奇怪，如果追溯，这要说到不久以前。

那是一个寒冷的冬天，一群策划着自主创业的小青年，蜗居在一间狭小的宿舍里。

南方的宿舍，冬天里是不会开暖气的，于是一帮糙老爷们儿，筹集巨资，去二手市场买了台印着不知啥文的二手电暖器。

第一台电暖器，只陪伴他们度过了第一个冬天。

第二台电暖器，也只陪伴了他们短短一季。

他们愤怒地搬着机子去找老板理论。老板指着说明书上的数字告诉他们，这台电暖器的适用电压，是 150 伏，而国内家庭电路的电压，一般是 220 伏。

并向他们推荐了一个变压器。

这帮男生瞬间就疯了。

他们错怪了电暖器，他们辜负了人民币。从那以后，几人就改成了这样的网名，将其作为人生的戒条。

在林城看来，反正就是一帮傻的。

他摁灭手机屏幕，戴好口罩，出门买菜。

超市就在他的楼下不远处，林城买了几瓶调味料，又买了一推车的蔬菜跟肉片，晓得那帮人喜欢吃零食，又多扫了一袋子的垃圾食品，最后靠着自己过人的臂力，艰难地把东西拎回家里。

他到家的时候，那帮人还没来。等他们克服拖延症，再打车出门，估计还要一段时间。

林城把东西丢在厨房，等他们过来整理，他揉着手臂的肌肉，再次坐到电脑前。

他熟练地点开网页，跳转页面，准备核对一下最近的业务跟收入。视线轻移，发现私信里多出了一个红点，还是来自自己的特别关注。

王泽文：粉，在吗？

林城看着那个"粉"字半晌没回过神来，想自己应该没跟王泽文建立这种关系吧？盯着那行字来来回回看了好几遍，才想起来他的电脑默认登录的是之前的"水军"小号。

林城立即切换角色，进行回复。

你这木头呀：在的啊！【开心】我来啦！

没想到王泽文那边的回复居然也很快，应该是正在玩儿微博被当场抓获。

王泽文：……这是我昨天给你发的消息。你主号是什么？或者留个有用的联系方式？

你这木头呀：我以后常登这个号了。被王导"临幸"的账号就是我的大号！【撒花】【超开心】

王泽文：……

你这木头呀：【捧脸】

王泽文：行吧，找你帮个忙。【图片】【图片】这个时间就还不错，顺便可以捞一把"热度"，你现在有空吗？

林城看清对面的留言，又愣住了，因为照片里的人就是他。

其中一张还是视频截图。视频是他当初找朋友悄悄拍的，就是跟王泽文初遇的那一次，他被季云帆下黑手的画面。

另外一张是同一天，他在《夜雨》试镜的截图。

林城手中鼠标一滑，险些点到红色的"关闭"。他拖着椅子往电脑桌靠近了一点儿，好像这样能看得更清楚。

王泽文：你悄悄放风声，说他俩是同一个人。英明神武的王导路见不平，把他捡回来的。别忘了带上他的名字，叫林城。宣传一下。

林城呆愣了许久，突然笑了出来。

他没给自己买"水军"，王泽文买了，还买到了他这里。

你这木头呀：为什么？

王泽文：你果然是木头啊，这都不懂。

你这木头呀：？？？

王泽文：洗白啊！

你这木头呀：就之前潜规则的事儿吗？不是已经洗白了吗？

王泽文：不够白。

王泽文：不够出名。

王泽文：不够爽。

王泽文：不够王导。

你这木头呀：……

王泽文：你这粉丝不合格，还是不懂王导。

　　林城靠在椅背上，唇角一直向上翘着难以抚平，大脑的转动速度也在放缓。他的手指悬在键盘上方，忽然不知道该怎么回复。

　　对面的人脾气急，聊天框里又弹出一条消息。

王泽文：接不接？

你这木头呀：接啊！

　　这时候还是表情包比较合适。

你这木头呀：【你说的都对】【捧心心】

王泽文：【干得不错】

　　林城犹豫了下，再次提了个问题。

　　两条消息几乎同时跳出来。

王泽文：【红包】工资。

你这木头呀：你为什么找我啊王导？你应该认识不少"水军"工作室吧？

王泽文：哪有那么多为什么？因为你业务水平较高，而且还是我粉丝。

王泽文：点领取。这次是你劳动所得。

　　林城点击领取的时候就明白了，王泽文是想把上回的"水军"费也给他补上，虽然自己当时说了是粉丝义务劳动。

　　他这人……真的是……

　　林城将手指收进掌心，又慢慢松开，反复几次，才再次打字。

你这木头呀：太多了。

王泽文：换个干净的账号，别被人看出来。【点烟】

你这木头呀：【瞳孔地震】我的账号不"干净"吗？！

王泽文：嗯？

王泽文：从你接那么多单开始，你的账号就已经"脏"了。

嘿呀。

可以，你说得对。

林城熟练地开好插件，翻出一组"干净"的账号。

王泽文可能误会他了，其实他现在很少接圈内的"水军"业务，就算接，也只接与"彩虹屁"相关的——夸夸人，修修图这个样子，"十八线"小明星特供项目，一般是给那些被网友喷到自闭的朋友做疗愈，洒"鸡汤"。

这项业务里的优秀员工是"150V电压"，不知道为什么这名青年特别沉迷其中，连煲出的"鸡汤"都带着一股慈爱的味道。能夸人又能赚钱，他开心死了。

"撕×黑人"林城是不接的，毕竟造谣犯法。但不得不说，这种业务的收益十分可观，开价几十万的屡见不鲜。

现在管控越来越严格，"水军"是灰色领域，林城不想富贵险中求，到时候来一场说走就走的牢里"旅游"。他的工作室早早开始转做自媒体，以及正经的广告推广。

换句话说，要缴税才能安心。

营销推广类的业务，他还是驾轻就熟的。

林城搜索了一下关键词，发现已经有网友在说他的事儿。

果然是无所不能的"吃瓜"群众，那个账号很"干净"。

林城给对方评论点赞，帮他顶到前排，然后在自己这边的账号上转发了一下，并发布新的内容。

"啊！刚才看见有人说像我还不相信，真有那么巧合的事儿吗？【图片】【图片】"

其余的小号也火速跟上。

"身材很像，身高也差不多，别的看不出来，但是单凭这两项，我觉得是。"

"太巧了吧？但是我觉得很有可能！大家可以注意一下两件事的时间，感觉微妙。【铝合金狗眼】"

"就一个小小的问题，也可能是我'眼瘸'。这个小哥哥，是不是就是上次那个被打的小哥哥啊？【秒拍】"

"【图片】这人挨打的时候我在场啊！是不是在郊区大桥那里拍的？之前《夜雨》爆出男二号我就觉得两人'蜜汁相似'，我还以为是我'眼瘸'，原来真的是同一个人？我次元壁破了！"

几个主号都安排好之后，林城用别的账号，复制、粘贴几句文案内容，把小号的几条微博刷上热门，等着"路人"进来帮忙扩散。

微博这边引导到这种程度，可以暂停一下看看效果。

林城换了台电脑，继而转战几个比较知名的娱乐论坛。

写帖子林城也是挺擅长的。他不想玩得太过分，暂时走的中规中矩的道路，只是把帖子的题目写得醒目一点儿，直白一点儿，试试这件事的"热度"。如果"热度"不行，再酌情加点儿拉踩挑拨、春秋笔法之类，等"路人"用愤怒把帖子烧热，然后静候相关的营销号过来搬运。

全是套路。

事实证明，王泽文的名字还是很有分量的。而林城因为季云帆跟男二号的关系，也蹭到了不少"热度"。不管是"粉"是"黑"，在这个时候，都是"流量"。

他只是开了个头，机智的网友已经迅速跟上队伍，生怕错过这趟车。

闲得慌的人总是热衷于寻找各种巧合，如果巧合里带一点儿"打脸"的酸爽那就更好了。

林城的事件显然符合。

"有点儿像，但是前面那个偷拍的镜头太远了脸看不清楚。"

"我这里有个完整版的视频，朋友发出来的，只是比较长。【网页链接】从小哥哥飞檐走壁开始，后来好像剧组里吵起来了。不知道跟谁吵，我也没听清。我去问问他。"

"这小哥的身手太好了吧！没威亚也能飞檐走壁？"

"实不相瞒，我馋他的身材，这么好的身材肯定不多，这两人的身材根本一模一样好吧！你说是两个人我把头割下来给你！"

"我的亲姐妹们啊！请给我两张林城的照片吧！这兄弟的账号已经好几个月没有'营业'了！"

林城观察了一会儿，看趋势发展良好，就没有再做推手，怕被人发现端倪。

让网友自己玩一会儿，等风向定了，他再来进行下一步。

正好门口传来一阵喧嚷声，林城确定是那帮浑小子到了。

五个高大青年拿着备用钥匙，从门口进来。他们手上还端了两箱东西，一箱饮料和一箱海鲜。几人把东西摆好，笑呵呵地朝林城走过来。

他们都是林城从小认识的兄弟，跟林城一个院儿里出来的，因为同是社会底层人士，所以特别团结。

林城带着他们上学、创业、寻求出路，早年的时候的确很艰难，也面对过不少诱惑，但现在生活已经改善，一切都欣欣向荣。

大家以前住在一个屋里，林城因为工作比较零散，作息不规律，也不喜欢跟别的男生同住，就独自搬了出来。可是只要放假，他都会告诉他们一声。

众人寒暄了两句，分派三个去厨房整理食材，另外两个在屋里瞎逛。

"变压器"对林城沙发上罩着的塑料很不爽，悄悄掀开了一个角，缩在那里看电视。林城瞄了他一眼，没空数落他，回去继续盯着电脑。

今天晚上吃火锅，兄弟们把东西都准备好了就过来喊林城吃饭。

林城考虑到自己感冒还没好，一个人坐在长桌的最远处，面前只摆了一盘拍黄瓜。他没什么食欲，坐下后依旧拿着手机查看进度。

一个下午过去，网友们差不多已经相信两个热搜事件的主角都是林城了。

林城再把重点转移到两件事情的时间上，让大家自行猜测。

"怎么办？这时间上也太巧合了吧？我怀疑王导就是目睹林城被打，又欣赏他的身手，所以才把他捡回剧组的。"

"姐姐你脑补得太过了，哪有那么巧合的事儿？"

林城还没来得及推进下一步，王泽文那边直接帮他做完了后面的工作。

王导十分顺手地转发了那个对林城身份的猜测，并回复了一个字："是。"

虽然那是简简单单的一个字，但带给网友的是无限的遐想。原本已经要退去的"热度"，因为这奇妙的缘分，再次燃起了火花。

"居然是真的?！"

"所以究竟谁才是潜规则啊？哈哈，我的妈！这反转得也太厉害了吧！"

"此处应该采访一下 @季云帆，不知道亲手将林城送进王导大组的他现在是什么心情。"

"清明节未到，勿提死人，让他'安息'，谢谢合作。"

"季云帆现在还混圈吗？我都没听过他的消息了，上次看见他在给三无产品做直播。"

"两位已逝'流量'，为林城的红火，实现了自我'献祭'，让我们给他们送去祝福！"

"有被笑到，谢谢。"

林城愣了下，想到王泽文现在可能跟他一样在拿着手机刷评论，就觉得有点儿好笑。

他甚至能想象到王导跟刘峰窝在一起，对着季云帆跟男二号指指点点的画面，而王导会装作一切与自己无关，享受地听着刘峰吹捧自己的英明。

或许，王导手上还捧着一个凉掉的盒饭。

他得意起来的样子，真的一点儿也不叫人讨厌。

林城正在出神，就听"变压器"加重了声音，在他耳边大声问道："林城！我说你放假七天，准备去做些什么？"

林城才发现自己在笑，收敛了一下，头也不抬地说："还有五天。"

"150V 电压"愣了下，像"戏精"似的叫道："说好了七天就是七天，少一天都不行！你为什么要自作主张浪费掉那两天！你为什么不早点儿告诉我们！你——"

林城淡淡地瞥向他，"150V 电压"卑微地低下了头。

林城切到他的账号里，给他发了个红包以示安慰，"小电压"（"150V 电压"的日常称呼）又高兴起来，啊啊叫着"林城你太好了"。

林城把手机放下，给自己开了瓶橙汁，正要专心吃晚饭，手机振动起来，弹出一条来自微信的消息提示。

林城点开，在聊天页面上置顶的正好是一个海胆球的头像——王泽文给他发消息了。

林城又快速把筷子放下。

王泽文：休息得怎么样了？

林城：很好，今天没有发烧。可以准时复工。

王泽文：不要出门，不要吹风。小心一点儿，不要养皮了。

王泽文：我是说病。

林城：我知道的。【笑哭】

王泽文：上网了吗？

来了。

林城笑。

林城：还没有。昨天跟今天都在打扫卫生，然后直接睡了。出什么事儿了吗？

王泽文：没有，不是什么大事。

王泽文：【图片】

王泽文：好巧啊，这样也能被"扒"出来。那个傻 × 小白脸儿跟你同公司的？没来找你吧？

对方撤回了一条消息。

王泽文：好巧啊，这样也能被扒出来。你前经纪人没来烦你吧？

林城手指敲了敲屏幕，嘴角继续向上翘。

林城：是啊，网友太厉害了，那个视频没拍到我的脸，他们也能"扒"出来。

林城：王涛没找我，我把他拉黑了。

王泽文：还可以吧。如果是我，早发现了，导演看身段很准的。

林城：【捧脸】那自然是。

林城：王导，我看见你转发证实了。

王泽文：转发怎么了？网友都"扒"出来了我还不能转发？

林城：会不会让他们不高兴？他们背后公司挺大的。

王泽文：？？？他们生气，关我什么事儿？难道不是他们活该？

林城：【你说的都对】

林城喝了口橙汁又继续看手机。

王泽文：这几个表情包很火吗？

林城：怎么了？

王泽文：我刚刚好像从别人那里看见了几个一模一样的。

林城吓了一跳，手心出汗，觉得自己脑子昏昏沉沉的大概是疯了，差点儿得意忘形。

林城：我粉丝发给我的，看起来很魔性，不知道火不火。王导你要收吗？【捧脸】【你说的都对】

王泽文那边突然没了消息，不知道是去忙了还是去翻聊天记录了。

林城关掉手机，放到桌上，又恢复了面无表情的模样，仿佛一切都未发生，点头说："吃饭吧。"

屏幕再次亮了起来。

王泽文：【捧脸】

林城躺在床上，辗转反侧。

外面安静得连汽车通行的声音都没有，可他的脑海深处却叫嚣着像要造反。时间对他来说已经不大准确，因为他失眠了。

他正面对着天花板，看着上方的灯具在夜色中残留下一个圆形的轮廓，顺着边缘描绘了两圈儿之后，林城长叹一口气，掀开被子，就着黑暗，摸索着去了厨房。

他从冰箱里拿出一瓶水，拧开瓶盖。

冷水冲进胃里，让他有些发麻的大脑重新清晰起来。对他来说，王泽文已经是个特别的存在。可是对王泽文来说，他或许没有与别人不一样。

王泽文就是那种可以漫不经心地收获别人好感的人，甚至他自己也没有意识到。他可以过得很好，永远不必明白什么是小心翼翼的生活。

这绝对是林城过得最迷茫的一个假期，他不知道该去做什么。

而在那天之后，他也再没有接到王导的任何消息，证实了对方的关心可能只是一时兴起。林城不由得想，等工作结束之后，他们的关系应该也会变成这样，他会成为一个沉在对方通讯录底部的人。

在休假第三天的早晨，林城接到了刘峰的电话。

刘峰突然联系他，说是有粉丝想过来探班，问他要不要安排。

林城相当惊讶："粉丝？"

"对啊！是你的粉丝！"刘峰听起来比他还兴奋，"对方看见了之前的热搜，知道你腾飞了，特别高兴，联系了我们剧组，说想要见你一面。可是你没有经纪人，所以我就直接来问你了。"

林城："剧组同意探班吗？"

刘峰说："同意啊，不过一般是演员自己组织的。比如黄时清跟郭奕世，他们的粉丝有自己的纪律，经纪人和剧组协调好之后，直接带人过来就可以。"

林城犹豫道："那我的那些粉丝叫什么？他们没组织，算'私生饭'吗？如果来剧组，因为没经验，不小心出乱子了怎么办？"

刘峰："那个。"

林城："什么？"

"不是那些是那个！"刘峰大笑着道，"对方就一个人，所以也没什么需要维持秩序的。你想见就可以来见，到时候在场地外面选个地方拍两张合照就可以了！说不定对方还会给你带点儿礼物啊什么的。"

林城沉默了下来，一时不知道该从哪里吐槽。

他连个粉丝群都没有，居然还有一个如此深情的野生粉。

或者是，居然只有一个……

刘峰接着道："是一个女生，她强烈请求要来，我们剧组的人都被她说动了。话说你现在在哪里啊？还在本市吗？"

林城："在的。"

刘峰："来吧来吧，王导说你太久没'营业'，给你找个粉丝振奋一下，以免你丧失了斗志，忘记了自己身为明星的光辉。而且你最近火啊，机会难得。"

林城愣了下："王导？"

刘峰："对对，就是他！幼儿园王园长！冬天送温暖来了。他说你前段时间'水逆'老被人'黑'，可以享受一下被粉丝拍……"

刘峰说王泽文的坏话似乎被逮着了，一句话还没说完就直接挂断了电话。

林城举着手机十分怀疑，那个所谓的粉丝不会是王泽文请来的托儿吧？

王泽文的确像是能做得出这种事的人。

他心情一瞬间又有点儿飘，然后觉得有点儿好笑。

刘峰那边干脆改成了微信。

刘峰：你那个粉丝啊，一直私信英明公正的王导，一夜间发了一百多条消息，严重影响了王导刷热帖看八卦新闻的心情。王导受不了了，决定仁慈地给她一个机会，成全她多年追星的愿望。

刘峰：就这样，你要来的话，给个回信。

林城说：来吧。

刘峰：你什么时候回剧组啊？刘哥想你，想跟你一起吃盒饭，用"小太阳"取暖。

林城：明天？

刘峰：可可可。我给你联系了。

林城：王导走了吗？

刘峰：走了。吓死个人了。【衰】

林城笑了下。

讲真话，林城还没被粉丝探班过。一来是他做主演的机会很少。二来是王涛对他基本放养，连粉丝都不怎么经营，更别说是进行探班了。

他出道的时候，粉圈文化远没有现在这么盛行，那时候大家只管拍戏，决定你能拍什么的，是实力和资源，当然资源是主要因素。粉丝的影响力没现在这么大，而林城已经习惯了这样的工作方式。

最后，定好的探班地点就在剧组附近。

为了防止泄密，他们要在一堵毛糙的水泥墙前完成会晤。

王泽文不知道在想些什么，让刘峰去拉了条横幅过来，挂在那堵灰墙上撑撑场面，以证明他们剧组不穷。

大红色的布，土黄色的字，上面大大写着——"《夜雨》粉丝探班现场"。

林城耐心地站在横幅前，等待着粉丝的到来。

不是，这啥玩意儿啊?! 就算选在酒店大厅也比选在这个地方强啊！再不济，把那横幅改成一个"拆"，也比现在这样显得富贵啊！

刘峰说："没有没有，这个是上次用过后收起来的，不挂白不挂，毕竟那么贵呢。"

林城瞥他："我能信你吗？"

刘峰很不好意思道："还是信吧。"

郭奕世也是个唯恐天下不乱的，拿着油性笔在横幅下面签了自己的名字，并写上"祝林城粉丝探班成功"。

只有一个人，能不成功吗？

林城知道，郭奕世这是为了防止这么"贵"的东西下次再用到自己的身上。

他们都太邪恶了。

林城不知道他那个未见过面的粉丝是个什么性格的人，但王泽文大概有点儿晓得，毕竟她曾经在微博发了一百多条私信。

而王泽文显然对此很感兴趣，甚至因为好奇，不惜抛下剧组，悄悄过来偷窥。

刘峰也跟了过来。

他们可能是想见识一下单人粉丝探班的神奇场景，但林城始终觉得这里面有别的猫腻。

英明威武的王导，摇着剧本徘徊在水泥墙的附近，而他的小跟班刘峰，义无反顾地为他遮挡住了林城刺人的目光。

两人假装只是工作，路过而已。

时隔数日，林城在这样滑稽的情景下见到了王泽文，心情却并不如他想的那么激动，因为王导这人实在是太难以捉摸了。

由于时间有限，林城没过去跟他们理论，主要是他觉得自己不该那么幼稚，跟两个幼儿园的人计较。

他们真的很无聊。

林城从组里搬了张小木凳过来，摆在墙边儿，安静地坐着玩儿手机。

林城做好了接待粉丝的全面准备，他还特意查了下资料。

正常的探班现场，应该是粉丝对着偶像倾诉几句："我很想你，哥哥你辛苦了，一定要注意休息。""哥哥我永远爱你，你一定要加油！""哥哥不管你做什么我都一定支持你！"

你给他送点儿零食，拍两张照片。他给你送几张签名，让你带回去分发传递信念。然后迎来美好大团圆，把照片上传，大家一起 win-win（双赢）。

林城带着美好的愿景，看向入口处的方向。

没多久，人影出现在小路的那一头。

那是一个穿着碎花裙的年轻女生，果然是一个人来的。

她背着一个黑色的大包，年纪不大，二十多岁，或许还在上学，模样清秀，外表看着是个文静内向的人。

为了保证安全，在让她和林城见面之前，刘峰还是让人先给女生过了一遍安检，以防对方身上携带什么危险物品。所以，女生是从繁华的正门方向绕过来的。

她似乎在附近找了很久，然后才不信邪地走向这堵神奇的墙。

按林城估测，这姑娘应该有点儿近视，因为在她抬头看清墙上那排黄色大字的时候，眼神猛地震颤了一下，然后才把目光投向了老大爷一样坐在墙边儿的林城。

粉丝走近，不敢相信道："你……"

林城心想：对，我亲自迎宾的。

他站起来，伸出了手，粉丝也颤颤巍巍地伸出了手。

两人正要体面相握，开始今日的流程，粉丝突然扑了过来，两只手一起包住了他的手掌。

林城被惊吓到了，但很快定神，知道这是自己的真爱粉，准备细心安抚她，就听女生激动道："林城——你为什么一直都不火啊！你不知道我'粉'你'粉'得多辛苦！"

林城："……"

女生哭出声来："我高中的时候就看上你了，可是你一直不火一直不火，现在我都大四了，我还以为我这辈子都看不见你火的那一天！我太惨了，你不知道，我想跟别人'安利'你我都'安利'不出去，因为他们压根儿就不认识你！"

这女生和她的外表截然不同，身体里有股特别强大的力量。在林城想把手抽回来的时候，竟然没有成功。

托儿，这肯定是个托儿。

女生吸了吸鼻子，用颤抖的手指告诉林城，她不是托儿，她真的是粉丝。

粉丝问道："你知道是什么让我坚持到现在的吗？"

林城认真摇头。

粉丝哭号："因为他们看不起我！我不甘心！"

林城："……"

女生继续道："大家都是粉丝凭什么要分高低贵贱？他们'粉'的'流量'就很好了吗？你说，他们好了吗？没有！我知道你才是特别好，你是最优秀的！"

林城缓了缓，觉得内容应该是要步入正题了。

女生哭道："林城啊，你那么努力，长那么帅，那么乖，为什么就没人知道你很好？我看你这么多年还在圈子里面打拼，没有放弃，我就觉得又励志又可怜。我知道你走后门进王导剧组的时候我都哭了，我真的哭了，我哭了一整个晚上。我以为你终于要飞黄腾达了，结果居然是王导阴错阳差从路边把你捡走的！！！"

林城知道——因为她现在就哭了。

他也想哭——这是个"黑子"吧？

"我不是说走后门好的意思，我当时也很生气，后来王导澄清了，证明你真的有实力！我很欣慰！可是我一想到你的青春浪费了那么多年，才被王导发现，我又特别心疼你。这个世上不公平的事情真的太多了，我的崽啊，你什么时候才能得到属于自己的机会？"

女生抹了把眼泪，说："你不知道，我这人特别悲观，运气还贼不好，做什么事情都往差的地方想。我就下定决心，我想，只要你火了，我就去跟男神表白，我就去换一家实习公司，我就相信我的人生还有新的机会。我要把我所有的好运都借给你！"

她郑重地摇了摇林城的手："谢谢你！你给我创造了一个奇迹。你是我的正能量！"

林城："我也谢谢你。"

这是个"黑"。

刘峰跟王泽文笑到肚子抽搐，以至于在墙后边待不下去，被粉丝发现了。

林城木着脸，无奈地看向那二人。

过分了啊。

王导还是爱面子的，他努力板着脸，装作若无其事地拽着刘峰跑了。

"你们组里的人啊？"小姐姐眯着眼睛看了一会儿，没大看清楚，说，"那个穿黑色大衣的小哥还挺帅的，如果是王导就好了。唉。"

林城根本不敢告诉她真相。

小姐姐又问："你组里的人没欺负你吧？王导会不会因为上次的谣言迁怒于你？我看他在网上骂得很犀利，平时脾气应该也不大好。"

林城说："没有，他人挺好的，上次的事儿他也帮忙澄清了。"

"那你可真是想太多了，他只是在为自己澄清而已。"小姐姐叹了口气，"林城你太老实了，可能连别人有没有给你穿小鞋你都不知道。江湖很险恶的。"

林城无奈了。她到底想怎样啊……

粉丝想关爱他。

小姐姐放下自己的包，开始从里面往外掏东西。

"我给你带了点儿零食，当然高热量的东西不能多吃，你会胖。你现在还不能胖，你知道吗？好多人就是垂涎你的身材，一定要注意健身！"她语重心长地说，"不过你现在这样的身材，再胖一点点也没有关系。记得少吃辣，不要爆痘！还有不要接需要大幅增肥或减肥的工作，太伤人了！就算练回来也没有以前的帅度，关键是变丑之后的你还可能火不了。"

她真是比经纪人还关心他的事业。

林城现在就想这场探班究竟什么时候才能结束。

小姐姐的黑色大包比林城想的还要能装。她大概是想以一己之力，撑够一个粉丝团的能量，不能让林城输了排面。

殊不知，林城的排面早就已经在那条横幅下丢光了。

她给林城抱出一大塑料袋的零食，然后又提了袋饮料出来。这还不算结束，她一双手不停地在包里摸索，并成功扯出一团白色的毛球。

"你看，这个特别可爱，你戴上让我拍张照吧！"

林城看着那个白色的兔耳朵内心是拒绝的，但是面前这个粉丝不容他拒绝，因为你根本不知道她下一次开口会说出些什么，特别是她还会哭。

林城犹豫了下，还是答应了她。

毕竟这是自己唯一的……"黑粉"啊！

林城理了下头发，把发饰戴上。他自己看不见，无所谓了，粉丝倒是一副挺高兴的样子。

他主动靠过去，想跟对方一起拍照，结果那小姐姐居然拒绝了。

她说得义正词严："我不喜欢自己出镜，我会破坏这美好的画面。你站着让我拍两张就行了。"

她还给林城安排得明明白白："我要反差萌的那种，你给我厉害一点儿，'老子天下第一'的感觉你懂吗？对对对，再摸你自己的耳朵。不是真的耳朵，是你发饰上的那个耳朵……林城，你真的太帅了我跟你讲！"

等终于拍完，林城绝望地问道："你要签名吗？"

这位小姐姐总算还有一点儿粉丝的样子，从包里抽出签名本道："要的。可惜你没有写真、杂志一类的东西，但是我给你专门做了一本纪念册，你要的话我可以送你一本。"

林城接过翻了一下，终于相信这人是他的粉丝。

本子做得非常用心，而且每一页都用手绘精致地装饰了，然后贴上他的高清照片，写上作品来源。其中有好几张照片，连林城也忘了是在哪里拍的了，甚至连路透照也不放过。

林城在扉页签上自己的名字，又按照她的要求，写了几张特签寄语，然后把笔还给她。

女生握着本子，知道自己该走了，又忍不住泪眼婆娑，叮嘱说："加油啊林城！你一定要加油！我等你红遍大江南北，我给你做一辈子的粉丝！"

林城张了张嘴，想说自己不可能做一辈子的演员，又觉得这样太过残忍，末了，只是笑了一下，点头说："谢谢。"

女生收好自己的东西，一步三回头，朝他挥手告别。

虽然这场会面已经没有了体面的开始，但是它本可以体面地结束，偏偏这位小姐姐要在消失之前留下一句："你太甜了，我的城。你早晚会有面对各种诱惑的一天，到时候一定要想清楚再做决定，好吗？"

林城麻木地道："永别了。"

林城拿着东西回到剧组，众人朝他微笑算是招呼，林城也笑，只是笑容显得好疲惫。

王泽文问："她给你什么了？"

林城把袋子露出来一点儿，展示里面红红绿绿的零食包装。

王泽文勾勾手指，示意他走近。

林城跑过去，王泽文在他的袋子里盲摸了一把，掏出一根牛奶味儿的棒棒糖。

他得意地拆开包装纸，笑道："辛苦费，征收了。"

王泽文到底有什么资格征收他的辛苦费？！

刘峰凑热闹地叫道："我也要我也要！"

林城干脆把糖都分了出去。

他还把那条据说是重复利用的横幅给拆回来了，送给道具师。

"咦……"道具师嫌弃道，"我不要啊！"

林城瞥向刘峰。

刘峰说："你自己收着嘛，留个念想。"

念想个鬼！他们这帮人都不老实得很。

王泽文说："下午没事的话就别回酒店了，等这边收工，我请你去吃晚饭，顺便坐在这里学习学习。"

林城不坑王泽文一顿饭，心里委实过不了这个坎儿，就抱着自己的大袋子坐在他旁边。

王泽文叼着棒棒糖回头看他，笑了起来。

王泽文高兴了，把自己的座位往边上稍挪，腾出一点儿空位，示意他可以坐到附近，然后就开始严肃起来，认真工作。

王泽文工作时，与平常完全是两个模样，情绪沉淀下来，眉目里透着认真，没有半点儿不正经，也绝不允许别人吊儿郎当。

他偶尔会想起林城的存在，就随意和他讲解两句，更多时候是进入状态，完全不记得自己还邀请了个学生在身边见习。

今天的任务不重，补了几场文戏，大家状态也好，所以收工很早。

王泽文把一些琐碎的任务交代给刘峰，从兜里掏出一根烟，含在嘴里，朝林城走来。

他直接揽住了林城的肩膀，往剧组外面带，问道："想吃什么？"

王泽文闷声笑道："跟我生气了？可我也不是故意的。"

林城斜眼睨他："粉丝不是你安排的吗？"

"是我安排的，可我也没想到她那么特别，我只知道她是你的真爱粉。"王泽文想起之前的事儿，笑得不亦乐乎，"我真不是故意要看你们笑话，她发了一百多条私信，说感谢我赏识你，还给我科普了你以前的作品，我以为她是你的事业粉。"

王泽文说着顿了下，继续狂笑道："确实是你的事业粉，所以我满足她了。"

他忍了忍，也觉得那事儿太好笑。

王泽文继续问道："撸串还是炒菜？你要是没主意，我就省钱，带你去外面吃炒米粉了。"

林城无所谓："哦。"

王泽文却突然道："你以前还会多说一个'哦'字的。"

林城急道："你不要记着这些事情！"

王泽文啧啧叹道："你变了。"

最后王泽文还是开车带他去吃了烧烤。

那家烧烤店虽然远了点儿，但比较方便，有包间。王泽文跟前台订好了房间，让林城先进去。

等五分钟后王泽文进来的时候，他嘴里一直叼着的烟不见了，身上也多了一股柠檬味儿。他在林城对面坐下，拿起菜单随便勾了几笔，又问林城想吃什么。

林城忍不住说："你想抽烟的话，没必要特意避开我，大家都抽。"

王泽文笑了下："喜欢吸二手烟哪？上过健康课吗？"

林城问："那你怎么不戒烟呢？"

王泽文说："就那么点儿爱好，没必要戒啊，而且也没人督促我。"

林城抿了下嘴唇，最后点点头。

这时服务员敲门，端着烤盘进来，把东西放下后，又问道："两位客人，要酒吗？"

林城说："要。"

王泽文："你还会喝酒？"

"就想喝。"林城指着菜单说，"两瓶。"

点的还是白酒。

王泽文用指节敲桌子："你是故意想喝空我的钱包，还是想借酒消愁啊？我才不要陪小青年拼酒，没有意思。"

林城被他一说，突然赌起气来："三瓶。"

王泽文哭笑不得，只能挥手道："赶紧给他上，不然待会儿就论箱买了。"

第四章

－ 杀青 －

这家店上酒十分迅速，没两分钟就将东西搬了上来，随后烤串也陆陆续续地送到桌上。

王泽文一手搭在桌上，看着对面的人，突然说道："我让她来探班，其实是想让她鼓励鼓励你。能被一个素不相识的人喜欢，也算是做明星的好处之一了。"

被人夸奖总是会觉得高兴的。

林城咬肉的动作停了下，问道："为什么要让她鼓励我？"

"因为你看起来有点儿丧。"王泽文说，"就那个时候，你说希望剧组能认真拍戏的时候，我知道你其实不想干了。"

林城"嗯"了一声，他那时候的确不想干了，现在也没什么很强烈的欲望。

他想拍好的作品，不想继续在烂片里蹉跎人生，但好机会是可遇不可求的，没有人会一直帮他。

王泽文皱了下眉，说："不管这个圈子的淘汰率有多惊人，我都不觉得你应该是那个还在预选赛就被淘汰的人。"

林城很矛盾，问了句近乎不切实际的话："你希望我留下来吗？"

王泽文沉默了半晌，然后说："你不能问我，因为我不能给你保证，你只能自己决定。"

林城扯出一个笑："我知道，我一直在考虑。坚持跟放弃我都有足够的理由，但是我还有一点儿犹豫，我想听听你的意见。"

王泽文看着林城，原本伶俐的口齿突然变得迟钝起来。

他其实也不知道，是应该劝林城坚持下去，还是让他趁早放弃。虽然对方可能只是随口一问，但这是一件很严肃的事情。

王泽文沉思片刻，斟酌着开口道："你的那个粉丝，今天她有些话说得没错。"

林城："什么话？"

"这世上很多事情是不公平的。"王泽文说，"她说你努力，我知道你肯定努力，大家都看得出来。可是你看，你在电视圈里混了十几年，混出什么名头了吗？可能还比不上一个选秀刚出道的新人。新人只要合约签得好，出道就能演男一号。合作大IP（项目），拍广告上杂志，各种套路的营销，铺天盖地地进行推广。哪怕他们演得跟得了小儿麻痹症一样，依旧有人买单，还能拿比你高十倍、百倍的片酬。"

林城默默给自己倒了杯酒，晃在手里，还没来得及喝一口，王泽文突然劈手抢了过去。

"你别喝酒，你到时候给我开车。"王泽文闷下半杯，才想起来问道，"你有驾照吧？"

林城简直拿他没有办法，点头说："有的。"

王泽文于是安心地喝了。

林城静静地看着他。

王泽文喝了杯酒，话开始变多，继续和他谈心。

"你知道为什么制片人那么快同意把男二号换成你吗？"

林城说："因为男二号在住院。"

"不，是因为你的片酬低、效率高。"王泽文又问，"男二号被公司、经纪人分成之后拿到的酬劳，都比你到手的多，你知道为什么吗？"

林城静了片刻，带着复杂的心情回道："因为我不红。"

他今天被这句话洗脑了一整天，他快要疯了。

他不红是什么天地难容的事情吗？为什么一个个比他还要意难平。

"对！因为你不红！"王泽文说，"你看那些大器晚成的中年男星，他们都算运气好的了，你继续在这条路上混下去的话，变成谁都有可能。而当你不成功的时候，所有人都会笑话你的努力。只有成功人士的挫败，才能被叫作'鸡汤'。一条路闷到死的，他们只管那叫执迷不悟。这个圈子很现实，你明白吗？"

林城："明白。"

王泽文口干，咳了两声，继续往杯子里倒酒。

他的动作一气呵成，十分熟练。大概是嫌酒太烈，又往里面稍稍掺了点儿饮料。

林城以为他千杯不醉，视线扫了下，没有在意。

王泽文说："你要做好最坏的心理准备。如果还想继续，那就继续。"

林城觉得王泽文是在激励自己，毕竟王泽文向来是个无所畏惧、心高气傲的人，在他的世界里，可能放弃就是一种失败。迎来的浪越高，他就要飞得越远。

林城不希望在他面前显得懦弱，点头说："我会努力的，谢谢王导的鼓励。"

王泽文是想让林城认识到社会的残酷再好好做决定，林城却认为是在鼓励他，林城阅读理解及格了吗？

王泽文张了张嘴，觉得自己应该冷静一下，于是又喝了一杯酒。

白酒呛喉，辛辣的感觉从胃部沿着食道一路蔓延上来，随着呼吸又不断直蹿脑门儿。王泽文的口腔里全是酒精的味道，太阳穴上的青筋一跳一跳的。

王泽文叹了口气，突然开始盘点起自己的人生经历。

他问道："你知道，我这辈子最遗憾的事情是什么吗？"

王泽文有醉意的时候，完全看不出来，因为他喝酒不上头，而他紧皱着眉头的表情，反而让他显得更加认真、严肃。

林城以为他还很清醒，配合地说："不知道。"

王泽文用拳头抵着桌面，摇头说："是有一个人曾经嘲笑了我的目标。我说我以后要当导演，我要把所有光怪陆离的世界都拍出来。她说了一句'你的想法怎么那么廉价'。"

王泽文意难平道："虽然那是好几年前的事儿，那时候我们都还小，我当她脑子没发育完全。可是，她凭什么瞧不起我？我做我喜欢做的事情有错吗？一个人有一件想努力一辈子的事儿，怎么就廉价了？"

林城说："你很不甘心吧。"

"你说得对！"王泽文点了点头，眼角下垂，气愤道，"我这辈子就那么一次，愣住了，没来得及骂回去。我太悔了！我如果现在再去骂她，就会显得我很小气，你能明白我的感受吗？"

他懊恼的样子实在是很有趣，但是……

林城认真看了他片刻，终于意识到他这是醉了，伸手把他的酒杯拿掉。

王泽文挑眉看他。

林城说："今天很晚了，我送你回去吧。"

林城走到对面，抓住王泽文的胳膊，把他拽了起来。

王泽文没有反抗，反而相当配合，任由他动作，并将重量都压到他身上。

林城问："你能走吗？"

"我不走，"王泽文摇头说，"我还没说完。话不能不说完，我刚刚说到哪里了？"

林城哭笑不得。他单手扶住王泽文，另外一只手给自己戴上口罩，然后半架着他，出了包间门。

服务生想过来帮忙，被林城婉拒了。

他走到收银台，拿出手机付款。王泽文不知道看见了什么，趔趄着想走，又被林城一把捞了回来。

林城急忙说："不要乱跑，好不好？"

王泽文点头，听话地不动了。

林城缓了缓，才把账单给结了。

他怕王泽文喝酒不断片儿，第二天起床会想起晚上的事儿，不敢表现出任何不妥，缓缓地拖着他出了店铺大门。

王泽文大半个身体都靠在了林城的身上，用力吸了吸鼻子。夜风吹在他身上，胸前被酒水打湿的衬衫让他生出一点儿寒意，浑身打了个哆嗦。

林城赶紧帮他把大衣裹紧，王泽文主动靠过来，糊涂地问道："你谁啊，很眼熟，兄弟拍电影吗？"

林城说："我是林城。"

王泽文继续问："拍电影吗？"

林城不厌其烦地回道："我不是已经在和你拍了吗？"

王泽文点头："那很好，那很好，王导保你红。"

走了没一段路，王泽文又开始问："你是谁来着？"

这回林城不想理他了。

王泽文得不到回复，烦躁起来，将头靠过去，毛毛躁躁地问："你再说一遍，你到底是谁来着？"

林城吓道："我是林城，正在和你拍电影！王导！"

王泽文不许他动，扳着他的脸看了许久，神志终于清醒了一点儿，嘀咕道："哦，是林城。"

林城费力地把他放到车上，终于松了口气，弯腰给他系好安全带。

准备起身的时候，面前的人再次拖住了他。

林城心脏猛跳，好几次他都怀疑面前这个人是故意的，问道："王导，你干什么？"

王泽文闷声说："你之前不是要我扶着你吗？"

林城深吸一口气，耐着性子道："现在不要。"

王泽文无辜地问道："为什么现在不要？"

林城发现王泽文极其难搞："你怎么那么较真儿？"

"不较真儿怎么做得好工作？"王泽文板起脸道，"你这样的工作态度，不行。明天交五百字检讨给我。"

林城："……"

林城放弃了，靠蛮力挣开王泽文的手，给他系上安全带，一抬头，还对上了王泽文大不赞同的脸。

对方的眼神有点儿迷离，但看着的确不大像醉了，眉头时皱时缓，好像在努力保持一本正经，见林城一直盯着他，不甘示弱地抬起了下巴。

林城迟疑，在他面前挥了下手。王泽文按住自己的脑袋，别过脸说："你这样的员工，我不想再看见你。"

可以。醉得很深。

林城正要合上车门，王泽文的身上响起了手机的铃声。

林城说："手机给我。"

王泽文立即两手捂住口袋。

林城有点儿累了，干脆地关上车门。

没多久，他的手机也响起来了。林城拿起来一看，发现是刘峰。

刘峰："林城，王导还跟你在一起吗？他怎么不接我电话？"

林城说："王导喝醉了，我现在把他带回去。"

"怎么还喝醉了呢？不是就去撸个串吗？"刘峰问，"需要我去接你们吗？"

林城说："不用，我有驾照，直接开回去就行了。"

刘峰说："好，到了给我打个电话。麻烦你了。"

因为天黑，前面一段路的路灯又坏了，林城车开得很慢。

王泽文一直乖乖地坐在位置上，没有胡闹也没有乱动，看着酒品还算不错。他歪着脑袋眯了一会儿，但也只有一会儿，重新睁开眼睛后，又开始不安分起来。

他望着漆黑的夜幕，问道："我今天晚上想干什么来着？"

林城提醒说："吃烤串。"

岂料王泽文生气道："吃吃吃，你怎么就想着吃？到底是谁把你招进来的？走的什么后门啊？"

哟，这样子可真唬人，要真换了剧组的工作人员，说不定就信了。

林城忍笑道："你招我进来的。"

"真的吗？"王泽文摇头说，"我不信。"

林城说："真的。"

王泽文对他已经失去了信赖，捏着下巴自己艰苦地回忆了一遍。

林城偏过头，看着他一本正经皱眉的样子，觉得太逗了。

过了片刻，机智的王导终于想起什么，从兜里摸出自己的手机，拿在手里翻转了一阵。

他连续试了几个密码，似乎都不对。在进退无门的情况下，又妥协地来找林城，扯着他的衣摆问："我的密码是多少来着？"

林城说："我不知道。"

王泽文刚下去的脾气又"噌"地冒了出来："你怎么连这都不知道？你怎么做助理的！"

林城真的忍不下去了，笑道："我已经是你的助理了吗？"

王泽文冷冷地说："嗬，你现在不是了，我对你很失望。"

林城其实很想告诉他办法，但是怕他现在这样子，开了手机以后会乱摁，只说："我真的不知道。"

王导不愧很英明，没过一会儿，他自己悟出来了。

王泽文想起自己平时就不是摁密码开的锁，竖起自己的大拇指，在衣服上蹭了一把，把汗渍擦拭干净，然后郑重地按在解锁键上。

屏幕跳转，他发现自己成功了，高兴地给林城展示。

也许他想表达的意思是"你这没用的助理"，但他这样真的是搞笑炸了。

林城很喜欢车上这种安静的气氛，好像什么都是缓缓的。时间就跟春日小溪里的水流一样，带着一点儿粼粼的波光，温和地从石头上淌过。

林城的手扶在方向盘上，抿了下嘴唇。

前方道路终于开阔起来，路灯也变得明亮。

林城问："王导，你在找什么？"

王泽文头也不抬地道："你被开除了。好好开车！"

林城："好吧。"

王泽文对着手机捣鼓了一阵，切换到微信的界面，从上面的聊天框里选了个人，清了下嗓子，摆出十足的架势，发去一条语音。

"好好拍戏，王导很看好你。虽然你的演技挺一般，但你是个可塑之才。多学两年，没问题的，到时候王导给你介绍好角色。"

林城想：这是要发给谁，醉成这样都没忘了给对方发消息，还要给对方介绍角色。是哪个他很喜欢的演员？男的还是女的？要怎么样才能好叫他青睐？

紧跟着，他自己的手机响了起来。

林城怔了下，喉结滚动。他不方便去摸手机，只是偏了下头看向自己的衣兜。

他觉得就算是巧合，应该也是缘分的一种。

王泽文："等你的戏杀青，我请你吃饭。这圈子好乱的，堂堂正正地走，别学他们，玩不入流的小把戏，懂了吗？"

"嘀"，林城的手机又响了一下。

路灯暗黄的光色冲进车窗，阴影飞速从二人脸上流过。林城偏过头，对着身边的人笑道："好。"

王泽文没理他，他现在大概很讨厌自己这个不合格的助理。

安静了一会儿，王泽文又开始发。

王泽文："秦玄，你这傻 × ！别以为有俩臭钱就可以干涉我的电影知道吗？你最近几年选的新人都什么眼光？强捧可耻知道吗？"

林城诧异，从反光镜里去看王泽文。

秦玄就是他解约前那个公司的老板，那其实是一家很大的娱乐公司。

"嘀"的一声，对面很快回了过来。

王泽文继续发语音："哈哈哈！我知道你肯定是要骂我，你想得美，我才不点！好好管管你们公司里的人，眼睛都长兜里去了吧！"

大概是知道对方不会听语音，秦玄直接发了文字过来。

可惜王泽文现下两眼发花，看见密密麻麻的字就头疼。

王泽文盯着看了一会儿，又过来拽林城的衣摆，将手机递过去，带着鼻音闷闷地问道："他说什么？"

林城抽空瞥了一眼，隔着屏幕都能感受到对面那人的气急败坏。

秦老鸡：王泽文你有病是不是？没事讨骂？发什么疯呢？

秦老鸡：我有钱是我的错吗？啊？你就没几个臭钱吗？

林城笑道："他说你说得对。"

王泽文很骄傲，将手机收回来，嘀咕说："我说的那肯定是对的。"

看他又开始摸索着玩儿手机，林城担心第二天起来他能给自己树一个营的敌，忙说："别玩儿手机了，开车呢。"

王泽文脑子转动很慢，迷茫了片刻才反应过来，将手机收了起来，点头说："对，开车呢。"

林城笑，夸奖他说："王导英明。"

王泽文对相关关键词十分敏感，再次点头："不错。"

这段路途显得十分短暂，只是眨眼就到了。

林城将车开去停车场，熄火后在驾驶座上又坐了一会儿，然后下车绕去对面，给王泽文开门。

王泽文还坐着，仰起头问道："干什么？"

林城说："回房间休息了。"

王泽文慢吞吞地往外挪。

林城再次伸手把他架住，他醉得很厉害，恨不得整个人都挂在林城身上。

两人顺利地到了房间门口。酒店里暖气开得太大，林城出了一身汗。

林城问："房卡呢？"

王泽文再次警惕地捂住口袋。

林城无奈道："不要闹了。"

他抽开王泽文的手，对方这次也没有抵抗，然而袋子里根本是空的。

"房卡。"林城指着门说，"进房间，休息。把你的房卡给我，不然我就把你放走廊上了。"

"找不到吧？"王泽文狡黠地笑了下，说，"真的在这个口袋里。"

他伸手在左边袋子里一面认真翻找，一面说："只是袋子破了。"

片刻后，他用两根手指夹出一张卡。

林城不知道该说什么好。

王泽文问："你知道这袋子为什么会破吗？"

林城用房卡开了门，拖着王泽文进去。

王泽文自己答道："因为我用完一把美工刀，随手放在了衣兜里。刀片滑出来了，我没注意，坐下去的时候差点儿刺到自己，还好这件衣服厚。"

林城皱眉："不要往身上放奇奇怪怪的东西。"

王泽文叹道："我还挺喜欢这件大衣的。"

把人放到沙发上，林城走到旁边，给刘峰发了条短信，告诉对方王泽文已经回来了。刘峰回复：马上回来。

林城叹了口气。

今天晚上的烤串两人根本没怎么吃，王泽文忙着说话，林城基本认真听训，结果到最后吃的最多的是西北风。

他从桌上拿了瓶饮料，打开猛灌两口，转过头发现王泽文盯着他，又拿了瓶水，递给王泽文。

王泽文抿了口，不满意地说："没味道，还有点儿苦。"

林城心想：人家的广告可是有点儿甜，问道："你想要什么味道？"

王泽文视线飘过来："我觉得你的比较好喝。"

林城又拿了瓶一样的饮料给他。

王泽文喝了口，再次摇头："不一样。"

"没有了。"林城说，"你这就是单纯觉得别人的好。"

"真的，你的是炭烤味儿，我知道。"王泽文认真说，"我还真有点儿饿。"

林城心说：你知道个鬼。

林城把自己的外套脱了，远远放到另外一面，炭烤味儿就没了，然后又要去帮王泽文把大衣脱下。

他弯腰俯在沙发前，示意王泽文配合。

王泽文根本不知道什么叫配合，跟石头一样静坐不动，林城只能使用蛮力。

大衣刚脱下一半，王泽文又像是突然反应过来，手上积蓄了力气，在林城胸前推了一把，气急败坏地骂道："你干什么？别碰我！"

林城摔倒在地。王泽文趔趄起身，眼神四散，还不大清醒，仍是怒气冲冲地骂道："你那么大个人，黏着我做什么？别以为我不知道，你处心积虑地接近我，就是想讨好我。我最看不上你们这种人！"

林城耳边如爆炸一般绽开巨响，手脚更是如同被一张巨网捆住，失去力气。他单手下移，撑在沙发扶手上。

王泽文还在絮絮叨叨地说，大抵是一些："我请你只是来拍戏的，谁要跟你做朋友？""滚得离我远一点儿。"

然后倒是安静了一点儿，朝后一倒，重新瘫软在沙发里。

恍惚中，林城听见了房门打开的声音，紧跟着一道杂乱的脚步声靠近了过来。

他不知道自己此时的表情是怎么样的，应该不那么冷静，还有点儿慌乱，脸色也应该是一片绯红。作为一个演员来讲，大约是失职了。

可是他控制不了，冷静变成了一件奢侈品。

他把手背到身后，最大限度地掩饰住自己的激动。

刘峰沉默着与他对视了片刻，率先开口道："林城，能帮我倒杯水吗？"

林城"嗯"了一声，克制住如雷般的心跳，把王泽文先前喝过的那瓶水递了过去。

刘峰说："谢谢。"

林城抓过自己的衣服，说："我先走了。"

刘峰叫道："哦，等一下。"

刘峰放开王泽文，跑过来说："谢谢你送王导回来。还好是你，我也不知道王导喝醉怎么是这个毛病，他以前很少喝那么多酒的。"

林城听着觉得自己的声音都变了音调："没什么。"

"还是要谢谢你。"刘峰笑说，"你可能不知道，王导之前被人骚扰过，换成别有用心的人，他明天知道肯定要炸。王导一直拿你当弟弟，如果是你的话，就不用那么尴尬了。"

再后面的话，林城几乎听不见了，脑袋里几乎都被"骚扰"两个字所代替。

他不知道今天这一天是怎么了，好像发生了很多事情，可是他根本没有做好准备。

林城转过身，背对着刘峰。

刘峰摸了摸耳朵，继续笑呵呵地说："王导对事不对人，其实对谁都很好，有的人就很容易误会。之前有个女明星晚上敲门跟王导表白，还影响工作，王导就很生气，直接把人赶走了，再也没跟对方合作过。"

林城低下头。他知道这时候应该要说些什么，起码要附和两句撇清自己，可是骤然被击沉的感觉让他无所适从。

他觉得自己的声音会暴露更多，几乎无所遁形。

他到底做错了什么，就变成了这样？

刘峰并没有等他的回答，挥手道："再见啦，今天晚上麻烦你了。"

林城应了声，迈步离开，身后隐隐约约还有两句对话声。

"刘峰？"

"不，我是制片人。再动打你。"

等林城回过神来的时候，他已经站在自己房间的卫生间里了。这一路浑浑噩噩，忘记了自己是怎么回来的。

他一路上积攒了想要和对方成为朋友的勇气，然而不到一个晚上的时间，又知道了对方可能厌恶这样的自己。

到底是怎么回事？

他抬起头，看了一眼镜子里的自己。眼尾有些发红，脸上却没什么血色，这副样子，真的堪称失态。

林城走到洗手台边，告诫自己赶快从这状态里脱离出来，打开水龙头，泼了把冷水到脸上。冰凉的液体冲上他的皮肤，林城被冻得吸了口气。潺潺的流水里，世界变得有点儿模糊。

林城将手也伸到水龙头下面冲洗。

冰冷刺骨的液体淌过他的手指，将他原本就冰凉的手冻得更加红肿。

林城试着弯曲手指，快要失去知觉的手终于反馈了一些疼痛给他。针扎般的痛楚，连进了胸腔深处。

他伸手将水关了。

他没法和王泽文成为朋友的。为免最后狼狈收场，就这样吧。

他躺到床上，摸索着关掉了房间里的灯。

王泽文第二天是在一阵头疼中醒来的。窗帘没拉，光线极其强烈，眼皮上传来的不适感，加剧了他的起床气。

他睡觉，怎么可能不拉窗帘呢？！

王泽文猛地坐了起来，愤怒地抹了把脸。

等他睁开惺忪的眼睛，骤然发现自己的对面坐着个人，又吓了一跳。那人跟鬼似的，一动不动陷在沙发里，摆出了思考的姿态。

王泽文骂道："刘峰，你有病啊？你在我睡觉的时候坐我房间里干什么！"

刘峰放下捏着下巴的手，站起来说："王导，你醒了啊。"

王泽文按住自己隐隐作痛的头，视线飘转了一圈儿，回忆起一点儿事情，最后落在刘峰有些殷勤的脸上，问道："昨晚上是你送我回来的？"

刘峰发现他断片儿了，殷勤道："陛下，那是臣应该做的！"

王泽文稍稍回忆了下，觉得不对："我怎么记得昨晚有个人一直在跟我讲他叫林城啊？"

刘峰扑上去，佯装惊慌道："陛下——臣救驾来迟，不是故意的！昨天晚上我的女朋友……"

王泽文嫌弃道："起开！给我倒杯水。"

刘峰将水拿给他，又打给前台让他们送碗醒酒汤上来。

因为时间还早，王泽文没急着起床。

他背靠在床上，静静思考昨天晚上发生的事情。刘峰小心试探道："王导，问您一个真诚又严肃的问题，可以吗？"

王泽文看着窗外："说。"

刘峰问："凭你我多年的交情，你喝醉酒的时候，会想狠狠骂我伤我自尊吗？"

王泽文瞥他，不屑道："我骂你还分场合？"

太伤人了！

王泽文摸了下唇，又隐隐有点儿模糊的记忆在复苏，他看着刘峰，震惊道："你昨晚趁我醉了还骂我了？"

刘峰同样惊恐道："我的天哪，你在想些什么东西？我敢骂你吗？你还做梦吗？！"

王泽文怀疑："那我怎么觉得奇奇怪怪的？"

刘峰吼道："那你以后就别喝那么多酒啊！"

王泽文怒道："谁让你在我一起床的时候就说些乱七八糟的东西！"

刘峰深吸一口气，忍了。

王泽文心烦，拿过旁边的外套一闻，又骂道："一股烧烤味儿。"

他想了想又怀疑说："我怎么不记得我昨天吃过烧烤了？"

刘峰心想：你可别说了吧。

王泽文捧着头："我再想想，好乱。我就记得林城把我拖回来，然后我应该睡了。我酒品一向很好，不会做什么失态的事。"

刘峰心下一跳，抓着自己的外套下摆说："导，看看手机，看看新鲜事，人不能只局限在昨天的美好！"

王泽文狐疑地扫了他一眼，但刷手机的确是他每日早起的爱好，没有多想，从大衣里拿出手机，解锁界面。

刘峰还来不及为自己的机智而骄傲，就听王泽文在那边大笑道："林城那个粉丝，真的是个鬼才啊！"

刘峰打了个哆嗦："导，你能别一大早就刷林城的新闻不？"

"他的那个粉丝自己发给我的，林城的照片……"王泽文笑到抽搐，"那粉丝到底怎么想的？她不做营销真是可惜了！"

刘峰现在听到"林城"两个字头皮都要发麻。

王泽文问他："看不看？"

刘峰坚强地道："我不看。"

王泽文："不看算了。"

刘峰妥协："那还是看一下吧。"

他把脑袋凑过去，与王泽文共享一个手机界面。

先前的那位小姐姐应该是为了感谢王泽文放她进去探班，就把之前拍的照片，PS（修图）过后，全版发了王泽文一份。

里面全是稀奇古怪的林城。

林城戴着兔耳朵，踉得跟二五八万似的看着镜头。

林城依旧戴着兔耳朵，满眼迷茫，视线没有焦距地扫向远处。

林城揪着自己的兔耳朵，眉眼间有点儿忧郁。

拍照的技术很好，阳光从正上方打下，背景被虚化，只留下林城处在柔和的光线中，完全看不出当时那种土灰色的诡异背景。

用他们粉圈的话来说，应该是又软又萌？

刘峰看了两眼就没什么兴趣看了，但是王泽文就一张张认真地翻下去，明明是相似造型的连拍，他也要多看两眼，再跟找不同似的发笑，还非要指出来给刘峰看，说林城此时的内心应该是怎么样怎么样，不用表演，都相当到位。

刘峰反省。他觉得可能是自己的心境出现了变化，再也不是能陪王导刷八卦新闻的人了。

林城内心想法怎么样，他什么都看不出来，他又没有读心术。

王泽文看得高兴，把照片直接转发给了林城，刘峰连个开口阻止的机会都没有。

王泽文刷得高兴了，一天的开始又是朝气蓬勃的。他伸了个懒腰，把手机收起来，起床穿衣服，看着刘峰还在一旁出神发愣，悠悠地问了一句："你是不是在心里骂我了？"

刘峰不由得说出心里话："要不是你经常用你的臭钱羞辱我，你以为我会真心待在你身边？"

王泽文说："好可惜，我一辈子都有臭钱。"

一直到王泽文洗漱整理完，林城那边都没有回复。王泽文本来还是挺期待林城的反应的，因为对方认真回答的时候，总是很有趣，但是他也没有多想。

林城可能在睡懒觉，毕竟今天没有他的工作。

可是，在王泽文跟刘峰一起下楼吃早饭的时候，看见了林城。

对方手里拿了个袋子，刚从餐厅里走出来。

王泽文挥手叫道："林城！"

林城抬起头，远远看见他，朝他点了点头，然后装作若无其事地走开了。

王泽文愣住了。

他见过林城的这种眼神，大概就是第一次见面的时候，甚至比那时候还要冷。再之后，林城看着他，是带着一点儿钦佩、感谢、信赖，甚至是亲近的。

绝对不是现在这样。

王泽文缓缓地收回手，站了半晌，扭头问道："他为什么不理我？"

刘峰："你问我吗？"

王泽文摸出手机，打下一行字。

王泽文：看见我给你发的图片了吗？

对方这次回复得很快。

林城：看见了。她也发了我一份。

王泽文：照片拍得很有意思。

林城：谢谢。

王泽文又等了一会儿。

没了。

王泽文皱眉，总觉得味道好像不大对——不是他的错觉。

吃完早饭王泽文还得去拍戏，林城的态度叫他有点儿郁闷但还不至于耿耿于怀。他和刘峰讨论了几句没有得出结果，就把手机揣回兜里，暂时抛到脑后。

早晨 7 点所有人员到位，正式开工，整个剧组的工作人员都忙活起来。

可惜今天情况不大乐观。他们要拍的是场群戏，每次镜头扫过去，总有演员不在状态，大家轮流犯错，互相拖累，伟大又莫名的玄学开始奏效了，气得王泽文头疼欲裂。

那边群演的表现也不尽如人意，采音师和副导演激情表演在线发疯。

王泽文死磕不下去，忍着脾气，让众人先休息十五分钟。

他走出房间，站在门后头，给自己点了根烟。

红光闪烁，白烟燃起，远处走动的人影在烟雾中幻化成朦胧的剪影。

每到这种时候王泽文就不由得想，如果这批演员能跟林城一样用心就好了，全心全意地把这段时间都用到《夜雨》的拍摄上，不轧戏，不谈恋爱，不玩儿手机，不耍心眼儿，不偷懒，那他相信《夜雨》一定能成为一部名留影史的佳作。

林城……

王泽文皱了皱眉，掏出手机看了一眼。

他在后来又给林城发了一条微信。

王泽文：谢谢你昨天把我带回酒店。

隔了半个小时，对方回了一句。

林城：没什么。

王泽文看着那简简单单的三个字，感觉今天的躁闷都被浓缩在了里面。

为什么做什么事儿都不顺利？就是从林城这里开始的。

他手指在空中轻抖了下，把烟头上的灰烬弹去，然后叼进嘴里，打下一行字。

王泽文：昨天晚上我没做什么奇怪的事儿吧？

林城：没有。

王泽文：不然你多说两个字？

林城：？？？

王泽文心中的诡异攀升到了极点，林城那三个问号应该是他来发才对。他怀疑地看向刘峰，后者拿着通告单无辜地抬起头。

王泽文长长吐出一口气，朝刘峰招手。

刘峰跑过来问："干什么？"

王泽文挑了挑眉毛："昨天晚上，林城把我带回酒店，然后呢？"

"你怎么又问？"刘峰装作镇定，"然后就给我发信息让我去照顾你了啊！"

刘峰说着把短信展示给王泽文看，里面的内容简单又正常，确实跟他说的一样。

王泽文问："那是为什么？"

刘峰说："哪有那么多为什么？他今天又没有工作，你拉着他聊工作的事儿就很不合适，我说你让他休息一下吧。"

王泽文看了他一眼，又低下头打字。

王泽文：你后面接的那场戏很重要，要不要我给你讲讲？

对面回得很快，但是也很官方。

林城：谢谢王导，但是我想自己琢磨。我已经看过很多遍了，目前状态还好，影响太多会受干扰。

王泽文举着手机给刘峰看："你看，为什么？"

刘峰欲言又止，手上的纸被捏出一团褶皱，他无奈地道："王导，你不要管他了，好不好？"

王泽文像不认识一样地看着刘峰："为什么？他是我找来的演员，你叫我不要管他？我明明在跟他说工作的事情啊。"

王泽文背靠着墙，对着手机又看了片刻，确实想不明白，终于放弃了。

他朝刘峰挥了挥手："拍戏吧！"

好在剧组确实很忙，很快就分散了王泽文的注意力。等他拍完一天的戏，做完总结，已经没有心力再去思考那些乱七八糟的事情了。

不想，在他带着组里的兄弟回酒店的时候，又在大厅里撞上从外面吃饭回来的林城。

这大概也能称得上一种缘分了，以前怎么都没有这么巧。

王泽文与他打招呼，林城远远地站住，朝他们挥了下手，然后沉默地离开。

王泽文心里很不是滋味，他就是再瞎也能品出林城对他的防备了。

一个好好的小弟就这么没有了，他不服。

连摄像师都看出来了，他靠过来问："你把人小演员骂伤了啊？"

王泽文："我没骂他。"

"骗谁呢？"摄像师笑了下，从他身边走过，"别搞组内霸凌啊，人小林挺好的，敬业又听话。"

王泽文心想：论霸凌，被霸凌的那个人也应该是我。

晚上刘峰去王泽文房间找他，发现他对着一桌子的文件吞云吐雾，烟灰缸里放了一排烟蒂，不知道抽了多少。屋内也全是沉闷的烟味儿，浓得他都快受不了了。

刘峰赶紧过去把窗户开了，让冷风灌进来，将烟味儿冲散。

刘峰回过身说："王导，你干什么？"

王泽文抖着纸张道："工作啊！"

"你以前工作哪有这么烦？"刘峰说，"你抽太多烟了，你是想直接对接 ICU（重症加强护理病房）吗？我们电影还没拍完呢。"

王泽文喝了口旁边的水，由于口腔里全是烟味儿，他品出了苦涩的味道。

就是很烦，又说不出哪里烦。

工作上的麻烦太多。最近这几场戏都比较难拍，人数多，场面大，一动起来镜头画面就显得乱，补拍了无数个镜头，到现在怎么剪辑还没定下。

最终效果总觉得不够震撼，还缺那么一把力把剧情推到高潮。

王泽文觉得这个剧情可以由北固来推动。

一是在高墙耸立、高手云集的庭院里，剑术超然的孤独剑客与多方进行生死对决，夜雨重重，那种逼仄又惊险的画面，放到大银幕上绝对精彩。

这一段情节最早在剧本上出现过，后来因为男二号武打技巧不过关，他让编剧删掉了，现在他打算重启。

二是借由北固的牺牲，对冯重光的精神世界再一次产生冲击，是一个推动主角进击的决绝情节。

在原定的剧情中，这是一段完全沉默的心理交流，所有澎湃的情感都隐忍在雨声和他们的眼神里。

可是王泽文不知道林城的实力能不能撑得住这一段戏，也不知道郭奕世能不能接得住这一段戏。

王泽文思考着是不是要加一点儿台词来进行解释说明，那句台词又不能破坏原有剧情的浓厚意境。编剧跟武指都被他气到闭关修炼去了，而他坐在房间里，一静下心来想北固的戏，脑海里剩下的全是林城。

简直失格。

对，林城精神霸凌他，在这种时候。

刘峰盯着他瞧了许久。

王泽文以前拍电影，遇到的麻烦多了，可从没哪次像现在这样，从里到外都透着毛躁。

这人怕麻烦，脾气看起来也有点儿暴躁，但其实做事耐心，对人体贴，感觉也很敏锐。

刘峰问道："想不明白吗？"

王泽文吐着白烟，点头说："想不明白。"

刘峰在他对面坐下，很犹豫，小心说："那就别想了吧。"

"可是他为什么突然就变了呢？"王泽文按着额头，特别迷惘，"这不科学。"

刘峰激动道："科学解决不了的事情太多了！科学连头秃都解决不了！"

王泽文说："我头不秃，不用他帮我解决。"

刘峰："他说不定就是想静一静，那你就让他静一静啊。"

王泽文杠上了："他闲着没事干吗要静一静？"

刘峰："说不定是失恋了呢？"

王泽文怒道："事业尚未成功，还想着儿女情长？"

刘峰："你没有心的。"

王泽文瞥他："你没有奖金了。"

刘峰大叫："我错了！我错了还不行吗？！"

王泽文把烟摁灭，肯定地说："你一定有事瞒着我。你们两个都是。"

刘峰弱弱地道："你说工作最要紧，别的都是小妖精。"

"行，等我把这部电影拍完。"王泽文说，"你完了。"

刘峰："……"

林城醒来看了一眼手机，发现王泽文又给他发了一条消息。

他不知道怎么回事，以前收到王泽文的消息总是很高兴，可是现在不一样了。

他想起王泽文站在酒店门口，看着他离开时那有点儿无措又好像茫然的表情，就觉得过意不去。

他很不喜欢王泽文露出那样的表情。他一面觉得王泽文最好是不要管他，一面又很庆幸王泽文不知道他的心情，依旧对他关照。

他希望王泽文能一直用正面的眼光看待他，可是他自己却在用冷漠的态度消磨对方对自己的欣赏。

王泽文那么聪明的人，肯定已经察觉到他的用意，说不定正觉得他无理取闹又自视过高。他们不过是短短的合作关系，经不起什么友谊的考验，那点儿欣赏，也许会比这部电影结束得还要早。

林城觉得好笑，一时半会儿却又笑不出来。他打起精神，揉了把脸，爬起来开始收拾行李。

他后面几段全是危险的夜戏，武指建议他最好提早开始彩排练习，他就决定早点儿上工。

中午的时候，林城套了件厚外套，又自己准备了毛毯、保温杯和换洗的衣服，放在一个大袋子里，提着走向片场，重新投入工作。

到了剧组之后，武指出来接他，等他换好衣服，将他带到场景的一角。

王泽文在另外一边工作，而他在镜头拍不到地方和群演练习走位。

林城刚开始的时候有点儿心神不定，但随着周围人的配合，很快调整过来。

武指教得很耐心，一遍遍地给他比画。又因为王泽文的要求太高，武指对自己的动作也不是太满意，等林城学会后在他面前打上一遍，他又觉得可以再做修改，然后龟毛地进行修正。

林城半句怨言也没有，跟着武指一起折腾。他不讨厌这种精益求精的工作态度，虽然他也很累。

两人一直训练了一个下午，终于敲定出一套让武指觉得漂亮的动作。

林城汗水流了满身，脸颊也开始发红，同时觉得身心都畅快了不少，轻飘飘的。可能是练久了脱力，他吊着威亚下来时，摔了一下。

在远处围观的工作人员不明情况，以为林城是从墙上摔下来的，顿时大叫起来。

武指也吓了一跳，他已经快被威亚搞出心理阴影来了，如果林城在他这里受了伤，导致这幕戏又不能拍，他一定会被王泽文当众拧掉脑袋，以平投资商之怒。

林城很快就自己站了起来，他弯下腰拍拍衣摆说："我没事。"

武指不敢真当他没事，男二号可宝贵着呢，忙让人上前托住林城，说："休息一下，休息一下，刚才已经练了很久。林城去休息室找人按摩一下，舒缓一下肌肉。我们刚找的师傅，听说在这一带很有名。"

林城笑说："不用了吧。"

武指真的太喜欢这样实诚的演员了，推着他热情地道："去吧去吧，没事。你这样的武生怕什么，记住动作了上手很快的。"

那边的动静传到王泽文这里，几个工作人员来来回回地走动，先是说林城摔下来了，摔得很重，从两米多高的墙上摔下来。然后又来一个人说，没有没有，是吊着威亚下来没站稳。

王泽文坐不住了，想要过去看看。

刘峰见他起身，连忙也放下手里的工作，追了过去。

王泽文中途碰见回来的武指，向他问了下林城的情况。武指拍着胸口担保没事，说休息一下明天晚上准时开工，还兴致勃勃地跟王泽文聊起他设计的武打动作，一番炫耀，吹捧得跟什么绝世武功一样。

王泽文笑了下，然后被刘峰拉到了旁边。

王泽文问："有事？"

"没事，你是不是要去看林城？"刘峰说，"你别去了，你去看一下能怎的？不是说没事吗？"

王泽文挣开他的手："你干什么啊？我去看一下组里的演员还不行吗？"

刘峰吞吞吐吐道："别去了呗，你这边不忙吗？"

两人沉默下来，王泽文自言自语："我对他是不是有点儿太关心了？"

刘峰说："你对我不关心吗？对老刘不关心吗？换一步说，你对郭奕世不关心吗？他整部戏都是你手把手教出来的，连台词都是你一句句给对出来的。大家愿意跟着你，也是因为你这人负责。"

王泽文眸光低垂，兀自思索。

"最近重点在拍北固的戏，他很努力，你对他很欣赏。"刘峰说，"之前的男二号太差了，林城的职业水平很高，对比出'天秀'。正常的，你之前不也老跟我提郭奕世吗？说他让你特别头疼。"

王泽文喃喃自语道："我经常为他生气。"

刘峰："那是因为林城太倒霉了，身边老犯小人，过了这段时间说不定就否极泰来，你也没生气的机会了。哎，你对郭奕世不也经常发火？"

王泽文表情微沉，过了很久，才道："之前你那么问……我那天醉酒是不是跟他说什么了？"

刘峰尴尬地道："你那天确实喝大了。"

王泽文用力咬着烟尾，牙齿在上面摩擦，然而却咬不断那截柔软的海绵。

刘峰沉思片刻，谨慎地开口劝诫说："你对林城特别关注，多半是因为他身上有你当初的那股劲儿。怀才不遇碰上行业乱象，谁不难受？你运气好，出头了，他运气差，人生最好的时光蹉跎了。哪个伯乐碰见千里马不唏嘘两声？但人和人之间的关系是很容易疏远的，林城不是说以后可能不拍戏了吗？你们说不定都不会再遇见了，王导你还是别在他身上浪费太多的精力。"

王泽文笑了声："那我不更应该拉他一把？多好的苗子。"

刘峰试探着说："以后再拉吧，他的戏都快杀青了，你别在他身上耗费太多时间。你也不希望影响到大家工作，有什么误会可以等拍摄结束了再说？"

王泽文把烟取下来，含糊地应了一声。

刘峰试探道："那我们回去？"

王泽文裹紧大衣，走了两步，抬起头说："我回去，你去那边看看。"

刘峰点头："行。"

林城正坐在床上练习拉伸，门外传来敲门声，就听刘峰道："在吗？我进来了？"

他赶紧把衣服拉平，被子盖上，说了声"请进"。

刘峰提着袋子推开门，朝他笑了下，把东西放在一旁的柜子上。

"最近几天天气阴冷，明天晚上还有淋雨的戏，你注意保暖，别生病了。"刘峰把里面的东西拿出来，给林城介绍了一下，"不知道你有没有准备，我找黄时清的助理复制了一份。这两盒是感冒药和驱寒药，明天我让他们帮你熬两碗热的姜水放保温杯里，你一定要记得喝。"

林城视线落在袋子上，张了张嘴，没说话。

刘峰在床边坐下，又问："你刚才摔下来没事吧？有人说你从墙上掉下来，如果有扭伤或者什么，千万不要忍，造成陈年旧疾就不好了。"

"没什么，"林城道，"不是摔，就是没站稳而已。"

"那就好。"刘峰给了他一张名片，"武指说这个老中医的推拿特别神，关节酸疼肌肉劳损之类的一按就好。诊所离这儿也不远，我已经帮你预约了，要不你明天去试试？"

林城伸手接过，说："谢谢。"

刘峰笑说："客气什么，那我先去工作了，剧组那边还有事。"

林城点头："好，谢谢。"

刘峰走后，林城拿过袋子自己翻了一下。

里头毛巾毛毯一类的都有，还有电热护膝和一根温灸棒。

他把袋子放回去，又把那张名片塞进钱包，掀开被子，下床按摩自己的肌肉。

第二天，林城还是没去那家中医馆做推拿，他找了点儿时间，找武指彩排去了。

因为晚上要拍的是大场景，几位关键主演虽然戏份儿不多，但是都要出境。众人早早来了片场，排队化妆，然后等待。

天色很快黑下来。

道具师和导演在布景，做最后的检查。

化妆师逮着林城补了三次妆，叫他不要跑跑跳跳，到时候出汗又把妆给弄花了。

她们比林城还兴奋，因为林城在这部电影里露面的次数真的是屈指可数，为了方便，他很多时候甚至是素颜上镜，难得可以露一次全脸，不能丢了她们化妆组的排面。

林城想说其实没多大必要，反正都是要淋雨的，谈什么美感。

他从化妆间出来，靠在一旁的栏杆上休息。他拿着剑，在地上无意义地画圈儿。剑尖在灯影下坠出一道长影，不停地摇晃。

他看得正入神，郭奕世走来，站在他旁边，跟他打了声招呼。

林城也朝他点头。

郭奕世比画着说："这场戏难度好高，一段超长镜头。我最怕王导的长镜头了，每回我都被骂。"

林城说："多彩排就好了。"

郭奕世摇头："黄姐拍了那么多场戏，也老挨王导骂，只有你上场的时候大家才比较满意。"

林城："我也经常犯错，只是大家人好，愿意教我。他们对你期待高。"

林城把剑放下，端过一旁的水杯。

郭奕世看着他一笑，说："我挺羡慕你的。"

林城杯子停在半空，不解道："什么？"

"演戏的投入。"郭奕世叹道,"自制力也是一种天赋,你在我这里就是一个天才。"

林城就着杯沿喝了一口,失笑道:"哪有那么夸张?"

郭奕世:"好几场戏都是你陪着我 NG,跟你一起拍的时候我压力好大,比和黄姐对戏的时候压力还大。"

林城:"是吗?可我还是个'十八线',你已经在大众圈有名了。"

"我也觉得你太可惜了。"郭奕世说,"不过以后不会了,这部电影出来,你肯定能火。"

林城低头摆弄了下杯子:"谢谢你。"

郭奕世决心要好好努力,拉着林城问:"你能不能帮我对对台词?王导说的感觉我总是不懂,他说我台词情感不到位。"

"我也不是内行。"林城说着,还是拿过了他的剧本。

他没看两行,就听那边王泽文在喊:"林城,过来!带着机子练下走位!"

林城对着郭奕世抱歉一笑,把剧本还给他,拿着剑走过去。

这段走位练得很细致,包括所有的停顿和转身。

王泽文一脸严肃,公事公办的模样,林城也不敢分神,跟在他后面,带着摄像师跑了几遍。

这场刺杀,是一段长镜头。

从墙头高处开始,随着北固的身影,一路深入庭院,直至大厅,拍摄的大部分是北固的背影和侧影。到了厅堂之后,镜头快速转到北固的正面,定格在他的眼睛上,然后切镜头。

为了保证画面的连贯性,机子和林城的走位都十分重要,双方移动的速度也要互相配合。正式开拍时不定会遇到什么意外,二者要能主动调整。

王泽文说:"争取尽快过,少淋雨,好吗?"

这么大冷天,夜里风又大,任谁也熬不住多冲几遍水。一旦 NG 数次,这段剧情今晚肯定拍不完。

成本投入太大,他们容错率很低。

王泽文问:"林城,你状态怎么样?"

林城闭着眼睛,回忆一遍剧本上所有的场景,把画面串联起来。

王泽文也不催他。

两分钟过后,林城睁开眼睛,舔了舔干涩起皮的嘴唇,点头说:"我很好。"

王泽文欲言又止,最后神态自然地说道:"这场戏如果拍得顺利,杀青宴的时候我个人给你包个大红包。"

摄像师插科打诨道:"干吗?是投资商出不起这个钱吗?"

林城笑了笑没说话。

北固站在墙头，春风徐徐，院里已多了些许绿意。

他仰起头，看了一眼天空，在星辰和银月的映照下，有细细的雨点正在向下打来。雨水落在屋檐上，从最初的无声，渐渐汇聚成"嗒嗒"的低响。

声音出现的那一瞬间，杀意似也从雨水中迸发开来。

北固身体前倾，直挺挺地往前倒去，即将落地时，在空中翻滚了一圈儿，轻巧地站稳。

他左手抓着自己的剑，转过身，一步步朝亮着灯火的主厅走去。

厅堂里此时正在宴客，与漆黑阴冷的街道不同，那里灯光璀璨，歌舞升平。

府邸的主人在宴请从边城归来的太子冯重光，里面闪动着无声的刀锋，众人用笑脸互相试探。觥筹交错的欢声，掩盖了外面的嘈杂。

北固的面前出现两道人影，对方敲响了铜锣，同时质问道："来者何人？"

北固黑色的衣摆拂过草叶，他手指一松，剑鞘因为重量掉了下去，而剑柄被他握在了手中。

他出招快而隐蔽，叫人措手不及。

他的剑闪过一道银光，转眼已经割向面前这二人的咽喉，一击毙命。两人梗着脖子直直倒下，来不及发出一声呼叫。

北固脚步不停，继续前行。

侍卫渐渐聚拢过来，挡住了他的去路。

夜色中有人问道："北固？是你吗？你既回来，为何不向主子汇报？"

镜头拉远。

北固将剑刃在墙面的转角处划过，蹭去上面的血迹。

金属铿锵的碰撞声，就是他的回答。

突然，他加快了速度，整个人如离弦之箭冲了过去。

"站住！"

北固轻盈跃起，身影犹如融化在黑夜之中，长臂抖动着剑身，身形飞速掠动。

镜头追随着他开始拉近、晃动。

雨点密集地落下，打湿了众人的衣裳与长发。水花在空中四溅，混进鲜艳的红色，融入浑浊的泥土。

嘈嘈切切的急雨声，犹如剧烈播动的鼓点，淡化了那些惨叫与怒吼。

北固几乎放弃了防御，只如发疯的野兽，强势野蛮地进攻，只求突破重围。

刀刃从他的周边划过，哪怕离他的脖颈儿只有一指之隔，他也仍旧没有迟疑，迎着死亡的距离，一路势如破竹地冲杀到了宴客厅。

光色刹那间刺入他漆黑的世界，照亮了他的瞳孔，也照出了他剑上的血渍。

他带着血气冲进来时，里面的贵客还没反应过来。乐声伴随着笑声，成了北固脚步声的背景音。

他脚下用力，疾步蹬了两次，飞身而起。在舞女的肩膀上踩了一下，长剑前刺，直直冲向主座的那人。

他身上的雨水随着他的动作被甩落在他身后，睫毛上的水珠向下滚落，打进他的眼眶，北固不由得眨了下眼睛。

他是闻名天下的杀手，是世上最锋利的刀。如今他将自己的杀意，对向那个铸造了他的人。

他看见了对方惊颤的瞳孔，听到了众人迟缓的尖叫。在他的剑尖即将刺入那高官的额头时，一把刀伸出来架在他的剑下，阻止了他的搏命一击。

北固本可以顺势向斜侧刺去，再多杀一人，他也确实那样做了，可是在他的杀招使到一半的时候，突然发现挡在他面前的竟然是冯重光。

北固决绝而充满死志的眼神里，骤然出现了一道裂缝，不复平静，满是波澜。而对方看着他，却如同在看一个陌生人，充满了戒备与仇视。

北固呼吸窒了下。

他不懂什么大义，或者什么形势。他行事向来没有理由，没有拘束，但是他从冯重光的眼神里明白了，面前这人还不能死。

他本就是因为冯重光而来的。

北固几乎毫不犹豫，手腕一抖，将剑的攻势卸下，而后转身撤逃。

座上那人眼见自己获救，气急败坏地拍桌吼道："给我拿下，将他生擒，我要让他生不如死！"

北固飞出了明亮的大厅，再次冲进瓢泼大雨之中。

他身上带伤，血水混着雨水在往下冲刷，动作不再矫健，不再果决，似乎所有的力气都已经在方才的一击中耗尽。

外面的重重侍卫，他再难招架，仅仅缠斗片刻，便被一把刀刃刺穿胸膛。

北固挣开那人，呕出一口鲜血。他脚步虚浮，低垂着头，像是已经放弃抵抗。

众人紧紧盯着他，对他颇为忌惮。

北固趔趄地转了一圈儿，迷离的目光不断游动，似在围观的人群里寻找什么，他艰难呼吸，最后脚步停下，对准了冯重光的方向。

他目光虚望着那一面，终于因为体力不支而跪了下去，并松开了手中的兵器。

侍卫小心地朝他靠近，将他围住。

北固抬起颤抖不止的手，费劲地扯下了自己脸上的面巾，露出一张还很年轻的面庞。

那面庞清秀苍白，让人难以相信，世间闻名的残暴杀手，就是这样一个看似寻常的男人。

雨水洗去他脸上的污秽，镜头落在冯重光那复杂又有些错愕的表情上。

他恍惚间想起了自己曾无意中对北固说过的话：

"我想看看你的脸。"

"……我才能认得出你。

"……世上可以有千万个叫北固的人，可是只有一个人是你。

"……到时候，你也不必做一个杀手了。

"北固，像你这样什么都不懂的人，倒也幸运。往后不要再来找我，我与你，已没什么好见面，也没什么好说的了。"

北固双手垂下，终于跌倒在雨水之中。

他眼里的水汽让人分辨不清究竟是眼泪还是雨水，眼角泛红，唇角却微微上翘，带着一点儿解脱的笑意。

纵然是，浑浑噩噩如他，死时，也终于有了点儿可以说道的地方。

他只想告诉冯重光一句：他也很想看见天下太平的那一天，不知会是怎样的光景。

仅此而已。

王泽文站了起来，目光越过远处。

林城的演技没那么好，可是这最难的一段，他投入的情感却饱满到位。

他在想什么？他在想着谁？他露出这样的表情，究竟是要干什么？

王泽文对着屏幕看了许久，端过一旁的水杯，两手握住，控制好声音，平静地说："所有人先不要走动，最后的画面，补两个镜头。"

今天晚上的工作，出乎众人意料，进展得非常顺利，看情况应该可以早点儿收工。

所有的工作人员都因为这事儿变得振奋，积极跑动起来，调动现场秩序。

其余主演被赶回大厅，补几个宴会的镜头。

林城被人带到边上坐下，郭奕世给他递了一条毛巾，盖在他的头顶，又把大衣披到他身上，给他保暖。

本来应该让他先去把湿衣服换下来的，可是林城似乎从情绪中抽离不出来。他深深弯着腰，将脸埋在手臂之间，不肯让人看见。

众人没有办法，知道这种时候最好让他一个人独自待一会儿，可是又放不下心。

王泽文走过来，挥了挥手示意郭奕世等人先离开，而后站定在林城的面前。

林城没有理他，只有肩膀在压抑地抖动。

王泽文拿起一条新的毛巾，对折了一下，蹲下身，将对方露在外面的手擦干。

林城用手指抠着掌心，王泽文又用力把它掰开，强硬地让他松手。

林城声线沙哑："离我远点儿。"

王泽文身形僵了下，片刻后，身体稍稍站直一点儿，用毛巾帮对方擦头发。

林城终于抬起脸，沉沉地呼吸，看着对方。

王泽文说："看我干什么？就这么对王导说话的？"

林城张了张嘴，眼泪顺着脸颊流下来，停在下巴上，鼻子、眼睛都是红的，说不出的难过。

王泽文语塞，连虚张声势都被这人打败，毫无办法。

他最后拍着他的后背，轻声说："没事了，都拍完了。"

林城身体难以抑制地颤抖，比方才还要剧烈。

一半是因为冷，一半是因为抽泣。

他刚才只是受北固这个角色的影响，不由得代入了自己，无法快速剥离，王泽文如果不管他，他安静地坐着，也能从情景中抽离。

可是王泽文过来了，林城顿时多了几分真真正正的难过，在残留情绪的冲击下，所有的悲伤都似乎成了现实，然后借由眼泪爆发出来。

王泽文能察觉到他带着点儿崩溃的情绪，任由林城宣泄。

他触摸到的地方全是冰冷，被水打湿的衣服黏腻地贴在林城背上，让他察觉不到对方的体温。

王泽文叹了口气，又扯过一旁的毛毯，披到上面，将林城整个包裹起来。

林城哭了好一会儿，这波汹涌的情绪，才慢慢退潮。

林城觉得自己这眼泪流得挺丢人的，等他终于抬起头之后，赶紧别过脸，扯下头上的毛巾遮挡视线。他呼吸还不能平稳，肺部也是空气短缺的状态，时不时要抽噎一下，显得十分没底气。

隔着毛巾，林城能感受到自己的眼睛肿了一圈儿。他慢吞吞地擦拭，擦到脸上的皮肤都开始发红，结果面前这人还是没走。

王泽文的视线定在他脸上，终于看出他的窘迫，笑问道："现在不好意思了？"

林城放下毛巾。

王泽文指着自己肩膀上的水渍示意说："我知道，这两摊是眼泪，那下面这一摊是什么？是你的口水还是鼻涕？"

林城觉得自己不能好了。

王泽文被他骤然扭曲的表情逗笑："感觉好点儿了没有？很正常的事儿，回去喝点儿热水，睡个好觉，看部电影，明天就好了。"

林城闷闷地应了一声。

王泽文又加了一句："有什么问题就找王导。"

王泽文站起来，两腿蹲得有点儿发麻。他按了下小腿，又拽住林城的胳膊催促说："调整好了就赶紧回去换衣服，这一身湿的不难受？再冻感冒了怎么办？小心落下病根，快去。"

林城站起来，披着外套往休息室走，都忘了和王泽文说一声"谢谢"。

等他离开，刘峰才小跑着靠近过来。

电影拍得越好，能看见的人就越多。

王泽文对《夜雨》突然有了一种新的期望。林城那么努力想要拍好的落幕戏，他也想让它变得更加优秀。

他是导演，他得对很多人负责。

这场戏拍完之后没几天，林城的戏就正式杀青了。

在拍完最后一场时，众人停下手里的工作，一起给他鼓掌，此时他有种不知所措的恍惚。

王泽文代表剧组人员给林城送了一束花，他笑着塞到了林城的怀里。

林城低头看着那花束，深吸一口气，朝众人说"谢谢"。

摄影师在不远处道："来，看镜头。"

林城连忙笑着看过去，王泽文也朝他靠了过来。

然后摄影师按下快门。

众人再次鼓掌。

王泽文在他耳边道："晚上请你吃饭？"

这几天王泽文其实很少主动找林城说话，恢复了之前魔鬼导演的人设，一直在抓剧组的进度。

林城想起上回的事儿，摇头说："不用了，杀青宴的时候再说吧，今天也很忙。"

王泽文看了他一会儿，没有坚持，又问："我让人送你去机场？票买了吗？几点？"

林城有点儿抗拒，说："不用了，酒店有车。"

王泽文："那你自己慢走。"

林城："好。"

林城去化妆间换好衣服出来的时候，王泽文正皱着眉头坐在机子前面。

林城本来还在犹豫是不是要去跟他道个别，但看他抽不出空，直接背着包走了。

他说不清是松了口气还是觉得有点儿遗憾，走远之后，忍不住又回头看了一眼。

结束了啊。林城微微合上眼，半座影视城的景象倒映在他瞳孔中，又随着他眨眼的动作被抹去。

拍摄《夜雨》的这段时间，林城恍如云里雾里。

他回到自己家，好好休息了几天，等状态调整好，才开始恢复工作。

因为之前几次热搜的影响，林城倒是收到了几份合作邀约。

有几家三无产品的公司想以高价跟他签代言，应该是看中了《夜雨》这部电影的未来票房。还有商场想请他走穴，说可以在台上表演一段武术或者后空翻之类的。

林城啼笑皆非的同时，全部拒绝了。

他每天的日常除了打理账号，就是刷刷和《夜雨》有关的微博。

林城发现自从自己的戏杀青之后，王泽文连朋友圈都很少发了，可能是真的忙。

电影制作到了后期，基本都在赶时间，因为大部分的剧组，都会面临资金紧张的问题。甚至有的剧组，前面拍得认认真真，后面拍得马马虎虎，到剪辑完成之后，水准能呈现两极分化。

好在剧组拍戏是打乱了场次拍的，结局可能在前期就拍完了，否则真播出来，就是各种意义上的烂尾。

在电影杀青那天，林城收到了《夜雨》的官博提示。他第一时间转发了那条微博，并附上两个爱心。

没一会儿，王泽文亲自给他发来了微信。

王泽文：《夜雨》杀青了。

林城掐指一算，已经将近一个月了。

一个月来他第一次收到王泽文的消息。

林城：我看见微博了。恭喜恭喜。

王泽文：同喜。

两人话题接不下去。

没过多久，王泽文那边又问。

王泽文：最近有安排吗？

林城：没有。

王泽文：那空段时间出来，帮忙跑跑宣传吧！

林城：我跑宣传？

王泽文：是啊。

林城挺惊讶的。虽然他是个男二号，但本质是个背景板男二号，知名度跟粉丝量可能还比不上剧组里的小配角，跑宣传这样的重任，大部分都交给黄时清跟郭奕世才对。再不济，还有几个压轴的老戏骨。

王泽文：可以吗？不难，就以北固的身份，拍几个搞笑短片就行了。可能还要和郭奕世他们合作一下。

林城：可以啊。

王泽文：我看了，还有一场主创人员的直播节目，那个出场费还行，你想去最好了。

林城：好的。

王泽文给他发了一张名片，说到时候具体时间会通知他，就没有再打扰他。

林城对着聊天记录看了一会儿，又往上翻了一段，直到觉得没意思了，才放下手机，去厨房烧了点儿东西吃。

等他回来的时候，发现微博小号收到了来自王泽文的私信。

王泽文：粉。

王泽文：不是说这以后就是你的大号吗？

这感觉就很奇妙。王泽文怎么还记得这个号呢？

你这木头呀：？

王泽文：没什么，就找你聊聊粉丝的心态。

你这木头呀：哦。

王泽文：怎么你也不爱发表情包了？

林城无语。

他手快，直接挑了几个。

你这木头呀：【走开，我要开始装 × 了】【猫猫拳】

你这木头呀：那给你看看啦！

王泽文：说话也怪冷淡的。

林城"黑线"。

他也不晓得自己究竟在干什么，觉得披着粉丝皮的自己像个"精分"的病人，然而一旦入戏，又让他觉得欲罢不能。

你这木头呀：没有啊，刚刚在工作嘛，王导你想说什么？

王泽文：问你一个问题，我想想该怎么说。

王泽文：一个原先对你很尊重还有点儿敬仰的人……你也可以当粉丝，突然态度变得很冷淡，跟你发消息，就只剩下简单的社交回应。可是你从他的表现上看，觉得他应该是不讨厌你的。你说要怎么办？

林城怀疑。这是在说他吗？是在说他吧？

你这木头呀："脱粉回踩"，很致命的。

王泽文：有"仰卧起坐"（成为某人粉丝后又"脱粉"，又"粉"上，这样一个反复的行为）的机会吗？

你这木头呀：你还知道这个词？

你这木头呀：概率不高，一般默默"脱粉"的就真的"脱"了。看对方的性格，是不是那什么。

王泽文：他不贱。

你这木头呀：那就很致命了。

王泽文：确实有点儿致命了。

你这木头呀：你这么在乎一个粉丝做什么？还是一个"脱粉"的粉丝。

王泽文：因为粉丝不多。

林城无话可说，"营业"很难的。

你这木头呀：多久了啊？

王泽文：一个来月了吧？

林城确定，应该是他。

王泽文这是把他当粉丝了吗？他难道要对所有人都这么好？或者仅仅是人类的劣根性在作祟，异常关注自己失去的东西？

你这木头呀：你不管他不行吗？也许他有自己的理由呢？

王泽文：不行。

王泽文：有什么促进"仰卧起坐"的方法吗？

林城手指在半空停了下，飞速打字。

你这木头呀：你可以试试拿钱砸他。

王泽文：他不是那么肤浅的人。

你这木头呀：你怎么知道他不是？

王泽文：你不懂。

你这木头呀：……

王泽文：不是，你为什么要把一个没见过面的人想得那么肤浅？

林城觉得王泽文拿这种事情问他，他就很尴尬。

王泽文：你的表情包呢？

林城厌倦地甩上两个表情包。

王泽文就是在馋他的表情包！

你这木头呀：【讨厌】【不要逼我毁灭世界】

王泽文：发点儿正常的，现在最火的那种。可可爱爱不行吗？

你这木头呀：？？？

王泽文：我偷一下。

可能不必。最后还是自产自销。

第五章

－ 预告片 －

王泽文就是有本事让人深感无奈，叫林城又气又笑。

居然真的是在馋他的表情包，而且还挑挑拣拣。

他翻了下自己的库存，找出十几个相对软萌的表情包，打包给对面发过去。

你这木头呀：【猫猫叹气】【这就是你跟本国宝说话的态度？】【发你心心】……怎么样？

王泽文：可以，我收下了。

王泽文：你继续工作吧。

真拿他当个"工具人"。粉丝惨。

虽然这么说，可林城完全无心工作了。

他在群里听兄弟们汇报了最近的日程，又远程开了个会议，约定好下一期自媒体账号的宣传主题。

等他做完今日分配的工作，他的账号上依旧没有收到王泽文的表情包。

王导不是要挽回自己的粉丝吗？

林城觉得王泽文就是在故意挑战他的忍耐力。他知道自己既然做了决定，就应该一直保持距离，不要理会，让对方独自玩耍，直到互相忘记，可是心里头却有个想法在"突突"地往外冒——他做粉丝就好了，反正王导永远不会知道他是谁。

吃过饭之后，林城终于忍不住，又召唤了王泽文。

你这木头呀：你发了吗？有后续吗？

王泽文：没有。【猫猫叹气】

你这木头呀：你到底在搞什么啊？

王泽文：突然发个无关联的表情包过去，人家当你神经病啊？

你这木头呀：……你差不多已经是了啊。

王泽文：你别胡说。

林城就很想知道他究竟在想什么，王泽文某些时候的脑回路，是他永远无法参破的谜题。

你这木头呀：要不我教你做表情包？很简单的。他以前不是你的粉丝吗？你给对方发你自己的表情包，然后试试能不能聊得起来。

王泽文：你讲。

你这木头呀：找张你觉得可爱的图片，往上面写点儿字，导进来就可以。App 升级一下，新版本做表情包很方便的。

王泽文：我去看看。

你这木头呀：【独一无二哦】

王泽文很耐心地跟他学了。林城把自己做表情包的基础绝学尽数传授给他，然后王泽文就消失了。

林城去开了电脑，又满怀期待地在电脑前等了许久。

一个小时过去，两边账号依旧静悄悄的，搞得林城都等烦了。

在他刷完一集综艺节目的时候，终于，王泽文的消息难产结束，林城的微信收到了提示。

林城快速捧起手机，以前所未有的手速解锁屏幕，点击加载图片。

王泽文：【小可爱】

王泽文：组里的人发给我的，给你看看。

当林城看清那张图片时，脸上只剩下一言难尽，差点儿把边上的水泼上去。

那不是王泽文的照片，是他的照片。

照片应该是剧组里的人拍下做纪念的。当时他穿着剧组的戏服，手里抓着剑蹲在地上等开工。时间是白天，他应该发现了镜头，于是挥手并"营业"性地笑了下。因为自然光充足，所以他的皮肤显得通透白皙，还有一种少年感。

这本是一张多么出色的照片，但是王泽文 PS 了。

王泽文也是了不得。

他明明只教了王导怎么加字体，但是王导能举一反三，自主结合了高超的 PS 技巧，自学成鬼才，一百零八条小路里他偏偏挑了最妖的那一条。

图片边缘用了粉色的渐变，又加了颜色过白过粉的滤镜，将林城本就偏白的肤色弄得跟鬼一样，然后在下面打了彩云体的字。

怎么会有这么直男的审美?!他不是个导演吗?他对得起他拍的那么多部电影吗?!

林城想不通这居然会是自己教出来的学生,被气到说不出话来。

王泽文那边察觉到他态度不对,主动点了"撤回",然后装作无事发生。

可是林城的眼睛已经被伤到了。

林城抱着脑袋陷入深思,怎么会这个样子?

与此同时,微博那边再次有了动静。

王泽文:不行啊,他看见了好像很无语。做这样表情包不靠谱,还是要市面上流通的,经过网友检验的才好。

王泽文:我就不应该发,王导现在有点儿尴尬。

林城颤抖地回复。

你这木头呀:你发的什么啊?

王泽文:就是根据网上各种流行表情包风格修出来的一张图片啊。不是有很多使用率比较高的明星表情包吗?我把他们的滤镜跟美颜研究了一下,然后照搬过去了。

听起来技术性还挺强。

你这木头呀:王导!"沙雕"表情包跟可爱表情包的画风不一样的啊!

王泽文:我还没说我做的是什么,你怎么就知道了?

你这木头呀:新人常犯的错误,我一听你说我就知道你干了什么。你是不是搞得很花哨?其实很多可爱表情包的精髓在于简单跟配字。

王泽文:新人常犯?其实我也觉得很丑,但我以为那是你们说的"丑萌"。我一向理解不了网友所谓的矛盾的那种萌感,原来如此。

林城能感受到对方正在为自己的失败默默开脱,可是这个"锅"真的就是他的。

你这木头呀:你修了什么?给我看看。

王泽文:不行。我修了个人的照片,不能随便发。

你这木头呀:【图片】那你用同样的技术修一下这张图,给我看看效果。

王泽文:烦。我修了好久。对着这图,没兴趣。

你这木头呀:……

林城心想:我怎么会收了你这样能把我气到脑梗的学生?

他大口灌了杯水,给自己降火。

王泽文:喂?

你这木头呀:唉,在的呢。

王泽文:你别发省略号,点点跟问号很容易让人多想。我就特别不喜欢琢磨这个,搞得我头大。

林城一串省略号刚打上去，又用力按着删除键消掉。

王泽文不知，他是真的无话可说。

你这木头呀：你想做什么样的表情包？有不有趣重要的是得抓到图片里的"梗"。要不我帮你？

王泽文：不行，这是别人的隐私。

你这木头呀：那你给我类似动作或布景的示意图，我帮你看看，你再参照着做一下？

王泽文：我去找找。

王泽文：【图片】

图片上是一张临时勾勒出来的简笔画，没有人物五官，只有动作轮廓。

平心而论，这张简笔画是不错的，虽然只有寥寥几笔，但是人物的身形线条画得很漂亮。

林城知道王泽文想修的究竟是哪张图，就在下面写了句"给我恰饭"，又在脸颊的空白位置画了个脸红的标志，然后快速给对方发了过去。

你这木头呀：如果是人物图像，对方皮肤又没有很差的话，建议不要过多 PS。失真太多，会变成"沙雕"表情包。

王泽文：【干得好】有点儿意思。我再试一次。

林城切回到微信，想解释一下刚才那个省略号的意思，就见王泽文同步发了条消息过来。

王泽文：剧组想用表情包做宣传来着，最近表情包的流量大，网友接受度也高。你觉得刚才那张照片可以吗？

林城：我觉得……我的脸有点儿奇怪吧？我好像都没认出来。

王泽文：我也说不行，刘峰非要。他什么直男审美？我们组不用刻意卖丑，你不喜欢就直说。

居然是想用来做他的宣传图？林城都没了吐槽王泽文的心，只有绝处逢生的庆幸感。

林城：王导你帮我拒了吧，不要修得那么夸张，【笑哭】普通的那种就好。实在不行，我现拍也可以。剧组想要什么类型的表情包啊？

王泽文：好的。交给王导。

王泽文：【等投喂】这张怎么样？

林城：这张感觉挺好的。【超开心】

王泽文：那我让人加进去，到时候在官博做宣传。你跟黄时清、郭奕世，每人三张拼个九宫图。

林城：好的。谢谢王导。

王泽文：【捧脸】

隔壁微博上又有消息。

王泽文：这类型挺好的。【超开心】

你这木头呀：是吗？那太好了。

林城觉得自己之前还只是疑似"精分"，陪王泽文玩了一会儿，已经彻底在神经质的领地里了。他再次反思自己究竟在做什么。

王泽文：他又给我发表情包了。

王泽文：这意味着什么？

这什么也意味不了，只意味着他累了，不想再切换频道了。

你这木头呀：意味着什么？

王泽文："仰卧起坐"的前兆？

王泽文：没想到我还会做表情包？

他可真是太厉害了。

你这木头呀：是啊，这技能了不得的。

王泽文：你嘲笑我的BGM（背景音乐）挺响亮的啊，麻烦关一下。

你这木头呀：王导，你再这样下去我也有可能要"脱粉"了。

过了半晌，王泽文那边才回复过来。

王泽文：哦。

王泽文：我有臭钱，你要赚吗？

这人是无敌的。

林城脑海中猝然闪过几个想法。王泽文可以用臭钱挽留一个粉丝，为什么就不能用臭钱去挽留另外一个粉丝？

因为他肤浅吗？

先说他账号"脏"，又说他肤浅。他小号做错了什么？

王泽文：【红包】

林城心虚。

你这木头呀：我不要啊。

王泽文：再交给你一个任务。

你这木头呀：什么啊？

王泽文：后天帮忙转发推广一下《夜雨》的表情包，我们组的宣发不大擅长做这个，也还没联系营销团队。我看你这个账号里的工作单，你是不是"电路工作室"的人？

你这木头呀：你知道啊？【瞳孔地震】

王泽文：我当然知道啊，不然我能找你？我还认识你们工作室那个叫"150V 电压"的人。以前有演员给我推荐过他，他在小明星的圈子里还挺有名的。你这个账号里留着他写的宣传长文，我们宣发都当范本研究过。

王泽文：从未见过"彩虹屁"吹得如此精湛之人，他是个人才啊。我们宣发还想挖他，结果没挖动。

你这木头呀：……

林城有一刹那的慌乱。他就说王泽文为什么能一眼认出他是"水军"，他曾真以为是因为自己的账号不"干净"……但他没想到原来这么不"干净"。

你这木头呀：不好意思。省略号的意思是我太惊讶了。世界好小。

王泽文：还行吧。

王泽文：红包是给你私人的，你悄悄留着吧。这年头儿赚钱不容易，别老给人打白工。好好工作。

聊完这一场，林城觉得万分疲惫。

他点出了"小电压"的账号，给对方发了条消息。

祥云压城：你认识王泽文吗？

150V 电压：不知道啊，我客户那么多。我去翻翻我的小本本。他用本名还是用艺名的？

祥云压城：不用了。别告诉别人我的本名，不要说我是咱们工作室的。

150V 电压：那肯定啊。【拍胸脯】我怎么可能往外说？

祥云压城：好。

林城往上回顾与王泽文的聊天记录，怕自己"精分"太快露出马脚，冷静下来之后，两边剥离来看，还真发现了一个问题。

王泽文不是为了来找他搭话的吗？结果在微信这边的账号里，两人只是简单讨论了一下工作问题，就没然后了。连修图的"锅"都推给了刘峰，把自己藏得严严实实，完全看不出是要与他拉近距离的样子。

第二天早上，王泽文又联系了他。

王泽文：杀青宴的时间地点，发到你的手机上了。

林城：好。

林城想起昨天跟王泽文聊了半天，对方那一副"我失去粉丝了"的遗憾模样，又多加了一个字。

林城：的。

王泽文：现在流行分段式回复吗？

林城：我手快了而已。

王泽文：【可爱】

林城试探性地回了一个：【你超可爱】

杀青宴的时候，去了很多人。

去之前，林城还在想，应该用什么态度面对王泽文，到了之后他才发现自己想多了。

王泽文在圈内是个香饽饽。一个知名的、翻车率极低的、不搞什么骚操作的商业片导演，在圈内当然受欢迎了。

他身边围了许多人，林城只跟他视线对上了一次，根本没有说话的机会。

林城因为没"咖位"、没公司，又带了一种与世无争的气质，坐在角落里安静吃饭，没人上前打扰。唯一的高光时刻，是郭奕世拉着他一起上台唱歌，唱《精忠报国》，说要圆一圆北固的夙愿。

众人起哄让他做伴"武"，林城不好拒绝，上台陪郭奕世打了套广播体操，看得众人笑个不停。

他下来的时候，看见王泽文坐在位置上认真鼓掌，见他望过来，扯起嘴角笑了一下——那笑容特别温和。如果不是前几天对方和自己刚聊天儿，林城恐怕会觉得是自己的错觉。

于是林城也笑了，不管对方有没有看见。

随后黄时清端着酒杯朝王泽文走过去，周围的人自动退开一条路，让他二人方便说话。

只是王泽文看起来不大专心，手里晃着酒杯，面对黄时清那样的美人，也只是小小地抿了一口。

没人敢对王导起哄，黄时清敬完酒后，识趣地离开。

林城看着那一幕，当时冒出一个想法：如果他红就好了，要是他红的话，当他朝王泽文走去的时候，就不会有人拦在他的面前。

那天杀青宴，林城离开得很早。他不知道，在他离开后没多久，王泽文也跟着走了。

虽然在杀青宴上，两人形同路人，但是从那天以后，王泽文似乎又和他熟稔起来。

偶尔早上起来，王导会给他发一个简单的表情。林城就回他一个"小太阳"。

偶尔对方会跟他说说工作上的事儿，比如电影进程怎么样了，剪辑出了什么问题，今天又去跟哪个工作人员见面了，组里哪个小姐姐今天在群里激情夸他了，给他修海报的时候哭出来了，等等。

各种琐碎的事情，虽然只有三言两语，但是王泽文硬生生将自己的生活碎片化地塞进他脑海中。即便没有在一起工作，林城也会联想到对方现在应该在做什么。

偶尔王泽文也会侧面打听林城这边的情况，问他现在还在做娱乐圈的工作吗，缺钱吗，住的城市天气怎么样，出门有没有遇到粉丝之类。

似乎在从各方各面推敲他的生活，想跟他拉近关系。

林城其实没想到，自己在电影杀青后，还能跟王泽文有那么多的交流，好像前段时间的冷淡都只是他的错觉。

因为人不在眼前，林城忍不住和他多聊起来，两人似乎变成了很聊得来的朋友。

同时林城发现对方的朋友圈也开始更新了，内容积极向上……富含表情包。

一个突然爱上表情包的男人。

林城每天的日常多了一项，那就是刷刷王泽文的朋友圈。

直到有一天，王泽文那边突然发了条正经严肃的文字。

王泽文：8 号放预告了。

下面是一排剧组人员的点赞和评论。

林城看见的时候愣了下。不知道为什么，他总有一种《夜雨》是很久以前的事儿的错觉。因为离开剧组之后的时间，变得特别慢吗？

林城点了个赞，切回到聊天界面。

王泽文：8 号晚上 8 点出预告片。

林城：好。【期待】

王泽文：你一定要看。

林城：当然啊！

王泽文：嗯，你会火的。我拍得很认真。

王泽文那句话似是随意，但是不可否认，它将林城的热血烧了起来。

正式发布预告片的那一天，林城早早做好了准备。

他关掉房间里所有的灯，缩在沙发上，用投屏在电视上选择播放。

房间里特别安静，但是从傍晚开始，窗外大风呼啸，窗户一直被拍得"砰砰"作响。

林城在看窗外的夜景时，一段雨声突然响了起来，黑暗的屏幕里出现了画面。他赶紧扭过头，关注起视频。

镜头从泥泞的路面缓缓往上升起，掠过沙砾、地面、斑驳的城墙、朱红的大门，最后将整座巍峨的宫殿收入眼底。

背景中响起郭奕世深沉的声音："这世道冷漠。"

镜头中出现的第一个人影，竟然是北固。

准确来说，是北固照在长剑上那双冷漠的眼睛。

林城看见的时候感觉心脏不由得紧了下，他没想到自己的眼神会是那个样子的。

他的眼睛里带着密集的血丝，残酷、冷漠。那种冷意深入骨髓，叫人一眼就能相信，这是一个徘徊在底层的杀手。

"庸俗。"

穿着官服的中年男人跪在地上，满脸谄媚地看着座上那人。

"凉薄。"

一人被按在水缸里，而周围的人冷漠地看着这一幕。

"悲哀。"

瘦骨嶙峋的孩子，低头啃咬地上的杂草。

"可是……"

"今日要过此门！"老臣双目浑浊，摘下头顶的官帽，两手呈在胸前，"便从老夫身上踏过！"

"你反了不成！"

"夫有生者不讳死，有国者不讳亡。讳死者不可以得生，讳亡者不可以得存！"老臣朝着远处，用全部的力气嘶吼出声，"千里同风！四海波静殿下！"

背景音乐变得躁动，其中带着迷茫。

冯重光问："你告诉我，我要如何，才能救这天下？"

"你想得太多了，做自己能做的就好了。"

冯重光："我现在能做什么？"

"活下去。"

刀剑清脆的撞击声骤然响起，北固执剑，出现在屏幕之中。

他一身黑衣，形如鬼魅，长剑横扫，剑影重重，落叶纷飞，血溅四处。

这一段武打戏里没有用任何的特效，只有鼓风机用来吹落叶和衣摆。各种交织变化的镜头，来衬托他的技巧。

林城没想到自己出现在大银幕上会是如此震撼，全身的每一寸肌肉都透着力道，那长剑刺来时，让人不由自主地屏住呼吸。

如果换成 3D 效果，恐怕会更为真实。

连他自己都要信了，中国有着不传世的武功。

冯重光问："你剑术如此高超，只为用来杀人吗？"

北固："是。"

"你这一生，就无所憾之事吗？"

"……"

"你就不曾想过报仇吗？"

"我不知你在说什么。"

"你为何不杀我？"

"……"

"你看这万里江山，底下埋着多少白骨？相爷只见江山锦绣，却不见尸骨累累。"

冯重光一刀拄着身体，背上背着北固，走在崎岖的山道上。

他嘴里吐着白雾，低声说道："你今日，也算重活一回，望你往后，能好自为之。听我一言，别再杀人了。你不想明白活着的感觉吗？"

镜头扫到略后方的北固。

那双眼睛不再同开场一样冷漠，里面带着点儿水汽与迷茫。他浅浅地呼吸，而后闭上了眼睛。

后面一段镜头里没有林城，是黄时清与几位老戏骨的戏。

再到了后面，就是林城雨夜行刺的镜头。

林城握紧了自己的手，盯着屏幕。

北固倒下时，画面给了他一个特写。

当时的灯光衬得他脸色特别白皙，嘴唇却因为湿润而透着粉意，眼睛周围与鼻头俱是微红。

即便雨水布满他的脸，也可以让人看出，他的泪水混在了暴雨之中。

他表情里包含了太多的东西，唯独没有对死亡的恐惧。

林城恍惚出神。

他是这个样子的吗？王泽文眼里的他是这个样子的吗？

血色在雨水中蔓延开来，冯重光的眼神变得坚定，世界从他瞳孔里蔓延开来。

擂鼓震天，万鸟齐鸣，众人呼喝的声音遮过了所有的背景音乐。

大雨之中，冯重光领兵冲进了宫墙。

后面的内容林城看得不仔细，等到"结束"的字样出现在片尾的时候，林城才回过神来。

他捂着胸口，感觉一股热意似在沸腾，一闭上眼睛，拍摄时的画面与情绪又涌了上来。

他本以为已经结束了，现在才发现，自己全心投入过的、能将所有人心血凝聚出来的作品，并不会因为结束而消失。它已经刻在了林城的血肉里，成为他过往人生的一种证明。

这组预告无疑给了林城莫大的震动，他抿着唇，又倒回去看了一遍。

这一回他看得很认真，然而还是不够。

等他终于能把心情平复下来的时候，距离预告片发布，已经过去了将近半个小时。

林城吐出一口气，过去打开灯，然后拿着平板电脑，开始刷自己的微博。

王泽文不是无的放矢，单单这组预告片的质量，就足以让《夜雨》成为今年最受期待的影片之一。只要正片没有太大的落差，绝对可以掀起一番市场热潮。

而作为这部武侠剧里武打角色的主担，北固，不，林城，会火。

微博的页面加载出来，林城发现他的账号果然快爆了。

短短半个小时的时间，涨了好几万粉，最新一条微博的下方，也多出了数千条的评论。

"颜'杀'我！【图片】这什么人啊长这么张脸，想干什么！惹人犯罪吗？"

"哥哥，什么时候'营业'？你这号上次发个人微博已经是三个月以前了，全是广告啊！"

"今天才发现的宝藏哥哥！要自拍，要亲亲！"

"我的天哪！你的武打也太好看了吧！求求给武生多一点儿工作！投资商爸爸看这里！"

"北固——北固！嘶声尖叫！就算我看不懂剧情，冲你我也会去电影院的！"

"只有我馋他的演技吗？虽然全程没怎么露脸，但是眼神太到位了，不是一般人。"

林城扫了一圈儿，猝不及防看见了"150V电压"混在一群"路人"里面装粉丝的活跃样子，不由得笑了出来。

林城想了想，最后还是发了一条消息。

"已解约，自由身，不'营业'，粉丝们散了吧。不要'粉'我，没结果。"

他这条消息发出没多久，刚关注他的粉丝瞬间涌了进来。

林城在下面挑了几条评论进行回复。

"以后还拍戏吗？"

林城："有合适的机会就拍吧。看情况了，没有好剧本的话不想再拍。"

"这么残忍的吗？我刚'粉'上你你就退圈？"

林城："电影还没上映呢，可以去看呀。也不算完全退圈，只是不想签娱乐公司了。我想自由一点儿地工作。"

"嘤嘤嘤，继续做偶像不好吗？"

林城："我本来就是个武生不是偶像呀。偶像需要'营业'太难了，我不行的。"

"哥哥真的不混娱乐圈了吗？《夜雨》好不容易才有了'热度'啊！"

林城："是啊，所以我拍得很认真。大家记得去看。"

"我'粉'你三年了。城哥，我知道你真的很努力，但是你一直不火我都替你觉得心累。你现在终于要出头了，不管你以后还拍不拍戏，起码这回可以扬眉吐气了。祝福你！"

林城："谢谢。"

"是因为之前被公司的人欺负吗？你真的太惨了，你的经纪人'死'了，王导怎么就没早点儿发现你？"

林城："没有，我的人生规划早就做好了。"

林城看得心中不免酸涩，最后还是关掉了评论区，但是那种酸涩倒不是难过，而是多年悬空的努力突然被落实之后，一种难以言明的复杂情绪。

类似于说：你怎么才来啊？我酒都喝完了。

王泽文说得对，能被一个完全陌生的人喜欢，是做明星的好处之一。

林城长嘘一口气，拿着衣服去往浴室。他打开灯，在浴缸里放满水，然后整个人躺了进去。

温热的液体包裹住他的全身，身体仿佛被一股柔和的力在往上推举，林城的身体肌肉跟精神都彻底地放松下来。

他按了按手臂上的肌肉。

早年因为练武不注意所留下的旧伤，偶尔还会隐隐作痛，但是最近因为工作量减下来，感觉好了不少。

他迷糊地想，也许这些都是好事的预兆。

这一泡，林城差点儿睡过去，等他从浴室里出来的时候，已经夜里11点半了。他擦头发的时候才想起，还没给王泽文反馈。

林城赶紧去拿手机，发现果然有王泽文的留言。

王泽文：怎么样？

王泽文：人呢？

王泽文：？？？

林城心虚，王泽文居然没有气急败坏，还挺难得。

林城：不好意思，刚刚睡着了。

对面的人好像还在等着他。

王泽文：看我拍的影片，看得睡着了？

这该怎么解释？

林城：太好看了！为了等预告发布我昨天前天都没睡！看完之后终于放下心！不小心就睡着了！

王泽文：……倒也不用这么激动。你的感叹号吵得我头疼。

林城：【超可爱】

王泽文：以后有什么计划吗？我看你微博上的意思，不算退圈吧？

林城抬手揉了下额头。

林城：看完片花，我觉得拍戏还是一件挺开心的事儿。如果有好剧本，就继续接，没有就干点儿别的工作。

王泽文：什么样的叫好剧本？

林城：以前没什么机会参与，我拍过的最好的剧本就是王导您的剧本。

王泽文：那是当然。

林城：谢谢王导。

王泽文：下次跟你聊聊。

王泽文：你也去休息吧，我太困了。晚安。

林城有点儿遗憾，感觉王泽文是被困意硬生生阻断了要跟自己畅谈人生的计划。如果他早点儿出来，说不定两人能顺着话题谈谈后面的工作。

但是，王导总不可能是为了和自己说句话，才熬到现在不睡的吧？

受视频影响，林城有点儿亢奋。他躺到床上后又跟"小电压"他们聊到了半夜，才终于睡着。

第二天大早，有人按门铃来给他送了一束花。

卡片上没写名字，只有一行祝语。字迹潦草，应该是花店的人代写的。

他看了下留言的日期，写的是 8 号，就猜大概是花送晚了，没能在剧组出预告片的那一天送到。

可是谁会在出预告片的时候，给一个脸都不怎么露的男二号送花？而且还知道他家的地址。

林城把花整理了下，插进一个玻璃花瓶里，再挑了个光色好的角度拍了几张，配上卡片，发到朋友圈。

林城：今天早上收到了庆祝的花束，谢谢大家。【抱拳了】

评论下面有人打趣，有人恭喜，但没有人认领。

林城刷了一圈儿，还是无法确定那人是谁，就没再管。

结果在傍晚的时候，林城接到了来自花店的电话。

这个手机号码他告诉的人不多，跟公司解约后他新换的。

对方语气悲催："先生，是这样，能不能麻烦您联系一下您的朋友，让他取消一下对我们的差评？花送晚了是我们的错，因为昨天我们老板生病了，这两天都不开门，但网店忘了关。客服本来想联系客人的，可是他留的手机一直占线，我们根本打不进去。字写错了确实是我们自作主张，这一单是我们早上紧急联系了别的店员帮我们处理的，对方可能不大专业。给您造成的困扰我很抱歉，我们可以支持退款，改一下评论可以吗？"

林城沉默了许久，让对方把差评内容发给他看一下。

新的短信很快发送过来。

"零分差评！气死我了！你们这家店怎么回事？！为表庆祝的花隔一天才送到也就算了，我写的明明是'捧城万里'，你为什么要给我改成'鹏程万里'？你以为那是错别字吗？啊？你以为我不识字吗？你们是不是还暗中嘲笑了我？要不要我把学历证书甩你脸上？差评！！！"

怎么办？不用看名字，他都知道这人是王导。

可是王导写卡片时用的是匿名，如果让他知道店家把他的"马甲"爆给自己了……那可能就不是一个差评的事儿了。

或许是两个。

林城把这个情况告诉对方，对方客服也沉默了许久，然后说："谢谢您，请不要去打扰他，让他安静地生活。"

林城："好的。"

他挂掉电话，忍了忍，没忍住，撑着桌子开始大笑。

王泽文居然会特意给他送花，林城确实觉得很感动，可是不知道为什么过程迂回了一下，最后感动的情绪被搞笑占据了上风。

他去仓库间里翻出一个更大的花瓶，仔仔细细洗干净，然后把花移过去，并把那个大花瓶摆到了自己卧室的床头柜上。

王导的花，值得更大的排面。

做完之后，林城蹲在地上，对着新花瓶拍了两张照片，发给王泽文。

林城：这花好不好看？

王泽文：好看。

林城：我也很喜欢，我把它摆我床边上了。我以前没演过电影，也没在这种时候收到花，差点儿以为我真的红了。就不知道是谁送的。

王泽文：嗯。你会红的。

林城：谢谢王导。

天气进入 5 月的时候，气温十分不稳定，骤冷骤热，在晴雨之间不断切换。

王泽文让林城来 A 市，拍几段宣传用的短视频，顺便再开几场直播。

由于林城签约的片酬低，是中途进来的，当时也没什么名气，剧组就没强制要求他帮忙跑路演。黄时清他们已经开始忙起来了，林城需要配合他们的时间。

林城其实挺奇怪的。这种事情不管怎么说也该是宣发团队来组织，再不济还有助理刘峰，为什么通知他消息的，次次都是王泽文本人？

导演不应该很忙吗？

他甚至忍不住怀疑这个账号已经被李代桃僵了。

林城：王导你也去吗？

王泽文：我不去。

王泽文：你是想让我也去？还是有点儿不敢去啊？

林城：都没有，我就随便问问。

王泽文：我会让人跟工作人员打招呼的，不用担心。直播我也会看，出什么问题有我在，我们公关团队跟在现场，别怕。

林城心想：我有什么好怕的！

王泽文：你希望的话我也可以去现场。

林城：不用了。我真的就随便问问，王导你忙。

王泽文：王导不忙，最近还行。

林城很迷惑。

王泽文：直播完请你吃饭。你的戏杀青的时候欠你的。

林城以为是请直播组的人一起吃饭，就愉快地应了句：好。

直播虽然容易翻车，但其实也没必要太过担心，尤其这回还有节目组帮忙控场。

林城到场地的时候还挺早的，他在旁边化完妆，直播助理过来跟他对了一下流程跟大致会提到的问题。

中间有一段回答粉丝的环节，他们也准备了工作人员在后台待命。如果没有合适的问题，就由他们自己人来问。

郭奕世跑来跟他打了声招呼，两人凑一块儿聊了一会儿，随后郭奕世被喊到另外一个房间里去。

直播最开始的环节，就是他们三人进入三个房间分别进行采访，让他们回答相同的问题。

林城自己拿着手机，转动着脑袋，对着屏幕问了一句："这样可以了吗？"

旁边的直播助理说："应该可以了，我这边看着没有问题。"

底下评论一片热闹：

"来了来了！"

"不可以不可以！请近一点儿！"

"林城你衣服脏了，要不要换一件啊？"

"是我手机的问题吗？我看你的脸跟脖子不是同一个色啊！你凑近点儿我仔细看看？"

"全是虎狼之言……我到底进了什么直播间？"

本来以为人会全部集中到郭奕世和黄时清那边去，没想到他这里的"热度"也挺高的。

林城笑说："你们不要想套路我，我也是资深'水友'好吧？"

众人发出一条条遗憾的评论。

有"游客"依旧自信道："不可能的，直播时间那么长，我不可能套路不了你。"

陪网友聊天儿，林城属于专业对口。他想着认真对付应该就没问题，网友们再信誓旦旦，又能怎样？

林城提了下宽松的衣领，说："隔壁已经开始问了吗？那我们也开始吧。"

直播助理拿了一沓卡片过来，林城接过，念出上面的问题。

"拍这次电影，感触最深的是什么？"

林城垂下手，沉思片刻，回答说："感触……每件事情感触都很深，可是要选最突出的，好像不行。就，整个拍摄的过程我都很激动，因为拍这部电影的契机十分难得。我现在对拍摄过程中的每一件事、每一个人，都还记得非常清楚。"

他笑了下，说："哦，如果非要说的话，应该是……剧组里所有人员的敬业跟友善。这是我拍得最顺利、最舒服的一个剧组。你有多努力，他们就能回馈你多优秀的结果。整个剧组的人都太厉害了。对了，预告片你们看了吗？"

评论区有人在喊："可是隔壁好像不是这么说的。"

"最顺利？最舒服？你对舒服有什么误解吗？"

林城看见了，茫然问道："什么隔壁？"

评论瞬间刷了出来。

"清清姐说，她印象最深的是意外把没做防护措施的你踢下水，导致你生病发烧，你怕拖累剧组进度还主动带病拍戏。可是你的戏都是体力耗费很大的武打戏，病一直好不了，每天都在医院剧组两头跑，最后王导主动给你放了一个星期的假。"

"郭奕世说他对不起你，因为他演的角色人设是比较成熟的，王导不满意，一直纠正他细节。他跟你的戏大部分都是在野外，他进不了状态，你每回都被迫陪他 NG 无数次。而你的戏服还特别薄，冷得一直在发抖，抖到他的肌肉都忍不住跟你一起共振。"

"这孩子真是发烧烧糊涂了……"

"林城你也太惨了吧！你以前的组是有多糟糕啊？"

"讲真，我第一次见人说官话都能被'打脸'……"

林城愣了下，他没想到黄时清跟郭奕世那么实诚，居然把这些事都说出来了。

郭奕世也就算了，他出道顺风顺水，人也年轻，性格就是这样大大咧咧不遮掩。黄时清在娱乐圈浸淫多年，本身"黑料"就多，居然也敢自曝。

林城解释了下，说："没有，那些只是工作上会出现的正常情况而已，我们私底下都相处得很好。"

他眼看评论越来越歪，赶紧切到后面一张卡片。

"王导很凶吗？很多人都没见过王导，但是网上流传着不少关于他的传说。他到底是不是一个大胖子？是不是经常在组里发脾气？你怕他吗？"

林城看着卡片迟疑起来。

他想黄时清和郭奕世肯定是会说凶、帅、怕的，因为这三项实在是无可辩驳。如果他夸王导夸得太过，或许不大好。

林城瞥了眼评论区，想看看有没有观众在三个直播间里搬运言论，就那么一眼的迟疑，评论区里已经有人在刷了：

"突然沉默是为什么？"

"好，接下来他说的话，我们可以反着听了。"

"孩子你这么不会说谎的吗？还要思考这么久？想明白了吗？"

他们怎么能做到戏这么多？

林城平稳了一下语气，回答说："王导是个工作很认真的人，要求也比较高，他手底下的人一般都对他比较敬畏，他是一个非常优秀的领导者。另外，他长得真的非常帅，一点儿也不胖。"

林城觉得自己这次的答案绝对没有问题，中正公平，满是赞誉，且全是废话。

结果他话音刚落，评论区的观众打出了一串省略号，紧跟着是各种大笑的表情。

"黄时清说，王导特别温柔，犹如春风化雨，而且很帅……"

"我该怎么告诉他，郭奕世说了王导是个十分随和亲近的人，一点儿也不严厉，且巨帅？"

"为什么有人满腔官话，都能和自己的队友背道而驰？"

"林城你还是不了解王导，我觉得你完了。"

"林城你背错答案了吧，你们考的不是同一科。王导属于特别科目，他是值得重点研究的鬼才科。你是新人，我可以给你一个重考的机会。"

林城完全被那两个睁眼说瞎话的家伙给镇住了，以至于不知道该做什么回应。

这跟他看过的访谈节目怎么完全不一样啊？这些问题的得分点是不是太难踩了？

难道真是他的问题？

林城默默地抽出下一张卡片。

"王导最喜欢的演员是谁？"

为什么又是王导？

林城严阵以待，想了想，回答说："郭奕世吧。王导很看重他，讲戏讲得特别细致。"

评论区毫无意外：

"好的。隔壁郭奕世脱口而出说是你。"

"清清姐也脱口而出说是你。"

"郭奕世还说没有之一。"

"我可怜的娃，都不知道自己那么受宠的吗？"

"我把你的答案告诉郭奕世了！"

林城一直以为王泽文对谁都很好，他并不是一个特例。而他私下里跟王泽文的接触其实并不太多，拍摄的时间也不算长，还不如跟武指来得亲密。

结果提到王泽文的每一个问题，最后都会转到他的身上。

难道在别人的眼里，王泽文对他很好吗？不是他自作多情？

林城手指用力捏着卡片，正在出神，一个网名"小没良心"的观众，给他送上了打赏。

林城没看清名字，下意识地念了出来。

"感谢小没良……感谢观众的打赏，但是不用了，反正我也收不到钱。"林城中途卡了下，求饶说，"不要改昵称好吗？是我，我知道是我好吗？"

网友一片哄笑。

那边郭奕世在直播间里看见了粉丝搬运过来的答案，大为震惊。

"啊？林城居然说王导最喜欢我？"郭奕世叫道，"我冤啊！他是最没资格说这种话的人好吗，王导凶过他吗？王导一次都没骂过他！王导对着他的表情就跟班主任看着省状元一样，你们懂吗？懂吗！"

评论区一片人含泪打出"懂"。

郭奕世抓了把头发，又说："不过如果我是导演，我也喜欢他。林城这样的专业武生，职业水平很高。他自己的戏，几乎都是一条过，只有第一天来的时候，因为没准备连续卡了几次，他来之后把我们整个组的进度都给拉快了，好几次我们甚至提前收工。

"说是天才……我觉得不能算吧。王导也说过他身上毛病很多，因为他不是科班毕业，在别的剧组里被影响了。

"但是他特别努力。一段剧本可以看无数遍，就算那段戏没有台词，他也会耐心揣摩各种心理状态。王导不是有点儿龟……精益求精吗？林城拍戏的时候就从来不怕麻烦，有什么错误，也是别人一提就改。"

郭奕世总结说："反正他是我目前见过的最投入的演员。我觉得他内心肯定很热爱这个行业，但是呢，运气不大好。"

评论区也是一片动容：

"听得我都感动了。"

"终于等到有人为我们林城说话了，作为他仅有的几个粉丝之一，我快哭了！不知道从什么时候起'努力'成了一个贬义词，但是我们城真的在这条路上脚踏实地地走着啊！"

"粉丝别哭了，你的城苦尽甘来了。"

林城一点儿都没有苦尽甘来的感觉，他后面的问题回答得特别艰难，在官方的基础上回避各种主要内容，以免评论区的网友又说他翻车，一点儿想浪的心情都没有。

然而直播的效果还是不错的，"热度"很快就起来了。因为他表现得足够正经，观众也只是一笑而过。

很快，林城手上卡片的问题全部答完，他暗暗松了口气。

主办方在这一块预留的时间本来就不多，随后直播助理让他拿着设备，去隔壁的房间找另外两人集合。

他到了之后，黄时清与郭奕世先后进来。

他和郭奕世坐在沙发两边，黄时清坐在中间，互相间隔了一小段距离。

三人并排坐在一起，老朋友一样地开始闲聊。平时十分冷淡的黄时清，在"营业"的时候也要表现得平易近人。

三人就刚才的几个问题对了下答案，郭奕世大肆嘲笑林城的翻车，说连他那边都收到了网友的告状。

等他们说了几个段子，气氛炒到正好，直播助理在旁边说："我们现在要开始进入网友提问环节。"

郭奕世问："是只有网友提问吗？"

直播助理笑说："如果粉丝有什么要求的话，你们忍心拒绝吗？"

郭奕世插科打诨："如果他提的要求我做不到，那我只能开除他的粉籍了。不要怪我，我是被逼的。"

普通人真的猜不到"沙雕"网友脑子里在想什么。你说不担心……那还是有一点儿的，尤其是临场反应不够快的明星。

林城心想：我没什么粉丝，关系应该不大。他靠在沙发背上，努力将自己的存在感缩到最小。

直播助理道："那我现在开始抽了。等等，这位老板……这位老板直接投了一万块的礼物，太厉害了吧！看来是真爱粉，要不然就他吧？"

林城跟黄时清都是不大喜欢说话的人，郭奕世很有自觉，积极说道："可以啊！谢谢这位真爱粉！"

林城定睛一看，发现又是那个网名叫"小没良心"的网友。

果然，对方评论说："问林城。"

直播助理："好的，你说，我帮你转达。"

林城觉得对方能起这个网名，本身应该就比较皮，担心对方让他玩儿什么整蛊游戏。

直播助理说："这位粉丝问你，理想型的女友是什么样子的？"

就这？

林城想了想，说："没什么理想型的女友。没什么特别喜好。"

郭奕世惊讶问道："你没谈过恋爱吗？"

这种问题，说"没有"，网友只会嘘声。他笑了下，腼腆地道："有。暗恋过，但是那时候没敢表白。"

郭奕世笑呵呵地问："现在表白来得及吗？"

林城说："不行。女神喜欢别的人。"

郭奕世叹了口气，林城也跟着叹了口气。

"是圈内人吗？"黄时清突然问了句。

林城愣了下，转头看她："没有，不是。"

黄时清："做什么的？"

林城："……艺术？"

黄时清点了下头。

郭奕世撸起袖子道："我来抽一个吧，我喜欢玩儿这个。"

直播助理就让他自己来。

郭奕世真的用手指随便点了一个，抽出一条评论。等他看清上面的字，表情顿时诡异起来，朝林城挑了挑眉，坏笑道："林城，他们问你内裤是什么颜色的。"

郭奕世唯恐天下不乱："快快！要不要我帮你看？"

林城表情诡异地答道："黑色。"

评论区一片"哎哟"。

然后整个直播间的画风就被带歪了颜色。

郭奕世点下一条评论，继续叫道："林城，他们问你胸口的皮肤是什么颜色的！"

林城："……肉色。"

郭奕世："林城——"

林城忍无可忍道："你别抽了，我自己来！你们再这样的话，我不陪你们玩儿了。"

郭奕世哈哈大笑，后仰瘫倒在沙发上。

"我现在特别想知道你在隔壁的时候都经历了什么，你的粉丝怎么那么有趣？他们可太有才了！"

林城凑近了屏幕，脸被镜头放大。

因为开了滤镜，他的皮肤显得特别细嫩，而睫毛在光影下被拉长，投下淡淡的阴影，让他的眼睛显得更为清澈和明亮。

林城捏着下巴，认真扫视。

评论区里除了吹"彩虹屁"的，就是各种恶搞的提议：让他抱着黄时清做深蹲，喂郭奕世吃水果……

他往下滑了一段，又看见了那位叫"小没良心"的土豪老板。

这位老板的出镜率太高，算是让林城彻底记住了。

老板再次砸了一万块的礼物，并说："想看你侧空翻，可以吗？"

林城指着那条评论说："那我给大家表演一个侧空翻吧。"

黄时清与郭奕世一起鼓掌欢迎。

房间里暖气开得很足，所以林城进来之后，脱掉外套，只穿了一件薄薄的休闲衫。

直播助理过来调整了下镜头，把画面对准空地。

林城挽起袖子，限于空间，从门外开始助跑，然后一个起跳，在镜头前双手腾空翻了过去。

翻到最高处的时候，他的衣服因为重力滑了下来，露出腰身到胸口的一片皮肤。

稳稳落地之后，林城随意整理了一下衣服，再回到镜头前时，评论区已经是一片满足。

"已截图。"

"可惜，只有侧面。"

"这腰！这小蛮腰我爱了！"

林城怎么可能不知道他们的套路，只是再让他们玩下去，话题估计会跑向少儿不宜，干脆主动点儿，让他们提早消停。

跟网友斗智斗勇，真的不能硬来，对面人多。

他擦了把额头的汗水，做出缴械投降的姿势道："我谢谢你们，我玩不过你们，就这样了好不好？"

网友们正在得意，终于同意放他一马，后面的重点转到了郭奕世跟黄时清身上。

这场直播总体还是玩得挺开心的，到后面三人又开始和网友说剧组里的事情。王泽文屡次被拉出来吐槽，还有摄像师跟杆爷。

郭奕世外向，知道怎么让场面保持"热度"。黄时清跟林城则是反应够快，两人能在关键时刻给他打上配合，话题接得合适，开玩笑也很有分寸，相处起来的风格，显得温馨和谐，叫人好感倍增。

等到这场直播结束的时候，已经差不多是晚上8点了。

林城去边上拿自己的手机，看见了王泽文给他的留言。

王泽文：结束了吗？

林城：刚刚结束。

王泽文：我去接你，五分钟后你来停车场。

林城正想喊郭奕世一起走，就听郭奕世在和经纪人打电话，告诉对方自己要下去了。

林城惊道："你们这就走了？"

"是啊，"郭奕世以为他想聚聚，叫苦说，"我太累了！路演简直不是人干的。下次再找你吃饭啊，我今天先回去睡觉了。"

林城："好的。"

他低下头给王泽文回复。

林城：只有我一个吗？

王泽文：不然呢？

王泽文：我说的是请"你"吃饭，什么时候有过"们"？

林城：好的，我马上下去。

王泽文抬眼看见林城从他的车前走过，立马按下喇叭提醒，然后把窗户降下。

"林城，"王泽文抬手招了下，说，"这里。"

林城把身上的包解下来，放到后座，然后坐在王泽文的旁边。

王泽文说："今天辛苦了。"

林城心想：我不是今天这场直播的主力，而且最近都闲着，根本算不上辛苦，郭奕世倒是说得喉咙都快哑了。

林城问："你看直播了吗？"

"当然看了。"王泽文笑了下，状似不经意地道，"你还有喜欢的女神？我认识吗？"

林城顿了下，回说："应该不认识吧。"

王泽文又问："喜欢她多久了？是什么类型的女生？"

林城偏过头看他。

王泽文喉结上下滚动，笑道："怎么了？说不定我能给你推荐两个差不多类型的女生，让你走出情伤呢？"

"我没有情伤，跟类型也没关系。谢谢王导，但是不用了，"林城说，"都过去了。"

王泽文："好。"

他挂挡踩下油门，将车缓缓开了出去。

没过多久，王泽文又问："饿了没有？晚饭吃过了吗？"

林城说："助理给我们泡了杯泡面，我吃了一点儿。"

王泽文："大晚上吃那种东西，对胃不好。"

林城："我不常吃的。"

王泽文："那就好。我记得上次医生还说你身上有些旧伤，中医里还是要讲忌口，否则年纪一上来，什么毛病都可能会犯。"

车辆开到街上，外头的灯光突然明亮起来。

这条街道夜市繁华，路上行人与车辆密集，王泽文把车开得比平时更慢，力求展示自己温和冷静的气质。

哦对，林城今天直播的意思是不是他有点儿怕他？

王导严厉吗？他对王导怎么会有这样的误解？

王泽文表情严肃起来，在脑海里逐字分析林城今晚的回答，越琢磨越觉得味道不对。

"林学"有点儿深奥，答案不大好猜。

见车上安静，林城忍不住，还是叫了一声："王导。"

王泽文马上回："嗯？"

"我以为你是叫我们一起吃饭的，"林城说，"郭奕世也在上面，刚走。"

王泽文说："他们明天还有工作，现在已经太晚了，就没叫他们，而且我只是想给你补顿饭。"

王泽文神色自然地多解释了两句，说："还好《夜雨》这回有你救场，帮了剧组大忙。之前说好要请你吃饭的，结果第一次约你出去的时候，不仅不正式，我还自己喝醉了，最后麻烦你送我回的酒店。杀青的时候我想补给你，但是看你当时状态不大好，就没勉强。"

王泽文伸手点开车里的音乐。

低缓的女声从音响里飘出来，林城将头转向窗外，用手托着下巴看夜景。

王泽文心情也愉悦起来，手指有节奏地拍着方向盘。

王泽文又把问题拐回了原点："你喜欢的那个女神，为什么喜欢她？"

林城不知道该怎么解释："没为什么，就上学的时候，觉得她人特别漂亮。但是那时候我又穷又'糊'，她可能不大看得上我。"

王泽文来了精神："那可能不是喜欢呢？有好感的那种怎么能叫喜欢？也许只是年少时的一点儿耿耿于怀而已。是吧？"

林城没有作声，猜不到这位大哥究竟又想做什么。

"不是忘不掉的人就是喜欢，也可能是单纯的讨厌而已。"王泽文分析得有条有理，"我能马上说出我不喜欢吃的东西，但是要我说我喜欢什么，我连个'C位'都分不出来。"

林城心想：我信你个鬼！那是因为我们中华美食太——多——了。

王泽文还想聊下去，导航突然提示他已经到了商场，提醒他前方减速，拐入停车场。

王泽文只好把车停好，走了下去。

"把口罩戴好，小心被认出来。"王泽文说，"不过晚上人也不多，跳广场舞的人都聚在外面。"

林城往上提了提口罩，点头应"好"。

平白无故戴口罩会有种欲盖弥彰的感觉，林城不想惹人注意，也不在乎是不是美观，所以刻意戴的是医用口罩。

他跟在王泽文的身后，从入口坐上电梯，就见王泽文按了"﹣2"层，走出电梯之后……来到了超市门口。

林城惊讶道："超市？"不是去餐厅吃饭吗？

"是啊，来买点儿菜。本来是让刘峰给我订了餐馆的，结果他没听清，订了明天中午的座儿。"王泽文说，"我约了你今天吃饭，想你晚上应该还饿着，就决定干脆带你回家吃饭好了。自己做的菜，起码还健康。"

林城是真的怔住了。

王泽文笑说："怎么？不敢去我家吗？真怕我卖了你？"

林城："……"

王泽文问："怎么了？"

"没有。"林城再次捏了下口罩，说，"那进去吧。"

超市里的人果然不多。服务员穿着红马甲靠在柱子旁边，眼里写着疲惫，见他们出现，眼皮也不想动弹一下。

倒是有一些年轻人逛完楼上的商场之后，正端着奶茶在超市里散步。

林城低垂着头，跟在王泽文身后。

他以为自己已经很低调了，可是他忘了王泽文也是一个能吸引群众注意的人。

路上看见帅哥，都会忍不住多看两眼是不是？何况王泽文气场强大，却在极具生活气息地逛超市。

两人一路走来，吸引了不少目光。林城感觉自己露在外面的那半张脸都变得不大安全，哪怕他只是一个"十八线糊咖"。

王泽文也察觉到众人的视线，他回头看了林城一眼，说："你把外套脱了。"

林城："嗯？"

王泽文说："你今天直播就是穿的这件，小心被粉丝看到。"

林城低头一看，想起来还真是，于是把外面套着的衣服脱下，折了两次，抱在怀里，抬起头，发现王泽文将自己的衣服递了过来。

这样的天气，穿着外套不热，脱了外套也不会冷，何况超市里没有风。

林城就说："不用。"

王泽文坚持道："穿上。从我认识你开始，你一半的时间都在生病，还敢这么浪？"

林城觉得那根本不是一回事，他又没有整天在冰河里浪。

王泽文说："衣服干净的，出门前刚穿上。"

林城："我不是那个意思……"

林城见王泽文一直伸着手，周围已经有人注意到了他们，还是接了过来。

王泽文的衣服对他来说有点儿大，穿在身上有点儿松松垮垮的感觉。王泽文去买了个袋子，把他的衣服装进去，放进推车里，继续往里走。

两人先去了生鲜区。

王泽文站在冰柜前面挑挑拣拣，假装很认真地在比对价格跟品种，然后很专业地问道："你喜欢吃什么东西？"

林城看着这一幕觉得很玄幻，被他的声音拉回了神，答道："我都可以。"

王泽文拿起两个盒子，看了一会儿，又问："牛肉还是猪肉？"

"不挑。"林城迟疑着问，"王导，原来你会做饭？"他有一点儿不祥的预感。

王泽文说："我学了。不用担心。"

他说话的语气太有说服力，林城信了。

王泽文又问："你会不会吃辣？"

林城说："会，但不大能。"

王泽文又问："喜欢吃甜品吗？"

林城："偶尔会吃，但是不多。"

王泽文："零食呢？"

林城："很少有人不喜欢吃零食吧？"

王泽文"嗯嗯"点头："喜欢吃什么零食啊？"

林城心中那股不对劲的感觉都要按不住了，王泽文似乎在打探他的喜好？还是说，王泽文那么庄重的外表下，还隐藏着多管闲事的性格？

按照林城过往的经验分析，王泽文这种程度的反常，简直像是自己失散多年的哥哥。

不可思议。

王泽文见他沉默，笑了下，多解释一句："我平时很少吃零食，没什么机会，不知道哪一种好吃。要不你给推荐下？"

林城："我吃得其实也不多……"

王泽文说："没关系，我家里都空着，正好可以试试。你把你喜欢吃的都挑过来，我有空的时候就尝尝。我口味挺大众的，你觉得好吃说不定我也觉得好吃。"

林城忍不住问："为什么不让刘峰买呢？"

王泽文一脸坦然道："他管得太多，我买那么多垃圾食品他肯定得嚷嚷。都是成年人了，别理他。"

林城心里几番欲言又止，跟狮子咆哮似的，却不知道究竟要说些什么，最后只扯出一个微笑，与王泽文推着车往零食区走去。

行，王导说什么就是什么，能叫他彻底安分下来就行。

林城在琳琅满目的货柜上扫了一眼，开始挑拣东西。他放进去的所有零食，王泽文都要拿起来看一下。

林城是选味道，王泽文是看配方。

选零食还看配方，那不是刻意找碴儿吗？

起先王泽文还能忍得住，到后来，林城一直不停手，车里的包装袋也越堆越满，红红绿绿刺得他头疼，王泽文终于开始细声叨叨："垃圾食品果然是热量高又没有营养……你居然吃过这么多垃圾食品……辣条这种东西，不是都上过好几次新闻了吗？林城你平时放假都在家里干点儿什么？吃这么多东西居然还不胖吗？你是不是不常自己做饭？"

林城突然之间感受到了刘峰念叨人的威力，这谁能顶得住？

林城的手难以安放："那算了吧，我看你也吃不完。"

"你买吧，没事你买。"王泽文大度地说，"反正加了防腐剂，能放很长时间的。"

林城木着脸，最后拿了一包牛肉干，放进车子里，然后说："我买完了，差不多就这些吧。"

王泽文瞥了一眼，说："五香味儿到底是种什么味道？我每次吃都觉得味道不一样。为什么不能直接写不辣味儿？"

林城想了想，不确定道："调料味儿？"

两人正说话，身边突然飘过两个小姐姐，悠悠地说了一句："生病的人不可以吃太多零食的哟！"

林城扶了下自己的口罩，不好说自己没生病。王泽文已经转过头，朝着那人笑道："是我吃的。"

然后他们就离开了。

结果那两个女生没忍住，发出一声似被压抑的尖叫，怕被发现，又抱在一起，"嗒嗒"地跑远。

林城有些无语。

王泽文问道："她们怎么了？"

林城面无表情地说："可能是和你搭上话觉得很开心吧。"

"和我说话有什么好开心的？"王泽文说，"被我骂过的人，一般都只想死。"

林城："因为王导有魅力啊。"

"你觉得我有魅力吗？"王泽文笑说，"那你为什么说得这么敷衍？"

林城心想：我甚至都不想说话。

两人终于出了超市，开车去王泽文的家。

王泽文在A市有一套房子，据说是高中毕业的时候，用自己多年的零花钱买的，平时不常来住，偶尔出于工作原因会过来待两天。

因为天色已黑，林城看不大清路边的环境。他半合着眼，感觉困意渐渐侵袭上来，在昏昏欲睡之际，车子停了下来，发动机的声音也停下，王泽文越过身，轻轻推着他的肩膀示意他下车。

林城揉了把脸，过去帮忙提东西。

房子不算大，是个二居室。客厅里没什么家具，靠窗的位置被一个三阶的木架所占据。而架子上摆满了各种植株，那一排绿植极为显眼，林城第一眼便被吸引了注意力。

王泽文从旁边拿了双拖鞋给他，提着袋子往厨房走。

林城说："你很喜欢花吗？"

"还行吧，反正也不是我打理，不麻烦又好看的东西为什么不喜欢？而且这家里没人住，不种点儿花，感觉没有生气。"王泽文的声音隔着墙传来，"你喜欢这些花吗？"

林城"嗯"了一声，说："喜欢。"

王泽文："随便坐，不招呼了。"

林城坐到沙发上，把王泽文的外套脱下，摆在膝盖上进行折叠的时候，闻到了衣服上微微的香气。

林城捧起来，放在鼻子下用力闻了闻。

果然。

他今天为了应对直播，特意化了妆，那个化妆师还给他喷了点儿古龙水，现在味道被染在了外套上。

只是除了他身上的香味儿，好像没别的气味了。

林城又仔细闻了闻，确定王泽文今天没有抽烟。

王泽文走过来的时候，恰好看见这一幕。

林城听见脚步声抬起头，说："你的衣服好像蹭到我身上的化妆品了。不好意思，我带回去洗干净再还给你吧。"

王泽文直接过去，随意抽过外套，卷了两卷丢到沙发上，笑说："不用，还那么麻烦，到时候保姆会过来收拾的，而且我这里又不是没有洗衣机。"

林城一想也是，就没有坚持。

王泽文表情一沉，语气郑重地道："我有一件很重要的事，正好要告诉你，晚上想跟你谈谈。"

林城跟着紧张起来："什么事儿？"

王泽文直接抓住了他的手，把他往里屋带。

林城："我……"

"给你看看这个。"王泽文从床头柜上抽出一张纸，抖平后满脸得意地递过去，"我手上拿了个新剧本，这是准备试镜的台词，我想让你试试。"

林城："……"

让王泽文用臭钱砸他的时候，他不肯。

迟到的公关，还叫什么公关？

"粉"转"黑"了。

第六章

一 新戏 一

大约是林城的表情太过诡异，脸色黑红交织，狰狞中似还带了一道杀气，迟钝如王泽文也不得不注意到他的反常。

他不解地问道："怎么了？"

林城又能说什么？他接过那张纸，郑重地拿在手中，如往常的每一次一样，扯出一个笑容道："没什么，我太惊喜了，一时没回过神来。"

王泽文未做他想，笑道："我跟你说过，付出总是有回报的。你只要脚踏实地地走，机会总能慢慢找上门来，娱乐圈里很多工作都是这样促成的。我虽然帮不了你太多，但只要知道哪里缺类似的角色，都会偏向于推荐你这样的演员。林城，不要让我失望。"

被一本正经地教育了，林城点头说："好。"

他反思，王导的胸怀真是一片坦荡。

王泽文还想夸他两句，给他鼓励，想起灶台上的火还开着，水应该要煮沸了，又忙说："你自己琢磨一下，我去做饭了。书房在隔壁，你去那里看吧。"

林城抛下心中的杂念，去往书房，认真看起手中的纸张。

薄薄的一张纸上，并没有写人物特征或者故事梗概，只有几句相关的台词。

甚至这几句台词，也未必会出现在最终的剧本上。如何从简单的台词里揣摩角色的性格并进行表演，全看演员自行理解。

林城渐渐静下来，将注意力转到剧本上，他知道这是一次难得的机会。王泽文愿意在合作结束之后第二次邀约他加入剧组，无疑会提高他的口碑。

他低着头，一字一句地念诵纸上的台词。

"我为什么总烦你？因为我喜欢你，你觉得喜欢不够重，那就是爱。

"可我就是喜欢你啊，哪怕你对我爱搭不理我也不会觉得讨厌。

"你别总是这么残忍，我也是会难过的。我知道，你不是那样的人，为什么非要装得生人勿近的样子？

"我不是中二期没过，也不是热血上头，更不是因为自尊心在作祟！喜欢就是喜欢，虽然你长得不漂亮，性格也不温柔，没什么大的优点，更没什么一鸣惊人的才艺，可我就是喜欢你啊！你生气的时候我觉得你是在逞强，你沉默的时候我觉得你是在难过，就算你阴阳怪气我也觉得你只是在闹别扭！

"对啊！这是我的滤镜啊！我自己都摘不下我的滤镜，所以我知道我喜欢你！从什么时候开始的我不知道，要到什么时候结束也不是我主观能决定的。有本事，你别总是让我看见你的好，别让我连自欺欺人都做不到！"

这是什么？猥琐男还是痴汉？看起来就很讨打的样子。

林城又念了一遍，在心中描绘出一个积极阳光的年轻人形象。

可能对方还只是一个学生，没有经历过社会的捶打，内心的世界是灿烂而单纯的。这种角色，性格鲜明，从每一个字里都能透出生命力来，演好了是率真，演得不好就是油腻。

林城抬手摸了摸脸。

他知道自己的外形还是挺占优势的。虽然年龄已经不算小，但是化完妆后，并不会显得成熟。天生偏向清秀的五官，以及常年冷淡的态度，跟油腻基本不会沾边。

只不过，他原本的性格，与这样的人物截然不同。

他的学生时代，在忙着赚钱，忙着谋算未来，根本没有享受过所谓的校园时光。跟老师只是说得上话，与同学的关系也没有多好。残酷一点儿地看，学校不过是一个他每日需要打卡的地方而已。

而且，他不会在对方拒绝自己之后还死缠烂打。

不会在对方明确表示拒绝之后还坦然地说出喜欢。

不会哪怕头破血流一身伤也要硬往感情上撞。

他现实。

王泽文为什么会觉得这个角色适合他？在他眼里自己是个这样的人吗？这究竟是从哪里开始的误会？

林城把纸映在头顶的灯光下面，看了一会儿，沉沉吐出一口气。

但是，他是一个演员。

他不必管自己是什么性格，他要考虑的是如何表演这么一个人，这才是他该做的。

林城掏出手机，点开摄像头，对着屏幕摆出几种不同的笑脸，然后捏了捏脸部的肌肉，想让它变得更加自然。

在他逐渐让自己进入状态的时候，外头突然传来"砰"的一声巨响。林城脸色大变，立马跑了出去，正好看见王泽文举着锅铲跳出厨房大门的狼狈画面。

两人之间隔了四五米，瞪着眼睛互相对望。

一股可疑的焦味儿在空气中慢慢传了过来，油烟机大功率运转，发出令人焦躁的杂音。

王泽文放下手，强装镇定说："没事，没事，小意外。"

林城从缝隙里瞥见了厨房的地面。

锅被打翻了，地上飞溅了一摊摊不知是油还是水的奇怪液体。

林城觉得那应该不是小意外。

"东西炒焦了。不知道为什么锅里蹿火，就跟电视里那种大菜一样你懂吗？吓了我一跳。"王泽文假装轻松地说，"我以为是油太多了，所以我盖上了锅盖，想给它灭火，结果它马上就焦了，于是我又往里面倒了点儿水，油直接溅开，我一激动，手没拿住，就把锅给打翻了。"

他详细地解释完，又补了一句："平常不会这样，我平常真的会做饭。"

林城放缓了语气，努力争取用科学探讨的音调回答他说："是你火开得太大了，锅里温度太高。"

"看来是。"王泽文说，"做饭的时候意外还挺多。"

林城走过去，问："有被烫到吗？"

王泽文不想让他看厨房里的景象，侧身挡了下他的视线，说："应该没有吧？"

他话音刚落，林城已经抓住他的右手手臂往上抬，就见手腕的后方，出现了一块红色的烫伤印记，食指的指背，好像也被锅给烫到了。

好在两个地方接触面积都不广，看情况也没有很严重。

林城说："快去冲冷水，不然会起泡的。"

王泽文"嗯"了声，放下锅铲，去卫生间处理伤口。

林城小心地走过去，看了眼散落的食材。

那颜色有些发黑的胡萝卜片是直接横着切的，大小不一，又厚薄不均，光从刀法看就知道是个新手。

也是，王泽文这样的人，哪里有时间去学做饭啊？平时在剧组，家里也有保姆。

林城简直哭笑不得。不会他就直说啊，在这种地方也会有王导包袱的吗？

等王泽文从卫生间出来的时候，林城正半跪在地上，清理地上的污渍。

王泽文很郁闷，翻车就算了，烂摊子居然还让林城来收。他两步上前，想从对方手里拿过抹布，说："我来吧。"

"不用了，我快好了。"林城说，"你手烫伤了不要碰水，等一下吧。"

王泽文看他确实擦得差不多了，就没坚持，摆着颓丧的表情，蹲在他旁边。

林城见不得他这样，主动问道："你想吃什么？我来做吧。"

"你会做饭吗？"王泽文说，"我会洗碗。"

林城怀疑地看着他。

"这个我真会。还行。"王泽文咳嗽了一声，说，"而且不想洗的时候攒一攒，还可以用洗碗机。"

林城不和他争，只笑了一下。

王泽文见他一点儿怨气都没有，还这么体贴，反而更不舒服。他叹了口气，说："本来是想请你吃饭的……"

林城顺口说了一句："那你明天再请我吃饭吧。"

王泽文："本来明天就要带你去餐厅补上，现在看来这顿饭还得继续往后面拖，不然我总觉得欠你的。"

林城去水龙头下清洗抹布，在水流之中用力揉搓，说道："王导，我不知道你为什么会觉得欠我一顿饭，你还给我介绍了新剧本，说实话，应该是我要感谢你才对。"

王泽文在这一点上十分固执："不行，我必须请你一顿饭。不对，是两顿。"

林城简直哭笑不得。

他仔细洗干净手，朝王泽文暗示说："我要做饭了，你……"

王泽文不动如山："我看着你。"

王泽文就跟个人形路障一样，守在他旁边，看着他切菜，倒油，翻炒，务必时时刻刻都彰显自己的存在。

林城有时候没注意，后退一步就会撞到他身上。他还没出声，对方立即先一步说"对不起"，还摆出一副与自己无关的可怜样，让林城把所有的话都憋回去。

这导致林城做饭的时候，都有点儿束手束脚。

因为时间已经太晚，林城随便炒了两个菜，又做了碗番茄鸡蛋汤，让王泽文把菜都端出去。

两人在餐桌两侧坐下，都松了口气。

为了吃一顿饭，他们经历了太多。等吃完饭，再把餐桌收拾好，已经快午夜了。林城再没力气说要离开，决定顺势在这里住一晚。

他走出厨房，才想起来自己还没洗澡。

王泽文说家里只有一个卫生间里安装了热水器，并把先洗澡的机会让给了他。

林城脑子里太乱，收拾好自己之后，亢奋得无法入眠，又继续看那张试镜用的台词纸，所以等王泽文洗完澡出来时，书房的灯还亮着。

王泽文趿拉着拖鞋过来，打开了阳台外面的大灯，让书房变得更亮一点儿，而后靠在门边，静静地看着林城用功。直到林城被那视线刺得如芒在背，忍受不住，抬头迎向他的目光。

"你不去睡，还在看这个？"王泽文擦着头发，笑问道，"你有什么想法吗？"

林城看着他说："有一点儿，不大确定，在进状态。"

王泽文干脆拖了把椅子，在他对面坐下，说："行，那你念给我听听。"

林城应了声"好"，调整着椅子正面朝向他。

台词的第一句是"我为什么总烦你？因为我喜欢你，你觉得喜欢不够重，那就是爱"。

王泽文在对面好整以暇地等着他开口，然而林城突然卡壳了。

林城对着那台词半天吐不出字来，王泽文靠近了他问："怎么了？"

"没怎么。"林城紧张起来，说，"我把握不准，让我再想想。"

王泽文长臂伸过来，按住他身侧的扶手，声音很低缓地安抚他说："不要急，你给我讲讲你对这个片段的看法。事情应该发生在什么情景，人物是什么性格、什么语气、什么心情，不用管他到底是不是，你把自己代入到你觉得对的这个身份里去，读出来。"

林城已经在脑海中模拟过类似的场景。

虽然没有另外一个人的台词，但是从前后语境里不难推测出对方的回应。

林城抿了下嘴唇，视线飘在半空，将自己设想的画面描述出来。

"我很喜欢这个女生，但是她对我并不上心。这一次，她应该有了什么麻烦，我主动去帮她，可是她只觉得我多管闲事。她不希望我插手她的生活，所以对我口出恶言，希望能将我赶走。我被她的话刺得有点儿伤心，但是我的性格不容我就此退缩，我看出她咄咄逼人的外表下的软弱，想要卸下她的防备。我性格比较阳光，态度相对强势，脾气有点儿倔强，年龄应该不大。"

王泽文轻笑，不说对错，只道："那你就照着这个来试一试。"

林城点了点头，心情已经平静了不少。他努力让自己沉浸进去，不要丢掉身为演员的职业修养。

他放下纸，把自己已经背熟的台词说了出来。

王泽文只听了第一句，打断他说："语气过于刻意了。按照你的人设，你说第一句话的时候，是对方正在生气，而你主动去找她的。因为你喜欢她，所以应该是你语气比较弱，有点儿可怜兮兮，又厚着脸皮故意嬉皮笑脸的那种感觉。"

林城抬起下巴，用漫不经心的语气说道："我为什么总烦你？因为我喜欢你啊！"

"不对。"王泽文眉毛微皱，说，"你站起来，重新试试。"

林城把椅子推到桌子下面，然后在空出的位置上进行表演。

他伸手在空中虚拦，用自己的感觉，把后面的台词都读了一遍。

等他表演结束，王泽文下意识地往腰间摸去，想去掏烟，摸空了才想起来自己现在是围的浴巾，差点儿把毛巾给扯掉了。

他收回手，改成环在胸前，若有所思地盯着林城。

哪怕他视线的高度比林城要低，那种无意间透露出来的导演气势依旧十分慑人。

林城沉默地站着，等待他的点评。

王泽文在心里思考着措辞，而后按了下额头，说："你知道我看见这个角色的时候，为什么会想起你吗？"

林城答道："不知道。"

"说实话，我知道你的性格和这个角色并不相符。"王泽文说，"你的悟性是有的。这个场景的设定跟你刚才所猜的，几乎没有差别，只有少许出入，他确实是一个高中生、富二代。这是你的天赋，你对剧情的解读一直有着敏感的直觉。"

"如果真要拍，你演成这样，我可以给你过。因为这部电影跟《夜雨》不一样，它是一部以剧情取胜的青春幻想片，我对表演不会有那么高的要求。相反，我希望演员的情绪能更外放一点儿，能让观众更明显地感受到人物的情绪。这是这部片的风格所决定的。"

王泽文说着，停了一下，问道："我对你的要求高，你能明白吗？"

林城点头说："我明白。"

"那我可以给你讲讲，以你刚才设想的情景，你应该怎么改进。"

王泽文站了起来，走到林城的对面，盯着他的眼睛。

"你的情绪应该是一个慢慢上升的状态。真正拍戏的时候，对方不是空气，她会跟你争，跟你辩，而你也只是一个年轻人而已，你不可能是没有脾气的，哪怕你再喜欢她，所以当她说出一些伤人的话的时候，你们两个人会对抗起来。你的情绪不会那么平静，你对自己的剖析，除了激动以外，还会带着愤怒。"

王泽文与他眼神交流。

"比如说，我说你的喜欢不值钱，我不稀罕，我弃之如敝屣，放在我身上只会让我觉得恶心，我甚至恨不得放在脚底下踩上两脚。那个时候，你再对我说出'喜欢'这两个字的时候，还能那么没心没肺吗？不是那么大无畏的，是会恐惧的，多数人甚至不敢再说第二次……你如果这样想，这样拍，没什么不对，合乎逻辑，人设上也说得过去。"

王泽文面向书柜的玻璃门，后面的话，连他自己也有点儿不大肯定起来，他说："但是，它跟我心里想的其实不大一样。"

林城问："哪里不一样？"

王泽文说："人物的解读不一样。你觉得会说出这种话的人，应该还不够成熟，应该还带着点儿中二，所以你觉得他年纪不大。他脾气倔强，性格直爽，甚至有点儿幼稚，这是你给他的人设。"

林城点头。

王泽文说："好多演员都会这样想，我是说，优秀的演员。但是，这样演出来的角色，亮点不够多。

"演员在表演的时候，未必要把自己完全剥离出来。他可以基于自己的理解，往里面加一点儿属于自己的东西，让人物既有自己的影子，又有角色的影子。这种时候哪怕是面对挑战性大的角色，也会鲜活起来。你为什么要给他创造一个和自己性格完全不符的人设，然后强硬地用自己的技巧，去进行装扮呢？"

林城愣了下。可是他和"富二代""小太阳"这样的角色，有哪里相似的地方？

王泽文见他面露迷惘，说："你知道，我看见这个剧本的时候，脑海中浮现的第一个画面是什么吗？"

林城摇头，由衷不解。

王泽文招了招手，示意他站到自己身边来。

玻璃柜门上，倒映出两人模糊的脸。

王泽文说："我想起了你那天说要感谢我，然后朝我笑的样子。我还想起了北固的戏杀青时，你脸上的那种表情，纯粹、温暖、包容，又让人心疼。"

林城瞳孔颤了下，偏过头看向王泽文。

他心里有什么东西在缓缓流淌，想把对方说的每一个字都听清楚，埋进去，存起来。

王泽文一字一句道："我想要的是这样的林城，我希望真实的他成为这个角色最闪光的地方。我也相信，观众会喜欢这样的人。别人都演不出来，只有林城可以，只有你。"

王泽文也转过身来，看着他笑道："而且，你为什么会觉得，和你对戏的这个女生是真的不喜欢你呢？你知道你手里的这个角色，其实是这部电影的男主角吗？我想看的不是两个人歇斯底里，而是身处成长的刺痛里，害怕伤害对方，又害怕伤害自己的那种戒备。"

林城喉结滚动："我……"

王泽文开玩笑道："其实我更想把女主角的角色介绍给你，我觉得她的人设跟你很像，你一定能演出特点来。可惜了，刘峰说你不适合反串。"

林城失笑，突然忘了自己想说什么。

王泽文认真说："我希望你重新解读一下这个角色。"

林城点头："好。"

王泽文："下周我带你去见投资商跟编剧，以你的资质跟外形没什么问题。这片子我也有投资，应该能把你推上去。"

林城不知道他居然这么看重自己，甚至毫无条件地给自己争取机会，而他先前还故意冷落了对方好一段时间。

林城心情极度复杂，满腔热意，最后只转换成一句话："谢谢王导。"

这种时候，他甚至对自己的嘴笨有点儿不满。

王泽文挥了挥手："谢什么？提携后辈而已，等你进了上面的圈子，就会发现这个圈子其实比你想象中的要友善很多。"

林城点头。

王泽文笑问道："再看这个台词，有觉得哪里不一样吗？"

林城目光深沉，沙哑道："哪里都不一样了。"

王泽文说："真正的台词肯定没这么中二，编剧随手抽的一小段，想修改丰富之后拿来试镜，我说不用，直接给截过来了。"

林城冲他一笑。

王泽文："困了没有？要是不困，再来一遍。"

林城现在跟打了鸡血似的，别说困了，说亢奋都不为过。他说："那我再试一次吧，你帮我看看。"

王泽文："行。"

屋内灯光明亮，让林城一时忘记了时间。他放开声音，重复地背诵这几段话。

在林城渐入佳境的时候，门外突然传来愤怒的敲门声："喂——楼上的你们到底在干什么啊！喜欢来喜欢去的有完没完！玩够了没有！"

林城："……"

楼下的邻居显然很愤怒。

林城跑去开门，到了门口发现自己没戴口罩，只能隔着门板跟对方道歉。

林城说："不好意思啊，我们部门要准备表演，在对台词，一时没控制好声音。待会儿就睡了。"

外面的人似乎正贴着他的门："你要是现在能见得了人你就把门打开！我才不信你的鬼！"

林城简直无从解释："对不起啊。不排练了，我们马上睡了。"

王泽文这套房子不常住，只空了一间卧室。他去卫生间换上睡衣，等林城回来的时候，已经躺在半边床上，等着林城上来。

"睡吧。"王泽文把手机放到柜子上，"明天早上要送你去拍几个短视频。"

林城拘谨地问："我打地铺？"

"那么晚了少折腾。"王泽文说，"我睡觉不乱动，这床定做的，有两米宽，睡两个人绰绰有余。"

林城不确定道："我可能会乱动。"

王泽文笑了出来："都是男人你怕什么？谁也不占谁的便宜。这样，我答应你，你要是半夜踹我我不跟你计较。"

他拍了拍身侧的位置，催促道："赶紧睡吧，这都快凌晨1点了。你的被子是新的。"

林城觉得自己如果再坚持反而太矫情，于是他脱了拖鞋，躺到另外一边。

这张床有两米宽，两人之间就得隔着一米八。

王泽文知会了声，关掉夜灯。二人的呼吸声在黑夜里轻响。

林城枕在枕头上，鼻间闻到一股洗涤剂的清香，脉搏在他脖颈儿侧面的血脉里奋力跳动。

他的思绪天马行空，想说难怪楼下的哥们儿能听见他们对台词的声音，这里的夜晚特别宁静，甚至连窗外各种细微的声音都能听得清楚。

林城面向着窗户，眼珠转动，仔细去听身后的声响，发现王泽文那边除了最开始响起翻转身体的窸窣声，之后就没有声音，可能是已经睡着了。

王导果然跟他自己说的一样，睡相很老实，几乎不会动。

林城不由得松了口气。他把被子往上提了一点儿，也闭上眼睛叫自己放松。

他本来以为自己也许会失眠，但或许是今天实在太累了，没多久就陷入深沉的梦境里。

过了片刻，王泽文那边动了下。他小心地靠向中间，支起身看了身边的人一眼，听着对方绵长的呼吸，以及恨不得将自己缩成一团的睡姿，哭笑不得："睡得跟个死人一样，你倒是动个给我看看？"

他帮林城把被子往下扯了点儿，以免他闷到自己，又躺了回去。

第二天清晨，林城被窗外的阳光照醒。他眯着眼睛瞥了眼时间，发现才早上6点多。

林城坐起来，推了下另一边的人："王导，王导。"

王泽文发出一声低沉的回应，然后又没了反应。

林城见他真起不来，不再叫他，自己过去换了衣服，背上包走了，走之前给王泽文留了张字条，说锅里有粥，调料配好在旁边，吃之前把碗里的东西都倒进去煮一会儿。

林城在 A 市要多留几天。他跑去跟郭奕世拍了几条短视频，用现下比较火的段子当拍摄内容，又拍了几条和剧情有关的单人视频，准备在后期宣传时慢慢放出。

王泽文醒来后给他打了个电话，问他什么时候走的。林城不想再麻烦他，就说自己已经回了酒店。王泽文又说了句"粥很好喝"，叫他闲得没事可以来家里坐坐。

林城没当真，不好意思再去打扰他。

过了没几天，王泽文喊他出来蹭饭，顺便见一见新电影的编剧跟投资商。

林城对酒局的印象一向不大好，但是这种事情躲不掉。他想王泽文那酒量是上不了阵的，多半还得靠自己替他挡，于是去之前先喝了两瓶牛奶。

王泽文看着他一通畅饮，犹豫地问道："你很渴吗？"

林城点头："渴。"

王泽文："你现在喝那么多，你待会儿能吃得下？"

林城还没说话，王泽文自己接下去道："没事。我看着秦玄的脸我也吃不下，到时候再带你出来吃一顿。"

林城听到前老板的名字，倒是不觉得奇怪。之前听他们通话，就猜到他们之间的关系应该很好。

因为路上耽搁了一阵，等两人到的时候，人已经来得差不多了。

隔着厚重的门板，林城听到了轻微的谈话声，抬手敲了三下。

刘峰推开门，看见他俩，笑道："好久不见啊，你们两个一起来的啊？"

林城朝他招呼："王导顺便接我过来的。"

他说着视线往里飘去。

饭桌上还有好几个他眼熟但不算认识的人。有两个女艺人、一个男艺人，旁边跟着的应该是他们的经纪人，他们都是秦玄那家公司的演员，非要算的话，应该是林城的师弟师妹。

当然娱乐圈"糊咖"之间不讲辈分，而且他以不算和谐的方式解约了。

林城本来想坐到下面去，王泽文招了招手，示意他跟着自己。

原本还觉得这酒局有点儿孤立无援的林城，跟找到了老虎的狐狸似的，瞬间有底气起来。

王泽文给众人介绍说："这是林城。这位是剧本原编剧。这秦总。"

还挺年轻的那位女士笑着冲他点了点头。

秦玄插话说："这么简单？我的介绍就俩字儿？"

秦玄还很年轻，他接手这家娱乐公司的时候，只是为了练手，公司远不如现在有名气，是一个还需要母公司养着的新部门。他靠着热钱大量涌入娱乐圈的机会，狠赚了一笔，并打下了大片江山。

王泽文纠正道："三个字了。"

秦玄不同他吵，看向林城，笑道："我看过《夜雨》成片了，演得不错，但是我记得新电影里没有武生吧？"

林城道："我还没看过新的剧本。武生也是个演员，我只知道跟着导演的要求走。"

王泽文对此露出有些得意的笑容。

"真遗憾啊，我手下的人也想拿男一号，我还挺看好他的。"秦玄点着下巴冲旁边的男演员示意说，"还不叫人？"

对面的青年立马站起来，端起酒杯道："王导，我是余晖今，非常期待能跟您合作。"

王泽文用手指遮住酒杯，示意自己不喝。

刘峰解释说："我们王导不喜欢喝酒的。"

余晖今愣了下，很快反应过来："那我先干为敬，您随意。"

他一口将杯子里的酒都灌了下去，然后坐下。

秦玄端起酒朝林城道："林城，虽然你跟我们星火已经解约了，但看来我们之间还是很有缘分的。希望你能忘掉之前的不愉快，为了共同的利益一起努力。"

林城喝了一杯。秦玄只是小小地抿了一口。

秦玄又朝旗下的几个艺人说："这么不懂礼貌，不敬你们师兄一杯吗？就算林城已经解约了，那也是你们前辈，进来都不喊人，有点儿规矩没有？"

三人察觉到秦玄的用意，都开始找理由朝林城敬起酒来。那两个女艺人里，甚至有一个看起来还没成年，听到经纪人的提示，有点儿手足无措。

王泽文脸色不大好看，他给秦玄的面子很有限，不容对方一而再，再而三地挑衅他："这么喜欢喝酒啊，要不让服务员上几瓶白的直接吹呗。谁爱喝谁表演好不好啊？"

秦玄当作没听见，依旧扬着笑脸，敲了下桌子道："吃饭吧。"

林城松了口气，拿起旁边的筷子，就见王泽文倒了杯果汁，极其自然地放到了他这边。

林城偏过头，看向王泽文还有些板着的侧脸，接过来轻声说了声"谢谢"。

之后秦玄没有再提男一号由谁来演的问题，只聊了角色跟电影筹备相关的事儿。他想把公司的几个新艺人塞进这部电影，王泽文跟他谈判，语气不大妙，跟他吵了起来。两人又扯到了《夜雨》男二号的旧仇。

林城老觉得秦玄在故意拱火，而王泽文也不是个善茬儿。他俩吵起来，阴阳怪气的，将桌上另外三个艺人吓得不敢吱声。

林城来之前喝了太多牛奶，之后又喝了几杯酒，有点儿憋不住，中途起身去卫生间。刘峰跟着放下筷子，笑嘻嘻地离座，任由桌上两人"神仙掐架"。

林城出来洗手，站在洗手台前挤洗手液，刘峰也正好跑出来。

他用手在下面挥了下，从镜子里看向林城，说："秦老板说的话，你不用放在心上的。"

林城："什么话？"

"就是让那个余晖今做男一号啊。"刘峰说，"秦总就逗逗你，怎么可能真让余晖今来，他的演技不行的，王导会跟他'同归于尽'。"

林城不解："他逗我干吗？"

刘峰笑说："也不是逗你，他只是喜欢跟王导唱反调。选角主要还是看导演跟制片人的意思，剧组的人当然是偏向王导的。但这回是王导第一次不试镜直接定男主角，以前不管是什么'咖位'的演员，他都喜欢慢慢选。而且你不是刚与星火解约吗，秦总对你比较好奇，故意捣乱。"

林城洗完手，站在原地没动，问道："王导平时都这么对投资商？"

"这是一部'恰饭剧'，你懂吧？成本低，受众高，王导不可能失手。这两年喜剧前景广，大家都知道拍得好能挣钱，电影根本不缺投资，没必要跟剧组闹起来。而且……"刘峰笑说，"没关系啦，秦总是王导他哥。"

林城还真没看出来。

刘峰掐指算了算："这电影开机的话，凭我们剧组的速度，两个月左右就能拍完了，顺利的话还能赶明年的春节档。本来王导是不想接这个本子的，他刚拍完《夜雨》想休息一会儿，这下《夜雨》的宣传期跟《请你听我说》的筹备期撞上了，他整天忙得焦头烂额。还好新电影的筹备，制片人已经做得差不多了，应该很快就能拍。"

刘峰说："对了，新电影暂定这个名字，就叫《请你听我说》。"

刘峰说得挤眉弄眼的，暗示了好几次，结果林城的关注点完全跑偏，他困惑地问了句："这是一部青春爱情片吗？"

刘峰说："不是的，准确来说是一部幻想类亲情喜剧片，两个女主角。母亲的角色已经定了，房间里那两位女生，在争'二番'。'二番'女主角的角色年龄设定是十七岁，王导心里其实已经有人选了。唉……虽然你这回是男主角，但是这部电影男主角的戏份儿不多的，就是片酬高。"

林城回头看了眼入口，压低声音问道："多少？"

刘峰跟他凑到一起，用手指比了个数："我给你透个气儿，一场单价是这个。"

林城沉默了，片刻后他问道："是我以为的那个一线演员的片酬，还是扣掉一个零的那个？"

刘峰大笑道："都跟你讲是小成本制作了，但是投入不少。像女主角她们是直接拿分成，你领片酬，又不是我们公司的人，当然高啦。唉，不过跟电视剧的片酬还是不能比，演员想赚钱，还是得去拍电视剧接代言啊。"

林城漆黑的瞳孔里闪过了一丝令人难以察觉的光芒。

他终于发现王泽文是真的要拿臭钱砸死他。虽然不知道对方是怎么想通的，但就是异常聪慧。

他"粉"了。

刘峰搭着他的背往回走，推开包间门的时候，被里头凝滞的气氛给惊到了。

不过是放顿水的工夫，感觉里面经历了一场无声的硝烟。

刘峰松开手，严肃起来，拽着林城一起进去。

跟阴阳怪气的秦玄一起吃饭，本身就是一件极有压力的事情，而当秦玄沉默下来，用带有威压的眼神扫视全场的时候，那种尴尬会上升十数倍。

尤其是主要对象王泽文还不理他。

秦玄放下酒杯，说："有事的人，可以先走了。"

几位艺人还没反应过来，旁边的经纪人先行起身告辞，逃命似的拽着手边的人跑了。紧跟着编剧也有眼力见儿地说要回去雕琢剧本。

林城自觉处境微妙，随意找了个借口，先行离开。王泽文偏头看了他一眼，没有阻止，最后只有王泽文跟刘峰还在屋里坐着。

王泽文摸出一根烟，在指间来回滑动，问道："干吗呢？你到底想说什么？"

刘峰置身事外，尽情地吃着一桌没什么人动过的菜。

"圈里人我见得多了，王泽文你变了。"秦玄说，"我就说，你最近十次骂我，有九次都是为了这个人，不正常。"

王泽文理他才是见了鬼。

秦玄又道："你以前对别的演员可没这么上心，这次怎么愿意给他开后门了？"

王泽文没绷住，冷笑着道："你思想怎么那么龌龊？你上辈子是狗吗？满脑子都是臭东西。我为什么给他开后门？还不是因为你手下那个经纪人耽误了人家大好青春，弄砸了他的大好事业？要不人家凭自己实力，能在圈子里混不出头？"

秦玄看他毛发倒竖的激动模样，叼起一根烟，瞥向刘峰，说道："刘峰你说，你王导以前带演员出来混饭局也这么照顾？我只是请林城喝点儿酒而已他都要管，以前那些演员怎么都懒得搭理？"

刘峰抬起头，嬉皮笑脸道："看来秦总对我们王导不是非常了解，我们王导对自家兄弟一向这么照顾。他不仅会给我挡酒，还会给我发红包呢。"

"有毛病！"王泽文骂骂咧咧道，"你真是有毛病！刘峰，走了！"

刘峰"唉"了一声，小跑着先冲出门。他让前台小姐姐把这包间里的东西打包，送到他所住的酒店。

林城出了酒店，沿着主路走了一段。

这顿饭他根本没吃多少，还是饿的，想看看能在路边打包点儿什么回去。

一辆车一直跟着他，还不停地按喇叭。

林城弯腰一看，发现是秦玄。他猜对方或许是想捎带自己，正想拒绝，就见秦玄掏出手机，说了一句："加个微信。"

林城有点儿愣神儿。

秦玄将手伸出窗户："快，我扫你。这里不能停车。"

林城："……"

他把手机给秦玄扫了一下，秦玄拿到账号，直接驾着车绝尘而去，只给林城留了一屁股汽车尾气。

这么冷酷无情的吗？

秦玄加了林城的账号，但是并没有联系他。林城一般不发朋友圈，只每天上去刷刷其他人的日常，所以对加几个好友的事情也不在意。

王泽文最近的表情包更新频率出现了明显的下降，而《夜雨》的宣传工作推进得十分顺利，可以看出王导确实很忙。

一个月后，林城准备妥当，正式与剧组签约，同时拿到了这部电影的完整剧本。

跟刘峰说的一样，《请你听我说》的主要角色是一对母女。

故事从两人意外地身体互换开始。

女儿曾经是一名品学兼优的学生，考上省里的重点高中之后，突然开始了迟来的叛逆。染发、化妆、逃课，每天都在被退学的边缘试探，学习也是一落千丈，甚至经常不回家。

母亲是一位女强人，平时忙于工作，在丈夫投资失败之后，承担起家庭的经济重担，等她发现女儿出现反常时已经太晚，母女每次说话都像是在吵架。她软硬兼施，无论是用管理下属的强硬政策，还是温和教育的怀柔政策，都无法拉近两人的距离。母亲在精神重压之下，耐心告罄，两人之间的隔阂越来越深……

虽然探讨的是紧张的家庭关系，但是剧本的描写风格十分轻松，用一种比较夸张的叙述方式，凸显戏剧性。

林城饰演的男主角，叫严思齐，是一个喜欢女主角的校园男神。

严思齐知道女主角叛逆的原因，亲眼见过对方身上留下的家暴的痕迹，但是他隐瞒了这件事情，假装自己不知道，每天隐蔽地给对方带早饭和饮料，为她打掩护，替她向老师撒谎。

母女灵魂互换以后，穿越成女主角的母亲以为严思齐是个暗中跟踪她女儿的痴汉，也是纵容女主角逃课惹事的元凶，于是向老师告发他的种种行径。

岂料女主角在学校的名声太差，且告发的是三好学生严思齐，不仅没有人相信，还被叫了家长。

穿越成母亲的女主角风风火火地赶来学校，仗着自己的身份十分得意，学她母亲的样子，当着众人的面大声训斥她母亲，警告她不要在学校里搞事，也不要故意欺负严思齐，否则跟她没完。

母亲大怒，要跟她动手，差点儿当众掐起来。

严思齐夹在中间，没有办法，脑袋一热，扛起心上人就跑。女主角哭笑不得，追在他后面大骂他不长眼睛。

剧组的第一场戏，就是从这场混战开始的。

王泽文说，这是为了让大家都热热身。

这一幕戏看起来复杂，但在角色情绪激动的情况下，表情夸张些也不会显得太过出戏，反而是比较好演的，而且有了肢体接触，大家熟悉起来比较快。

王泽文对开机仪式不怎么重视，只是走个过场。

众人草草地过了一遍，拍过照片，用于发通告，就直接进教学楼里开始拍摄。

女主角的扮演者郑酽，因为本身就没成年，底子好，基本不用化妆，只是把头发抓得凌乱一点儿，打上憔悴的阴影，直接可以上场。

林城为了拍这个角色，特意一个月没理头，留着给剧组发挥。

理发师给他的头发修剪得清清爽爽，又染成了淡褐色。他的发质本身偏软，松松软软地盖在头上，显得很乖。

他穿着过大的校服，插兜站在郑酽身边，竟然看不出年龄差距。

郑酽是个外向的女生，和大家熟了之后，一直拉着林城叫"哥哥"。

林城因为这场戏跟郑酽的站位比较近，就没拒绝，带着她一起排练。

对面那位比较知名的女演员笑呵呵地看着他们，时不时给他们一点儿指点，教他们应该怎么面对镜头，才会显得自然好看。

王泽文看着他们融洽地彩排，对着机器摸来摸去，最后还是没忍住，把林城叫了过来。

他对着林城看了一会儿，把他外套的拉链往下拉，只留下面一小截，再把校服往后扯，显出一点儿慵懒的穿衣风格来。

可是王泽文看了一会儿，还是觉得不大满意，将下巴往上挑了挑，说："笑一个给我看看。"

林城："……"

王导永远是如此令人难以捉摸。

他一本正经地接了一句："你得讨好地笑，知道吧？你面前站着的这个大人，是你心上人的母亲。你第一次见她，应该摆出什么样的表情？但是你意识到现在的处境，又十分尴尬。"

林城闻言扯出一个干巴巴的表情来。

王泽文说："不够尴尬。"

林城的文戏相对而言是较弱的，单就他个人而言，新电影的要求比《夜雨》要高多了。没有了武打的滤镜，他必须要靠演技撑住，否则口碑崩盘是分分钟的事儿。观众只会记得他最新的作品，很难记得他曾经的辉煌。

林城一听王泽文不满意，当下也紧张起来。之前围读剧本的时候，因为郑酽的问题比较大，王泽文并没有重点指导他，林城还以为自己差不多过关了。

他直接去搬了把椅子过来，在王泽文身边坐下，听他讲戏。

王泽文指着剧本仔细地对林城讲解，向他分析他没注意到的小表情和小动作。

林城卷着剧本，若有所思地点头。

跟王泽文掰完剧本，又跑去和郑酽交流了一下，想跟她讲解后面的安排。

郑酽毕竟年轻，没那么耐心，最初一脸认真地听林城解释，到后面觉得要求太多，根本不可能实现，干脆笑笑，说："到时候我跟在城哥后面就行啦！"

林城听她这样讲，也不勉强她，收回剧本不再管她。

王泽文见他们准备得差不多，宣布正式开拍。

镜头直接从母亲的扮演者叶婷冲进办公室开始。

这位在演艺圈闯荡多年的黄金配角，对镜头的敏感度超乎林城想象，一进入拍摄范围，身上气势顿时一改，从慈眉善目的中年阿姨变成了一个咄咄逼人的泼辣妇女。明明只是板起了脸而已，但表情的细微变化，将她精英女士的气场给带了出来。

叶婷伸着手指，越过林城，指向他身后的郑酝。

“你在学校里都做了些什么你说？还告状，还说谎，可把你能的你！”叶婷大声地唾骂，意欲将对方的声音盖过去，而后又对着班主任道，“你厉害啊，给我写检讨，写检讨！去国旗下讲话，去操场跑圈儿！”

她的表情动起来之后，就显得不再那么可怕。为了表现她此时高中生的人设，她表情刻意做得夸张了些，单侧眉毛不停向上挑动，眼睛睁开，说到一半的时候，唇角开始上翘，表现出她此刻压抑的兴奋。

林城发现，少女的那种娇俏感，原来真的跟年龄没有关系。

就像王泽文说的一样，好的演员，即便是夸张的表情，也会显得无比自然。

林城正面与她对戏，受她影响，很快进入角色，被她逼在角落，声音自然发紧，全身僵硬着道：“阿姨，你冷静一点儿。”

叶婷做个甩长发的姿势，然而她此时分明是一头短发。她手上甩空，嘴里依旧叫道：“谁是你阿姨？！”

林城迟疑道：“伯……伯母？”

叶婷骂道：“我伯你妹！”

郑酝被林城护在身后，本该是她的戏了，可是她不知怎么接不下去词，进入不了二人的节奏。

王泽文没有喊停。

林城没有办法，抬手顺势握住叶婷的手，叫道：“阿姨您先听老师解释一下，是我的错，不关原原的事儿。”

叶婷猛地将手抽了回来，随机应变地给了他一个嫌弃的眼神。

郑酝终于反应过来，叫道：“你居然敢骂我？你是疯了吗？”

叶婷：“我骂你怎么了？！我现在是你妈！”

郑酝抱着林城的手臂喊台词，她被叶婷的气场压制，到后面越来越靠近林城，在叶婷佯装要动手打她的时候，甚至像是挂在林城的身上。

林城跟女演员距离过近，觉得有点儿不适，他借着阻挡的动作，将手从对方怀里抽了出来。

这一段戏演得简直是乱七八糟，林城跟叶婷都有种窒息的感觉，郑酝也神游在外。所有人都知道不行，但王泽文架着腿，依旧没有喊停，大家只能硬着头皮继续演下去。

在林城扛起郑酝，冲出办公室之后，王泽文终于喊了声“卡”。

整个片场安静下来，连站在房间外的群演也觉得气氛不妙。

摄像师装模作样地擦拭自己的镜头，林城等人则小心翼翼地踱步回房间。

王泽文闭着眼睛，似乎在思考应该从哪里开始训起。

他刚才故意不喊停，就是想看看郑酝能不能进入状态，试试她的演戏风格是怎么样的。

结果郑酝从开镜到结束，整个漫长的场次里居然都没有发现自己的错误，没有调整，也没有进步，甚至不断朝着"史诗"级的崩塌继续发展。

她没上过专业的表演课，经验也不丰富，演戏完全是靠本能，角色贴合，表演就自然；角色不贴合，能演成"神之雷剧"，与王泽文根本不在一个世界。

王泽文的内心在经历狂风暴雨的席卷之后，痛快地放弃了。他决定把培育新人演员这个重任交给别人，他只想走捷径。

于是王泽文睁开眼睛，视线里一片平静，说话的声调也很平坦，他说："郑酝，你知不知道你现在的人设是个四十多岁的独立女性？你正常的表现应该是厌恶地挥开你面前的高中生，而不是抱着他，做出依靠的姿态，明白吗？"

郑酝点头。

王泽文："你自己回忆一下你刚才拍的画面，有哪一点是对的？林城跟叶婷都带不动你，你发现了没有？林城刚才在躲你，叶婷在挑衅你，回应他们，行不行？"

郑酝继续点头。

王泽文："找你叶老师多聊聊，让她给你讲讲母亲的身份应该怎么解读。五分钟后再来一次。"

郑酝听他不像生气的样子，松了口气，应道："好的。"

郑酝见林城转过身，吐舌道："我刚才好像忘词了。"

林城："……"妹妹，你这根本不是忘词的问题啊！

叶婷拿过郑酝递来的剧本，眼睛却是看向林城的，她笑说："我知道王导为什么这么看好你了。"

林城："我只是个新人而已，请老师多关照。"

郑酝抓着林城低声道："刚才偷听王导给城哥讲戏的时候，我还以为王导会很严格。我来之前经纪人也提醒我好好听话，说王导生起气来会特别可怕，原来也不至于啊！"

叶婷笑了笑没说话。

王泽文这样的人，愿意一字一句地去纠正演员的细节，正说明他对那个演员的看重，否则以他的脾气，多说一个字都是在浪费时间。

被王泽文认真教过的演员，哪个不是口碑大爆？电影拍完就完了，但经验是会永远留下来的。业内人士都想跟各种名导合作，为的就是能从他们身上学到这些唯有实践才能体会到的东西。

可惜现在很多年轻人都不懂，居然还会庆幸自己在王泽文这里拿到了不合格的成绩单。

王泽文的声音清晰传来："郑酝，待会儿拍戏的时候，你的手不要碰林城！他没碰你你就不要碰他！他碰你你就给我嫌弃地挣扎！你记着一件事，你讨厌严思齐！"

郑酝："噢！"

王泽文："现在就放开他！"

郑酝："……"

叶婷也知道要给郑酝讲得太细致不现实，不如让她自己琢磨，讲到王泽文刚才那种程度就差不多了。

其实关于技巧跟表演方式的问题，之前开会的时候，王泽文都已经讲过了，只是郑酝演的时候没想起来，或者用不起来，只要她上点儿心，也不至于这么糟糕。

五分钟后再次开拍，这回顺利了很多。

郑酝是个听话的人，对下达给她的简单指令，还是能准确完成的。王泽文也不希望在开拍第一天就给众人找不愉快，表现出了极大的耐心。

一次出错，就拍两次，两次还错，反复继续，直到郑酝记住所有的关键点为止。

郑酝也从一开始黏在林城身边，到后面掌握镜头，能主动跟上节奏。

然而林城一直拍得不大舒服，因为郑酝没有足够的男女距离感。她是比较主动的类型，或许不在意那些细节，也或许是真的很崇拜林城，所以想跟他亲近。可林城的防备心比较重，不喜欢有人进入他的安全距离太久。

娱乐圈里不得不注意这种事情。哪怕郑酝还未成年，她也已经十七岁了。这种年龄的女艺人身份很敏感，如果传出什么风声，林城都怕自己会被"黑"恶意性骚扰。

他很想把两人有近距离接触的剧情赶快拍完。

吵架这一段结束后，最后还要补一个林城扛着郑酝跑的镜头。

林城将她抱起来，调整好姿势。郑酝两手环住他的脖子，笑嘻嘻地问道："我重吗？"

林城闻着她身上的香味儿，后仰着脖子不自在地道："你别乱动就安全一点儿。"

这么一个简单的镜头，郑酝还是卡了两次。

林城一抱她她就笑场，导致后面林城手都酸了，众人还卡在门边上。

笑场是剧组里最令人讨厌的表现之一，大家的心情都不是很愉快，王泽文的脸尤其黑。

林城不能表现出生气的样子，见郑酝被王泽文吓得紧张起来，还得温声细语地安慰她放松一点儿。

因为在教学楼附近的戏比较集中，而群演很贵，同时王泽文也担心时间久了会影响到学生的正常上课秩序，所以这个场景的戏他想追求效率。

偏偏郑酝仿佛跟他对着来，每拍一场都得卡两次，且次次卡在令人啼笑皆非的地方，然而改正的速度又很快，不等王泽文暴怒，就自己把那部分调整过来。

就跟学生写作文一样，好像非得写完"开头"两个字后划掉，才能继续下去。

你这不作吗？

王泽文几次深呼吸，积郁的怒气无法发泄，全部表现在了他越发阴沉的脸上。

补完几个镜头之后，郑酝要开始拍与老师吵架的戏。这几场戏台词比较多，情绪比较激烈，互相要用自己的声音去压对方的声音，如果不投入，很容易被对方带跑。

这个时候，郑酝居然卡台词了。

她倒也不是全忘，要么是到高潮的地方，忘掉了某个词语，卡顿两秒才能接下去；要么是出现明显的回忆表情，面目呆滞，表现得与剧情出现大幅割裂。

因为忘词而卡戏是最让王泽文厌恶的一个理由。他给了郑酝五六次机会，还是不行。最后他万分无语地用手按住额头，陷入了沉默。

剧组的工作人员是很累的，任谁扛着沉重的器材在那儿顶个半天，却看着拍戏的人因为各种小错误而不断卡机导致他们重复无意义的工作，也不会有好脾气。

收音师忍无可忍，暴躁老哥大吼了一声："你这到底行不行啊！"

王泽文按了下手，示意他别吵，朝着郑酝问道："你台词背熟了吗？"

郑酝小声说："我背熟了啊！"

王泽文垂下手，说："你过来。"

郑酝从助理的手中拿过剧本，走到他面前。

"你准备好了找刘峰背，背熟了再继续往下演。"王泽文说，"磕磕巴巴背课文一样的那不叫背熟，倒背如流脱口而出的那种才叫背台词。刘峰你给她检查。"

郑酝点头。

刘峰带着郑酝离开，去往角落。王泽文又冷下脸，喊了站在一旁的女二号过来。

这个女生也是之前在饭局上出现过的女生，因为她的年龄相对超龄，王泽文就没把女一号的位置给她。

两人都是同一家公司的，在资源有限的情况下，她们哪怕年龄层不同，也是竞争对手。

这回的失利，大约给了她不小的打击。王泽文注意到，郑酝跟剧组里的每个人都在努力搞好关系，包括各种幕后工作人员，只有对这个女二号，几乎没怎么说过话。

但是女二号的态度明显比郑酝要端正许多，起码没有因为台词问题而被王泽文喊"卡"。

女二号心里其实也觉得，自己比郑酝要敬业得多，哪怕比不过叶婷、林城，"杀"

一个郑酝，还是绰绰有余的。

她的想法很单纯也很直接。林城一个没有公司背景的自由身，都能在《夜雨》合作之后，被王泽文拉过来担任新电影的主角，说明王导喜欢提携有前途的青年演员。

这样不涉及利益交换的工作机会很难得，她也想在王导面前表现得好一点儿，争取刷个熟脸。

结果王泽文把她喊了过去，没有半点儿好脸色。

"你做什么？"王泽文抬起眼皮，不客气道，"你是女主角的同桌，镜头对着郑酝的时候，你也是入镜的你知道吗？你的人设呢？跟个观众一样巴巴地望着郑酝，你觉得没问题吗？非得给你特写你才能进入状态，是不是？"

女二号被他骂得一脸蒙，怔怔站在原地。

王泽文对待郑酝，那态度堪称放纵，但是对着女二号，就变成了近乎苛刻。

对方表演中的每一个错误都被他拎出来指责两句，跟他当初训郭奕世、黄时清时如出一辙，直白而不留情面。

字字带刀，句句见血。

刘峰等人看见这一幕，心里已经有了预感，觉得郑酝这女主角或许是要不长久了。但是剧组的其他演员不了解王泽文的工作性格，看向女二号的眼神里已经带上了同情。

几人在心底猜测，王泽文居然是喜欢郑酝这样的小女生吗？

连郑酝都有了类似的错觉，拿着剧本，时不时瞥向王泽文，表情十分复杂。

王泽文畅快地批完一通，盯着对方拿笔颤颤巍巍地在纸上记录，问道："你听懂了吗？"

女二号嘴唇颤了颤，吸了吸鼻子，委屈地点头。

王泽文说："拍戏给我认真点儿，三心二意的做什么？你以为捧着碗站在路中间，就会有钱从天而降？想赚钱，就给我拿出点儿像样的成果来！"

女二号觉得王泽文是在迁怒，她很委屈，但还是忍住了情绪，跟他鞠了个躬之后，悲愤地转身跑开。

郑酝小步挪动着靠向林城，想跟他嘀咕两声这件事情。

王泽文教育了一遍女二号，长舒口气，喝水的工夫，发现郑酝又跟林城凑在一起了，心口的那点儿老血差点儿喷涌而出，语气不善地把林城喊了过来。

林城在最近几场戏里都是背景板，应该是没出错。但他也知道王泽文现在心情不好，以站军姿的姿势，谦虚地等待导演的指导。

王泽文却问了一句："你跟郑酝合作的感觉怎么样？"

林城眉头轻蹙，他又不能说自己不喜欢郑酝一直缠着他，只好说道："没有单独的对手戏，没什么特别的感觉。郑酝是挺有天赋的一个演员。"

还挺有天赋？王泽文险些被气出内伤。

他觉得林城或许是真的乐在其中，哪个男人不喜欢漂亮妹妹这样乖巧地追捧着自己？

王泽文思及此，挥了下手，烦躁地道："你走吧。"

林城不明所以。

叫郑酝去背台词以后，王泽文调整了下安排，先拍后面女二号的戏。

女二号的角色人设原本就是阴狠凶悍，演员被王泽文骂了一通，跟打通了任督二脉一样，迅速入戏。

众人拍得很顺利，终于没有了早上那种磕绊凝滞的感觉，都松了口气。

王泽文一面给女二号指点，一面还在观察郑酝那边。

郑酝拿着剧本，在角落背诵。背台词是很枯燥的工作，尤其她今天整个下午都在那边背诵，又没人监督她，没背两句，她就开始跟身边的人说话。

不管谁下工回来，她都要扬起脸打声招呼。

声音很甜，态度也很甜，可惜甜不是演员的职业素养。

王泽文咋舌，不再管她。

傍晚的时候，众人聚在食堂吃饭，郭奕世过来探班了。

他今天正好来 B 市跑宣传，结束行程后顺道来他们这里蹭个新闻版面。宣传期的演员忙起来简直没有人权。

不过郭奕世这人比较自来熟，跟王泽文的合作又很愉快，来了他们剧组之后，跟回家了似的，倒是放松。

因为休息的时间已经差不多了，王泽文拉着组里的人回去，让郭奕世顺道在里面客串一把新人老师。

郭奕世化完妆，跑来找正在发呆的林城唠嗑。只是郭奕世好像没什么精神，说两句就叹口气，然后陷入一段迷之颓丧。

林城说："你看起来挺累的。"

"什么叫看起来？这是由内到外散发出来的气质好吗?！"郭奕世拍着他，说，"这部电影你是男主角吧？很快你就能体会到我的疲惫了。"

林城其实没跑过这样的宣传。线下疯狂跑宣传的潮流是前几年才兴起的，然后一年疯似一年。当然营销的作用确实有，甚至有时候比作品本身的质量还要有用，这也是没有办法的事情。

郭奕世看着片场的演员，小声道："这电影里女生的颜值都挺高的啊，有不少塞进来的新人吧？"

林城说："我不知道。"

郭奕世也知道他除了自己的戏别的事情基本上都不关心，笑说："那你有没有喜欢的？"

"一般般，"林城拧开水杯，看着郑酝说，"不过王导应该挺喜欢那个女主角的。"

郑酝正在拍教室里的戏。她的助理直接做了个台词板，举在她对面，以免她又忘词。

郭奕世吓了一跳，怀疑道："不是吧？"

林城："反正王导对她挺好的。"

郭奕世怀疑人生："不会吧……"

郭奕世和林城站在一起正在胡侃，突然像有心灵感应一般朝王泽文那边望了过去，后者果然也在看着他。

郭奕世起了身鸡皮疙瘩。

王泽文嘴里叼着的烟上下摇晃，朝他用眼神在林城和郑酝之间示意了一下。

郭奕世不解，茫然地眨了下眼睛。

这时郑酝拍完了，小步跳着朝说话中的两人跑过来。

林城肌肉明显僵硬，朝郭奕世这边避了下，郭奕世被他一撞，察觉到什么，又看向郑酝。

郑酝笑说："你们在聊什么啊？"

林城："在聊王导，说他对你很关照。"

郑酝没有否认，只是笑着贴向林城，说："可是我更喜欢城哥啊！"

"你压到我手了。"林城莫须有地栽赃郭奕世，将他往外面推了一把，然后再次跟郑酝拉开了距离。

郭奕世恍然大悟，扭过头朝着王泽文眨了眨眼睛，表示自己明白，一定帮他敲打。

王泽文满意点头。他以前还觉得郭奕世不大成熟，有了郑酝跟林城的对比之后，现在觉得郭奕世简直是个人精。

郭奕世越过林城，将郑酝的肩膀不着痕迹地往外推了一点儿，当是搭肩。他笑道："小妹妹，你叫什么来着？"

"我叫郑酝。"郑酝歪头问道，"我该怎么叫你？郭哥？"

郭奕世说："别，直接叫我名字，或者喊我师兄也行。你这么亲切地叫我兄弟'城哥'，我还以为你喜欢他。"

"我是很喜欢他啊！"郑酝笑眯了眼，"城哥是我心中的理想型。他在《夜雨》

里的形象，简直跟我心中的二次元'纸片人'一模一样。我同学都很喜欢他的！"

林城皱眉。他以为郑酝是拿他当哥哥一样亲近，没想到其实不大纯粹。

"啊——"郭奕世在那边夸张地一笑，说，"你知道我们男演员最怕的是什么吗？"

郑酝问："什么？"

郭奕世说："当然是跟剧组里的女演员炒绯闻啊！对方如果未成年的话就更可怕了。一点儿消息出来，能被网友骂死。"

郑酝："我快成年了，也就差一个多月了吧，而且我也没想炒绯闻。"

郭奕世："你是不是要参加高考了？我记得高考有个考点怎么背的？'君子不立于危墙之下'，还是什么来着。像我们娱乐圈里面，不想炒绯闻最好的办法就是保持一定距离，否则难保别的人会说什么。"

郑酝表情快要维持不住，看郭奕世的眼神已经不对了："我管他们干什么？那些喜欢说的人就是大嘴巴，不管我做什么他们都会说。"

"你不想管但是林城想管啊！要是曝光，最惨的还是林城。他在上升期要事事小心，出个绯闻就毁了。"郭奕世用手肘碰了碰林城，说，"兄弟是吧？"

林城严肃道："是。我只想好好拍戏，工作以外的任何事情不做考虑。"

郭奕世笑起来，说出的话却不怎么好听："我兄弟人好不大会拒绝别人。但是演员嘛，最好是能分清楚角色，别把感情代入到现实，以为剧本里的对象是真的喜欢自己，那就太看得起自己了。"

王泽文是导演，而郑酝只是个小女生，两人之后要合作很长一段时间。

看郑酝这性格就知道她比较娇弱，从小受宠爱长大，没多少抗压精神，相关的话题又比较敏感，王泽文如果跟她撕破脸，会影响后面的拍摄进程。

当然更怕的还是对方受不了闹起来。

常年在圈里飘的导演，哪个没被碰过瓷？单一个"未成年"就很容易吸引大众同情，如果再加上"言语侮辱"、"歧视女性"，简直是一手"王炸"。

郭奕世就不一样了，他只是一个过客，客串完就走了。"咖位"比郑酝大，实绩比郑酝好，发展的路线也完全不同，今后都不大可能会有合作，爱怎么说就怎么说，难听点儿也只是个人恩怨，不至于闹大。

郑酝果然被他们两个人气伤，骂了声"不要脸"，转身跑开。

见她离开，郭奕世又对林城道："你自己小心点儿吧，她们这种小女生刚进娱乐圈搞不清楚人际距离。你对她太客气她会容易迷失，到时候就算被误会了，出来"顶锅"的也只有你一个，因为她还小。"

林城表情冷峻道："我知道。"

郭奕世叹了口气，又说："王导最怕剧组里出这些事情了，郑酝要是一直搞不清，王导可能会让编剧改掉你们之间的对手戏，就不知道，到时候是删你的镜头，还是删她的镜头。"

林城沉默了一会儿，被这个消息弄得不大高兴，觉得郑酆简直是个天大的麻烦，低声说："郑酆的戏不好删吧，毕竟主线就是她跟她母亲的故事。"

郭奕世说："可是王导偏心你啊，他肯定更想捧你。"

林城迟疑道："有吗？他是不是担心我带坏郑酆？"从他跟郑酆走得近开始，王泽文跟他说话，语气都是干巴巴的，没说两句就让他离开，好像对他很不满。

"什么鬼？"郭奕世信誓旦旦道，"他不是担心郑酆，他是担心你。他刚才给我使眼色使得眼皮都要抽了，你没看见吗？"

林城望向那边的王泽文。

郭奕世拍了拍他的肩膀，语重心长道："年轻人啊，你现在有知名度了知道吗？《夜雨》即将上映，新电影是男主角，受王导力捧，后面肯定还会有新的资源。你真的跟以前不一样了，保护好自己吧！"

林城被他提醒，才恍惚意识到，可能真的会不一样了。

以前在剧组里，他就是个小透明，有水花的演员不会来搭理他，导演对他也没什么好脸色。像郑酆这样背靠资本出道的女艺人，怎么可能追在他后面喊他"哥哥"？

他虽然混了那么多年，但其实还没体验过红的滋味。

据说，没红过的艺人，根本不能算混过娱乐圈。

原本后面还有两场郑酆的夜戏，王泽文说挪到明天早上拍，高三生还是抓紧时间回去学习比较好，还嘱咐她好好念书，别耽误了写作业。

郑酆信以为真，在周围众人，尤其是女二号那羡慕的眼神里憋闷了一晚上的情绪得到了纾解，利落地带着助理走了。

她走之后，王泽文让郭奕世上场拍戏，又让女二号去换掉造型，说剧本修改了下，让她配合林城上场。

郭奕世一看这安排，就知道情况变动可能比他想的要更彻底了。

王泽文要打谁棍子的时候，向来都是软绵绵的，让对方连个反抗的机会都没有。他对郑酆那么好，如果不是中了邪，那就是"行刑"前的人道主义关怀。

郭奕世朝林城笑了下，又伸手拦住他，可惜被林城无情地推开。

确实也是。

王泽文担心换掉郑酆是受自己个人情绪的影响，所以特意多用了几场戏的时间来考察郑酆，最后证明……这是一个明智的决定。

王泽文对于"恰饭剧"的演员，其实没有那么高的要求，尤其主角还是个没上过科班的未成年偶像。最初选郑酆，是因为他觉得郑酆演技够用，能撑起这个角色，形象跟年龄又比较契合，别的事情就不能要求那么多了。

但是一个人的态度能决定很多事情，王泽文对水平没要求，对态度却很有要求。水平不足你只会影响自己在电影里的形象，能接受自己跟个傻子似的他也不会勉强。态度不好，却会影响整个剧组。

好比林城，假使他的文戏是 70 分，武戏是 90 分，但他的态度能给他加 20 分，那么他的均分是很高的 90 分。

而郑酲，她的文戏是 60 分，但她的最终得分只有 40 分。

王泽文无法接受一个均分还不过半的人在他的电影里做主角。

等晚上顺利收工之后，王泽文拿出手机，在群里发了消息。

英明神武大王导：你们觉得郑酲行不行？

英明神武大王导：我觉得不行。

导演助理—刘峰：我支持王导一票否决。

摄像师—陈 ××：我也支持。

收音师—李 ××：这姑娘挺天真的，但感觉不行。电影不是签完约定完妆就万事大吉可以松懈的，不知道她的经纪公司跟我们是老伙伴了吗？也算给她上一课了。

英明神武大王导：刘峰，通知一下，让她经纪人明天早上过来。

英明神武大王导：态度都好一点儿，现在开始不要骂她，她要什么给什么，明天新的台词板也给她备好，等他经纪人到了之后先来我房间，我跟他谈谈人生。

导演助理—刘峰：明白！

第七章

－ 误伤 －

　　郑酆的经纪人收到剧组信息的时候觉得有点儿奇怪，但因为刘峰的用词十分微妙，他也品不出究竟是好是坏。

　　为了保险起见，他给郑酆打了个电话。

　　虽然已经将近午夜，但他知道郑酆是个夜猫子，现在应该没睡。果然，对方接得很快。

　　经纪人开口就问："在剧组一切顺利吗？"

　　郑酆："顺利啊！"

　　经纪人："王导或者剧组的人有没有跟你说过什么？"

　　"没有啊，大家都对我挺好的。"郑酆手里拿着指甲油，在玻璃上无意义地涂涂画画，她说，"我还觉得许杨宁可怜呢，她一直在被王导骂，今天都哭了两次了，感觉王导在针对她。"

　　许杨宁就是那个女二号。

　　经纪人："不要管其他人的事儿。"

　　"我没有管她啊！她跟我有什么关系？"郑酆的声音听起来不大高兴，"拍电影太无聊了，今天那个助理逼着我背台词，我都已经背熟了他还非说不行，简直莫名其妙，搞得我都不喜欢他了。"

　　经纪人语重心长道："你听话一点儿，王导对演员的要求是出了名的高。你来之前我不是提醒过你了吗？他如果训你了，你就给我乖乖听话，不要忤逆，不要反抗。他经验比你多多了，你谦虚一点儿。还有，多听听剧组其他人的意见，注意跟大家处好关系。王导在业内很有名，跟我们秦总的关系也很好，懂了吗？"

"王导没有训过我，他对我特别好。"郑酽犹豫了下，小声说道，"高哥，我觉得……就是我觉得，王导可能喜欢我。"

经纪人眉头皱起，顿了一下，严厉训斥道："别瞎想。"

王泽文要真是那样的人，小明星不得笑死了。还喜欢你，你进组才刚一天啊，祖宗！

经纪人转念一想，觉得也是。郑酽这才刚刚进组，想要惹爆王泽文，恐怕都不够时间。那应该是没什么大问题的，或许只是关于合约跟行程有点儿需要调整的地方。

经纪人想通，放下了心，又对郑酽叮嘱道："你好好拍戏，明天早上我去看你。"

郑酽高兴地道："那你可以帮我请假吗？"

"请什么假！"经纪人说，"你怎么不干脆请个永久假期？安分点儿！"

第二天一大早，经纪人驱车赶往片场，好在这两天他手上没别的大事，还留在B市。

他来的时候，顺道带了点儿小甜品，抵达拍摄现场之后，就让郑酽的助理帮忙分一下。

郑酽正在准备上场，经纪人过去跟她交谈了两句，再三强调让她用心拍戏。郑酽不大耐烦，跟他撒娇说知道了。

经纪人又去外围找了一圈儿，发现王泽文不在片场，打听后才知道对方今天特意留在酒店里等他。他笑着去跟副导演打招呼，然后急匆匆地去找王泽文。

经纪人要离开的时候，看见几个幕后工作人员聚在旁边写台词板。字写得很大，记了几排重点词汇，看散落在地上的剧本纸张，工作量还不小，他心里升起一种不祥的预感。

王泽文的剧组里，从来没听说有哪个演员敢不背熟台词就直接上阵的。毕竟看台词板的时候，人的注意力会被吸引过去，很容易影响表演。

传说中的王泽文怎么可能容忍那种明显的瑕疵？

经纪人突然想起昨天晚上郑酽跟他说自己被导演助理逼着背台词的事儿，感觉一阵头晕目眩，以至于去酒店的路上，都有点儿魂不舍守。

他按照昨天刘峰给他的地址，来到了王泽文的房门口。对方听见敲门声，很快出来。

王泽文穿着一件宽松的衬衫，瞥他一眼，说："来了啊。"

单这三个字，就叫经纪人起了一身鸡皮疙瘩。那令人发麻的懒散语气里，明显透着冷笑的意味，经纪人越发觉得事情跟郑酽说的不一样。

"进来！"已经回到客厅的王泽文说，"把门关上。"

经纪人忐忑地合上门，小步走过去，赔着笑脸叫道："王导。"

王泽文示意他坐，然后摆正电脑，伸手在键盘上点了一下。

"这是昨天晚上我们剪辑师导出来的视频，你也看看。"王泽文挽起袖子，也在他旁边坐下，说，"你慢慢看。"

电脑屏幕上正在播放一段未经剪辑的视频，主角正是郑酝。

她的台词功底显然不行，吐字不够清晰，发声也不够有力，偏偏她还卡词，导致人物在镜头中显得有些呆板，甚至是畏缩。她瞪着眼，表情中透着无辜跟天真，如一个普通的高中生一样。然而，她现在扮演的应该是一个有着成年人灵魂的女性。

纵然他是个外行人，但也能看出视频里这人的表演不行，那么王泽文更加不可能会感到满意。

经纪人目光直视着前方，完全不敢去看身边人。即便如此，他也能感受到一股怒气正在升腾。

王泽文靠在沙发上，悠悠地道："你说，哪一条可以用？"

"我回去一定教育她。"经纪人忙不迭地道，"请您再给她一次机会，她还年轻，不大懂事。"

王泽文："你知道昨天我们拍了多少条吗？你知道机会是靠什么争取来的吗？你觉得我们剧组里的工作人员，谁愿意给她机会？她还年轻，你呢？你以你懂事的思考方式告诉我，这机会我应该怎么给。"

经纪人被他问得满头冷汗，无从作答。

这时门铃声再次响起。

王泽文勾手示意了下，让他过去开门。

经纪人如蒙大赦，小跑着过去打开门，迎面对上一张熟悉的脸。可不就是他的同事，许杨宁的经纪人吗？

郑酝的经纪人的心登时凉了，他已经知道王泽文是什么意思了。倒是许杨宁的经纪人还有点儿茫然，越过他的肩膀，看向室内，问道："王导是在这里吗？"

王泽文高声说："都进来吧！"

二人一前一后地走进去，女二号的经纪人连声道歉："不好意思啊，听说杨宁给您添麻烦了。我已经说过她了，她绝对不是故意的，做得不好的地方，希望您多指点指点。"

男人虽然嘴上这么说，心里其实并不紧张，他从根本上觉得，被王泽文骂几句完全不是什么大事。

王泽文直接甩出一份合同放到桌上，自顾自说道："剧本会有所调整，你们都是星火的，自己回去跟秦玄说。至于片酬，我已经跟制片人打过招呼了，他会跟你们接洽。"

女二号的经纪人完全是蒙的，拿起桌上的文件一看，发现是签许杨宁做女一号，当下脑袋"嗡"的一下，感觉被一块好大的馅儿饼砸中了。

还有这样峰回路转的好事?!

王泽文问："有问题吗？"

两人都不说话，只是各自的心情天差地别。

王泽文又说："郑酝那边，星火如果有要求，我可以让她继续演女二号，但是剧本会有所调整，而且前提条件是不影响剧组正常拍摄进度。我不希望有人闹起来，明白我的意思吗？"

郑酝的经纪人黑着脸，勉强笑道："我知道的，王导。"

王泽文说："那大家就散了吧，回去跟自己的艺人好好聊一聊。"

剧组工作调整得很快，早上的时候，王泽文已经通知女二号去背女主角的台词。

昨天郑酝演的时候，许杨宁就在旁边陪演，重复拍了几次，让她对台词也有了印象，所以背起来很快。

她热情高涨，边背边拍，顺利跟上了今天的进度。

昨天拍的时候，摄像师已经有意识把女主角跟其他人的镜头分开拍摄，所以今天补拍镜头并不显得困难，相反还因为众人的配合，变得顺利很多。除了编剧觉得是个晴天霹雳外，其余人都很满意。

郑酝骤然被切了角色，无法接受，镜头里一副苦哈哈的表情，与所要表演的剧情完全不搭。

王泽文让她自己调整好，调整不好，那就接着删剧情，剧组不可能拖着进度等她一个人。

反正这部电影为了捧几个新人，增加了不少配角的戏份儿。那些配角只要能在关键时刻上场推动一下剧情就行，删掉也不会影响整部电影的完整性。

林城也是到片场听刘峰在那里感慨闲聊，才知道这事儿。

他化完妆，走出休息室，隐隐约约听见郑酝的哭声从对面的房间传来。

郑酝啜泣道："王导不是很喜欢我吗？大家都这么觉得啊，他为什么要换掉我的角色给许杨宁？这根本不公平！高哥，你再去找他说一说吧！"

她的经纪人耐心劝说："因为他觉得女二号的角色更适合你。"

郑酝："女二号的人设哪里适合我了！那是个反派啊！难道女主角的这个角色就适合许杨宁吗？"

"你不是说昨天王导一直在骂许杨宁吗？可能他对许杨宁也不大满意吧！"经纪人说，"王导觉得这样调整一下，能让电影整体变得更加完整。"

郑酝跺脚痛哭："可那是女一号跟女二号啊！为什么才拍了一天就换掉了？还一点儿消息都没有！"

"王导只看最终效果。对他来说，你，或者许杨宁，都是星火塞进来的角色。角色的位置留给你们了，具体是谁来演不重要。"经纪人说，"你最好认真一点儿，不要再哭了。我跟你说过王导这人不讲私情，你千万别在他面前发脾气，到时候惹恼他了，连女二号的角色都保不住。"

郑酝吸了吸鼻子，道："那我也演不好女二号，我去跟他说。"

经纪人语气严厉起来："你找他说什么？他骂你了吗？训你了吗？你也说他挺喜欢你，他现在是出于工作的考虑才这样安排。你如果去跟他闹，是在质疑他的专业性，坏的是你自己的名声知道吗？你以后还想不想在圈里混了？"

"可是……"

林城听了一段就没有再听了，只觉得这两人的逻辑有点儿新奇。他两手插兜，去往教学楼的卫生间。

今天下午，王泽文的组在教学楼的天台上拍摄。

林城选了个安静的位置，靠在水泥墙上，抓着手机不停转动。

他偏浅色的头发在强烈的日光照射下似在隐隐发光，衣领被墙面蹭得往前坠去，露出一截白皙的锁骨。

林城深吸一口气，点亮屏幕，找出郭奕世的头像，编辑后发送一条消息过去。

林城：郑酝的女一号被换了。

郭奕世：不出所料啊！看吧，我怎么说来着。【笑哭】

郭奕世：唉，她太年轻了。还好我运气好，出道的时候栽过跟头，但发现得早，及时止损了。

林城：为什么？

郭奕世：什么为什么？为什么翻车？

林城活动了下脖子。

林城：为什么是换郑酝？

郭奕世：这还用问，因为王导觉得她会耽误你啊！

郭奕世：换我，我也是挺你啊，兄弟。

林城握着手机，靠在墙上，闭上眼睛用力吸了口气。

"林城！林城……"

王泽文叫了好几声，林城那边才回过神来。他迟钝的反应叫王泽文很是不满。

刘峰拿着本子在做统计，敏锐地察觉到了一股杀气，问道："怎么了，王导？"

王泽文眯着眼睛看着远处说："他是不是因为我换了郑酩，所以不高兴了？"

刘峰心想：我哪里知道，你们两个人情绪变起来简直风云莫测，我不懂的。

林城将东西都收起来，暂时放到旁边，跑过去准备拍摄。

今天在天台上的剧情是，严思齐发现了心上人的反常，见她跟母亲怒气冲冲地跑上天台，担心她会出事，于是暗暗跟在后面。此举导致母亲忍无可忍，顶着女主角的身体，对他口出恶言，想为女儿断掉这段不合时宜的早恋。

严思齐强忍着心酸，勇敢表白，并劝告站在一旁的母亲，叫她不要容忍家暴，让女儿受苦。他的直言揭开了母女不和的真相。

这场戏是电影中比较重要的一幕，也是三人情感集中爆发的重头戏。王泽文很重视这一部分的表现，特意空出了相对较长的时间，给他们调整入戏。

昨天林城给自己做了一天的心理建设，将郑酩当作自己表白的对象。一个晚上的工夫，目标变成了许杨宁。

两人大眼瞪小眼，摸不准对方的性格，一时谁也没有开口。

叶婷在一旁抹粉底，对着镜子整理头发，不关注小青年之间的复杂社交。

王泽文示意众人准备，正式开拍。

母亲极具社会气地走上前，一把揪住严思齐的衣领，满脸怒容地斥责道："你怎么那么讨厌啊？你知不知道你特别烦人？你非逼我把话说到这么难听的地步，你才听得进去是不是？那我就清楚地告诉你，不要多管闲事！你在我心里什么东西也不算，我讨厌你这样幼稚的人，明白了吗？！"

严思齐嘴唇翕动，强颜欢笑说："无所谓啊，我没指望你喜欢我，但你不用对我说这么伤人的话，你不是这样的人。"

母亲的怒火被他轻飘飘的话激得越发高涨，冷笑道："你了解我？你以为你是谁啊？小同……这位同学，做人有点儿自知之明，可以吗？"

后面的原原从喉咙里挤出两声干笑，带着失望，喊道："你说够了没有？你有资格对严思齐说这样的话吗？"

严思齐一直没有动作，在原原开口之后，却将脸偏了过去，朝着她道："阿姨，如果您真的还心疼原原的话，就请您不要再做那样的事了。您知道原原因为您先生的暴力，以及您的纵容跟软弱，受到了多大的伤害吗？"

母亲瞳孔颤动，似是极为震惊，半晌只吐出一句："你胡说什么！"

"我知道啊！我明明都看见了！"严思齐大声道，"我没有办法再装作什么都不知道的样子，看着她只把你当成一个不懂事的人！为什么她能装作若无其事的样子，然后还能说出'都是为了你好'这样的话？你不好你就告诉她啊！"

"卡！"

王泽文叫停，许杨宁立即松开手，后退了一步。

王泽文说："林城你这情绪不大对，知道吗？"

许杨宁诧异地抬起眼皮，她觉得刚才那一段没有不对。

林城抿了下唇，回应说："知道。"

王泽文："那再来一次。"

众人再次就位。

这回许杨宁也不行，台词念着念着突然嘴瓢，而林城身上那种违和的感觉依旧在。

王泽文用力挠了把头发。这电影才开拍几天啊，简直是诸事不顺。

王泽文把林城喊过来，严肃地对他讲解道："你没喜欢过谁吗？喜欢一个人的时候会勇敢一点儿，恨不得把全世界都给她。你表演的时候我觉得你在端着，在隐忍，那样不对。"

林城低垂着头，表示接受。

刘峰在旁边插了一句："王导，这不是你的爱情观吗？"

"这不是我的爱情观，这是男主角的爱情观！他是一个积极、敢于付出的人。"王泽文说着又瞅了林城一眼，说，"林城，还记得我之前跟你说的话吧？你能不能理解？"

林城手指钩着因过长而垂下的衣袖，他能理解，但他不是这样的人。

他只害怕喜欢的人会捅自己一刀。他喜欢谁，那人说的什么话，既会叫他误会，又会叫他难过，患得患失，非常矛盾。

他会更希望停在还没犯错的地方。

他跟男主角的差别真的太大了，一个阴郁，一个灿烂；一个费尽心机，一个坦率真诚。

他不过是个庸俗的人罢了，如果王泽文对他的要求是满分的话，他不一定能做到。

王泽文说："你今天的状态有点儿浮躁。"

林城："我知道。"

王泽文："你知道我想听见的不是这三个字。不要被个人情绪影响。"

林城："好。"

林城去楼下用冷水洗了遍手，回来后让人补妆，然后去边上跟许杨宁对了一遍词，再次开拍。

林城的表演其实并没有明显的瑕疵，他显然对这一段剧情已经深入研究过。王泽文从来不担心他对演戏的投入，而他目前的表现也足以表达出剧本人物应该表达出的意思，就王泽文对其他人的标准来看，这段戏林城应该是能过的。

可王泽文的感觉就是不对，总觉得空落落的好像缺了点儿什么。

王泽文不由得反思，是不是他自己的问题。

他放下手里的东西，站起来，严肃地道："你跟我过来一下。"

刘峰顿感毛骨悚然，目送他二人转去角落。

许杨宁的心情从早上的亢奋开始慢慢冷却下来。王泽文对他们两人截然不同的态度，给了她不小的压力，这说明在王导心中，她与林城的水平是完全不一样的。纵然她的职业目标不是成为戏骨，也感受到了沉重的打击。

周围的工作人员也变得警惕，摆弄着自己的东西不敢作妖。

"王导今天火气很大啊！"

"能不大吗？大家都自觉一点儿啊，千万别搞事。"

"开机不都这样？等过两天就好了。《夜雨》开场可比这糟糕多了。"

"小林这小可怜……"

刘峰叹了口气。

王泽文背对着栏杆，皱眉问道："我把郑酝换掉，所以你不高兴了？"

林城说："没有。"

王泽文声音重了一点儿："真没有还是假没有？"

"真没有。"林城吸了口气，说，"我也不是很习惯郑酝一直找我聊天儿，我跟她并不熟。"

王泽文闻言，面色顿时缓和不少。他朝林城伸出手，将人拉到自己身边。两人一起靠着身后的栏杆，正面是一群忙碌走动的工作人员，任由风从他们间隔的空间里穿过。

他是想跟林城好好谈谈的，否则那问题压在他的心里，影响他的情绪和工作状态，只会让他难过。

王泽文问："那你生什么气？气我刚才骂你吗？"

林城说："我没有。"

王泽文："怎么没有，我都听见你心里骂我的声儿了。"

林城沉默了。

王泽文惊了。

"你还真骂我了?!"

林城笑了下,说:"你猜啊。"

王泽文抽出烟叼在嘴里:"我猜个鬼,你也学坏了。"

王泽文看着他的表情,忍不住,还是问出来:"林城,你到底在想什么?"

林城偏过头,笑道:"没什么。我一定调整好,请王导给我一点儿时间。"

明明他的态度很端正,王泽文却没来由地觉得自己被堵了一下。

王泽文问:"你想怎么调整?"

林城:"尽可能地调整。"

王泽文沉默良久,说道:"其实我不是对你生气。"

林城狐疑地歪过头。

王泽文:"我是觉得自己太纠结了。"

林城不语。

王泽文笑着揽过他的肩说:"行了,回去吧。照刚才那样拍其实也没问题,觉得累就先休息一下。"

林城回来,许杨宁问:"你没事吧?你跟王导的脸色看起来都不大好。"

林城摇头。

"王导有说怎么演吗?我怎么觉得好像没问题啊?"许杨宁小声说,"不过王导要求确实比较高,就是急了点儿。"

叶婷站在一旁,终于插了一句:"导演的感觉跟你们不一样。有时候卡个十几遍,你自己没觉得哪里不同,导演就会说好了。"

许杨宁笑了出来:"我们上个导演就是这样。他卡了我二十几次,我都要疯了,结果他高兴地给我过了。"

叶婷朝林城点头:"所以没事,别急,这跟导演自己的状态也有关系。"

林城朝两人笑道:"谢谢。"

叶婷:"你们年轻人之间也可以再讨论一下,交流交流,说不定思路就打开了。"

那边王泽文靠坐在椅子上,抬手用力揉了下额头,清醒一些之后,继续工作。

后面的进度总算是正常了,王泽文安静下来,不再吹毛求疵地去找林城的麻烦。几位主演紧绷着神经,配合得也越来越紧密,总算让剧组的节奏步入正轨。

天色快黑的时候,天台的这场戏正式拍完,王泽文宣布收工。他没有马上起身过去吃饭,而是继续坐着放松心情,然后掏出从开拍起就一直在吵个不停的手机。

秦老鸡:你那边什么情况?余晖今说你把我公司的女一号给换掉了。刚开机你又换人，你这到底是惯性还是真的客观公正？

王泽文正憋闷呢，直接不客气地撑了过去。

王泽文：你一带三地往我组里塞人就算了，还搞碟中谍呢？

秦老鸡：这不是在关心你吗？臭弟弟，不然我不白塞人了？

王泽文不想理他，切换到主界面。

秦玄自顾自地发消息，一条接着一条，似乎不知厌倦。

秦老鸡：你换郑酝……是叫郑酝吧？你换她干什么？

秦老鸡：余晖今说是因为她喜欢黏着跟在你身边的那个小演员，没点儿分寸，所以你生气了？

王泽文被他时不时的一个振动搞得火冒三丈。

王泽文：余晖今要是再多说一句话，你让他直接给我滚。如果让我发现他有什么小动作，或者搞出些什么奇怪的传闻，我也全算在他头上。你的人管不好，别怪我不客气。

秦老鸡：哟，回我了？

王泽文：滚滚滚！

王泽文气得想往他脸上喷一道彩虹，直接把手机开了静音，丢到桌上。

刘峰端了个杯子去找林城，小声打探道："你跟王导没吵起来吧？"

林城重申："真的没有！"

刘峰说："那就好，来，你去给王导送杯水。他气一整天了，估计正渴着呢。你去给他送，他高……你俩正好讲和。快乐拍戏，健康你我。"

"真没吵起来。"

林城有点儿无奈，但拗不过刘峰，还是接过水，给王泽文送了过去。

王泽文坐在那里，将头深埋在手掌中，让人看不清表情。

林城走近，问了一句："王导，喝水吗？"

王泽文没说话。

林城见王泽文没有反应，就把杯子放到了桌上。

刘峰跟在他身后，目睹到这一幕，又把水杯拿了起来，递回到林城的手上。

林城："……"

刘峰低声道："坚持一下，有诚心一点儿，王导还是需要细心呵护的。"

好吧。

周围已有人注意到这里了，几个工作人员还在整理今日的影片，没来得及离开。他们看着林城略微手足无措的样子，饶有意味地笑了起来。

那目光当然是不带恶意的，可是林城自己有心事，就觉得不大舒服。

他的手停在半空，一直保持着这个姿势，开始发起呆来。

王泽文看着林城那双明显没有聚焦的眼睛，从对手中接过水杯，只是因为心不在焉，结果不小心碰到对方的大腿。

几乎只是眨眼间，快到王泽文都没回过神来，对方的腿已经扫了过来。

那一瞬间，王泽文认识到了习武之人所谓的条件反射，他以前见到的武生，都不能称之为真正的武林高手。

那一瞬间，王泽文回忆起了两人第一次见面时林城对自己的戒备，那个时候对方已经向他展示了不容侵犯的自我防御态度。

那一瞬间……剧痛袭来。

王泽文疼得龇牙咧嘴，开合的牙齿，差点儿咬断自己的舌头，他尽力把声音压住，只剩下一声干哑沉闷的呻吟。

"啊啊啊！王导——"刘峰惊恐尖叫，头发乻了起来，"王导啊！！"

王泽文咬牙道："你给我闭嘴！"

刘峰赶紧上前扶住他，忐忑地问道："你你你要不要去医院？"

王泽文额头青筋暴突，一半是疼的，一半是被刘峰气的。他一把推开刘峰，骂道："我去你个鬼！"

他疼得眯起眼睛，不忘用余光扫视林城。

林城似是被吓住了，脸色苍白得可怕，站在原地茫然无措，带着一种求饶式的眼神看着他。

王泽文咬咬牙，忍了下去，然后顽强地站了起来。

林城总算回过神来，快一步朝他道歉："对不起！我……我不是故意的，我只是应激反应。我刚才……"

"我知道你不是故意的！"王泽文声音几乎是从胸腔里挤出来的，"你应激应的是我吗？我在你心里到底是个什么形象？"

"没有。"林城想要反驳，却找不出合理的词来，来来回回，重复着"没有"两个字。

其余的工作人员跑过来，询问王泽文的情况。王泽文总能当众为难林城，坚强地说了句"没事"，搭着刘峰，满心苦涩地往酒店走去。

晚饭是刘峰打包回去给他吃的。

因为林城那一下的力气着实不小，王泽文睡了一晚上，觉得没有好全，最后决定还是去医院求个安心。他一大早驱车前往，叫副导演帮忙看一下片场。林城早上过去探望的时候，不巧扑了个空。

剧组里少了导演，昨天发生的事情当然也就传了出去，虽然没那么详细，总归就是林城不小心把王泽文给打伤了。

众人大为吃惊，接连跑来问林城到底是怎么回事。林城阴沉着脸，只摇头说"没什么"。

众人见真的问不出来，而且每问一回，林城的脸就黑上一层，看着实在可怜，就放过了他，跑到一旁自己小声嘀咕。

之后的拍摄过程，林城都十分沉默。他之前就不爱说话，现在更是跟自闭了一样，仿佛跟自己较着劲，除了台词，连个表示意义的单音节都不发。

不拍戏的时候，他缩在角落里，戴着化妆师给他准备的运动帽，将自己深深藏在黑暗中。

看他这样子，饶是刘峰，都觉得有点儿心疼了。

他觉得林城饱受自责的样子，像极了自己。

刘峰叹了口气，在林城休息的空隙，拿了瓶杯矿泉水走过去。

林城抬起眼，看见他手里的水就想走。

"别走别走！"刘峰叫道，"我就想跟你聊聊。"

林城也没什么力气再折腾，提起口气，又坐了回去。

刘峰在他身边坐下，将东西递给他，说："别担心，王导不会怪你的。"

林城丧气了，应了声"嗯"，问道："他没事吧？"

刘峰说："应该没事吧。现在我的手机很安静，那就应该是没事。否则他能让我知道，手机振动频率的极限是多少。"

林城又沉默了，他觉得这事儿实在是太糟糕了，恐怕以后都没机会能解释清楚了。

刘峰问："你是不是不喜欢任何人太接近你？"

林城摇头："没有。我当时在发呆而已。"

"你知道吗？如果你烦王导想让王导离你远点儿，有个很简单的办法。"刘峰自顾自说道，"王导这人，吃软不吃硬，你要投其所恶。"

林城以为自己听错了，就听刘峰继续说："我们王导，最讨厌外面那些'妖艳贱货'，所以当他教育你、批评你、责骂你的时候，你只要表现得足够恶心，他就会马上放过你。只要你能克服得了自己，很快就可以从他的世界里消失。"

林城心想：你真的不是在骗我吗？你是认真的吗？

刘峰看他面无表情，只有眼神里透着诡异，还奇怪道："你怎么不笑啊？"

这怎么笑得出来？

刘峰快乐地唱起来："小朋友，你是否有很多问号？"

林城被他一通骚操作给搞蒙了，心情倒是放松了一点儿。

刘峰拍着他的肩膀笑道："放心好了，王导不记仇的。"

林城点了点头，似是知道，跑去镜头下面准备拍戏。

不知道是不是巧合。有林城的戏的这几天，王泽文在酒店里休养。等王泽文再次出山的时候，又轮到林城开始放假了。

除却最早林城给王泽文发了句"对不起"，王泽文当时实在没心情，只回了一句"没事"之后，两人就没有了任何交集，也找不到对话的切入点。

王泽文大受打击。肉体方面只是短暂的，精神伤害却强烈且漫长。

明明是林城动手打伤了他，为什么不主动找他？道歉都不会多说两遍吗？

王泽文气得牙痒，想顺势冷林城几天，结果没坚持到 48 小时，躺在床上闲得发慌，又开始心痒难耐。

成。王泽文认命，叫刘峰帮他注意一下林城的情况，看看对方的心情如何，是悔恨懊恼担忧心焦，还是无动于衷。

如果林城还沉浸在之前的反省中，他可以单方面原谅对方的暴力行为。

刘峰仔细观察过后，告诉他没见到人。

林城放假期间回家去了，他上哪儿观察啊？

为什么他们两个人之间的事情，非得带上他啊？真以为三角形能更稳定吗？他只是一个不需要姓名的助理而已。

王泽文：你去问啊！用微信问啊！加他账号留着做纪念用的吗？

王泽文：问他心情怎么样，问他要不要来探望王导，再问点儿别的事情。你连套话跟"洗脑包"都不会发？

刘峰那边握着手机，斟酌了许久。

刘峰：王导，你有没有听说过一个段子？

刘峰的讲段子经验十分丰富。

王泽文：讲。

刘峰：从前……

王泽文：你敢给我讲很长试试看。

刘峰：……后来女生爱上了那个每天都会出现的快递员。

王泽文：……

王泽文觉得自己身边全是神经病。

但不得不说刘峰的说法很有道理。

他不应该让刘峰，代替他对林城嘘寒问暖，算什么玩意儿？

王泽文：行，你别干了，我自己来。

王泽文所谓的自己来，那就是给林城发了一条消息，作为自己求和的信号。

他斟酌许久，最后发去极为简短的一条。

王泽文：。

句号这个东西，十分有内涵。既让人猜不透发送者的心情究竟是什么，又能引起注意，让对方给予回复。

如果对方态度不佳，对发送者进行嘲讽，那自己可以随时进行自我保护，说是发错了，并进行反击。

作为一名受害者，王泽文觉得这样的行为，十分符合自己的身份。

甚至，因为职业相关，王泽文连后面的具体对话都推演好了。

"王导，您这是什么意思呀？"

"没什么，发错了。"

"对了，这两天怎么没看见你？"

"我放假了。王导您没事吧？"

"我没事，正好休息了下。"

…………

毫无破绽。

然而，叫王泽文抑郁的是，林城居然没理他。

王泽文拿着手机等了半天，顺道召集众人开了个会，醒后还是什么都没有。

他不是林城的领导吗？

林城连领导都敷衍，怕是有了什么不大妙的想法。

林城……不巧，他的手机被偷了。

因为跟王泽文陷入类似冷战的状态，又不知道该怎么处理，林城就想买个礼物，去给王泽文道歉，那样总是不会错的。

林城在商场逛了一圈儿也没拿定主意，人又有点儿浑浑噩噩的，不在状态，最后凑合买下几样东西，想应付交差。出了商场之后，心里又觉得不大满意，于是沿着街道漫无目的地逛了一圈儿。准备叫车回去的时候，他突然发现自己的手机丢了。

林城着实受了惊吓，进而是一阵苦笑，他赶紧找人借了个手机打过去，对面不出意外地已经关机了。

他的手机密码很简单，属于多试几次就能试出来的那种，而他完全不知道手机丢失有多久，对方有没有破解他的密码。

他只能庆幸手机里面都是些不怎么重要的东西，就算被破解，也是财务损失的风险大于隐私暴露的风险。

林城心急火燎地去移动公司补卡，又拿着新卡去买了新手机，开始顶掉自己的各种账号，并查看确认登录记录，验证对方是否打开。

一番紧张忙碌之下，根本没空关注王泽文那一个莫名其妙的句号。

等林城再回到家的时候，已经是傍晚时分。他打开房门，伸手去提东西，才想起来给王泽文买的礼物不知道落在了什么地方。

他被最近连番的霉运所打击，站在门口神经质一样地发笑，连脏话都说不出来。

"你到底在搞什么？"林城自嘲一声，揉了揉额头，感觉异常疲惫。

他瘫软到沙发上，打给"小电压"，叫对方发挥自己所长，说点儿让他高兴的话。然后"小电压"愉快地上了游戏，让他帮忙带飞，说可以给他吹"彩虹屁"。

晚上 7 点左右，林城在外面吃完饭回来，意外地收到了秦玄的消息。

王泽文被林城的反应弄得心烦。他正想严肃一点儿，将全部精力都投入到剧组里去，不巧以前帮过他的一位前辈黄导回国了，最近路过 B 市，喊他出去吃饭。

两人关系不错，又已经好久没见，王泽文当然不能拒绝。

黄导还叫了几个人，王泽文到的时候，秦玄也在，同时还有几个面生的年轻人。之后，又来了两位王泽文也认识的朋友。

原来黄导的学生最近想拍一部电影，请他坐镇，黄导本着提携晚辈的初心答应了。席间他将人给王泽文引荐了下，又请众人帮忙关照自己的学生。

众人寒暄着喝了两杯酒，说起自己的近况，面上客气地笑笑。

王泽文有一口没一口地抿着杯里的红酒，吃得没滋没味的。旁边的手机突兀地振了下，独属于微信的绿色标志在主界面跳了出来。

王泽文以为是林城回信了，赶紧将手机放到桌子底下，认真一看。

来消息的人居然是秦玄。

王泽文面带幽怨地抬起头，看向两米之外，正与他相对而坐的秦玄。

有病啊，这种地方发微信？

他正要把手机放回去，新的消息见缝插针地发了过来。

秦老鸡：听说你被打了？

王泽文想到这个，就无比躁郁，冷笑一声。

秦玄琢磨了一下。

王泽文：滚。

秦老鸡：多吃点儿菜，才能好得快。少喝酒，对伤口不好。

王泽文：我现在倒是想吃你的肉。

秦老鸡：这么凶啊？

王泽文咬着后槽牙，抬头看向对面，就见秦玄摇着头，唏嘘地对着他咂舌。

秦老鸡：他打伤了你，都没点儿表示？

王泽文手指动了几下，将秦玄的备注改掉。他的表情归于平静，端过桌上的酒，又喝了一大口。

秦老狗：啧，看这情况，还是人家不理你了？

王泽文默默地低头夹菜，似是不再理会他。

秦玄笑了下，神神道道地开口："黄导啊。"

正喝得红光满面的黄导转过头，笑着应道："唉。"

秦玄："你电影的演员选好了吗？"

"哪有。事儿还早着呢。"黄导笑眯眯道，"怎么？秦总有推荐啊？"

秦玄笑道："我看王导可能有推荐的吧。他前段时间很看好一个演员，不知道现在怎么样了，舍不舍得推荐给黄导啊？"

王泽文嘴角噙着冷笑，看秦玄的眼神似要生吞了他。他将手中的筷子直接往桌上一丢，两手环胸逼视着对方。

桌上气氛瞬间凝固，正在谈笑的几人也放低了声音，看向突然针锋相对起来的二人。

好像很正常，竟不觉得意外。只是这回二人动怒的架势，似乎比以前都厉害一点儿。

黄导见状当作不知，笑说："不知道是哪个演员？"

秦玄说："哦，本来是我公司的一个小艺人，但你也知道，我旗下的艺人太多了，我根本管不过来，他运气又不好，碰上了个不怎么有用的经纪人，后来还是王导帮他解的约。"

这二人面上不和，在圈子里从来不是个秘密，却鲜少有人知道他们真正的关系。现在听秦玄这么说，以为是王泽文在他手上抢了个人，导致他们又掐起来了。

黄导说："不知道是谁，能让王导这么赏识？有过什么作品啊？"

秦玄气定神闲地坐着，与黄导闲聊，似乎完全感受不到王泽文身上散出来的杀气。他说："应该没什么出名的作品，所以我以前也不认识。"

黄导笑说："以后会有的，人不都缺个机遇吗？王导有带他拍过戏吗？"

秦玄："还真有，还没播。"

旁边一人插话道："是林城吧？老师，我之前跟您推荐的人就是林城。他武打水准高，演技确实还不错。"

黄导恍然大悟地点头。

秦玄低下头摆弄着手机，片刻后，王泽文那边响了一下。

因为席间相当安静，所有人都听见了那一声细微的振动，也知道是什么人发出的。

这回王泽文终于低头看了一眼。

秦老狗：他不理你啊？

王泽文身上的杀气又重了一层。

王泽文：你有病？

秦老狗：我看你是被人瞧不起了。那小明星明显捏着你呢，倒是有点儿水平啊，厉害。

秦老狗：我就跟你说了，把你手上的资源拿出来炫一炫，他肯定就服软了。

秦老狗：翻红过的人最明白娱乐圈里捧高踩低的常态，谁还能接受一夜被打回原形？你吓一吓他，再给他一点儿甜头，他肯定就不敢这样对你了。普通朋友而已，那么用心干什么？

王泽文抬起头，瞪了对面的人一眼。

王泽文：你嘴巴放干净一点儿，别把我惹恼了大家都下不了台。老子没那好脾气。

秦老狗：我已经放干净很多了，你没发现吗？

秦玄一笑，换了个姿势回复。

秦老狗：不然我示范给你看看，看他会不会理我。

他们两个就这么在众人面前，一来一回地私聊起来。而众人明明知道，尴尬之中又要装作没发现他们之间的暗潮涌动，一时也是心绪复杂。

忽然，二人之间的交流似乎停了。

秦玄拿着手机，开始发起了语音。

"喂，对，我们在欣悦酒店。你直接上602，跟前台说找秦玄。

"快一点儿啊，我没那么多的耐心，给你半个小时的时间，否则我们就走了。"

不知道对面的人回了什么，秦玄笑了下，又回道："乖，听话。秦哥给你介绍好工作。"

王泽文的脸色已经如黑炭一般，连表面的客套都维持不住，就算是不认识他的人，也知道此时的他相当不好惹。

众人脑补了一出大戏，林城在他们脑海中的形象变得鲜明，同时，也变得诡异。

他们倒是能理解王泽文这么生气的原因。想想，自己尽心提携的演员，还没出头呢，就迫不及待地投奔了他的死对头。这要是都能忍，怕是成圣人了吧？

"再等一会儿吧！他说马上就来了。"秦玄放下手机，意味深长地说，"林城是个聪明人啊！娱乐圈只有聪明人才能混得出头。光谈理想，是不是有点儿可笑？"

王泽文说："秦玄，你故意的吧？这么阴损至于吗？你以为我会信？"

秦玄摊开手无辜地道："信不信，看他会不会来啊。你等着看嘛。"

众人下意识地看了眼时间，计算着半个小时后是几点。

王泽文低下头，也给林城发了两条微信，可是依旧如石沉大海，没有回信。

他的理智告诉他，秦玄不会说这样一戳就破的谎，林城肯定回复他了，但是王泽文又不愿意相信林城会刻意忽视自己，转投秦玄。他不觉得林城是那么势利的人，他的眼光没出过那么大的错误。

饶是如此，他的心也以不舒服的频率跳动着。

结果，还不到半个小时，大概只有二十分钟，人就出现了。

包间的大门被粗暴地打开，林城苍白着一张脸，略带惊慌地出现在背光处。

走道上亮着一盏昏黄的灯，王泽文看见了他略微泛红的脸颊，听见他因为体力消耗而急促的呼吸，感觉脸被狠狠抽打了一下，火辣辣的。他阴沉地道："跑那么急干什么？"

房间内气氛极其压抑，林城愣住了，目光在包间里所有人的脸上扫了一遍，然后停在秦玄似笑非笑的脸上。

他敏锐地察觉到里面的气氛不对，放缓了呼吸的节奏，准备退出去，又听王泽文说："站着干什么？来了就进来啊！"

林城敛下眼中神色，迟疑过后，抬腿走了进来。

他还穿着一身宽松的休闲装，头发也乱糟糟的，显然是出门时没来得及整理。

倒是心急。

众人心里好笑，用审视的目光追着他。

一张圆桌，周围很多位置是空的，林城没有犹豫，直接走到王泽文旁边，坐了下去。

王泽文脸色依旧阴晦，见状轻轻地"哼"了一声。

林城对面坐着的黄导面露尴尬，看着林城和善地问道："林城对吧？你今年多大了？"

林城沉默了一会儿，反应有些迟钝，慢一拍地回答道："二十六。"

"跟王导差不多嘛！"黄导说，"学武辛苦吗？你是走什么流派的啊？"

林城不大专心地答了一句："杂流，不入流。"

王泽文心头一股邪火猛烈地燃烧起来，烧得他快要失去理智。他开口的时候，声音也就变得阴阳怪气，他挤对道："来都来了，还这么一副干巴巴的样子，叫别人问一句答一句的，就你这样还想火？"

林城偏过头，认真地看了他一会儿，并没有因为他的奚落而生气，只平静地说了一句："你喝醉了。"

不知道是不是因为腹中那点儿酒的影响，醉意上头，王泽文此刻相当生气。

他觉得自己如果真的醉了，倒是可以借机大闹发泄一场，可惜他没有。

王泽文说："以后跟着黄导好好混。他剧组的班底不错，那么多年了你也没混出个人样，白努力了，难得机会来了，可别再抓不住！"

林城抿着唇角，过了好一会儿才问道："什么剧组？"

王泽文挺直上身，差点儿骂出来，临到嘴边，变成不善的嘲讽："都过来了，你还装什么？你秦哥没跟你说吗？"

林城吐出两个字："没有。"

王泽文："那你赶过来做什么？"

秦玄看够了热闹，这才悠悠地举起酒杯说道："我跟他说，你们王导喝醉了，没人来接的话，我就把人带走了。"

王泽文怔了下，因为醉酒而迷离的眼神中出现一丝清醒，然后情绪如潮水般退去。那依旧沉重跳动的心脏，就只剩下一点儿恐慌。他狠狠瞪了秦玄一眼，又扭头去看林城。

林城也终于猜到一点儿事情，低垂着头，神色莫名，不再说话。

餐桌上再次安静下来，一个个人精在腹中修改着新的人设跟故事，同时对林城生出无限的同情。

人类真是复杂啊！秦玄牛啊！

王泽文感觉嘴里有一股涩味儿，他不知道是酒的余味还是他的错觉，放松了肌肉，朝林城那边靠了一点儿。

林城快速避开，站起来用拒人于千里之外的冰冷语气说："没事的话，我先回去了。"

王泽文急忙说："你不是来接我的吗？"

林城脚步停在门口，还是回过头道："好。"

林城的车就停在路边。好在这个时候附近的车辆不多，他来得巧，刚好空着一个车位。

二人一前一后，沉默地上了车。

林城喉咙干哑，放松下来之后，运动导致的嗓子干疼变得更为明显。他想起来车上还放了一瓶水，想翻身去找，但东西放在副驾驶座，而王泽文正坐在那里。

林城考量了一秒，随后放弃了，拧动钥匙，两手按在方向盘上。

王泽文没有说地址，林城也就那样坐着。他打开了车顶的灯，听着发动机嗡嗡作响。

最后，还是王泽文先忍不住了，开口说了个地址，林城才发动车子。

王泽文说："我喝醉了。"他想给自己找借口解释一下，可是太过拙劣。

车厢内的安静令人难受得像要窒息。

王泽文得不到回应，心里烦躁又紧张，暗暗骂了秦玄两声，又问："你生气了？"

林城其实也不知道是不是生气，那是一种比较复杂的情绪，让他脑海里只剩下铺天盖地的疲惫，没了任何伪装的兴趣。

王泽文窥视着他的脸色，带着点儿委屈和小心道："你不回我微信，但是你理了秦玄……"

光影照在林城的侧脸上，他半合着眼，目光漫无目的地落在前面。听见王泽文的话，他没什么反应，甚至连脸上的肌肉都没有牵动。

"是我的错。"王泽文投案自首，恳求原谅，细声道，"我不应该没弄清事情就朝你生气。其实不是想怪你的意思，我是自己心里急，脾气躁，所以才乱生气，以后不会了，好不好？"

话说到这里，林城终于出声了，他说："我没生气。"

王泽文不信，心想：你这也叫不生气？脸色已经难看得极不寻常了。

之后两人都没说话，车上过于安静。

王泽文报的不是酒店名，而是一个比较远的小区。林城看了眼导航，所行的路程才不到一半。

王泽文忧郁地望着窗外，内心还没有放弃自救，过了一会儿，突然道："停一下车。"

林城没说什么，将车在路边停下。

王泽文边解安全带边说："你等我一下。"

他穿着风衣，冲进路边的店铺。

那家店应该是快关门了，连灯都熄了一半。王泽文站在门口和店员他们说了些什么，然后走了进去。没多久，他提着两个袋子出来。

王泽文钻进车，从袋子里摸出一瓶热饮，又拿出一个蛋糕盒。

"你晚饭吃了吗？"王泽文软声问，"要不要喝奶茶？这家店的小蛋糕也挺好吃的。"

林城快速放下手刹，简单说了一句："吃了。"而后继续开车，不想和王泽文聊天儿。

王泽文手里捧着奶茶，脚边的袋子里还有好几块蛋糕，他几次欲言又止，真的不知该说什么。

林城给他的感觉让他有点儿不安，很难形容。可是，还没等他想出办法来，两人已经到地方了。

林城进了小区，停在空位上，示意王泽文下车。

王泽文暗恨，觉得这路不够远。他犹豫着，最后将已经按上门把的手又收了回来，说："林城，我有点儿醉了，你送我上去吧。"

林城："你没醉。"

王泽文："我醉了。你送我上去。"

二人僵持下来，王泽文一动不动。这回他比林城要有毅力，坚持不肯妥协。

最后林城熄了火，问道："王导，你到底想干什么？"

王泽文说："你送我到门口，我只是想跟你说清楚，好不好？"

林城终于还是打开车门，陪着他一起下来，只是与他相隔有一米的距离，没有靠近。

路灯昏暗，让王泽文看不清他的表情。

王泽文对自己生出一丝失望的情绪来。

二人刷卡进去。

明明是有电梯的，王泽文却走向另外一侧，说："楼不高，走楼梯吧。"

林城不想跟王泽文吵，几乎是有求必应。

因为时间已经很晚了，这一带空旷而安静，连落地的脚步声，都能荡出一点儿回音。

王泽文说："你那么着急地赶过来，是因为担心我对吧？我……秦玄擅自叫你过来，我不知道。我给你发消息提醒你了，但是你没回。"

他顿了顿，不知道身后的人听进去没有，继续说："我跟你生气，是因为我小心眼儿，可我没有别的意思，更不是想耍你。你也知道我什么性格……我那时候说什么来着，很难听吗？"

林城不回答他。他真的不是生气，那应该是难过。

王泽文说得不算过分，也确实可能只是气话，但他还是听进去了，这一点，叫他特别难过。

林城抬手摸了下脖子，喉间干渴到发疼，情绪也不是很稳定，他干脆沉默着。

王泽文主动提起先前的事儿："上次你打到我的事儿，我其实没在意，但是你不理我，我就特别抓心挠肝。你说你是不是可以来看看我，但你没来就算了，消息也不回。"

如果不是林城的脚步声一直不紧不慢在他身后响着，王泽文会以为这里只有他一个人。

王泽文回过身，身后的人也跟着站住，且随着他转身的同时，对方退了一步，恰好站在楼梯中间的平台角落，将自己藏了起来。

因他二人都站住，亮着的声控灯到时间自动暗了下去。

或许是因为表情都被藏在黑暗里，王泽文觉得坦然了许多。

王泽文放缓语气，说："你生气了，你告诉我。骂我也行，别不说话，我不知道你在想什么。"

林城那边传来一阵衣服摩挲的声音，而后脚步声也响了起来。

王泽文以为是林城要走了，脑子一蒙，身体不由得动了起来，猛地冲下去，伸手拉住了那个黑影，灯光也随着他骤然加重的脚步声亮了起来。

林城来不及躲闪，被硬生生撞到墙上，因为对方太过用力，他脑袋后面磕了下，鼻间发出一声闷哼，并随之抬起头。

昏黄的灯光就这样照清了他的脸。

王泽文正要开口，猝不及防地看见了他带着泪光且泛红的眼睛，愣在原地，喉结滚了滚，顿时什么都说不出来了。

林城挣了下，用力将他推开。

"你哭了？"王泽文意识到这件事情，变得手足无措起来。

"我真不是故意的！"王泽文脑袋里嗡嗡作响，"都是我的错，你别难过。我把秦玄叫出来打一顿，行不行？你要王导怎么办？"

林城也慌，从侧面挤开他，直接往楼下跑去。

"林城！"

王泽文"噔噔噔"地跑下去，可是他哪儿追得上林城。

王泽文最爱面子了，可是那有什么用，还不如脑子来得好使。

他一脚踩空，直接摔了下去。

林城听见身后有重物翻滚的声音，持续了好几阶的时间，而后是几声压抑的呻吟，他赶紧停下脚步，又返了回去。

王泽文没想到摔下楼梯能这么疼，冷硬的石料与毫无弧度的棱角，将疼痛加倍放大。还好他没碰到头，只是腿上撞得不轻。

王泽文疼得眼前发黑，听觉失灵，等那一阵过去之后，他伸手在地上摸索了下，忍着痛意想起来。一睁开眼睛发现林城折回来了，就又往地上一躺，咝咝地抽着冷气，仿若病入膏肓。

林城蹲到他面前，查看他的情况，问道："怎么了？"

声音果然是嘶哑低沉，涩到听不出他原来的音色。

林城用空着的手按了下他的后脑，问道："你撞到哪里了？你怎么摔下来的？"

许久等不到他的回答，林城也急了，叫道："你要不要去医院？"

而后他直接暴力上手，将人扛了起来。

第八章

— 首映 —

　　王泽文虽说可以不要脸，但林城这样他也是很尴尬的。

　　他试图挣扎了一下，可是林城的力气不容他反抗，等他被放到副驾驶座的时候，心里的沉痛已经远远超过了肉体的疼痛。

　　林城吐出口气，拉开另外一面的车门坐了进去。他用力地呼吸，瞥了眼边上的人，还是说道："小格子里，帮我拿下水。"

　　王泽文阴沉着脸翻了下，果然从里面摸出一瓶水，要递给林城的时候，抬高了手。

　　林城下意识地用手格挡，结果王泽文只是气愤地揉了下他的头发，发泄似的说道："你就这么不想跟我说话？给你拿瓶水这样的事儿你也不想跟我说？"

　　林城把水接过来，喝得有点儿急，一口气将水灌下去三分之二，然后才放到中间的凹槽里。

　　王泽文一看就知道他忍了很久，哭笑不得，简直又气又无奈，身体一动，被忽视的痛觉又涌了上来，让他深吸了一口气。

　　林城赶紧开车，定位了 B 市最近的三甲医院。

　　王泽文说："去前面那家医院，那里的医生我认识。"

　　林城想点导航："哪一家？"

　　王泽文说："你开慢一点儿，我告诉你。"

　　王泽文要去的是一家私人医院，因为他觉得自己其实没事，去公立医院只是霸占床位而已，可是他又不能直接说出来，怕一说林城就跑了。

因为那家医院确实很近，王泽文指了下路，还没找到契机继续刚才的话题，林城就把车给停下了。

他下车后，还想扛着王泽文进医院，被王泽文抬手制止住。后者招手示意他靠近，而后整个人挂在他身上，一瘸一拐地走进去。

玻璃门打开，值班的护士看见他二人的架势，以为王泽文伤得很重，出于优质服务的职业素养，以及对帅哥的个人偏爱，赶紧给他找了张移动病床过来，让他躺下。

此举反而将林城吓了一跳，他以为王泽文伤势严重，之前一直在强忍，见王泽文躺着朝他伸出手，立即握了上去，跟面对病危的病人一样关爱他。

王泽文的心情十分复杂。

没多久，王泽文说的那位朋友过来了。医生还穿着睡衣，边擦眼镜边跑过来，走近之后，带着怀疑人生的表情又将眼镜摘下来擦了一遍。

林城望过去，王导只闭着眼睛，像是疼到抽搐，失了神志。

医生是个见过大世面的人，他深吸了口气，佯装镇定地问道："怎么回事啊，老王，旧伤复发了这是？"

林城说："他从楼梯上滚下来了。"

医生惊道："多高的楼梯啊？滚了多远？到底是滚了楼梯还是跳了楼？"

林城给他描述了一下，医生再次陷入沉默。

如果让林城自己滚一遍那种长度的楼梯的话，他觉得自己可以做到毫发无伤，毕竟他是专业的。但是他也曾见过跳一下就把自己跳骨折的人，所以无法肯定王泽文的抗打击能力在什么水平。

医生的眼神从王泽文的上方游过，大约是接收到了什么信号，昧着良心，感慨地说："这种事情看运气的，运气不好……就很严重啊！"

王泽文抬手挡住额前的光线，听着身边的人一面细声细语地和医生交流，一面婆婆妈妈地询问注意事项，甚至快将医生都给问烦了，暖意一阵阵地传过来，带给他一种从未有过的安定。

那两人聊了半天，林城终于放过医生，不再询问。他长舒了口气，半蹲下身，轻声道："王导，你没事吧？"

林城见他没有回应，又叫了一声："王导？"

王泽文闷声道："有事。"

林城想去找医生，又想起刚才那个医生已经将能嘱咐的都嘱咐了，问道："哪里不舒服？"

王泽文胡乱找了个借口："太亮了。"

说完他就后悔了，因为林城飞快接了一句："我去关灯。"

他准备走的时候，观察了一下王泽文的脸色，见他眉头皱起，显得不是很舒服的模样，以为他是洁癖发作，不高兴了。于是便跑去卫生间洗了条毛巾，回来要给他擦手。

结果王泽文已经将手缩进了被子里。

林城僵在原地，手里拿着毛巾，迟疑着要不要放回去。

王泽文主动说："你给我擦把脸。"

林城于是上前，拿着那条干净的毛巾，细细给他擦脸。他不敢太用力，王泽文一看就是皮薄馅……不是，细皮嫩肉的，好像一用力就能给擦红了。

而王泽文并没有任何反应。

一个像高位瘫痪一样的家伙，任由对方给自己擦脸，怎么看怎么"沙雕"。

医生在门外透过玻璃窗看了一会儿，最后忍不住了。

两个"沙雕"。

王泽文叫林城去帮自己买一份夜宵，因为今晚被秦玄气得没吃饭，现在还饿着。

林城走开后，医生悠悠地飘了进来。

医生手里拿着个记录本，无情地在上面画了两笔，说："你这搞什么呢？摔一下回去躺自己床上不行吗？"

王泽文皱眉："你这是私人医院又有空病房，我不需要护士跟医生陪护，钱还照给，你不满意吗？"

医生说："行，我超开心的。你继续，我回家了，别再给我打电话了啊！"

他给王泽文开了个拍片的单子，以免这人因为自己的愚蠢操作摔出骨裂而不自知，然后就将他丢在病房里不管了。

十分钟后，林城拎着两盒外卖进来。他把东西放在床头，示意王泽文吃，一份是盖饭，一份是汤。

王泽文却看也不看，只说："你过来。"

林城已经站在床边了。

王泽文皱眉："近一点儿，你离我那么远干什么？我现在是病号，能拿你怎么办？"

林城犹豫了下，在床边坐了一个角落。

王泽文招手示意："再近一点儿。"

林城问："你想做什么？"

王泽文说："我想跟你说说话。你站那么远，是要让我用喊的吗？我要内伤了。"

林城沉默许久，那张脸看起来甚至比王泽文的还要惨白。他唇角绷成一条直线，似乎在思考王泽文的意思。

王泽文坐了起来，笨拙得好像抓不到身后的枕头，林城箭步上前为他调整，等他身形稳定下来，在他眼神的威逼下，顺势坐在了床边。

王泽文一双眼睛漆黑明亮，紧紧地盯着他，片刻后叹了口气："还生我气呢？"

林城闷声说："没有。"

"我跟你解释了，你也不是第一天知道我这人脾气暴。我当时喝了点儿酒，讲话才犯浑不客气，你别放在心上。"王泽文好声好气道，"我可是真拿你当兄弟，所以秦玄挑唆我才会那么生气。谁都可以背叛我，我不放在心上，但是我对你那么好，你要是……"

林城飞快打断道："我不会！"

"我知道，林城。"王泽文想说怎么会有这么招人疼的孩子，他抬手搭上林城的肩膀，一字一句认真地同他保证道，"这次我错了，我答应你，以后都不会叫人欺负你，也绝对不凶你，不误会你，让你难过。我一辈子都会拿你当兄弟，好不好？"

林城早上是在床上醒来的。

昨晚两人聊得太晚，他就睡在了病房。他回头看了一眼，发现王泽文睡在另外一侧，自己和衣而睡，昨晚甚至忘了洗脸。

林城沉默了下，不敢想象自己此刻的形象，悄悄爬起来，去往隔间的卫生间。

林城在卫生间待了很长一段时间，在里面洗脸刷牙，顺道还发了一会儿呆。他用水压了一下头发，试图调整自己的发型，以确保自己的形象。

然而即便做完这一切，他依旧留在卫生间里，用手在镜子上画着圈儿，做着漫无目的的事儿。

没有原因，因为时间还早，他也没太在意，在里头磨蹭了很久。等他出来时，床上已经空空如也。

林城呆站在原地，在病房里巡视了一圈儿。窗户被打开了，新鲜空气涌进来。昨天买了但忘了吃的夜宵，已经被人提走了。

王泽文悄无声息地离开了，如果不是他的外套还留在屋里，林城会以为对方是跑路了。

林城正在皱眉的时候，病房大门被打开。他回过身，就见王泽文拎着两袋早餐走进来。

"早饭。"王泽文朝他一笑，"你饿了吗？"

林城说："王导……"

王泽文回道："怎么了？"

林城愣住了。

王泽文放缓了语气："你想说什么？"

林城问："你吃药了吗？"

王泽文心想：他骂我。大早上的，他居然骂我。

林城想去翻药，才想起来昨天医生根本没给他们开任何药物。

林城说："医生也没说今天几点检查。"

"本来就没事。"王泽文无惧丢脸，坦然道，"要不是咱俩没和好，而你又非要走，我根本都不想来医院。你没发现昨天那医生早早就跑路了吗？我如果真有什么严重的问题，他早就加班加点地给我安排诊疗方案了。"

林城："……"

王泽文把东西放到桌上，示意说："吃饭吧。吃完饭你送我去剧组好不好？我今天 8 点要去开工。"

林城应了一声："好。"

王泽文觉得自己无比舒适。他突然想起自己还没洗脸，赶紧跑去卫生间洗漱。

看他离开，林城将袋子解开，把里面的东西都摆了出来。

王泽文买了两杯豆浆、两袋小笼包，以及两碗皮蛋瘦肉粥。林城把盖子全部打开，跟醋盒一起，对称地摆在两边。

摆完后看了一会儿，林城又觉得不大高兴，把东西全部混放在了一起，这才满意。

正好王泽文火速刷完牙走了出来，两人面对面地坐着，准备吃饭。

包子跟粥还都是热乎的，不知道王泽文是从哪里买的，小笼包的馅料很清爽，大早晨吃也不油腻，还十分暖胃。

那浓郁的食物香味儿在两人之间蔓延。

林城本来吃饭是很快的，因为他习惯了赶工，但现在因为王泽文在对面坐着，跟着细嚼慢咽起来。

虽然他表现得不明显，但王泽文能觉出他此刻的愉悦来，问道："你今天心情好了吗？"

林城点头。

王泽文接着说："我有很多问号。"

林城好笑，问道："什么问号？"

王泽文心里喜滋滋的，脸上带着笑意："我们现在和好了，没错吧？"

林城用勺子搅动着碗里的热粥。他点头，"嗯"了一声。

王泽文问："那你为什么不回我的微信？"

王泽文昨天没追究，是因为担心吵起来不好，昨天林城情绪不对，他很怕自己追问会造成负面效果，而且昨天晚上他太兴奋了，当时脑子一抽，觉得自己可以什么都不在乎。

果然说不在乎是不可能的。

他的声音里混合着香醋的酸味儿："不管好朋友给你发了什么，你不应该礼貌性地回复一下吗？"

林城心想：那之前关系也没这么好啊，还能追溯从前的吗？

"我昨天早上手机丢了，后来急着开车，没看。"林城一边拿出手机，一边问，"你之前给我发了什么？"

王泽文被噎了下，他也不能说自己发了个句号在试探。

"你跟秦玄还有联系吗？"王泽文问，"昨天晚上他跟你说了什么？"

昨天晚上秦玄还真没说什么，只是让他去接王泽文，说如果他不过来的话，就把王泽文丢会所了。

林城解锁手机，发现昨晚他两人离开之后，秦玄又给他发了几条消息。

大致内容是，恭喜他套牢王导，还说王导是个没见过什么社会面的人，比较好骗，但是并不好欺负，拿点儿好处就差不多了，让他自己把握分寸。

"他是不是跟你说什么难听的话了？你不要管他，他就是这样。"王泽文见林城神色不对，愤慨道，"他这样的社会人士，总觉得身边的人不善良，你根本不用在意他，反正你跟他没关系。"

林城说："他没说什么，他就是觉得我在利用你。"

秦玄并不会在聊天儿里骂人说脏话，那是一件很掉份儿的事情，昨天也是加上好友之后第一次联系林城。但是他语气里流露出的意思，总是能刺得人很疼。

"不是，"林城不知道该怎么解释，只低声道，"我不是。"

他从来没有想让王泽文给自己什么资源。

王泽文按下他的手，将手机盖到桌面上，不让他再看。

"我知道。"王泽文低声说着，"就算是也没关系，我高兴。"

林城坚持道："我不是。我跟他都不熟，他说得不对。"

王泽文突然笑了，说："对，你跟那禽兽不熟。他要是再诬陷你欺负你，我帮你一起揍他。"

林城深吸一口气，说："他不是你哥吗？"

林城其实想说王泽文没有必要为了他跟秦玄交恶，大不了以后他不跟秦玄打交道就好了，反正他已经和星火解约，如果不是王导，根本都不会有交集。

"我小时候我爸妈就离婚了。他跟我爸走了，我爸妈是世仇。"王泽文说，"其实我和他也不熟，因为他突然接管娱乐公司，才有了几次合作的机会。"

林城惊了下，沉默片刻后说："其实他还是挺关心你的。"

王泽文撇嘴，嫌弃地说："我知道，不然我早打他了，他那人嘴巴那么贱。"

林城突然无话可说。

王泽文发现一提起秦玄，整个氛围都不对了，赶紧挥手道："不要再说他了。我们……哦，我还有一个小问号，你前几天为什么要躲着我？为什么不来看我？"

林城："我昨天去给你买礼物，然后手机被偷了。"

王泽文瞬间开心起来，声音也轻飘飘的："那礼物呢？"

林城："去补卡的时候太急，不知道放在了哪里。"

王泽文差点儿骂出声来，那该死的贼！

林城不忍见他失望："我再补给你。"

"好。"王泽文看着他说，"我想要。"

林城点了点头，继续埋头吃饭。

两人吃完饭，把桌上的东西收拾了一下，拿上自己的衣服，离开医院。

今天林城其实还在休假期，但是他也确实没什么事儿，就陪王泽文去剧组了。

他们到了剧组片场，此时众人已经架着设备在忙碌，准备开始新一天的工作。

两人一起出现的时候，工作人员都安静了片刻，将目光齐刷刷地转过来，满脸期望地看着他们。

林城习惯性地放慢了脚步，与王泽文拉开距离，还努力维持着冷漠的表情。

众人看着这一幕，只以为两人之间的嫌隙还没有消除，今天应该是碰巧一起来了片场。

这剑拔弩张的气氛，可要怎么办才行啊？

刘峰心里打了个哆嗦，他听见王泽文中气十足地喊道："大家手脚都快一点儿，该开拍了！其他人也别愣着，该彩排的彩排。"

以刘峰对他的了解，一般王泽文用这种声音发布工作指令时，要么是兴奋激动，要么是满怀愤怒。看他们两人的表情，前者的可能性似乎不大。

他想起昨天王导还说要去慰问林城，后来就没了消息，多半是又翻车了。

好惨。

刘峰见林城搬了把椅子过去，要坐到导演旁边，他惊了，拦下林城说："你真要坐在王导旁边吗？"

林城："想听他讲讲课，之前为什么不满意我演出来的状态，王导说可以听。"

刘峰心情十分复杂，觉得林城的心未免也太大了，他说道："那……那也行吧，但是你说话小心一点儿，王导最近两天可能不大平静。"

林城说："没关系，他人很好的。"

刘峰都不知道该同情谁，只能道："那好，你努力。"

由于他们两人坐在一起，今天整个剧组的氛围都变得小心翼翼起来。

连郑酝都学会了看脸色，拿出了前所未有的认真状态。许杨宁更是识时务地将全部精力都放在剧本上，和叶婷前辈翻来覆去地讨论一个细节。

林城偶尔给王泽文端杯水，再给他送点儿吃的，众人当他是在赔罪。

王泽文心里雀跃，又怕自己表现得太过明显，每次只含蓄地接到手里，然后在众人看不见的地方对林城表示感谢。

刘峰看见了！但是刘峰不能说！刘峰别过了脸，在心里骂了两声王泽文，占别人便宜就算了，居然还装作生气的样子。

可是其他人的关注点就没有他那么精准客观。

王泽文那沉闷冷淡的回应，无异于当头棒喝，给众人敲响了警钟，告诉大家，他心情不好，不要搞事。他们信了。

许杨宁几次想把林城叫出来，怕他引火烧身，然而没成功。

正因为有这种巨大压力在，今天的拍摄异常顺利，甚至提前了一个多小时收工。

林城跟王泽文收拾好东西，一起出去吃了晚饭。他们开车去了比较远的地方，又怕回来开会的时间不够，只随意吃了一点儿，然后打包回来。

虽然整个过程仓促得可笑，但是两人都很高兴，开完会回酒店的时候，还在笑个不停。

晚上，林城坐在自己的床上，对着电脑补充人物小传。

他今天在王泽文身边坐着，看着他一板一眼地工作，突然间有了很多感悟。那种感悟让他对严思齐这个角色有了更深层次的理解，也突然理解王泽文当时说他情绪不对是为什么。

其实没有必要非得到回应，只是看着喜欢的人在自己面前慢慢变好，也会有一种成就感。

严思齐的期望就是如此，他希望女主角能走出家庭暴力的阴影，同时更希望她的母亲能够站出来，不要让自己的期许成为女儿的压力。

林城手指飞速按动键盘，将情绪、细节，以及自己思考的表演方式全部记录下来。他越发能理解在表演文戏时，应该如何代入自身，如何剥离情绪，才能对角色进行更好的演绎，也渐渐明白，一个令人印象深刻的角色，要如何诠释人物的性格。

在林城正写到高兴的时候，电脑响起了提示音。他本来不打算管，片刻后想起什么，点出后台，发现果然是王泽文在给他的小号发消息。

王泽文为什么总是能在他意想不到的时候出现？

王泽文：【猫猫跳舞】【二哈跳舞】【我美吗】

林城犹豫要不要坦白从宽，或是不做不休，把这个"马甲"捂死到天荒地老。

王泽文那边又发了消息，字里行间都透露着他的嘚瑟。

王泽文：他"仰卧起坐"了。【烟花】

王泽文：【猫猫跳舞】

王泽文：我发现了，莽应该才是对的。【冲啊】莽才是王导的特色，他一定是欣赏我这一点。

林城心想：你背着我，造谣中伤我。

你这木头呀：【好奇】你都做了什么？

王泽文：没什么。【红包】

你这木头呀：普天同庆吗？

王泽文：想得美。帮我找一些头像，要低调又可爱的那种。

你这木头呀：……

王泽文：卡通的或者"沙雕"的，你都可以拿来给我看看，烂大街的不要，我要特别的。有多少来多少，我今天会已经开完，有时间。

王泽文：快一点儿啊！

林城认清自己小号的身份——明明白白"工具人"。

可是王导，你有那审阅头像的时间，不能拿来跟朋友聊天儿吗？

林城拿起手机，用自己的大号给对方发了条消息。

林城：王导，睡了吗？

王泽文秒回。

王泽文：没有。怎么啦？有什么事儿吗？

林城：每次看见你的头像都觉得好可爱。【瞪眼】还特别醒目。

王泽文：哪个？这个海胆？

林城：对。

王泽文：送你！【图片】

林城：我可以换个不一样的海胆球吗？

王泽文：好啊！【你说了算】

不出意外，小号那边快速地弹出新消息，王泽文跟他说不用找了。

林城刚松了口气，就见王泽文继续发了两条。

王泽文：我不要头像了。

王泽文：给我换一套新鲜的表情包好了，我要展示有趣的灵魂。

这操作真的好绝啊！

王导给他快乐。

你这木头呀：好的老板！我现在去找素材，半个小时后发给您！

林城给自己画了个海胆球，把愤怒的表情改成了笑眯了眼，做成完全无害的样子，又把棱角磨平了一点儿，打了点儿柔光，将它改得软萌萌的，然后换到 QQ 上，截图发给王泽文。

林城：【林城】

王泽文：可爱。

王泽文：剧本准备得怎么样？有需要王导给你讲讲的吗？

林城：不用了，我自己可以努力学习。等我把人物小传完善好直接发你邮箱吧，你帮我看看。

王泽文：好的。早点儿睡，别熬夜。最近你的戏不难，可以慢慢来。

林城：我想看看自己能不能有突破。文戏确实是我的瓶颈。你给我的工作我都想好好做。

王泽文：你已经做得很好了。有不会的我都可以教你。不急。

林城：【开心】

王泽文看得心绪一阵酸软，被林城的认真跟投入弄得很是感动。

又过了一天，林城的假期结束，他准备加入工作。

刘峰翻开剧本一看，顿时傻眼，好家伙，今天是场体力戏啊！多卡两次能掉半条命的那种。他赶紧去和众人打了招呼，叫他们帮忙担待林城一点儿，能提醒的都提醒一句，尽量避免卡机。

王泽文坐到位置上，说了今天第一句话："林城，你可以吗？"

林城点头："可以。"

虽然放了好几天假，但是他的状态并没有松懈。他最近都在抽时间练习，应该不会出现入不了戏的情况。

王泽文该和他讲的，都已经在私下沟通过了，所以并没有再喊林城过来，只叫了许杨宁，给她画画重点。

这一段戏，是男主角突然收到了来自母亲的求救电话，发觉事情不对劲，赶紧叫上了心上人，跟他一起回家救人。

两人要从教学楼的窗户跳下来，一路跑到围墙边儿，翻越围墙，逃出校园。

数台机子同时就位，其中一个镜头会紧紧跟在他们身后，随着他们的动作，将景色飞速拉向身后。同时这里要配一段紧张的背景音乐，为了画面的连贯性，数百米的路程，他们得一气呵成。

许杨宁一遇到这种体力戏就变得很紧张，林城站在她旁边安慰她，说自己会帮把手，所以不会出问题。

许杨宁点头。

正式开拍。

林城将许杨宁递出窗户，而后自己敏捷地跳了下去，在身后老师与同学的震天惊呼中，沿着小路急速奔跑。他身形灵活，跑起来的时候仿佛浑身充满力量，这种动作戏对于他来说是手到擒来。

他冲出一段，追上许杨宁，而后放缓速度，跟在她的身边。

在跑到一半路程的时候，教导主任突然在后面出现，他手里举着文件，歇斯底里地朝二人怒吼。

许杨宁一个趔趄，差点儿摔倒。林城靠过去，在关键时刻牵起她的手，将她身形稳住，并带着她一起跑。

镜头从前面拍到了两人顺势对视的画面。

林城额前的刘海儿飞扬，他朝着许杨宁露出一个安抚又温柔的笑容。那笑容的感觉与严思齐以往的笑都不一样，不带任何特殊的情感，却极有杀伤力，与许杨宁的惊慌形成了鲜明的对比。

教导主任的身影在后方逐渐被虚化。

王泽文盯着林城的表情，抬手摩挲着自己的下巴。

两人跑到了围墙边儿上，林城蹲下身，让许杨宁踩着自己的肩膀上去。许杨宁一脚没踩稳，反而摔倒在地上。从地上爬起来之后，她再次尝试，好不容易站直了身体，两条腿却颤颤巍巍的，爬不上去。

王泽文喊了声"卡"，许杨宁哭笑不得地下来，拍了下林城的肩膀说"不好意思"。

王泽文要求重拍一次，就按照方才的感觉拍。

林城去重新换了件衣服，因为肩膀已经被踩脏了。

二人休息了一会儿，重复刚才的表演。

这一次依旧顺利到了围墙边儿上。

许杨宁跑了两次，已经快没力气了。她熟练地爬上墙头，从高处往下一看，大脑有点儿蒙，心里出现了一种名为"畏惧"的情绪。

许杨宁咬了咬牙，正准备克服过去，只见林城飞速蹿上高墙，一道黑影又飞一般地落到了地上。他站稳之后，转过身来，无声地朝许杨宁伸出双手。

这一幕是剧本里没有的。许杨宁看着下方林城似在发光的眼睛，愣了一下，好在镜头没有拍到她的出神。

她很快反应过来，调整好姿势，朝着林城跳了下去。

林城将她抱住，然后放到地上。

许杨宁在那一刻感受到了来自这个大男孩儿纯粹又厚重的爱，比林城之前表现出来的要真实得多，她也瞬间被带入了角色之中。

"好，卡。"王泽文的声音从机器里传来，"许杨宁，补一个你坐在墙上的表情特写。"

许杨宁接过助理的毛巾，喘着粗气，朝林城笑了下，说："谢谢，这位绅士。"

林城也笑着回道："没什么。"

许杨宁顿了片刻，又说："你演得真好。我以前没觉得你演得哪里不对……今天我发现真的不一样了。"

林城客气地说："王导指导得好，你也演得很好。"

一个摄像师扛着机器走回来，他抬手擦了把汗，正准备坐下休息，抬起头，接收到了刘峰的示意。

刘峰摇着扇子，五官不断朝着王泽文的方向用力扭曲。依照多年的合作经验，摄像师顿时明白了。

他故意在王泽文身后大声道："哎，别说，林城这小子确实厉害，进步特别快。《夜雨》那时候，我以为他的文戏撑不住北固这个角色，没想到拍到后半程，越来越投入。这回也一样，刚才的表现跟最开始的感觉完全不一样，稳扎稳打，一直进步啊！"

刘峰追上话题道："是啊！我也觉得林城刚才的表现很不错，好像突然领悟了，放开了。"

王泽文挑眉，扭着身体朝后看去。突然夸起林城，他怎么觉得这群人用意并不简单呢？

摄像师说："刚才林城说，都是王导教得好。他刚才在那边特别夸了王导，说王导给了他很多灵感、很多机会，他就希望能拍好这部戏，不辜负王导对他的栽培。"

王泽文"嗯"了一声，拖着长音道："真的？"

摄像师点头："当然！"

刘峰说："林城其实也经常跟我说他很感激王导，但是他脸皮薄嘛，在你面前就很放不开，可能有点儿拘谨。"

王泽文一面拿起杯子假装喝水，一面悄悄窥视众人的脸色，听得心中暗爽。

林城和许杨宁相伴从远处走回来，两人在讨论着后面的戏，譬如许杨宁该如何以一个花季少女的身份对男主角表现出身为一个老母亲的"过分关心"。

两人说到具体的表情，都被台词本上的描述给逗笑了。

王泽文听见笑声，瞥了那边一下。林城接收到他的视线，也看了过来，原先嘴角的弧度向上翘起，形成一个灿烂的笑容。他两手插在校服的衣兜里，跑过来问道："刚才拍得怎么样？"

王泽文把刚才的画面找出来回放给他看。

林城弯下腰，认真看着屏幕里的内容。画面流畅地播过去，他自己是非常满意的，觉得效果比他预想的还要好，表情跟气质都很自然到位，于是低下头去看王泽文。

王泽文朝他点了点头表示肯定，林城很高兴，带着成就感走开了。

许杨宁补位过来，等待评价。

王泽文说："你刚刚开小差了。"

许杨宁："对不起。"

王泽文因为心情好，也变得好说话起来："下次注意别再犯。这回是没拍到，所以算了，但是以后拍摄中的任何一个小细节都要尽可能地去注意，明白吗？"

许杨宁点头。

众人见林城状态上佳，都松了口气。

王泽文是有那么点儿记仇，但只要演员表现好，什么深仇大恨他都能抛在工作之后。林城只要继续表现好，应该就能跟王导和解。

工作人员怀着美好的愿景，勤奋地拍完了今天的戏。

在宣布今日收工的时候，王泽文甩着剧本，大声地说了一句："林城今天晚上8点来我房间找我！"

这是一个好的征兆啊！

刘峰朝林城递去鼓励的眼神，可惜林城正在看王泽文，没能回应他的友善。

吃过晚饭后，林城回房间洗了个澡，又去洗了衣服，等他收拾好的时候，已经8点多了，直接拿了剧本过去找王泽文。

王泽文推开门，看见他还没吹干的头发，把人放了进来。

"有什么需要帮忙的吗？"王泽文说，"你要不要先吹个头发？"

林城笑说："不用了。"

他的毛巾还挂在脖子上，虽然没有化妆，但是皮肤依旧白皙。他在沙发上坐了下来。

林城翻开剧本，上面用线条标记了很多东西。他直接翻到明后天要拍的内容，示意王泽文过来看。

王泽文把林城的剧本都快翻烂了，并没有什么兴趣，说："严思齐这个角色难度不高，我觉得以你现在做的准备，只要不懈怠，就没有什么问题。"

林城放松地靠在沙发背上。他问道："那你叫我过来干什么？"

王泽文瞄了眼时间，笑说："时间还早，跟你一起看剪辑。"

林城："什么剪辑啊？"

王泽文笑了起来，拉着他坐到自己旁边。

王泽文点开电脑屏幕，上面是一排视频文件。

视频是林城的一个真爱粉剪出来的，就是之前来探班的那位神奇女生。她剪了一大堆，把内容分成了1、2、3、4……据说还有后续，等整理出来了再发给王导。

从视频长度来看，那个女生几乎是按照时间，把林城以往演过的所有角色跟个人画面全部剪了出来。有些电视剧因为太过久远，又太过冷门，连林城也不知道她究竟是从哪个犄角旮旯里抠出来的资源。

果然粉丝的执念是强大的。

王泽文说："你以前的作品，我一部都没有看过，现在给你讲讲戏怎么样？"

林城斜着眼转过去，怀疑道："你不是想看我的笑话吧？"

"怎么会？"王泽文信誓旦旦道，"王导就不是那样的人！"

王泽文点开了标号为"1"的视频，放大全屏，后仰身体。

视频的开头，留下了粉丝的吐血剧评。黑底白字，一句一句用力地砸在屏幕上。

"这部电视剧真的是太难看了！我看出了资本的邪恶！还好当年的剧都短，只有二十来集。然而它这么短小，却能拍得如此智障，也是超乎我的想象！不过没关系，只要看脸就可以。我们林城小小年纪，武打戏已经很厉害了呢！"

林城完全想不起这部电视剧。

画面其实还是挺清晰的，那个年代的电视剧制作水准已经算高了，就是滤镜选得十分糟糕，也没开磨皮美颜，导致镜头离演员太近的时候能看出他们脸上粉底痕迹过重。

林城看见了十来岁的自己，一身小和尚的装扮，从台阶后面跳了出来，虎着一张脸，极其严肃，之后出现一个大叔对他拳打脚踢。

粉丝怕他们看不出来，特意用红色的线条圈出了林城的位置。

无疑他的表演十分稚嫩，没过几分钟，又冒出来一行新的提示：本剧优秀镜头完，后面是摔泥坑、站木桩、挑水练马步……

林城想起来了，后来小和尚长大了……他变成了主角。

"黑粉"吧，这就是个"黑粉"啊！

王泽文笑得不行，林城用手肘推了他一把。

王泽文掩住了嘴，说："你以前是个小光头吗？"

"有头发的。"林城指着那一点儿青色的小细毛坚持，"这样打理起来比较方便，头发留得长还浪费洗发膏。"

王泽文大概理解了粉丝的套路，直接关掉视频，略过前面几个号，从最新的视频开始看，毕竟只有近期的表演才能有参考价值。

然而最近几年，林城演的几部都是王涛给他接的降智偶像剧。林城跟王泽文一起看了一会儿，十分迷乱，有种似梦非梦的感觉。

王泽文忍不住了，一边大笑一边夸他，说他起码比男主角演得要好，让林城无法分辨这究竟是真话还是损他的话，所谓的技术分析根本进行不下去。

快 11 点的时候剪辑还没看完。

林城听见手机闹铃声响起，大松了口气，匆忙站起身说："我要回去了，明天还得早起。"

王泽文笑着说："马上结束了，看完回去吧！"

林城拒绝，抬起屁股就要走，可是王泽文拉住他的胳膊，林城不得不推了他一把。

林城推他的力不轻不重，王泽文一个趔趄，勉强稳住身体。但是他顺手也推了林城一把。

下一秒，王泽文后悔了。

王导错了，王导罪大恶极。

王泽文控制住了自己被推倒的力，却没控制住自己身体前倾推出的力，结果一下子撞在林城的身上，牙齿刚好磕到林城的额头。

林城轻轻地叫了一下，然后别开头。

王泽文感觉自己牙齿都疼得发颤，更别说是林城的脑门儿了。他脸色大变，赶紧去看林城的脸，问道："林城，你没事吧？"

"我……"林城咬着牙关，从喉咙里挤出几个字，"我没事！"

王泽文抓住他的手让他不要遮，拨开他刘海儿一看，发现额头上留了一个印记，深处被磕到暗红，估计可能要破皮了。

王泽文萎靡了，挫败又无比心疼地道："对不起……"

林城则是一言难尽的无奈表情，安慰他道："没事，我去冲一下水，睡一觉就好了。"

林城的额头还是受伤了，经过了一个晚上，有些红肿，颜色还变得乌青。化妆师费了九牛二虎之力都没把它遮盖下去，隔远看，简直像是二郎神的第三只眼。

绝了。

最后没有办法，造型师只能把他原先往后拨的刘海儿梳下来，盖在前面，用来遮挡额头上的淤青。

还好林城在校园内的剧情差不多已经拍完了，剩下的场次里，按他的人设，他需要戴一顶鸭舌帽，高度恰好能把伤挡住。再过几天，应该就能好全。

王泽文来到之后，片场持续了一个早上的低气压。在林城出现的时候，气压降到史上新低。

剧组众人噤若寒蝉、瑟瑟发抖，给林城以及自己，都点上了八十一盏天灯。居然敢在王导的组里由于非工作原因破相，林城完了。

这辈子恐怕不行，下辈子争取投个好胎吧！

众人手上忙活，精神高度集中，互相悄悄用眼神暗示，都在等待王泽文开嗓怒骂。

得先让王泽文发泄一通，他们才好出面打圆场。

没想到等了又等，化好妆的林城都在王泽文面前晃荡了许多次，他们的王导依旧只坐在自己的位置上，带着杀气睥睨全场。

那压力可不是一般大。

副导演观察了一下王泽文的脸色，心想：大事不妙。王泽文这是气得骂都骂不出来了，那还得了？当即脸色一沉，怒道："林城！你这额头到底怎么搞的？"

林城低着头，说："磕的。"

副导演骂道："你是演员你知道吗？你连自己的脸都保护不好，还当什么演员？你的脸现在不单单属于你自己，它还肩负着我们整个剧组的责任！昨天晚上你干什么去了？怎么会受伤？"

林城道歉道："对不起，以后不会了。"

副导演说完又观察了一下王泽文，发现后者脸色依旧黑得可怕，甚至有加重的趋势，觉得自己区区几句责骂，还不足以让王导出气，于是深吸一口气，正要展示自己四十余年的词汇功底。刚开了个头，王泽文悠悠地出声道："是我磕的。"

副导演一口气梗在胸口，差点儿把自己憋死。

现在是要怎么搞？

刘峰瞪着眼睛，一脸"你们终于还是忍不住打起来了"的惊讶表情。

王泽文说："昨天给他讲戏，手里的东西没拿稳，不小心飞出去了。"

众人心里回荡着 BGM，皆是惊恐。

是飞出去了还是砸出去了？他手上到底有什么东西是拿不稳的，能砸出这种形状？

是啊，为什么能伤成这种形状？

许杨宁看向林城的表情更是复杂。得罪王导这么惨的吗？

林城只得解释道："真的只是一场意外而已。"

两位当事人都坚持否认，群众也不好说什么，干笑两声之后，各自去忙。

早晨的拍摄过程，其实没有太大的意外。演员都已经磨合到位，且被王泽文震慑许久，不敢有所懈怠。只是当王泽文变得沉默之后，众人都有点儿不大习惯。

以前王泽文的讲解是详尽而精准的，抓出你的错误之后，简明扼要，直击痛处，顺道再加两句他独有的王者嘲讽。

虽然那段话语是犀利了一点儿，心理承受能力太低的人会受到一点儿打击，但跟组的人能学到的东西也远胜从前。

而现在王导没心情了，他的指导内容就变得言简意赅。众人第一次发现，原来说话的方式简单点儿，并不一定是件好事。

他们倒是更希望王泽文能做一个鞭策剧组的魔鬼领导人。

片场因为他的情绪，变得安静许多。工作人员在说话的时候，都刻意地放低了声音，演员也将互相的闲聊改成了窃窃私语。

最后是林城受不了，趁着中午休息的时间，叫了王泽文出来，说去隔壁的空房间里聊一聊。

众人目送壮士一样地看着他们离去，向林城送去无上的敬意。

王泽文直接过去坐到了沙发上。

林城关上休息室的门，问道："你怎么了？"

"没怎么，"王泽文深陷在沙发里，声音低沉地说，"我在反省。"

林城说："昨天的事情就是一个小意外，我知道跟你没关系。"

王泽文站起来说："我看看，怎么样了。"

林城仰起头说："好得差不多了，就是镜头下面看着显眼。"

王泽文看到一块凸起的小包，皱眉道："疼不疼？"

"不疼。"林城失笑，"我是武生啊！"

王泽文像是自语："不行。虽然你是武生，可我其实不希望看见你受伤。你看，我是不是变得不专业了？"

林城说："没有，这跟专不专业没关系。"

等在外面的刘峰等人内心无比忐忑，好几次想上去打扰，却又不敢，最后只能不断徘徊在片场，监视着休息室的门槛。

林城跟王泽文好一段时间后才出来。

刘峰早已是急得嘴角起燎泡。他怕王泽文这几天的反常，是因为求和不成，进而生恨。毕竟王导的人生经历不同于常人，处世也特立独行。

刘峰状似无意地靠过去，上上下下打量了刚出来的林城两眼，问道："你们在里面说了什么？王导还没原谅你吗？你好好道歉的话不应该啊！"

林城："没有，我们就随便聊聊，没吵架。"

刘峰："没吵架怎么能待那么久？"

林城说："就坐下来一起吃了顿泡面。"

刘峰心里大叫着：你唬我呢？！完全脑补不出里面的画面。

"麻辣味儿的。"林城吸了吸气，说，"还可以吧，就是味道太重。"

刘峰鼻子动了动，发现空气里真的有一股泡面的味道。紧跟着王泽文走出来，斜视了他一眼，手里端着两个泡面的纸碗。

林城看见，快步走过去说："我忘了清理，我自己来吧。"

王泽文把东西给他，又面向了刘峰。

"把16号、17号的行程空出来。"王泽文说，"我和林城的。"

刘峰紧张地道："干……干什么？"

王泽文翻了个白眼："干什么？《夜雨》的首映啊！"

他背过手，无情地嘲笑道："你这助理做得还挺有意思。"

刘峰心好累："那应该早就空出来了。"

王泽文重新上任之后，心情明显改善很多，春风满面，弄得剧组集体受宠若惊。

这么美好的日子，一直持续到了《夜雨》首映。

今年暑假档的竞争极其激烈，但要说最受期待的影片，无疑就是《夜雨》了。

《夜雨》前期宣传到位，有着题材优势，而且演员阵容又足够强大，备受关注也是正常。但其实每年被大众格外青睐的影片，翻车的概率都会变得极高。毕竟，一旦预期过高，标准也会跟着提高，导致最后进行评价的时候，会出现些许偏差。

虽然这部电影的实绩与林城无关，然而真到了这一天，林城还是觉得有点儿紧张。

林城觉得其中主要的原因，就是"焦虑传染源"郭奕世同学。这位朋友，从前两天开始，就不停地对他，以及剧组的另外两位关系比较好的兄弟，进行微信轰炸，担忧自己要是演砸了这部电影，拖累票房该怎么办。

最后还是王泽文看见了，愤怒地用林城的手机给对方发了条语音，郭奕世才消停。

首映礼当天，王泽文开车带着林城过去，还帮林城挑了一件合适的衣服。

王泽文都是不出镜的，他只在剧组演员有需要的时候，在下面鼓励。

演员来了之后都先与王泽文打招呼，林城与他待在一起觉得尴尬，就坐到了主办方事先给他安排好的位置上。

随后，郭奕世也来了，去王泽文那里寻求安慰。

不管谁来，王泽文都只有一句不大耐烦的话："行了，能火。别吵吵。"

虽然这话听起来有点儿敷衍，但郭奕世对王泽文有着盲目的信任。他被王泽文嫌弃地白了一眼，而后满怀信心地拉着林城一起上台。

郭奕世不知道是因为紧张还是怎么，前一天夜里背了很多网络段子，今天一上台，火力全开，逗得台下观众大笑连连。

众人胡侃一通，按照设定好的流程往后推进。媒体的采访环节与观众的互动环节都做得非常好，幕后彩蛋也剪得笑料百出，好"梗"密集。单就首映礼的展示来说，效果非常不错。

林城作为武生，再一次得到了主持人的礼貌夸奖，并在场上给众人表演了一套剑术。郭奕世在一旁捏着嗓子喊"加油"，听得林城实在是很想打人。

在郭奕世热情消退，开始疲惫的时候，这一环节终于结束，首映正式开始。

王泽文坐在中间，林城则坐在同排的边上。

灯光暗了下去，电影的音乐响起，观众的安静让气氛顿时沉淀下来。在"夜雨"两个落笔如惊鸿的字出现在屏幕上的时候，林城刚被压下去的紧张，又浮了上来。

林城下意识地偏过头，看向隔着人群的王泽文。

没想到黑暗中王泽文也突然转过头来，朝林城挥了挥手。

巨大的声音从环绕的音响里传出，正片已经开始。林城笑了一下，坐正认真观影。

拍摄的时候，林城没有那么强的代入感，也没有那种身临其境的震撼。可能因为他是演员之一，对这部电影有天然的好感，他觉得整部影片的质量十分高，甚至到结束的时候，他都有种北固不是自己的角色的错觉。

整部电影的节奏一气呵成，画面的冲击感更是强烈。当落雨的节奏跟刀剑的碰撞声互相交合的时候，林城还听见了周围观众没抑制住的惊呼声。

四溢的杀气，挥洒在空中的剑光里。

王泽文的镜头里，所有的人，所有的景，都很美。

当他想营造出残酷的画面时，连一滴雨，都是忧郁的。当他想衬托热血壮阔时，连一株草，都是朝气蓬勃的。

让林城印象比较深刻的一个镜头是一滴水打进了正仰着头的北固的眼睛里，北固眨了下眼，将雨水从眼眶里挤落。

被水洗过的瞳孔特别清澈，倒映着灰蒙蒙的天空，但很快又被新的雨水打到模糊。漾开的水波，割裂了的画面，最后转成一片被人踩踏过的泥水坑。

林城从当时的眼睛里，看出了一种纯粹。不知道为什么，他就是特别喜欢。

然而观众反馈最激烈的，好像是他"领盒饭"的那一幕。当时他们相当激动，细微的讨论声过了片刻才停下去。

林城摸着手机，很想上网看看首映的评价，只是限于场合不合适。他忍到了电影放映结束，又忍到了走出现场，最后跟王泽文绕开人群，一起上车的时候，反而冷静下来了。

王泽文问："累了没有？"

林城摇头。

"等新电影到宣传期的时候，你就要习惯做这种活动的主担了，就跟今天郭奕世一样，毕竟你是主角。"王泽文说，"到时候会很累，我陪你一起跑。"

林城点头，他觉得王泽文安抚人心的时候总是特别温和，与他咄咄逼人的样子截然不同。

王泽文看他一副出神的样子，笑着问道："提前紧张了吗？"

林城笑了起来："是好事，不紧张，而且你不是陪着我去吗？"

"好。"王泽文说，"现在呢？你想我陪你去吃什么？"

"想吃炒菜，炒家常菜。"林城说完又反悔了，"想吃烧烤，烤鸡、烤鸭也行。"

王泽文说："这可都不是一家店啊！"

王泽文开车去找地方吃饭，林城靠在车窗上闭目养神。

开到半途，王泽文突然关掉了车上的音乐，问道："都没有问过你，你还想做武生多少年？"

林城睁开眼睛，瞳孔里倒映着明亮的星辰。他沉默了许久没有回答，似乎自己也在思考这个问题。

王泽文歪了下头，提醒他："嗯？"

林城低声说："做武生很累的。"

"是啊！"王泽文说，"我记得第一次带你去医院的时候，医生还说你身上有很多旧伤。"

王泽文前几天刚说过，害怕他受伤。

《夜雨》剧组的安全措施已经算做得很好了，但是磕磕碰碰还是在所难免。林城在拍摄过程中病了那么长时间，辛苦得几乎脱形。如果是在别的剧组，演员没有那么大的话语权，导演也不会像他这样公事公办，林城该怎么办呢？

林城捏了下自己的手，每年冬天这个地方就很容易犯腱鞘炎。他说："我以前想，等我火了就好了。"

"要多火？"王泽文说，"看看王导能不能捧得起来。"

林城说："现在这样就可以了，我就是脾气硬而已。"大家都知道他是个武生，这就是一件让他很满足的事儿。

林城说："我其实不是非要做武生，做普通演员也挺不错。只是以前我只有武戏能压得过别人，我就特别想在这一块做出头。"

王泽文笑道："有王导在，你的文戏也能压得过别人。"

"我知道。"林城说，"谢谢你。"

过了一会儿，王泽文又问："按你原来的计划，不做演员之后，你想做什么？"

林城动了下，这种时候他总不能说，要去做"水军"之类的吧？他思忖片刻，委婉地说道："开个花店、书店什么的，或者做做直播。我对娱乐圈还算了解，你说我做网络营销类的工作怎么样？"

王泽文只抓到了第一个关键词。

"开花店？"王泽文惊讶道，"我还以为，你会喜欢开武术学校、保安公司什么的。"

他说着突然想起林城不大一样的家庭背景。林城最早去做武生，跑群演，应该就是为了自己赚钱攒钱。王泽文压着声音问道："你喜欢武术吗？"

"喜欢吧。但是太累了，不想做。"林城低下头，问道，"你是因为我是武生才和我做朋友的吗？"

"当然不是！"王泽文用力说，"你是你，跟你是什么'生'都没关系。"

林城："哦。"

林城这种捉摸不透的"哦"，叫王泽文突然卡壳，因为他的读心术总是惨败于此。

林城又说："武艺好不是我的优点吗？"

王泽文说："是啊！"

林城："那你和我做朋友的话，为什么会不喜欢我的优点呢？"

为什么会有这种死亡问题？

林城看他面色凝重，终于笑了出来。

"吓吓你。"林城问，"紧张吗？"

王泽文心想：这种测试，还真挺可怕的。

林城吐出口气，跟王泽文聊了一阵，感觉什么都轻松了。

电影扑爆，外界荣辱，都没有关系了。

林城掏出手机说："我要去网上看评论了。"

王泽文说："看吧，我以你好朋友的身份保证，反馈肯定很好。不好的都是对面的'水军'，他们敢'狙'我们，我们就'狙'他们。"

林城手指在屏幕上按了几下，然后进入后台。

几乎不用搜，林城看到自己账号后台快要爆掉的涨粉量跟私信数就知道了，效果必然很好。

林城在搜索框里，直接搜索"夜雨"，看着下面的影评，嘴角翘了起来。

王泽文说："都写了什么，你笑成这样，不会是有人在说我坏话吧？"

林城换了个姿势，改成朝着他的方向，问道："我读出来给你听听吗？"

王泽文："读吧。"

林城往上滑了一点儿，实时里全是惊叹。他扫了一眼，想着有哪些可以读出来。

"看完首映了，不得不说——王泽文牛！王导你只要多拍两部这样的电影，不管你多作我都爱你！"

"王导警告！胆子挺肥的啊，说谁作？小命不要了吗？"

"到底怎么样啊？我就看大家都在说什么五星好评但是没个结果，再这样我要鉴'水军'了啊！"

"自己去看吧，绝对值回票价，里面有一个蒙面的男演员太厉害了！看他的打戏我起了一身的鸡皮疙瘩，我的手都被我女朋友掐青了。当时影院里那个尖叫声啊，你们是不知道。"

"那是我们林城啊！之前还上了好几次热搜，说他靠后台上位来着。他演得到底怎么样啊？有预告片里的那么好吗？"

"我已经很久没看过打戏这么流畅的电影了，直接连贯的一整套动作，不是分拆、慢放、特写、特效。我可以说，《夜雨》在武打上用的特效很少，鼓风机跟威亚倒是用得不错，反正就是爽！后天公映，二刷、三刷的票我已经买好。王导值得！"

"看了一圈儿，发现《夜雨》口碑确实很好，隔壁那部电影首映礼压根儿没放正片。这票房绝对高！"

首映口碑爆棚，公映的成绩也就大概有底了。只要不出现大范围的片源泄露和丑闻，票房就不会有太大的落差。现在对盗版资源的打击还是比较给力的，星火那边也会负责跟进。

是红的味道，这回终于可以确定了。

林城读了几条，问道："王导，从你的角度看，我跟郭奕世，谁演得比较好？"

"你。"王泽文说，"你的戏份儿少，能出错的地方也少。郭奕世的人设跟他本人有点儿出入。"

为什么一定要加后面那句话。

王泽文："但是所有的演员里，王导最看好你。"

第九章

— 搬家 —

两天之后，《夜雨》正式公映。

无愧于它的好口碑，这部电影从暑假档中横杀而出，碾轧全场。首日票房稳稳过亿，电影评分全部在 9 分以上。影院几乎场场爆满。

而公映首日还不是正式假期，照这样的趋势来看，票房的续航能力值得期待，后面几天应该还能再创新高。

《夜雨》无疑是一部能角逐票房年度冠军的电影了，王泽文商业片的又一大胜利。

因为王泽文的剧组还在拍《请你听我说》，所以没有怎么感受到外界的轰动。器械进行收音时是不能有任何杂音的，众人的手机也全部调成无振动的静音模式。一直到当天正式收工，大家才有机会上网凑凑热闹。

许杨宁一面从自己的助理那里听八卦新闻，一面跟林城感慨道："王导不愧是王导，真是泰然自若啊！"

如今的电影市场不断膨胀，大爆电影的获利远不是当初可比。比如《夜雨》，它虽然在服道化上下了大功夫，但因为拍摄期间成本统筹得好，加上宣发，也才 3 亿左右，可想而知投资者最终的获利会是如何丰厚。

许杨宁又看向林城，遗憾地道："太可惜了，我的助理看过电影，说你露脸的时长不多。当然你的表演最让人印象深刻，我觉得你在粉圈里会火。"

普通观众毕竟还是懒惰的，喜欢电影就是单纯地喜欢电影，很少会特意去搜一个男二号叫什么名字，长什么样。如果不能在影片里给观众留下深刻印象，那电影带来的影响就会跟着削弱了。

林城笑了一下，并没觉得怎样，如果不是露脸少的话，北固的角色都轮不到他。

林城笑道："我露脸的戏应该不超过三分钟。"

许杨宁见他自己不在意，也笑了出来，说："这回能有三十分钟啦！对了，大家刚才包了个《夜雨》的午夜场，说要去刷一波来庆祝，你一起去吗？"

王泽文的电影爆红了，对所有人来说，都是一个好消息，新剧组当然也能吃到一波红利。

林城婉拒道："下次吧，我晚上要去找王导，我的戏快杀青了。"

许杨宁听到这个回答有点儿愣神儿。她设身处地地想了想，如果自己演了一部口碑爆炸，甚至极有可能会载入影史的商业电影的女二号，现在会是个什么情况。

总归不可能跟林城一样，这人简直是活在另外一个圈里的人。

许杨宁深深地看了他一眼，吐出一口气，带着复杂的情绪道："我以前觉得，在这个圈子里混，没点儿东西不行。但我现在觉得，如果是你的话，就算没有运气，早晚有一天也能红。"

他也是靠运气。

林城在心里想：没有遇到王泽文的运气，就没有努力的机会。

林城晚上去找他的伯乐的时候，对方正坐在沙发上，桌上同时开着电脑、平板电脑、手机，在疯狂地刷网上的评论。

林城看见那忙碌的场景，不由得笑了出来。

王泽文可是一个撑"水军"非要自己上的人，泰然自若，不存在的。

王导听见动静抬起头，看见林城来了，皱起的眉头舒展了一下，示意林城自己找地方坐。

"你等等。"王泽文往上撸起袖子，"等我写完这篇小论文，给他们把风向扭正。"

林城狐疑："扭什么？"

"他们不健康的思想，"王泽文说，"还有他们那不合格的阅读理解。"

网上的反馈十分热烈，相关话题几乎横扫各大论坛，且全部是网友自发行为，宣发部门连营销费用都可以省了。

就算有对家想"黑"，也很难下手。《夜雨》的宣传组，只要在网上买买普通的推广，将"路人安利"的画面铺出去，完全可以"躺赢"。

林城在一旁翻自己的微博，一直翻到三四年前，终于找到想找的那一条。

当时他拍完一部电视剧，为了帮忙宣传，跟着剧组去参加了一档综艺节目。

那档综艺虽然录了，可最后由于他们的剧太差，没能获准播放，只有一组幕后片花流了出来。

当时主持人拿着张题卡问他，有什么心愿吗？

他当时说的心愿是能参演一部让大众耳熟能详的影视剧，主演、配角都没关系。

林城感受到岁月的流逝，把那个采访视频点了个赞，然后转发。

林城："愿望实现啦！今年是被幸运眷顾的一年吗？ @王泽文，谢谢王导。"

王泽文刚回复完一批网友的留言，正闭目养神，对任何提示都没有反应。林城拉了拉他的衣袖，把平板电脑递过去。

王泽文叹说："我不想再看了，你也别看了，这届网友，都不是非常正经，尤其不要看那种图片式的文字。"

林城说："我艾特你了。"

王泽文接了过来。

他单手托着平板电脑，点开视频。林城对他说过的"谢谢"，围起来能绕地球一圈儿。

林城朝他笑了一下。

王泽文抬头看了眼林城，与他对视一笑之后，发了新的微博。

王泽文："来都来了，顺便关注一下新电影吧！"同时发了一段视频。

视频是王泽文从视频素材库里翻出来的，因为不是正式拍摄内容，本来想放进幕后的片花里。

视频里林城拿着一个水杯，朝着镜头的方向做了个干杯的动作，然后不好意思地移开视线，粲然一笑。

他的校服松松垮垮地挂在肩膀上，偏淡色的头发闪着阳光的金色，皮肤白得近乎透明，笑容里是透彻的少年气息。

镜头离得很近，几乎要贴到他的脸上。

林城躲了一下，没躲过去，于是只能背靠在后面的栏杆上，用带着点儿无奈的语气问道："干什么啊？"

虽然他在躲避，但语气里明显能听出他没有生气。

见对方没有停止，林城抬手盖住了镜头，说："别玩啦！有人在看。"

视频一出，评论区瞬间沸腾，网友们"嗷嗷嗷"地叫唤。

"是的没错，所有网友都在看。"

"这是林城？这声音？这气质？"

"谁拍的？别告诉我是女主角。这'工业糖精'发放得太早，你们电影进入宣传期了吗，就发狗粮？"

"林城好可爱。"

"我以为林城本人应该跟北固一样，所以才能演得那么好……他的演技也太好了吧！为什么到现在才火？！我不服！"

"一面哭一面跪着说好帅。【嘤嘤嘤】"

林城看完了整个视频，颇感好笑。

刘峰那边却是垂死病中惊坐起。

刘峰本来在和剧组工作人员为了即将到来的大红包而狂欢，没一会儿，却看见了同事从林城微博上截下来的图，赶紧抓过手机，来找当事人求证。

林城正在回复并拒绝几个商业邀请，刘峰的消息就弹了进来。

刘峰：你和王导和好了？

林城：我和王导和好了。

刘峰：啊啊啊！

林城：？

林城不解刘峰想说什么，正要问，那边王泽文的手机也响了起来。

刘峰：王导你和林城和好了啊？！

刘峰：王导你回我一句行不行？你俩什么时候和好的啊，我怎么不知道？

王泽文受不了了。

王泽文：你是傻吗？我俩早就和好了啊！

刘峰：？？？【人间迷惑】

凑在今天找他们的人真是不少。王泽文刚刚打发完刘峰，秦玄又找上门来了。

秦老狗：林城是心情不好，还是真就那么冷？我给他发消息，为什么他不理我？

王泽文看后冷笑了两声，新仇旧恨一起涌了上来，心想：理你干什么？

之后两个人把手机一关，高兴地讨论剧本。

王泽文或许是真的高兴，但是此刻的刘峰，就不大高兴了。

刘峰握着手机，开始翻他以前和王泽文的聊天记录。

他看着自己当初极尽小心地对王泽文进行开导、建议，为其谋划，而王泽文也耐心谦虚地听取了他的深入剖析。他们是一个战壕里的战友，每一步他都帮助了王泽文，但是，当王泽文收获成果的时候，却没有留下他的姓名。

还有前段时间，他见缝插针地在王泽文面前说林城的好话，试图挽救二人的关系，而王泽文那老狗每次都只是半推半就地回一句"还可以吧"。

还可以吧……个鬼啊！

王泽文那坏东西不知道当时心里在想什么，说不定就是在暗暗享受。却让他每天跟拆弹专家一样战战兢兢！

刘峰他，终究还是，错付了。

刘峰在工作群里发送了一段长长的鬼哭狼嚎似的语音，指责王泽文对他的日常剥削与心理伤害。

第二天到拍摄场地之后，他还是没回过神来，整个人显得特别颓丧。

这天早上，王泽文是跟林城一起来剧组的，然后一个去了导演座，一个去了化妆间，中间没有打过任何招呼，看起来像是关系不善。

刘峰冷笑着翻了个白眼。

王泽文察觉到那股冷意，打了个哆嗦，跟身边的人问道："刘峰搞什么啊？"

"不知道啊！"摄像师说，"大概是宿醉吧，昨天晚上好像喝大了，还在群里发疯呢！"

"工作期间居然宿醉。"王泽文说，"宿醉了居然还起得挺早。"

当人来得差不多了，刘峰终于转了个身，过去工作。

或许是因为《夜雨》的大获成功，让众人看见了《请你听我说》的光明未来，今天剧组特别和谐。

林城依旧搬了张椅子坐在王泽文身边，而王泽文的暴脾气收敛不少，对林城讲话轻声细语的，还笑了好几次，肉眼可见的心情愉悦。

副导演欣慰说："他们两个讲和了？王导不生气了？"

摄像师笑道："人逢喜事精神爽嘛！王导本来就挺赏识林城的，现在《夜雨》大爆，就不记仇了吧！"

刘峰闻言，又是冷笑一声。

那个人坏得很。

摄像师跟副导演："……"

刘峰怎么回事？突变阴阳人。

到了中午的时候，刘峰的反常连林城都感受到了，因为只要他一跟王泽文说话，那道视线就会如影随形地定在他身上。

林城忍不住回头问道："刘哥，我是有什么问题吗？"

王泽文说："别管他，这是他在嫉妒。"

刘峰生气。

王泽文笑着抽出烟，夹在手指间，正准备去掏打火机，发现林城面无表情地盯上了他。王泽文忽然想起他让林城督促他戒烟的事儿，于是尴尬地笑道："我只是闻闻，不抽。"

林城笑了起来，点头说："抽烟不好，你可以慢慢戒，但你今天已经抽了一支。"

王泽文听话道："好，那我今天不抽了。"

林城："我这样监督你，你是不是会觉得很烦？"

"怎么会？"王泽文一脸认真道，"其实我知道抽烟不好，就是以前没人管我。"

刘峰闻言，又是气到抓狂，抓住王泽文的衣领往后扯，怒吼道："我以前没说过你吗？我没说过吗？你当时是怎么回我的？你冷酷无情、无理取闹的样子我还记得清清楚楚！你说不给烟抽，你就没法儿好好工作！你这忘恩负义的家伙！你说以前有人敢管你吗？你能骂到我头掉！"

王泽文被他勒得差点儿窒息，用力将自己的衣服扯回来，上面已是一片褶皱，王泽文嫌弃道："你干什么听我们讲悄悄话？你快去吃饭啊！顺便给我打包两份。"

刘峰"哼"了一声，愤然甩手离开。

王泽文说："不要管他。昨天我告诉他咱们早就和好了，他就莫名其妙地生气了，居然不为咱们高兴。"

林城："……"

王泽文最开始的时候，其实有点儿担心，《夜雨》的爆火，可能会影响林城的拍摄状态。毕竟任由谁，在经历一夜爆红的时候，都很难保持平常心。就算是王泽文，面对第一部电影的成功时，也情难自禁地疯狂了一把。当然，如今看来，那时候的成功，更像是一种象征意义。

他已经做好了及时劝导林城的准备，连说辞的腹稿都打好了。

没想到，林城不仅没有膨胀，反而更加投入。后期的戏拍摄速度"噌噌"地加快，卡机重来的次数直线下降。

叶婷是个发挥稳定的老戏骨，林城是个全情投入的青年新秀。许杨宁被夹在中间，自然不敢懈怠。每天都铆足了劲儿干活儿，生怕自己给他们丢脸。加上剧本难度低，这个剧组，顺利得让王泽文有种不真实感。

林城这样的变化，让王泽文的准备全落了空。虽然的确是好事，但免不了有那么一点儿遗憾在里面。

王泽文找了个机会询问林城："你不飘一下吗？"

"我知道，这种'热度'都是'三月红'。"林城十分冷静地说，"能保证演员地位的，不是一部作品，而是很多部作品。脚踏实地才行，飘了，路就没了。"

王泽文听完感慨不已，一面为林城觉得骄傲，一面又有点儿落寞。

再之后，林城更没了膨胀的机会。在《夜雨》播到最火热的时候，他的戏顺利杀青了。

王泽文想跟他吃一顿杀青饭，再亲自送他离开剧组，却被林城拒绝了。

林城觉得没有必要，反正之后还会有机会在一起吃饭，不差这一顿。

林城来 B 市，是直接开车来的，所以回去的时候也没有坐飞机，而是做好了开六个小时的车回家的准备。

王泽文嘱咐他多带点儿水，中途一定要去休息站休息一会儿，不要长时间疲劳驾驶。

林城其实也不喜欢坐车，因为他有点儿晕车的毛病，坐在驾驶座上的感觉虽然好一点儿，但只要时间一长，还是会出现恶心的症状。

他看着时间差不多了，主动放缓速度，拐进了前方的休息站。

这个休息站的规模很大，人流量不小，前方正停着几辆旅游大巴，比较受欢迎的小吃店门前也站满了人，应该是某几条汽车线路的固定中转点。

林城去上了个卫生间，出来后就不想回车里面了。

这个夏天又闷又热，虽然还未入伏，但在连续晴了一个星期之后，气温已经逼近40℃。林城还戴着口罩，再加上晕车的后遗症，以及三个多小时的空腹，如今连呼吸都觉得有点儿困难，全身乏力不适，胃部更是难受。他觉得自己必须吃点儿东西。

林城去买了一盒牛肉粉，又买了一个茶叶蛋跟一杯豆浆，然后选了个角落的位置，面对着墙面，摘下口罩，坐下吃饭。

正巧王泽文来了电话，林城快速接起来。他开口第一句话就是汇报："我现在在休息站了。"

"好。"王泽文低笑出声，"找个凉快点儿的地方休息一下，如果休息站的空调没开，就回车上。这鬼天气没救了，我们今天在太阳底下拍。"

林城说："那你们要注意避暑啊！"

王泽文："我知道，我们现在在发冰镇的绿豆汤。刚才拍了一个小时，大家的衣服全湿了。如果明天还这么热，我们就先拍室内。"

林城将冰镇的豆浆一口喝完，嘴里含糊地应了两声。

王泽文突然问："你现在在干什么？"

林城说："我在喝豆浆啊！"

王泽文沉默了一会儿，问道："你在休息站里喝豆浆吗？"

"我不能喝豆浆吗？那不然怎么解渴？"林城蒙了，"我还在吃面呢！"

王泽文似乎震惊了，问道："你不怕被拍吗？"

"谁拍啊？我只听说过机场照和街拍照，没听说过休息站照。"林城失笑说，"要不然你叫个记者过来，拍照片我不收他钱了。"

王泽文突然情绪很复杂地道："林城你……"

"林城？"

不知道是不是王泽文的话起了预兆，林城真听见了一道声音在手机外响了起来。

他下意识地转过头，迎面对上一个长发披肩的文静女生。

下一秒，他顿觉不妙，因为他身后不知不觉已经站了十来个人。他这一转头，直接让众人看见他的脸，连个否认的机会都没了。

"啊——啊啊！真的是林城！"那女生大叫，瞬间吸引了周围其余的游客，场面立马变得失控，尖叫声跟茫然的询问声此起彼伏。然而，哪怕是没搞清楚情况的朋友，也生怕慢人一步，蜂拥过来。

一圈儿路人瞬间逼近，林城被吓了一跳，快速站起来。他回头一看，脸色发黑，刚才选的位置太好，直接将自己的退路给堵死了。

好在前面众人停了一下，激动地道：

"我是你的粉丝啊！"

"我超喜欢你演的北固的！没想到能在这里看见你！天哪！我的姐妹要羡慕死我了！"

"啊啊北固你长得好帅，比电影里还要好看！我好爱你！"

"崽你怎么这么可爱！崽你不要怕，我们没想干什么！我们就是爱你，爱你你知道吗?！妈——快来看北固啊！别吃橘子了！"

林城全身都紧绷起来。

林城因为在组里封闭式拍戏，倒是知道《夜雨》现在火了，但是并没有太多的实感。

他能看见论坛上各种讨论剧情的帖子，能看见网上各种新出的同人图和漫画作品，也知道某二次元网站上出现了霸屏式的人物剪辑，还有小说网站里各种衍生文章，但是在他的观念里，追星的人还是小众。喜欢电影的观众，也是对主角的偏爱更多，而他，只是个能让人记住身材，却记不住脸的男二号。

毕竟，他根本没怎么露脸啊！

王泽文那边听见了一阵更为吵闹的声音，还听见有人在喊林城的名字，立即道："你是不是被认出来了？"

林城一面和粉丝点头微笑，一面对着王泽文"嗯"了一声。

王泽文问："人多不多？休息站的人应该不多。你放松一点儿，坐下吃饭，跟他们闲聊两句'营业'一下。你一紧张，他们也紧张，到时候出了什么意外你肯定被骂。"

林城点头，朝着众人道："我还在吃饭，有点儿饿。"

众人立马道："你吃你吃！你快吃！"

"我们就看看，不打扰你吃饭！"

王泽文给他指挥说："注意一下形象啊，照片可能会被传到网上。人少的话要拍照签名都没关系，等人散了马上走，小心别的粉丝找过来。"

林城说："好的，我先挂了。"

林城的确有点儿惊讶，毕竟他是第一次经历被真粉丝围堵，也是第一次面对这么多如狼似虎的眼神。

这种狩猎的目光，原来如此震撼。

林城挂掉王泽文的电话，在桌边坐下，拿起筷子，重新开始吃饭。

周围闪光灯不断亮起，对着他进行拍摄。周围环绕着的各种摄像头，让林城有点儿难以下咽。吃东西时候的样子有多丑？要是被抓拍到什么奇怪的画面岂不是很尴尬？

他拿着筷子，小心地喝汤吸面，然后用纸巾擦干净嘴唇，朝众人摆出一个"营业"式的微笑。

他已经很配合了，还有人让他转个方向，摆个姿势，给他们当模特，林城只能当作没听见。

因为他乖乖坐在这里，骚乱的路人果然很快冷静下来。

五分钟后，一位导游在外面吹哨子喊集合，强行带走了一拨人。纯凑热闹的路人拍完照片，也走了。只有想要签名，又不好意思打扰他吃饭的真粉丝还留在这里，等着跟他合照。

见人少了大半，林城终于放下筷子，表示自己吃完了。

粉丝高兴地问："能拍个照片吗？"

林城无法说不行，笑着走出来，站在向光的位置，与那人合影。

那妹妹很可爱，想挽着他又不敢，整个人像仓鼠似的缩在一起，笑得露出了牙。林城歪过脑袋，对着镜头笑了一下。

她走之后，又一个女生蹿了上来，站到林城身边。

林城提醒说："我不是路标，大家不要一个一个地拍合影了，我赶时间要回家。"

一女粉丝激动地问道："是因为你女朋友在家里等你吗？！"

林城愣了下，笑道："不是。你们审问我干什么哪？是不是有娱记混在里面？"

女粉丝喊道："娱记只是馋你的绯闻，但我馋的是你的身体！"

众人捧腹大笑。

林城无奈地道："不要这样说，还有小朋友在边上。"

"好的偶像！"

林城跟他们拍了几张照片，然后快速给众人签名，一面签一面往外边走去，不忘提醒大家要注意安全，天气热，注意防暑。因为氛围好，大家相处得很愉快，他顺势脱离了群众。

等回到车上的时候，林城大大地松了口气，不敢停留，快速发动汽车，驶离休息站。林城不敢在中途逗留，一路开回了家，停车之后，提着行李飞速上楼，等关上房门，才摘下口罩。

他放松身体，盘腿坐到沙发上，掏出手机。

王泽文在四个小时前，给他发了十几条消息。林城看了一眼，给对方回复。

林城：我到家了，之前在开车。

王泽文：我看见了。已经被传到网上了，能搜到。【网页链接】

王泽文：【笑哭】不要怕，有什么问题报警或叫保安。疯狂的粉丝还是少数，大部分是正常人。

林城：我没有怕，就是特别意外，下次不在公众场合摘口罩了。

林城点开看了一下，发现讨论度还挺高的。大概是因为他自己的微博不"营业"，而最近《夜雨》又正在热映，所以比较受关注。

里面有很多照片，还有几段零碎的视频。

"林城被人认出来的时候，真的是一脸蒙。大概是没想到自己选了这么一个隐蔽的位置，居然还是没能逃过大家的火眼金睛吧！好想亲亲我的城！【图片】"

照片是林城刚刚站起来的时候被抓拍的。林城放大后，自己都笑了出来。

他不知道自己当时看起来那么傻。因为太过震惊，表情没有控制好，一只手举着手机，另一只手举着筷子，眼神里的错愕几乎不加掩饰。

加上他本身就不算硬朗的五官，搭配在一起，的确有点儿像是害怕。

"在汽车休息站抓到一个林城！他好乖啊！长得太帅了，我好爱！【视频】"

视频里，林城站在那里一面签名，一面跟众人说话。

他低垂着视线，语气轻缓，唇角微翘。

林城回忆了一下，他当时是想训粉丝来着，让他们不要拥挤，不要大声喧哗，不要影响他人休息，但是又怕语气太重，会让他们逆反，大概是因为太想放松，声音听起来确实有点儿温柔。

众人的评论也是"酸气漫天"，各种"柠檬"的表情占据评论区。

"真的好温柔！笑起来的样子太软了吧！"

"手好看！人更好看！"

"朋友们，你们别忘了他是一个武生，撸起袖子能打你们一个队的那种。"

"你们运气怎么那么好？那么久了！你们是我第一次看见偶遇林城的人！"

林城正在翻看，王泽文直接打了语音电话过来。

林城接起来，笑了两声。

"小心点儿。"王泽文揶揄道，"你现在红了，你不知道吗？"

林城说："我现在知道了。"

王泽文："晚饭吃了没有？"

林城："还没有。"

"还是叫外卖吧。"王泽文委婉地道，"你住的地方，小区的保安可以信任吗？不够严格的话，其实我家还有空的房间，而且你一个人住的话，也不方便，缺不缺个安全的人帮你跑腿什么的？"

林城笑道："我不要，不必了。"

"好吧。"王泽文也不勉强，改而问了个更实际的问题，"我帮你点外卖？你想吃什么？给我一个参与你晚餐的机会。"

林城："想吃鱼。"

王泽文："准确地址给我。"

王泽文要给林城点外卖，林城把现在的住址发过去，然后又给他点了一份。

这种舍近求远、多此一举的行为，林城以前一直觉得幼稚，以至于陪王泽文玩这一把的时候，心底带着点儿微妙的迷幻感。

王泽文还特意拍了一整组外卖盒的照片，并美滋滋地 PS 了一下，发到网上。

林城托着下巴，翻看王泽文的微博。

王泽文的附言是："今天天气太热了，B 市气温 39℃，工作完一天，除了冰镇饮料，什么都不想吃。准备收工的时候，突然收到了外卖。【等投喂】"

这个表情包，还是王泽文当初跟着"你这木头呀"学出来的自制表情包。准确来说，是林城自己做的关于自己的表情包。现在想想还是觉得做王导的老师好难。

他转发了这条微博，并评论道："谢谢投喂。【谢谢】"

网友给这一波操作打出了无数的问号。

"王导你变了，你再也不是当初那个撑天撑地、大公无私的钢铁直男了！"

"为什么要用我们林城的表情包？"

"体谅一下吧。王导这样的直男，能用新鲜的表情包都是一个奇迹。除了剧组发给他宣传用的，恐怕也没有多余的了。"

林城刷着评论，已经能想象到远方王泽文的表情，他就觉得好笑。

原本偶遇粉丝只是一件小事，林城以为会就这样过去，没想到第二天醒来，事情竟然爬上了热搜。

上热搜的原因，是因为他那辆车。

他从休息站离开的时候，被粉丝拍到了车牌号。回到家之后，他像往常一样将车停在了地面的停车位上，结果又被心细的网友拍到，并且传了到网上。

现在所有人都知道他住在这个小区了。

林城粗略翻看了一遍。

网友们讨论着他这里的房价，发现他住的房子竟然并不算贵，然后又呼朋唤友地过去围观，寻找"好心人"告知林城的具体楼号。

虽然有理智的粉丝在呼吁大家保持距离，拒绝跟踪，但还是架不住有想要凑热闹的无聊人士。

林城咬了咬牙。

他这套房子的保安的确不是很严格，因为他买房的时候收入还不高，当时也没什么名气，选的是房主急需出手的二手房，小区已经有些年头儿了。

这件事在网上开始发酵的时候，小区物业完全没反应过来，放进来不少慕名打卡的粉丝跟记者。

林城从窗台往下一看，发现小区里走动的人多了不少，有神似记者的人，鬼鬼祟祟地在路边打探。

如果他们拉着左右的邻居进行询问的话，林城也无法确定会不会有人知道他所在的楼层，并把事情告诉娱记。

林城皱了皱眉，感觉到一阵不适。他万万没想到自己也会有被娱记逼到无路可退的时候。

林城赶紧让"小电压"来帮他把车开走，然后发了一条微博，说这辆车是借的，现在已经还回去了。这套房子也是朋友的，希望大家不要去打扰对方。

饶是如此，网友也不相信。一天时间里，林城的房门被敲响了三次，陌生的声音在外面询问他"在不在"。

这些人逐户排查的行为惹恼了林城，他凶起来，压着嗓音告诉他们，再扰民就要报警了。那群人觉得没趣，才悻悻离开。

随后物业终于反应过来，开始限制外来人口，将比较过分的那几个人赶了出去，小区里渐渐恢复了清净。可仍旧有少数粉丝不知道从哪里拿到林城的房号，直奔他家门口，打暗号一样地让他给自己签名。

林城没有办法，签好后从门缝儿里递出去，让他们不要再过来了，自己会马上搬走。

他现在不方便出门，也不敢叫外卖，只能跟隔离一样地待在房间里，好在家里还有存粮。

而这一切的源头，都要从一顿饭说起。

林城深陷郁闷之中，王泽文那边也是惊呆了。

王泽文是早上拍完戏，才从刘峰那里知道林城的住址暴露了的事，一看相关话题里的进展，得知有人竟然还在人肉，气得脑袋发晕。他打开微信，发现林城竟然没有联系他。

王泽文：出事了怎么不说？

林城：你不是在工作吗？现在外面已经安静了，没事。

王泽文：没事是个什么状态？

王泽文直接发去一个地址。

王泽文：物业那里有钥匙，你去直接报我的名字，我和他们打过招呼了。先在我家住一段时间。

王泽文：不要拒绝。我查了下你的小区，保安做得不行。娱记倒是还好，没新闻拍自己就走了。狂热的"私生粉"无法预料，他们要是真的查到你的门牌号，你知道会有多危险吗？

王泽文：我家现在没人，你随便住。小区保安也很严格，不会随便放人进去。周围商场、超市、地铁都有，挺方便的。

王泽文：干什么不回我？装作没看见啊？

过了一会儿林城才回道：我在整理衣服啊！

王泽文：是准备去哪里？

林城：不是说去你家吗？

王泽文得到了很好安慰。

王泽文：我以为你故意不理我。

林城：我就是想看看你还能找出点儿什么理由。

林城：我要出门了。你看我这样行吗？【图片】

林城又把口罩换成了医用口罩，然后戴了一顶帽檐很宽的鸭舌帽，不抬头的话，整张脸都看不出来。

王泽文：应该可以。你小心一点儿。

林城：好的。

林城这一路，让王泽文十分忐忑。一直到林城到了他家，给他发了张大门的照片，王泽文这才放下心来。

王泽文：你先住在我的房间，被子放在衣柜里，可以在屋里找找东西。等今天的工作结束，我再详细告诉你东西都放在哪儿。

林城：好。你这套房子好大。

王泽文：所以我说你要不就住这儿吧，当我室友。

林城想了想回了个"好"。

一个多月的时间很长，又似乎只是一眨眼的事情。王泽文具体什么时候回来，林城没问，王泽文也没说。

但是林城问了刘峰，刘峰把王泽文的行程给他了。

林城知道王泽文是那种很期待惊喜的人。有时候王导的想法真的是太好猜了。

所以当天，林城提早出门，准备去机场接人。他戴着帽子，在出口的地方走了一圈儿，结果没有接到，对方的手机还打不通。

林城急了。

半个小时后，王泽文才把手机开机。

林城打通一问，才知道英明的王导一下飞机，就撒欢地打的走了，连手机都忘了开机，中途才想起来，此时已经上了绕城公路。

林城哭笑不得，深感自己对王泽文的了解还是不够，赶紧开着车追过去。

等他也到家的时候，王泽文正一脸郁闷地坐在门口前的台阶上，边上摆了个行李箱。

林城停好车，跑过去问："怎么不进去啊？你身上没带钥匙吗？"

"不行，等你开门。"王泽文抬起头，语气里带着执拗，"我要你给我开门。"

林城错身过去，将门打开。

王泽文看着他道："我回家了。"

林城扭头去找："箱子呢？你箱子拿进来了吗？"

王泽文身体僵了下，笑容转向狰狞，几乎是咬牙切齿地道："你把我人都给弄丢了你还管我那个破箱子？！林城，你故意惹我是不是？"

"没有，不是。"林城安抚似的拍了下他的背，笑说，"我这不是为了去接你吗？"

王泽文冷静一点儿，重新打开门，把自己的箱子拎了进来。

王泽文把那箱子随意地往边上一甩，站在门口，开始观察起整个房间。

林城来了以后，没怎么动他的东西，但还是改变了他家里的生活气息：多出来的一双拖鞋，被重新整理过的厨房，从暗无天日的小仓库里被拯救出来的小型电器，还有从角落搬到窗台上晒太阳的小盆栽。

林城说："看什么？觉得我把你家弄乱了啊？"

"乱一点儿好。"

林城无奈地说："不要继续傻站在门口了。"

王泽文笑了笑。

林城拖了行李箱，领着他回房间。王泽文蹲在柜门前，开始整理自己的东西。

他把箱子里的衣服一件件地拿出来。虽然来之前已经洗干净了，但他还是放进洗衣机里又滚了一遍。将衣柜里的衣服也全部提出来，拿到太阳底下晒了一会儿。

林城看见角落里有一件熟悉的黑色大衣，突然问道："这件衣服你补了吗？"

王泽文顿了下，困惑地道："补什么？"

"袋子。"林城说，"你还说你挺喜欢这件衣服的。"

王泽文认真看了眼那件大衣，心想：我有很喜欢吗，每季的新款我都挺喜欢的。

他把衣服拎起来，在两边口袋里摸了摸，果然摸到了一个洞，笑道："你怎么知道它破了？"

"你自己说的。"林城道，"你装了把美工刀在里面，划破了。"

王泽文印象里好像是有这么一件事，他把衣服挂回去，含糊地道："到时候让人补一下。"

林城说："我帮你补吧。"

王泽文："你会啊？"

"不就一个口袋？随便缝缝呗。"林城说，"反正补丑了别人也看不出来。"

虽然林城不怎么会针线活儿，但是他会缝纽扣。

他小时候穿的衣服质量都不大好，纽扣的部位总是不够牢固，要么丢，要么坏。后来学乖了，每次拿到手之后，他都会用针线缝两针。这次搬来的时候，他顺手拿了一盒线。

林城选了个靠窗有光线的位置，低下头开始缝口袋。他的技术不是很好，可是他一贯耐心，针脚缝得密集，所以看起来还有模有样。

缝完口袋之后，他习惯性地把别的扣子也缝了一下，然后还给王泽文。

王泽文不厌其烦地坐在旁边看他工作，接过衣服后，跃跃欲试道："我试试。"

林城心想：就补了个袋子，外面又看不出来，有什么好试的？王泽文那边已经穿上了。

他穿着大衣配着宽松裤衩，在镜子面前照来照去，然后臭美道："嗯，变帅了。"

之后林城就看着王泽文顶着这副装扮，一直在家里走来走去，不管是倒水喝，还是翻东西吃。

林城受不了，说："这还开着空调，你穿什么大衣？"

王泽文理直气壮地道："这种天气，就是要开着空调才能穿大衣！"

林城说："你不要给我玩这样的逻辑漏洞。"

他走过去，扯住王泽文的衣领往外翻，说："脱掉。"

王泽文："这样多好看啊！"

林城再次道："外套脱掉，你不热吗？"

王泽文终于把外套脱了，交到他手里。

王泽文说："帮我挂好，不要有褶皱，不然我要生气的。这衣服我很喜欢你知道吧？"

林城心想：横得你。

林城去给他把衣服挂好，王泽文就在后面看，见他出来，又转了个身，继续跟在他后头。

林城笑说："跟屁虫。"

"这样也要说我？"王泽文说。

林城："你平时都这么无聊吗？"

王泽文问："那你平时都干些什么？"

林城想了想，发现自己平日也只做一些无聊的事儿，随随便便一天就过去了，还不如让王泽文跟着自己，于是笑了下。

王泽文跟了林城一会儿，停下脚步，一脸正气地说："我先去洗个澡，身上黏黏的，刚才穿那大衣都热出汗了。你随便忙。"

林城："行。"

王泽文走了一圈儿，在房间里拿了衣服，然后又在浴室门口折回来说："我先去一趟超市，你有什么要买的东西吗？"

林城平时不敢随便出门，只是吃完饭后，会出去散散步。小区里还是挺安静的，就算他不戴口罩，也不用担心遇到行人。

超市一类人流量比较大的地方，他已经挺久没去了，有什么需要一般都是叫外卖，所以王泽文说要去，他只能远程指导。

林城等了半个小时，王泽文的视频请求才发送过来。他点击接听，画面中出现一排整齐的货架。

王泽文问："想买什么？冰激凌要吗？"

林城在沙发上坐正，说："好啊，少买一点儿吧！"

王泽文一路走，一路问，因为要拿手机，显得有点儿手忙脚乱的样子，最后扫了一整车的零食，用了将近一个小时的时间。

林城看着，心底生出一丝内疚。他连陪朋友逛街这种事情都不能做，不是想不想的问题，而是以王泽文平时低调的性格来看，他肯定非常不喜欢这种私生活被侵占的感觉。

所以当王泽文两手提着东西回来的时候，林城就问："这样是不是很不方便？"

王泽文把袋子全部摆在地上，说："是有一点儿。我应该买辆大拖车，两个人要用的东西果然有点儿多。"

"我是说，我做公众人物，你从来不曝光自己的私生活，最后还是被我影响了。"

"我可没这样说，"王泽文失笑道，"你可不要冤枉我。"

林城闷闷地"嗯"了一声，过来一起整理东西。

他蹲在地上，把东西都摆出来。果蔬跟零食分开放，一部分放到左边，一部分摆到右边。

王泽文从袋子里挑出一包干脆面，直接扯开，掰了一小块递给林城，问道："这种好吃吗？"

林城点头。

这一小包分量很少，王泽文三两口吃完，把里面的小卡片拿出来，递给林城说："送给你。"

林城觉得莫名其妙，用肩膀推拒了下："我才不要。"

王泽文放下卡片，又去零食袋里翻出一个奇趣蛋，把外面的巧克力壳自己吃了，然后将里面的玩具拼接好，摆到林城的头发上。

林城动了下，奶白色的小幽灵顺着发丝滑下来，他用手接住，无语地看向王泽文。

王泽文笑着说："送给你。"

"好幼稚。"林城说，"你喜欢就自己留着吧。"

"我幼稚？"王泽文说，"看看到底是哪个小可怜因为不能去超市生气了啊？"

林城顿了下，说："我没有。"

王泽文："下次你穿个那种全身带蒙脸的睡衣，爸爸牵着你去逛超市。反正他们看不见你，我也不怕丢人。"

不怎么样，林城一点儿兴趣都没有了。

王泽文问道："还郁闷吗？"

林城偏了下头，说："郁闷。"

王泽文也学着他问道："那要怎么办啊？"

林城想了想，从兜里把手机掏出来，递给他说："你帮我处理一下工作，我要整理东西。"

王泽文接过他的手机。

林城拽着他，将他赶到沙发上，然后自己又忙活起来。

王泽文翻了下记录，从头到尾扫了一遍，问道："你想接什么样的代言？"

林城说："不想接代言。"

"代言你不接？"王泽文说，"这个轻松又赚钱，选口碑好的品牌就不会出问题。"

林城犹豫片刻，还是道："不想接。还是算了。"

林城不想再回到以前那种复杂又沉重的工作状态里，接了代言就要拍广告、拍杂志，帮忙做宣传。他又没有助理跟工作室，忙不过来。而且如果遇到某些喜欢"割韭菜"的商家，他还要重新管理粉丝群。

好不容易解约了，他想过更单纯一点儿的生活。

"不接就不接。"王泽文很干脆地说，"那综艺也不接吗？"

林城思考了一会儿，说："如果是剧组安排的宣传，那就接吧！"

王泽文低沉地笑道："真体贴。不过现在还早，还没到时间。"

王泽文把他上面几个邮件全部回了拒绝，又开始看邮件里的电视剧和电影邀约。

他发现林城的工作邀约虽然变多了，但是范围很窄，全是高冷青年、忧郁青年的人设，同时还要强行加一点儿武生设定，什么跆拳道高手、散打冠军、默默无闻扫地僧之类的。

这是无可避免的事情。当一个演员演出耳熟能详的角色之后，如果不争取转型，就会被市场定性。

王泽文看着那些糟糕的邀请，开始头疼。林城收拾好东西，坐到他身边。

王泽文很有经验，用一晚上的时间筛选了一遍他的工作邀约，并给它们做了一个评级，最后发现都是普普通通，并没有什么很值得接的工作。

"我建议你不要接这些片子。质量无法保证，可能会砸你的口碑。"王泽文委婉地说，"我觉得都不是很好。"

林城快速应道："好。"

王泽文后仰着头，笑着说："这么相信我？说不定我在故意扼杀你的事业呢？"

林城心想：你知道我"马甲"有多少个吗，你就扼杀我的事业？你连用个表情包都得找我要，可省点儿力气吧！

王泽文问："困了吗？"

林城点头。

王泽文："那你早点儿去睡吧，明天早上早点儿起来，我带你去个地方。"

王泽文第二天要带林城去的，是一家中医院。

"就是我跟你说过的很厉害的那位中医。我预约了一个时间。"王泽文说，"他以前是很有名的骨科大夫，后来觉得大医院里太累，就出来收了几个学徒，开了家私人诊所。我让刘峰给过你名片，你最后没去吧？"

林城的确忘了这事儿。那段时间都没什么心情，哪里有空去做推拿？

王泽文说："我就知道。你这人，工作起来不要命。"

林城身上简直是久伤成疾，王泽文很早就想带他去看看了，只是一直抽不出时间。林城说："谢谢。"

"不用谢。"王泽文笑道，"谁让你是我的好朋友？"

两人在医馆里待了一个上午，听老中医端着茶杯在那儿讲课，然后由他手下的徒弟给林城做推拿跟热灸。

一般来说他们是不提供推拿的全套服务的，那技术平时只用来诊断，毕竟医院很忙，而推拿太费人手，但王泽文跟那老医生很熟，两人"叔叔侄侄"地叫了几声，乐呵呵地套上近乎，然后就把林城推上了一旁的按摩床。

"我去看电影了，小慧带我去的。"老医生说，"就是看不清楚，人影那个晃呀，屏幕上面全是重影。不知道为什么要去电影院看。"

王泽文说："您老没戴 3D 眼镜吧？"

老医生叹道："可别提那个 3D 眼镜了，戴上了更模糊，我不喜欢。"

王泽文："等我给您传个 2D 的，您回家就能看清楚了。"

老医生笑说："你最近怎么有空？还带人来我这里做推拿。"

"哪里，我也得有个假期啊！"王泽文指着林城说，"他讳疾忌医，您看，我就押着他过来了。您教训他两句，让他认识错误。"

老医生目光飘了过去。

林城老实道："我认识错误。"

老医生又看了眼王泽文，王泽文笑了笑。老医生挽起袖子走过来，让他的学生让出位置。

"你先出去吧，这里我来就行了。"

房间里只剩下他们三个。

林城仰起头，又被对方扳正，随即一双手按在他的背上。

这医生看着已经上了年纪，没想到手劲儿还是很大，林城被他一按，差点儿叫出声来。

王泽文也走过来，半蹲下身，问道："问题大吗？"

老医生："你说呢？要注意一点儿了。"

他给王泽文示意道："没事你帮他按按这里，就这里。手势这样，看见了没有？"

王泽文虚心向学，说："看见了。"

医生又问："你们认识多久了？"

"很久了。"王泽文说，"快一年了吧！"

老医生嗤之以鼻："一年也算久？"

王泽文想了想，问："你记得你上个月 1 号中午吃的什么吗？"

老医生："我是脑子有病吗，记那些东西？"

"我记得。"王泽文说，"我们一起吃的。"

林城偏过头，看着他眨了眨眼睛，朝他笑了一下。

之后老医生就不吭声了，林城觉得，他该是被王泽文给噎住了。

最后那医生给他们开了一点儿补药，说是要慢慢调理。最重要是平时得注意保养，否则年纪一大，关节病的犯病概率会变得很大。

两人回家，王泽文进了厨房，把东西放好，拆了一帖中药，倒进小泥壶里，一面往壶里灌水，一面问他今天是想在家里吃，还是出去吃。

　　林城说："都可以。"

　　王泽文笑说："那我想吃你做的饭。"

　　林城把门口脱乱了的鞋子一一摆正，回说："好啊！"

　　王泽文擦干净手，立在桌案旁边等他："我可以帮你，你告诉我要准备些什么。"

　　林城走过去，从冰箱里拎了几样菜出来。

　　"茄子？蒜末茄子怎么样？"王泽文说，"油焖茄子也好。"

　　林城："那就中午蒜末茄子，晚上油焖茄子。"

　　王泽文说："可是晚上说不定就有晚上想吃的菜？"

　　水"哗哗"地流，林城说："你难道想吃两道茄子的菜啊？"

　　"那倒也没有。"

　　林城把茄子用刀削进盆里，问道："你跟医生说你还记得上个月吃过的饭，是真的吗？"

　　"当然是真的。上个月我们一共才在一起吃过几顿饭，你不记得了？"王泽文歪过脑袋笑着说，"没关系，王导不考你这个。"

　　林城："我记得，点了外卖——人参鸡汤和一些小菜。"

　　王泽文眉毛挑了一下，语气里带着柔和的笑意："给你满分。优等生要不要奖励啊？"

第十章

— 特殊访客 —

两人坐在一起吃完饭，林城说想学镜头，王泽文就去拿了影片，和他坐在一起分析。

很多知名导演的运镜技巧都是学校里不会教的。王泽文逐段视频给他分析，告诉他演员应该怎么应用好镜头和光线。

两人看了三个来小时的电影，林城坐得都累了，站起来伸了个懒腰。

王泽文看了他一眼说："今天的推拿你感觉怎么样？需要我给你再试试吗？"

谁会一天做两次"马杀鸡"啊？

见林城不想做，王泽文道："我腰酸，要不你给我推一推？"

行吧。

王泽文得到同意，快速去洗了个澡，然后穿着浴衣，直接趴到卧室的大床上。他回头看了一眼，召唤林城过来服务。

"给我按按背。"王泽文说，"一直坐着拍戏我的肩膀都僵硬了，还一直熬夜，感觉四肢特别沉。"

林城活动了一下手腕，目光有点儿发冷。

王泽文问："你准备好了吗？"

林城用手摸了下他的骨头，然后把手肘抵在他的背上。

王泽文说："力气大一点儿没关系。"

林城心想：我要力气大了绝对是你承受不了的。

然后他慢慢加大力道，看王泽文的反应。

王泽文没有再吭声，但看他闭着眼睛的样子应该是不错的。大概是因为前段时间他确实太累了，呼吸声渐渐沉起来，还打着轻微的鼾。

林城放轻力道，弯腰看了一眼后，给他把被子盖上。

林城刚想回自己房间，手机就响了起来，打破困倦的气氛。

林城本来没理，因为近段时间手机里各种广告和不知名的邀约很多，但是都没什么用，他也看得很烦。然而，他的无视让手机开始快速振动，摆出了一副不死不休的架势。

林城没法，只能打开查看。

他看了一眼一连串的绿色提示，发现给他发消息的人居然是刘峰。

刘峰：林城林城林城啊！

林城：嗯？

刘峰：告诉王导，快点儿出来工作！他是导演啊，居然就这么跑了，他再这样消极怠工，兄弟们就要跑了！他的组不要了啊？

林城把刘峰的话转告给王泽文。王泽文从角落的位置，摸出自己的手机，手指按动了一会儿，然后又把手机丢开。

没多久，林城收到了一条新的消息。

刘峰：谢谢好兄弟！

林城问："你跟他说什么了？"

王泽文："没什么，就给他转了五万块钱。"

真是无话可说的完美解决方式。

"等《夜雨》的分账到了，我也给你发个大红包啊！"王泽文睁开眼，似乎又清醒了，只是声音还有点儿含糊，他问道，"怎么样？你喜欢车还是房子？"

林城说："太夸张了！"

"不夸张，电影拍值了就很赚钱，《夜雨》我本人就投了不少。"王泽文得意一笑，"是不是觉得我很有钱？导演要给演员发红包的，你想要什么奖励？"

林城沉默片刻，问道："那要等以后，有现在就可以兑现的奖励吗？"

王泽文定定地看了林城许久，似乎在与他交换彼此的想法，在经过一番深入灵魂的交流之后，他郑重地点了点头。

要是王泽文这次再拿出个什么剧本出来，林城就直接跪下喊他"爸爸"。

就见王泽文支起上半身，朝着边缘挪动，拉开一侧的抽屉，从里面抽出一个本子。

林城："……"

"还记得黄导吧？就是我们闹不愉快的那一次，你在酒桌上看见的那个导演。"

王泽文说，"不记得也没关系。我和他的关系还是挺好的，他是一位不错的导演。"

林城一言不发。刘海儿因为没有及时修剪，此时软软地垂落，在他的眼睛处投下一片阴影。

"上次跟你见面的原因，是他的学生想拍电影，向我们寻门路，你恰好遇上了。但当时聊的不是这个剧本，这是星火今年主推的一部电视剧，秦玄请他做监制，他答应了。我估计他也是想看看你的水平，再决定要不要请你去他学生的剧组。"王泽文低头翻了下剧本，对着薄薄的几张纸不是很感兴趣，"本来因为这是电视剧又是配角，我就没上心，但如果你想转型的话，我觉得这是个不错的机会，起码它的剧本和制作水平，比邀请你的那些片子强多了。怎么样？有兴趣吗？"

林城从他手里接过剧本的时候，表情都没控制好，可能有一点儿狰狞。

是他低估王导了。

王泽文又看了他一会儿，说："你稍等一下，我先去个卫生间，回来再跟你介绍。"

他爬起来，跑了出去。林城坐在床上，半晌没缓过神，慢慢地翻看剧本。

别说，这剧本还挺带感。

对方请林城演的是一个戏份儿不多的配角，身份是个太监，定位是个反派。

他出生在一个不算富贵但温饱有余的家庭里，生母是一个上不了台面的烟花女子。他出生之后，直接被抱到了正室的房中，受尽屈辱和歧视长大，一直到后来才知道原来自己不是亲生的。

这还不够，七八岁的时候他的父亲染病死了，家道中落，他被后妈无情地卖到宫里做了太监。久而久之，这人就变成了一个喜欢报复社会的"病娇"。

这人设，还真是挺颠覆他之前的形象，就是转型之后，不知道会发生什么。从一个极端，走向另外一个极端，他以后的戏路究竟会怎么发展？

林城看完了人物设定，心里勾勒出了一个大致的形象，具体的没去看，抬眼一瞧，发现王泽文还在卫生间里没有出来。

等王泽文磨蹭着从卫生间出来的时候，林城已经不见了，剧本倒是放回了床头。

他抓过手机看了一眼时间，见现在已经不早，就没去找林城。

他拿着剧本，靠在床边翻了一遍。因为之前没打算给林城介绍这部戏，他也就没那么认真地研读这个剧本，如果林城感兴趣的话，他还是要多看两遍的。

王泽文从柜子里翻出一支笔，在上面做了几个记号，又在笔记里写上粗略的分析。正看得入神的时候，房门从外面被推开，带进来一阵风。

王泽文抬起头，看清来人，惊讶道："你还没睡啊？"

林城不仅没睡，看起来是刚洗完澡，穿了一件很宽松的 T 恤和短裤，头发湿漉漉地散乱在额前。

王泽文看了一眼手上的东西，了然道："剧本先放我这里吧，我做好分析，明天再给你。"

林城应了声"好"。

第二天中午两人吃过饭后，林城回房间里整理东西，他现在成了王导的租客。

林城的衣服不多，准确来说，是作为一名艺人来讲，他的衣服不多，而且款式也很单调，都是稳重的那种类型，一点儿也不花花艳艳。

林城的衣服是要多买两件的，就算他自己不在意，重要场合的时候，还得需要一点儿排面。

以后他恐怕会有很多类似的正式场合。比如《请你告诉我》的杀青宴、《夜雨》的庆功宴，以及各大影视节的颁奖典礼。

林城对这一类的宴会一向没什么好感，想起之前跟王泽文参加过的那一次，更加没了兴趣，只觉得名利场上的觥筹交错令人万分疲惫，将所有人的价值都用座位进行了最现实的划分。

但是不去又不行。

王泽文亲自领着林城去参加了两个宴会。他不由分说，直接拉着林城坐在自己旁边。在《请你告诉我》杀青宴上，王泽文另外一边坐着叶婷。在《夜雨》庆功宴上，王泽文左侧坐着郭奕世。

因为他跟林城最近合作数次，而《夜雨》又大获成功，王泽文赏识林城几乎已经是无人不知的事情。

不过最近确实有一个好消息。王泽文申报的《夜雨》拿到了某个大型电影节的多项提名，林城拿了最佳男配角的提名，王泽文也拿了最佳导演的提名。

刘峰提前打电话过来，给他们透了口风。

林城很高兴，那种外放的高兴连王泽文都感觉到了。

王泽文着实也替他开心了一段时间，又怕他没拿到奖，到时候落差太大，心里难过，挑着机会，给他提醒了一声。

王泽文说："机会不大。这种奖项还是要运作一下的，而且这回配角的竞争特别激烈。"

林城本来也没抱太大的希望，点头说："没关系。我还是第一次被提名，挺新鲜。"

"不急，咱们一步步来。"王泽文笑了下，"说起来，其实我也没拿过大的电影节的最佳导演奖。"

林城问："《夜雨》不行吗？"

"不知道。看运气吧，或许不行。"王泽文装作无所谓地耸肩，"那种题材贴近社会边缘，主角人物一般比较丑，基调既惨又悲，内容表现得像无病呻吟的电影讨巧，比较容易拿奖。观众或许看不懂，影评人可以写一大篇内容对主题进行升华，搞得神神秘秘。或者是那种拍得真的很好的影片，也能脱颖而出。我的片子都是商业片，票房虽然过得去，可还没到一骑绝尘的地步。行业的鄙视链，哪里都有，商业片在这个位置。"

王泽文比了个"低"的意思。

林城听出了他语气里别扭的酸味儿，当作不知道，夸奖说："我觉得你拍得很好。"

王泽文："我当然拍得很好。我喜欢拍商业片，商业片怎么了？赚钱难道不香吗？能评价我电影好坏的是观众，具体表现是票房，而不是影评人或者评委团。观众哪里记得那么多届各种电影节的获奖影片是什么？但是他们一定记得票房最高的几部电影是什么，对吧？"

林城笑说："你说得对。以后提起武侠片，大家就能想到你。"

王泽文："嗯。"

王泽文过了片刻，还是坦诚地叹道："如果能拿奖还是想拿一个，那样肯定可以气死他们。"

林城闷声发笑。

王泽文说："我想想，今年不行就明年。我不信我拍出票房年度冠军的电影，还拿不到最佳导演。"

林城："好啊，那你到时候要请我当男主角吗？"

王泽文笑道："你当然是我的最佳男主角。"

两人做好了心理准备，去颁奖典礼走个过场，最后也的确没有拿到最期待的两个奖项。

斩获最佳男配角的，是一位黄金配角老戏骨，几乎没有争议，林城以前也很喜欢他的戏。

虽然本来就只有很渺茫的机会，但在骤然落空的时候，林城还是失落了一秒。也不是难过，而是发现自己不足的一点儿遗憾。

他跟着王泽文，从颁奖典礼会场出来，在门口接受了短暂采访，又跟着众人，去订好的酒店里庆功——《夜雨》斩获了另外几个奖项。

刘峰坐在林城旁边，委委屈屈地跟林城告状，说王泽文是如何压榨下属，解放自我。行迹之残酷、之恶劣、之无情，应该受到绝对的谴责。

林城笑笑没说话，俨然一副与他不是战友的表情。

刘峰很心痛，他觉得林城变了，曾经那么一个理智的青年，被昏聩的王导所同化。

从酒店出来之后，大家没有继续今晚的娱乐项目。结婚的回家找老婆报告去了，没结婚的三五成群地出去逛逛夜市。

王泽文跟林城也决定出去逛街。

夜市里人多，最近又恰逢美食节，巷头巷尾车水马龙，很少有人去关注身边的人长什么样。

郭奕世说他也来这边逛过，还挺有意思，推荐他们去，林城就放松了戒备。他去车上换了衣服，戴上口罩和帽子，跟王泽文一起，打车去了美食广场。

结果，因为他们饭局结束得晚，临近广场的地方又有点儿堵车，王泽文和林城在路上耽搁了一会儿，等到地方的时候，夜市里的人已经不多。好几家摊主也售空了今晚的存货，准备收摊儿回家。

林城跟王泽文逛了一圈儿，发现剩下的东西都不是非常新鲜。虽然林城吃惯了夜间摊儿，但是王泽文没有，他担心王导的肠胃不习惯，决定换个地方吃夜宵。

王泽文本来就只是想出来轧轧马路而已，去哪里都无所谓。两人沿着路边深浅不一的阴影，漫无目地在街上游荡。

深夜里行人稀少，路灯昏暗。行色匆匆或放声大笑的夜行人不会在意他们长什么样。

王泽文和林城在一座只有月光照耀的桥上吹了一会儿风，又继续行走。一直走到市中心，路边的灯光才明亮起来。林城在道路两侧寻找能吃夜宵的地方。

他们还没找到一家合心意的餐厅，林城倒是先在一个还营业的游戏厅里找到了一个扭蛋机。

他看了一眼摆出来展示的六种玩偶，发觉这台机器里的玩具还挺可爱的，就付钱转了一个。

打开后里面是一个蓝色的玩偶，虽然不知道是什么东西的周边产品，但是摸着手感还算不错，细节也挺到位。

王泽文在他身边蹲下，笑说："你还喜欢玩这个？"

"送给你了，最佳导演的提名。"林城说，"拧这个就看手气，借你一点儿运气。"

于是王泽文也扫码拧了一只，打开后发现是一样的。一个看起来憨憨的蓝色小玩偶。

王泽文很满意："给你的玩偶补个好朋友。"

林城觉得王导大概是难得的开盲盒开到同款产品还能这么高兴的人。

王泽文说"一人一只"，林城就把玩偶抱在怀里，又跟他去了附近一家名字十分合他心意的零食店。

没想到已经这个点了，店里的人还不少，而且看着都是年轻学生。林城觉得不对，忙点开导航扫了一眼，果不其然，这附近居然有座大学城。他心想：这也太巧了。

林城本来想拉着王泽文离开，但一个恍神的工夫，王泽文已经提着篮子，沿着边上的小路走进去。林城不好意思坏他的兴致，也跟了过去。

还好没有人注意到他们，林城捏了捏口罩，在货架上挑选起来。

林城有点儿饿了，想选些小点心，看了一圈儿，问道："这种绿豆糕你要不要？"

王泽文抬起头，从另外一面走过来："想吃的话直接买现做的，不要买这种。"

林城说："那要不回家？不然隔壁有肯德基。"

王泽文笑道："你大半夜的敢吃肯德基？你想明天跑几圈儿啊？"

林城也笑，准备把手里的东西放回去。他仰起头，想看清楚面前的东西，随后在相隔一层的货架对面，看见了一双正紧紧盯着他的眼睛。

虽然那目光里闪过数种复杂的情绪，但林城十分熟悉，跟他在休息站里遇到的那个粉丝眼神相差无几。

林城心想：不妙。赶紧把东西塞回原位，转身去拉王泽文，想赶紧带着他跑路，然而一道尖叫声先响了起来：

"啊——北固——林城是不是你？！"

紧跟着数个不明真相的女生跟着叫出声："什么北固？什么？！你说谁？"

"是他是他就是他！口罩戴那么严实我就说可能是明星！"

"他边上那个男的也超帅，是不是还没出道的艺人？我就说！"

"是真的吗？是活着的吗？"

这家零食店本身就小，走道里几乎只能并排走两个人。林城还没出去，前方道路就已经被人截住，他和王泽文被生生堵在角落。

这"围剿"让林城简直哭笑不得。

"我不是。"林城做着最后的挣扎，"你们认错人了，我只是眼睛跟他有点儿像而已。"

女生兴奋地道："不可能！你化成灰我都能听出你的声音！"

林城："这个不行吧？"

女生又指着王泽文道："你边上那个小哥那么帅，你肯定也不是普通人！除非你把口罩摘了给我看看！"

王泽文被逗笑了，说："谢谢啊。"

一帮女生又开始雀跃欢呼，在寂静的夜里，分贝似乎被拔高了数倍。

王泽文做了个安静的手势，说："大家别叫了，别打扰人做生意。"

守在门口的收银员大声说："不打扰！"

王泽文又说："我们先去门口吧，这里太挤了，不然后面进来的人不知道这里在干什么。"

众人应允，跟着他们走出了店面。

林城站在边上，选了个灯光能照到的位置，而粉丝们去里面借纸笔找他签字。

他应众人要求，摘掉口罩和他们笑着拍了几张照，然后埋头签字。

林城本来是想五分钟搞定所有事情，带着王泽文开溜的，没想到学生的行动力比他想象中的还要强。不到五分钟的时间，第二批学生就以百米冲刺的速度，如疾风和闪电，从宿舍楼飞奔至小店门口。

林城惊诧不已。他一面签字，一面抬头看被挤出人群的王泽文，怕路人围得越来越多，到时候他们两个都跑不了。

王泽文两手插兜站在高一截的台阶上，心情也很复杂。

还好现在是晚上，否则以大学城商业街的人流量，那可真是无法想象。

林城投降道："不要再呼朋唤友了，好不好？这位穿睡衣的小姐姐这么巧啊，都要睡了还出来逛街？大家别闹了。明星有什么好看的？我又不红。"

粉丝气起来连偶像都杠，不服气地说："你超红的好吗？不许你说自己'糊'！"

"谁让你平时不'营业'？想见你比登天还难！"

"你有没有考虑过我们这些'颜狗'的感受？"

"我不是为自己追星的，我是为了我的闺密追星！她考前就想看一张你的新照片，那样就算挂科也瞑目了！这是为了友情，你知道吗！"

"北固，你是什么神仙啊？带我一起得道吧！"

说真的，这些粉丝都是怎么回事？

王泽文一手一只玩偶，捏着它们撞来撞去，自娱自乐地在边上消磨时间。

林城的余光一直往他那边扫，却看见一个鬼祟的男人，趁着这一块儿人多，靠过来在外围晃了一圈儿，然后插兜准备离开。

女生们因为注意力全放在林城身上，完全没察觉到有什么不对劲，但是林城反应很快，直接将东西塞到边上人的手里，然后冲过去拦住了那个家伙。

男人一惊，回过头叫道："你想干什么啊？你谁啊？"

林城不容置疑地抓住他的手往外拽。那人见形势不对，突然发难，直接握拳朝林城的脸揍了过去。

女生们因为光线位置没看清楚，也没反应过来，但是王泽文看见了，眼皮一抽，惊惶地叫道："林城！"

然而那拳头根本碰不到林城，他以更快的速度躲了过去，并灵活地一个后拧，直接把人按在地上。全程一个多余的动作都没有，也半点儿反抗的机会都不给那人。

等一切结束的时候，小偷和粉丝的表情是如出一辙的蒙。

为什么总有人忘了林城是一个武生？还试图和他动手。

王泽文看对方被制伏，一口气提在嗓子眼儿，吓得肺部胀疼，他冲过来，想查看林城的情况。林城躲了下，从对方兜里摸出三个手机，转过身问道："都是谁的？"

几个女生一摸口袋，才后知后觉道："是我的手机啊！"

那人还在试图动弹，林城换了个姿势，用膝盖抵住他的双手跟后腰，将人压得发出阵阵惨叫。王泽文干脆地掏出手机报警。

王泽文："你没事吧？"

"没事。"林城停顿片刻，放低声音，带着歉意道，"对不起啊。"

王泽文说："你没事就好。"

他去把两个丢到地上的玩偶捡回来，重新抱在怀里，站在林城边上等警察过来接人。

派出所的警察小哥开车过来的时候，远远发现一排人整整齐齐地蹲在路边，在数人的注目礼中，享受了本不属于自己的奢华荣耀，忐忑不已，以为是附近发生了什么影响恶劣的大案。

等他走近认出林城，得知事情原委，又觉得很好笑，同情地看了那小偷一眼，把人带上了车。

不过也多亏了这个插曲，两人顺利摆脱粉丝。等他们做完笔录，走出派出所后，世界重新安静了。

王泽文笑问："有意思吗？"

"说不来。"林城说，"你好像也被拍到了，应该让她们删掉照片才对。"

王泽文拍着他的肩膀说："算了，无所谓。累了吧？我让刘峰来接一下。"

王泽文还没联系刘峰，刘峰就主动打过来了。他"啊啊啊"地一阵大叫，说两人被拍到了，已经上热搜了。

王泽文问："拍到了什么？"

"全部！"刘峰喊道，"告诉林城，他摔人的动作太帅了！我现在就开着我的四轮小轿车来接他，不要动！"

王泽文无情挂断，转告道："他说你很帅，不愧是王导的好朋友。"

林城拿出手机，开始搜索网上的关键词。

这不搜不知道，一搜倒也没出乎意料。林城制伏小偷的多角度画面被做成动图大范围传播，哪怕是深夜，讨论量也不少。网友全在刷"硬核"，被他的操作给惊呆了。

"武生原来是真的！《夜雨》是真的！"

"边上那个拿着玩偶的帅哥是谁？留个联系方式可以吗？"

"林城到底是什么运气？休息站被拍车牌号，家庭地址直接暴露了。三更半夜逛个夜市，也能遇到小偷，然后警局一日游。现在想上热搜，必须有那么'硬核'的理由了吗？"

这时刘峰到了，将车停在路边，把两人接了上来。

车门一合上，刘峰立马高声道："林城，你可以啊！生图也拍得那么帅！路灯的光打在你的五官上，真是绝了！显得深邃又柔和，网上全是你的颜粉！"

刘峰继续道："还有你那一下也太干脆利落了！我都以为是在拍戏！外行人能学吗？"

王泽文笑出声来。

车开了没一会儿，刘峰又问："你们手里拿着的是什么玩意儿？"

"林城送我的，"王泽文说，"两个好朋友。"

刘峰："……"

林城没有听见他们两人的对话，一直在关注着网上的风向。

果然，网友还是"扒"到了王泽文的身上。

网上流传的关于王泽文的照片并不多，但仍旧有几张，角度都是偷拍的。比如他拿着一对玩偶站在路边，比如他跟林城坐在一起，再比如，没过多久，一只玩偶就到了林城的手上。网友们知道了他是跟林城晚上一起逛街的人。

等林城回到酒店房间的时候，话题已经进入了新的阶段。

王泽文身上的衣服、鞋子、手表等品牌价格，全部被"扒"得一干二净，包括林城身上的那套杂牌衣服也被顺便贴出。两者的价格对比万分惨烈，相差了足有两个零的距离。虽然少，但还是出现一些比较难听的话。

这是林城根本没预料到的剧情走向。

网友的思维，有时候就真的很迷。

林城关上门之前，王泽文紧跟着走了进来，他问道："心烦啊？"

林城皱眉："嗯，好麻烦。要不要找人公关一下，把你的照片删掉？"

"不是什么大事，你越压越严重。"王泽文摸出手机道，"不用管他们，给你看看什么叫王者公关。"

林城唇角一咧，他还记得上次的王者公关发生了什么。

果不其然。

王泽文："省点儿工夫，都别'扒'了，这是我。【抠鼻】"

王泽文一出场，不愧是王者公关，犹如给即将沸腾的水关掉了加热源。

网友瞬间淡定起来，重新回归到个人的讨论上。

"王导？你不是一个中年油腻胖男吗？你为了躲我居然骗我？"

"王导！你变了！你变成我心中的小甜甜了！"

"男神，你谁啊？"

"难怪王导一直不露脸，原来是为了保护自己。"

"你居然长这样？我以后怎么直视你的电影？'脱粉'了再见，我最讨厌长得比我帅的男人。"

"出道吧王导，我代表我全家给你投票。我相信没有人敢给你小鞋穿，你会是史上最幸福的'爱豆'！"

虽然他们的惊讶和赞赏已经到位，内容看着也貌似令人愉悦，但王泽文细品后，还是觉得味道不对。

林城只觉得很懊丧。他不希望王泽文因为自己而无奈妥协，导致今后要面对许多不必要的麻烦。他这样一个纯粹喜欢电影、热衷幕后工作的电影人，不应该受到这些困扰。

眼见王泽文冷笑着又要回复网友，林城立马抽走他的手机，严肃地说："你这样做不好。"

王泽文抬头扫他一眼："干什么，哪儿不好？"

"你知道我在说什么。"林城道，"你不是不喜欢这样吗？"

"我更不喜欢别人对你叽叽歪歪。"王泽文生气道，"这些人一点儿眼光都没有。"

林城把手机放下，认真地看着他。

王泽文见他是真的担心，终于正经了一点儿："我都不介意，你这副表情做什么？王导是在你面前死撑面子的人吗？"

林城做出"你是"的表情。

王泽文好笑。

"能有几个粉丝喜欢关注导演的事情啊？而且我也不是没照片流出来，只是少而已。"王泽文说，"我让刘峰随便处理一下就行了，比你的麻烦小多了。"

林城失笑，王泽文也笑。

"好了，我现在就让刘峰去叫他们删图片。"王泽文说，"你手机借我一下，我的刚刚被你丢哪儿了？"

林城把自己的给他。

林城：刘峰。

刘峰：【人间迷惑】我正想问问你，我现在被王导的骚操作搞得满脑子问号，他想干什么啊？你给他讲讲人生吧，他每回冲动起来，拉都拉不住，那不是想上天，他是想翻天啊！

林城：我就是你王导。

刘峰撤回了一条消息。

林城：照片带人删一下。【转账】

刘峰：好的王导，小钱钱记得补给人家小林哟！

刘峰的动作很快，直接让《请你听我说》的官方账号管理员发了条微博，把"热度"引过去。

曝光不要白不要，不会蹭"热度"的宣发不是好宣发。

请你听我说："没错！这就是我们英明神武大王导！早就跟你们说过我们王导很帅的，你们就是不信！【躁起来】新电影会在春节上映，大家千万不要错过啊！偷拍算什么？给大家看看我们林城的高清剧照吧！【图片】【图片】"

两张图片都是林城的高清剧照。

一张是他光着上身，正在学校的更衣室里换衣服，听见有人喊他，于是扭头看了过来。光线明亮，青年清朗又阳光。

另一张是他闭着眼睛，躺在浴缸里，手臂的皮肤被热气蒸到微红，热水顺着他的脸颊缓缓淌下。纤长的脖子跟凸起的喉结，毫无保留地暴露在画面中。

网友瞬间疯了，哪里还顾得上王泽文那几张模糊的抓拍照？

"你们居然私藏！定妆照里根本没有这两张照片！"

"啊我'死'了！"

"已收藏，可以删掉了，谢谢。"

"我已经躺好了，人呢？"

"电影里会有这两个镜头对吗？我一个人可以贡献十张票。如果这两个镜头被删掉，你们就'死'了。【微笑】"

随后郭奕世那边也迅速跟进。

郭奕世："你们不是去逛夜市了吗？为什么又去了大学城？为什么不叫上我？！"

郭奕世："我也被粉丝认出来了，为什么我就没上热搜？【图片】【图片】"

图片里是他穿着今天的衣服和粉丝合影的照片。

他的粉丝十分不给面子，在下面集体吐槽道：

"因为你'糊'。你再作就真的'糊'了，你知道吗？"

"因为你每天'营业'，大家都看厌了。我'舔'屏幕都'舔'得很勉强，你知道吗？"

"因为你没林城好看就算了，你还没王导好看。你自己说，怎么办？"

"你翻翻自己的微博，然后大声地告诉我是为什么！"

"林城那叫'偶遇'，你那叫什么？你那叫日常操作。【谢谢】"

"这里有个想蹭'热度'想疯了的。@林城，给这'小作精'一个机会吧。"

画风瞬间扭转，"热度"很快被压了下去。

王泽文："你看，没事吧？本来就是一件很普通的事儿，不用担心。"

林城点头。

半夜的时候，刘峰还在勤勤恳恳地工作。他掐着点，又发了一条微博，让营销号删掉有关王泽文的内容，同时给几个发照片的个人账号发了私信，让他们不要再在网上发非艺人相关的图片，侵犯他人隐私。

网友们表示理解，顶多将图片存下来自己观赏，没有再大范围传播。很快，类似的照片就从热门话题里消失了。

第二天早上起床，王泽文刚醒，就拖着行李箱去了林城的房间。

林城不知道昨天晚上几点睡的，王泽文到的时候，他还没醒，被叫起来开了门，才去卫生间洗漱。

等他收拾的空隙，王泽文点开手机。

他花样搜索各种关键词，只看见类似的内容：

"我就说，前面说金主的，金主能让小明星穿那么便宜的衣服吗？一切逻辑都通顺了。我快乐了。"

"人家只是参加完电影节刚好出来逛个街，有些人的思想怎么就那么龌龊！我昨天看得真是满脸迷惑。"

"是王导啊，那我就放心了。"

王泽文抬眼看见林城站在床边换睡衣，提醒他说："你的工作现在都是我在安排，下周进剧组，下个月开始影院宣传。"

时间过得太安逸，林城连具体的日期跟星期几都记不大清楚，他反问："是吗？"

王泽文说："王导给你做经纪人，这买卖值不值？"

林城想想也觉得很好笑。

回家住了没两天，王泽文帮林城收拾了东西，准备去黄导的剧组报到。

电视剧的拍摄速度比较快，而林城拿到的角色又只是一个配角，王泽文跟黄导打过招呼，让他们帮忙把戏集中一下，根据最终的日程表来看，林城一个多星期的时间就能顺利收工。

出发前两天，王泽文已经订好票，打算跟林城一起去。

在两人坐在一起吃晚饭的时候，一通电话打了进来。王泽文看清来电显示，给林城打了个手势，去外面接通。

他很少有刻意避开林城的电话，这个举动让林城隐隐有种不祥的预感。

王泽文走到阳台，靠在栏杆上，关上了玻璃门。

电话里是接通的声音，但是对面的人没有说话。

王泽文与她僵持了一会儿，最后忍不住先开口道："尊敬的王女士，您百忙之中抽空给我打电话，就是为了跟我耗话费？"

对面的女声语气平静："我看见了那天晚上的照片，你们两个人站在路边。我不知道你还会喜欢那种劣质的玩偶，甚至半夜跑出去跟人逛街。"

王泽文说："我那天晚上玩得很高兴。"

王女士："他叫林城对吧？看起来是挺讨人喜欢的。我没有去看你们拍的电影，但是我的秘书说他演得不错，你好像又给他介绍了新工作？"

王泽文避而不答，只问道："那您觉得他讨您喜欢吗？"

王女士："我不觉得。"

王泽文："好的。"

电话里再次沉默下来，双方都在思考该如何开口，才能勉强维持住现在的和平。

王女士："你不知道他是在利用你吗？"

王泽文笑了出来："亏您能忍到现在才问我。"

"是啊，毕竟我没想到你会犯那么低级的错误。"王女士说，"你来 C 市亲自见我一面吧，我们很久没见面了。"

王泽文表情凝重起来，点头道："好。"

十五分钟后，王泽文揉着眉头走回来，林城还坐在桌边没有动筷，一桌子的饭菜都凉了。

林城端着盘子去加热，王泽文斟酌片刻，坦白道："不好意思，我妈让我去见她一面。她现在在 C 市，那我就不能陪你去剧组了。"

林城愣住，片刻后才问："没什么别的事儿吗？"

"其实没什么。她看见了那天晚上的照片，然后又听说了一些事，对你……咱们有些误会。"王泽文让他坐下，说，"不过没关系，我心里有数，你不用担心。好好拍戏，有人欺负你了就去找黄导，我打过招呼，别忍着，知道吗？"

林城心不在焉地点了下头。

"等事情办完了我就去找你。"王泽文犹豫着，还是提醒了一句，"要是有陌生电话打给你，你暂时别接。"

林城继续点头。

王泽文怕他多想，加了一句："等我说服了她再给你介绍。她……我觉得你应付不来。"

林城问："她会不会打你？你要不要设个急救电话？"

林城心想：我还是挺能扛揍的，但是王泽文就不一定了。

王泽文被他逗笑，只是笑容不是那么轻松："她不打我。她知道的，对付我，吵跟闹都没有用。好了，先吃饭。吃完我先走了，你照顾好自己。"

王泽文当天就离开了，林城独自留在家里感觉静不下心。

他以前也是一个人住，且很享受一个人清静的生活，但是跟王泽文住了一段时间之后，他突然发现，没有人的空房间，竟然显得格外喧嚣，空气里所有的东西都在无声地吵嚷，让他完全静不下心来。

他强行让自己进入状态，拿着剧本，多背几遍台词。

古装剧里的台词很拗口，而林城还有几段宣读圣旨的戏。众所周知，嘉奖一类的圣旨上面会有一成排的客套官话，用一些现代人听不大懂的成语来进行对仗描述。他一不专心，就会嘴瓢。

王泽文每天会给他发几条微信，但两人总是聊不了太长时间，只是零零碎碎地说上几句。林城不知道王泽文那边是太忙，还是不大方便，他几乎不说自己的事情。

然而不容他想太多，他需要进组了。

林城提着行李箱，乘飞机去往 D 市。

剧组目前在影视城取景，林城跟剧务联系好，坐上前来接送的车，直接去了酒店。

他在酒店的大堂里，碰上了刚好收工回来的余晖今。

余晖今在，林城倒不是很意外。同一家公司的艺人，打包演几部电视剧是很正常的事儿，他是王泽文推荐的，从本质上来说跟星火的资源重合度很大。

余晖今看见他，从助理手中接过外套，披在自己的身上。他大概是被人提醒过，没有再做让林城不愉快的事儿。

"你运气真好。"余晖今都过去了，还回过头笑说，"圈子里无数人想做却没做到的事情，你居然做到了。"

林城本来不想回应，但因为最近心情不佳，实在没忍住，就讽刺地说了一句："脚踏实地，好好拍戏，说不定你也会有等到机会的一天。"

余晖今像是听见了什么好笑的事儿。他觉得，如果脚踏实地就能等来机会，林城不会等到遇到王泽文的时候，才演上一个男二号。

林城知道他在冷笑什么，但是不想理会他。因为总有人会将所有的成功和机会，归咎于所谓的运气，然后给自己的偷懒走捷径来找借口。如果不是因为他的基础，王泽文也关注不到他。

林城回房间整理了东西，给王泽文发去一条问好的微信，然后去跟剧组的工作人员打招呼。

第二天早上，林城按照行程单上的时间，提前半个小时，来到了片场等待。

他要拍的第一场戏，剧情已经进入了中后期，也就是林城这个角色得势之后的戏。

他从原先一个唯唯诺诺的阴柔小太监，变成了张扬无比、喜怒无常的奸佞宦官，掌控着宫廷禁军的大半权力。从此，犹如一个卑微了许久、见不得光的老鼠，终于披上了最光鲜的皮毛，开始肆无忌惮地展示手中的权势，让所有人不敢提及他身体上的缺陷。

这几场戏里，林城化的都是素颜妆。因为在这个角色的认知中，涂脂抹粉是不够男人的行为。

林城跟王泽文讨论过很多次，要如何揣摩这个有点儿"娘"，但又在努力掩饰自己很"娘"的复杂角色。

这时候微动作和台词就显得很重要了。

王泽文的建议是，不要出现明显的矫揉造作的标志性动作，也不要故意让声音显得过于尖细。这种通用的表达方式虽然没有错，但会让人物变丑，表演显得不高级。因为它的形式太外放了，所以大家都见得比较多。

恰恰相反，可以故意把步子迈得很大，下巴抬得很高，表情放得很沉，像一个弱势者故意撑得很强势，一个小孩儿想着学着像大人一样。然而他的眼神会持续地飘忽不定，他坐下时的身姿会不自觉地放得很低，他端起茶杯时的样子会带着小心，用那些不经意的动作，来表现这个角色刻在骨子里的奴性。

林城觉得这样很好。

林城一回忆起王泽文，就觉得心里头空落落的。王泽文什么都给他安排好了，无论是生活还是事业，他已经习惯了有这么一个朋友。

"林城。"

林城被黄导一喊，猛地回神，抬头看向面前的人。

黄导说："导演想听你念一下台词。"

黄导这次是本剧的监制，真正的执行导演坐在黄导的身后，正仰着头看他。

林城将情绪调动上来，冷笑着说："你也配这样跟我说话？当初你是怎么作践我的，你还记得吧？"

"嗯？"黄导音色亮了起来，眼皮也明显地往上一掀，说，"你的台词不错，很有味道。"

执行导演也满是惊喜，笑着说了句："不愧是你啊！"

林城切换回自己的声音，说："在家里学过。"

黄导很欣慰，大概是因为现在很少能见到一个已经成名的演员，会这么认真地对待一个微不足道的配角工作。他唏嘘着说："好，难怪王导那么欣赏你。"

林城："谢谢。"

"王泽文之前还说他要来探班的，"黄导无奈地道，"结果说好了人又不见了。"

林城简直不知道该怎么回答。

"没事，你拍你的。"黄导拍了拍他的肩说，"有什么问题可以问导演，也可以来问我。"

林城点头。

黄导："拍完这部电视剧，你后面的工作安排好了吗？"

林城说："暂时没有。之后要开始准备《请你听我说》的宣传工作了。"

黄导笑道："我知道了。那如果没有遇到好的片子，你先空一段时间吧。"

边上的人听见，有些羡慕地看着林城，对于他如此轻易地得到了一个资源，觉得有点儿不可思议。黄导对他的好感简直是多得莫名其妙。

当然，这样的想法也只是一闪而过，他们并没有往深处思考。

林城没有飘飘然，也没有太过惊喜。进入工作状态之后，他反而冷静了许多，仿佛回到了自己熟悉的领域。晚上跟王泽文聊天儿的时候，话也多了起来。

剧组顺利地进入第二天的拍摄。

林城穿着繁重的太监服，坐在树下整理自己的衣角。黄导神出鬼没，在他身后说："有人找你。"

林城被他飘忽的语气吓了一跳，抬头去看，发现对方的身后跟着一个留着短发的干练女性。

林城看见对方有些眼熟的五官，愣在当场。

黄导介绍说："你不认识吗？这是王导的母亲。"

林城半晌才迟疑着问好："您好。"

他觉得这大概是很失礼的表现了，可是王女士来得太突然，而他大脑一片混乱，实在想不出应该怎么招呼才对。

王女士气场很强，脸上也没什么表情。多年身居领导层，让她的表情变得难以捉摸，但她并没有用为难的态度去对待林城，而是疏离地回应了一句："你也好。"

林城说："王导不在这里。"

"我知道。"王女士说，"我让他去替我办点儿事儿，我是专程来找你的。"

林城讷讷地回应："好。"

王女士抬起手表道："正好是午饭时间，和我一起出去吃顿饭。我开了车来。"

林城看向黄导，黄导眯着眼睛，过了一会儿，客气地说："这样好了，那我给你放一天假，下午你陪王女士好好逛逛。"

王女士说："不打扰你们工作，我只是找他吃顿饭，一点前准时送他回来。"

黄导笑说："不急不急，如果可以当然是最好了。"

林城："那我去换一下衣服。"

众人——包括林城——都很惊讶，王泽文的母亲怎么会出现在这里。

以至于当林城走到车旁时，整个人还处于茫然之中。

王女士扭头看了一圈儿，问道："你的助理呢？"

林城说："我没有助理。"

王女士道："所以你的工作也是我儿子在安排？"

林城没有回答。他觉得这话隐隐有点儿不善，而王女士表现得十分隐晦，隐晦到让他以为是自己的错觉。林城不知道应该要怎么回应，才能显得正确。

王女士看他一眼："去附近的咖啡厅，你介意吗？"

林城摸不清她的态度，回说："不介意。"

林城想过无数种见到王女士时可能会出现的画面，但是绝对没有面前这一种。

她依旧体面、优雅，用不急不缓的目光扫过菜单上的各式图片，然后语气温柔地告知一旁的服务生，然而她身上的气势却让林城心惊胆战。

"喜欢什么，自己点。"王女士问，"你会跟王泽文一起来喝咖啡吗？"

林城："他好像不喜欢喝咖啡。"

王女士："是的。他不喜欢喝咖啡，哪怕他从来也没喝过。"

林城随意点了一杯。

王女士又问："你知道为什么吗？"

林城在潜意识里，不想跟对方继续这个话题，因为他隐隐觉得这个平静的开端后面将会是令人不愉悦的场景，但是他听见自己冷静地说："不知道。"

王女士说："他爸爸很喜欢喝咖啡，我跟他爸爸商议离婚的时候，砸了家里很多东西，其中就包括各种罐装的咖啡。那些东西的味道飘在空气里，给他留下了很深的印象。咖啡对他来说，有一种灼烧过后的苦味儿，所以他不喜欢。"

林城喉结滚了下，手指停在杯子的外壁上，用指尖感受着这杯饮品的热度。

王女士又问："你知道我们为什么离婚吗？"

林城："不知道。"

"简单来说，就是他不喜欢我了，以一个我不能接受的方式。"王女士说，"王泽文从来没有跟你说过吧？他的家庭。"

林城抗拒地说："我不想知道。"

王女士淡淡地笑了下。

"我看过你的履历，你进娱乐圈很多年了，但一直混不出头。虽然我没有看过你演的电影，但是我的秘书对你的评价还算不错。作为一个非科班出身的演员，我能想象得到你的努力，"王女士说，"我也能明白泽文为什么会掏心掏肺地帮你铺路。"

林城抬起头。

王女士接着说："实话实说，在没有背景的情况下，你想红太难了。但是我儿子，他在圈子里混得比你久，比你深，背景比你厚。他的生活条件比你好太多了，从来不需要顾虑你要顾虑的那些东西。说得直白一点儿，你跟他的地位是天然不平等的，所以他对你稍微好一点儿，就会在你心里放大，甚至成了一种恩情。你明白我的意思吗？"

林城争辩道："我们是好朋友。"

王女士说："他从来没有跟我提过你。"

林城："他跟我解释过……"

"他其实没有你想象的那么有义气。他只是在欣赏你的时候，会说得很好听。而事实是，你不能失去他，但是他可以失去你。"王女士说，"他追求自由，无法接受束缚。他要求很多，又野心勃勃。他很讨厌别人对他指指点点，他也很讨厌任何人对他进行纠缠。这些他跟你说过吗？"

林城脑子里"嗡嗡"响。他觉得自己只要开口，就会说出让场面崩塌的话，因为对方说的每一个字都好像很有道理，但是每一个字他都不想承认。偏偏他又词穷，找不出任何一句有力的话来反驳对方，只能在心底疯狂地叫嚣"不对"两个字。

然而这样的行为只会让他表现得像一个无理取闹的疯子，恰好证明了她的判断，所以林城只能保持沉默。

"你对他没有帮助，我也不希望你影响他的前途，他已经给你足够的资源，希望你能就此满足。我已经五十岁了，我不想再为他的事儿操心。"王女士说，"他会跟你交好，只是因为他觉得有点儿孤独了，而你恰好出现在了他面前。我是为了你好，你们这样不对等的合作关系走不长久的。"

林城在桌底下攥紧的手指有点儿泛白。

这时，林城的手机响了起来。他从兜里掏出，屏幕上显示着正让他陷入无措的那个人的名字。

王泽文：我妈去找你了？

王泽文：她跟你说什么了？

王泽文：接电话。

王女士问："是他吗？"

手机的铃声响了起来。

林城的手盖在屏幕上面，手指在接通和挂断之间徘徊不定。

王女士说："你好好想想。"

手机持续振动，林城的手心在冒汗。那个名字不断地闪烁，似乎在焦急地催促。

林城终于下了决心，将手指按下去，然后把接通的手机放在桌上。

"对不起。我能想象到的最糟糕的事情，不是将来有一天，他跟我说，我不想和你做朋友了，"林城用力地吸了口气，难掩声线颤抖，"而是恰恰相反，现在我真的退圈离开他了，将来某天他却告诉我，他很遗憾。"

王女士："年轻人。"

"妈！"

哪怕没有开启外放，王泽文的声音依旧响亮地从手机里传出来，可见他此时的崩溃。

"妈您接电话！"

王女士冷静地将手机拿了起来，放在耳边。

"您跟他说什么了？"王泽文道，"您别这样。"

王女士说："你以为我是什么样的人？我只是如实地告诉他你以前的生活。"

"什么如实？"

王女士说："好了，该说的我都跟林城说了。"

王泽文："您别跟他说那样的话。我求您，他没有犯错。"

王女士："那你觉得我犯错了吗？"

林城动了下，想站起来。王女士抬手一压，示意他坐下。

王泽文："可是我有交友的自由。"

"'我是为了你好'，这句话我想你也不喜欢听，可我就是这样想的。"王女士说，"我知道你能理解。我希望你能理性地思考。我很累了。"

王泽文深深地吐出口气。

王女士说："你想过来就过来吧。我这边很忙，先挂了。"

她直接挂断了对话，把手机还给林城。

林城："阿姨……"

王女士打断他："我先送你回剧组。"

王女士将林城送回之后，居然没走，而是坐在黄导的边上，一起看着他拍戏。

她的眼神很有穿透力，让林城浑身不适。

一直到傍晚，她才终于离开。黄导亲自去送的她。

王泽文很心急，他想赶过来，可是他被王女士派到了一个偏僻的地方，根本买不到合适的票。

他给林城发微信，但是林城要工作，不能及时回复，到了晚上收工，才拿着手机给他发消息。

王泽文：我过来了。

林城：好。

王泽文：我们是朋友。林城，相信我可以吗？

林城：我相信你。

短短的几句话，好像叫两个人都安定下来了。

第十一章

— 决心 —

王泽文是半夜过来的。

林城当时正十分清醒地躺在床上，回忆今天发生的所有事儿。他一遍遍地回味王女士的话，思考着如果对方重新站在自己面前，他应该要怎么回应。这时手机屏幕亮了起来。

深夜里光线显得特别刺眼。他眯着眼睛瞄了一眼，看见王泽文在问他的房间号。

林城报了过去，然后爬起来开灯穿衣服。

没多久，门外响起轻轻的敲门声。

林城立即拉开，一道风尘仆仆的身影，带着凉气冲了过来。

林城问道："你是怎么过来的？"

"开车过来的。"王泽文深吸一口气，"开了九个小时的车。"

王泽文全身都很凉，身上还有很浓重的烟味儿。林城可以想象他坐在车里，烦躁地一根接一根地抽着香烟，让自己保持清醒，又开着车窗，让流动的冷风带走他身上的气味。

王泽文："我说了拿你当朋友，就是想跟你当一辈子的朋友。别的事情都不要考虑，明白吗？"

林城点了点头。

王泽文："你王导无所不能，记住了没有？"

林城又点头。

王泽文："说话。"

林城："好。"

王泽文声音低沉："我只是想和你做朋友而已，又不是什么错。"

王泽文声音飘飘忽忽："我怕你跟我说'绝交'。如果这样，我真的会怀疑你是不是从没把我当朋友。"

林城觉得自己莫名其妙被小看了，他道："我根本没有。"

王泽文退开些许，看着林城，终于露出了今晚第一个笑容。

王泽文是真的很累，靠在沙发上睡得深沉。林城早上起来洗漱，都没把人吵醒。林城犹豫了一会儿，还是一个人离开，让他在酒店里多休息一下。

林城先去吃了饭，然后去休息室化妆准备。

古装剧每天最大的工程就是化妆了。北固还好，造型直爽简单，武指都敢让他素颜直接上镜。而这个太监的角色因为人设需求，需要各种修容调整，还要戴头套，光是化妆，都能等到他两眼发花。

林城之前一向不怎么管造型的事儿，他想专业的事儿还是应该交给专业的人，但是今天化完妆后，他看着镜子里的脸，却蒙了一下。

今天需要的妆效跟前两天的不一样，今天他要化刚进宫时的小太监妆容，穿的衣服和发型也要做一下调整。总体就是得比之前更加卑微、瘦弱，以及中性。

化妆师将他的脸化得很白，是带了点儿青色的惨白，粉扑得厚厚的，眼下描得青紫，嘴唇却点得血红，而他的衣服又是偏深色的，两相对比之下，显得他的五官十分阴森，分外恐怖。去了灯光较暗的地方，拍出来的人脸，恐怕能直接用到鬼片里。

林城皱眉，他甚至认不出镜子里的自己。他让化妆师把粉卸掉一点儿，那个化妆师说："太监的妆容就是这个样子的。"

林城说："那古代妃子的妆容也不是你化的这个样子，是用的铅粉，一到晚上就变得颜色暗沉，你也要给她们化成那个样子吗？"

"你什么意思啊？你不高兴化那去找别人化！"化妆师直接将东西一丢，面色不善地道，"人物妆容要求是导演提的，你去跟导演说啊！"

林城今天的脾气像被卡在高压线上，一挑就起火，他生气道："导演需要的是这样的妆？这部电视剧的角色需要这样的妆容来表现？它整体的风格是这样的？"

化妆师去找导演，结果还没走远，几个人一起走了进来。

林城听见了熟悉的声音，朝门外看去，王泽文只瞥了一眼，就皱眉说："太丑了，卸掉。这什么东西？"

先前的化妆师顿时满脸尴尬。

黄导问："听见了吗？"

化妆师赶紧去找卸妆水。

黄导又说："算了，换一个人吧。"

那个化妆师被边上的同事挤下，另外一人过来给林城卸妆。

厚重的妆粉并不容易卸干净，化妆师心急，下手比较重，多擦了几遍。等他处理完，林城的脸已经红了一层，王泽文看得很不高兴。

再重新上妆的时候，王泽文就两手环胸地站在边上，一副"生人勿近"的冷漠气场，盯着化妆师工作。

林城从镜子里看他，觉得这人比自己的脸色还黑，原先眉宇间的疲惫倒是在愤怒的冲击之下彻底不见了。

林城提着多层的衣摆站起来，把王泽文带出了休息室。

见左右无人，王泽文气愤地道："我不是告诉你，有人欺负你，就去找黄导吗？你就这样啊？"

林城说："没人欺负我，你来了才有。"

王泽文无理取闹："干什么？怪我气场不行吗？"

林城说："我先去上个卫生间。"

王泽文跟着他："都是男人，怎么还不能一起上卫生间了？"

林城不是真要去卫生间，朝着移动卫生间那边走了一段路，拐了个弯儿，又去了另外一个地方。

王泽文更生气了，嘀咕道："嫌我烦？你当我是免费'工具人'？"

林城作势回身踢他一脚，被王泽文挡住。

林城说："你别闹了，这里人这么多。"

王泽文："好，我就看你拍戏。"

两人在拍摄场地准备。

王导很好地发挥了自己"组霸"的气场，搬了张椅子过来，大爷一般地坐在场边，将导演的气势都给压了下去。他跷着条腿，冷酷地扫视全场，就想看看，这个片场还有谁敢作妖。

林城觉得他就像一只受惊了的刺猬一样，浑身参满了刺，还四处跳跳，反应过激地对待周边出现的人。

不对，王导是只海胆，不受惊也是满身参刺。

黄导还跟执行导演说："你看，一个厉害的导演，就算平时再不正经、再慈祥、再好说话，但是认真起来的时候，一定要压得住全场。你看看他是靠什么在镇场子的。"

年轻的执行导演额头流下一道冷汗，心想：靠多年闻名在外的淫威，还有靠他似山高似海深的背景。

黄导又喊："王泽文你身上的气势收一收，这又不是你的组，干什么呢？"

王泽文把腿放下了。

黄导："这是一条腿儿的事吗？要不你给我走，要不你上来干点儿事儿。反正你也闲，不如提携一下小辈。"

于是王泽文亲自掌镜，众人皆是瑟瑟发抖。

强压之下，果然效率倍增，早上的拍摄进展顺利。到了后面，现场变成了黄导和王导，对本剧导演的教学。

林城提前收工，提着衣服跑去上卫生间。他不敢憋，毕竟这戏服脱一遍都得很长时间。

在他从卫生间出来的时候，余晖今已经换好了衣服，穿着一件白色的背心走过来。

林城瞥他一眼，把绑到腰上的衣摆小心地放下来。

余晖今说："王导究竟是真的想扶持你，还是没把你当回事？"

林城在一旁洗手，用肥皂在五个指头上搓了一遍。

余晖今嫉恨地问道："他能和你当多久朋友？"

林城还没回答，王泽文神出鬼没，站在卫生间门口阴恻恻地问道："你们在说什么？"

余晖今变了脸色。

林城转过身，平静地说："他问我，你能和我当多久朋友。"

王泽文闻言很是激动："当然是一辈子！"

林城似是喃喃自语："可是哪里有那么长的一辈子？"

"怎么就不能一辈子了？"王泽文瞪了林城一眼，又去骂余晖今，"我说你们这些人好烦啊，干吗老对别人说一辈子一辈子的，我不能保证自己的一生，难道你们能吗？啊？你能吗？"

林城怕他声音太大，又引起其他人注意，赶紧拉着他出去。

"我早想骂他了，你别拦我！"王泽文嘴上不爽，还是跟着林城走了出去，他叨叨，"他叫什么来着？你别跟他说话，他说不定就是想蹭你'热度'。动机不明，趁火打劫，其心可诛。"

林城犹豫良久，问道："你母亲真的没事吗？你留在这里她会不会生气？"

王泽文放低了声音说："我该说的都已经说了……她其实心里都明白，我现在去见她，只会惹她生气。"

王泽文斟酌着问："你下次要不要跟我一起去看她？"

林城惊讶地道："我？"

"是。"王泽文说,"等这部戏拍完,你陪我一起去看她吧!"

林城答了一句:"好!"

工作的环境就像个世外桃源一样,能够以正当的理由屏蔽一切的麻烦。

结束工作后他们一起回了家,林城反手关上门,然后平静地坐下。

王泽文说:"我给她打电话了。"

林城点头:"好。"

然而电话没有打通。

王泽文锲而不舍地打了六次,到后面脸色越来越凝重,一遍遍等着听筒里的回铃音转为忙音,然后再重复之前的动作。

整个过程里,两人都很安静。林城在心里跟着那"嘀嘀"的声音默数,数到后面数乱了节奏。

王泽文皱眉,说:"她不是这么幼稚的人。"

林城突然有了一种极其不妙,或者说是悲观的想法。

王泽文又切换到别的号码,开始联系秦玄。他转过身,朝着外面的阳台走去。

在他打电话的期间,林城不安地拿出手机,解锁屏幕,看见光线亮起之后,又觉得好像没有事情做,重新把界面关掉。当他毫无意识地放空时,王泽文走了回来。

"她病了。现在在医院。"王泽文看着林城说,"前几天她在公司晕倒,医生说是因为睡眠不足。她精神状态很差,所以医生让她住院了。"

这句话透露出很多的信息,林城仔细盯着王泽文的表情,想要分析他的内心想法。他知道王泽文此时肯定内疚,而他下一步的行动必然是去医院探望。至于更长远的内容,他看不出来。

王泽文说:"我去看看她。"

他没有再用"们"。

林城手脚发凉。他表面上装作一副善解人意的样子,再次点头说:"好。"

等王泽文离开很久,林城才从那种无限放空的状态里回神。他站起来,发蒙的大脑,想不出下一步应该要做什么。

他在屋里转了一圈儿,觉得这个地方太安静了。这个时候他急切地需要找人聊一聊,林城终于想起来,翻出通讯录,打给"小电压"。

手指按下去没多久,冰冷的回铃音就消失了。

"干什么呀?"青年年轻又朝气的声音在对面响起,"想我了吗?"

林城握着手机,没有说话。

"小电压":"是不是林城啊?你的手机丢了吗?喂喂?"

林城吐出口气，说："是的。"

"小电压"："你不要给我玩忧郁啊。如果你在玩儿什么大冒险的游戏就给我挂掉，我这里很忙的啊！"

林城握着手机，重新在沙发上坐下。

扬声器里传来一阵敲打键盘的声音。

过了有两三分钟之久，敲打声渐渐停下，"小电压"终于发现林城还没挂电话，奇怪地"咦"了一声。

"小电压"判断了下，作为"彩虹屁"专家的他，明白了林城此刻心情不好，忍痛安慰他道："给你发个红包吧，我把我账号里的钱分你一半好了。"

他抠抠搜搜地给林城发了个 88 元的红包，然后问他："你好了吗？"

林城说："你再发一个。"

"小电压"气道："你骗我红包！"

"小电压"又发了 8 毛 8 分的红包，然后惊讶地发现林城其实根本就没有领取。

居然不是在残忍地骗取他的财产，"小电压"的神经很大条。

"你俩绝交了啊？""小电压"问，"你现在人在哪里啊？"

林城："没有，就是想跟你说说话。"

"小电压"："那你说话啊！"

林城："不知道该说什么，要么言不由衷，要么词不达意，我觉得……很无力。"

"小电压"受不了了，他被林城影响得很神经质，大声叫道："林城你到底干什么！谁惹你不高兴你就去收拾他啊！豪横去啊！你小林不是一直很豪横的吗？！"

"小电压"继续叫道："要么你去找王泽文，要么我来找你，你选一个！"

林城："我不能找他。"

"为什么不能！""小电压"要疯了，"他是你的好朋友啊，凭什么不能找他？给他做点儿饭，给他带过去。他要是跟你生气了，就说明他没把你当朋友，也别合租了！那么干脆利落的事情还需要犹豫吗？"

林城挂断了电话。

林城鬼使神差地去灶台那边开始煲汤。在等汤炖好的两个小时内，他耐心地等待王泽文的电话。

林城心想：如果在这段时间里，王泽文给我打电话了，我就什么都不做；如果没有，我就去医院看看。

事实是没有。一切只是他自己的过度担忧和胡思乱想而已。

林城抱着保温杯，一路来到病房楼下。他站在充满潮湿味道的大门前，抬头看了一眼素白色的大楼。当他望着上面一扇扇打开的玻璃窗，又不知道应不应该上去了。

或许是医院这个地方带着特别的气场，在生死的渲染下，所有的思绪都变得清晰起来。

林城在踏满脚印的台阶上坐下，他在想，既然王泽文真的拿他当朋友，那么王女士的想法就不重要。

但他知道其实不是的。

家庭是每个人都过不去的一道坎儿。比如他，哪怕他从来没有见过自己的父母，哪怕他已经接受自己是被抛弃的不幸的人，但是如果某一天，他的家人突然出现，向他忏悔，卑微地恳求他的原谅，他的人生依旧会因为他们而出现巨震。

这大概就是所谓的家人，是命运在人类身上种下的共同的弱点。人类习惯在那种抹不去的血缘印记中寻求慰藉。

每个人对爱过自己的人都会有不忍，何况王女士爱了王泽文二十九年。

所以，如果王泽文来了，他要跟他说什么呢？

如果王泽文真的告诉他，他母亲的身体状况不好，坚决地反对他们做朋友，所以他们需要分开一段时间，林城无法自私地跟王泽文说"那样不可以"。

争吵跟失望会让他们分开，区别只是早晚。

林城觉得自己好像没有办法，他唯一能做的就是乐观，像王泽文说的一样，相信他。或者是善意地认为，王女士是个尊重自由的人。

王泽文站在窗户边发呆，目光落在楼下的主路上。

他看见一个穿着黑色连帽衫的男人从门口走了进来。那个人低着头，脸上戴着口罩，头上戴着宽松的软帽，脚步不疾不徐。

王泽文觉得这个人有点儿熟悉，然后一直盯着对方直到走入自己的视野盲点，而他甚至都没有察觉到自己对那人的异常关注。

王女士半靠在床上看书。书页翻动的声音"哗啦啦"地响起，从时间来判断，不具有某种既定规律，显然对方是随便翻翻，并没有因为徜徉在知识的海洋里而感到快乐。

护士进来给王女士换了药瓶，随后医生又来测量了一遍数据。整个过程王泽文都表现得温顺而安静，仿佛一个大型背景图，出现在这里的原因只是这个地方需要这么一个装饰物而已。

在王女士打完几通工作电话之后，她终于放下了手头的事情，问道："你见到你亲妈，已经连尬聊都做不到了吗？"

王泽文说："我正在努力避免尬聊。"

"沉默并不是一种解决方式。"王女士叹道，"你这样我很难过。"

王泽文把床边的凳子换了个方向，在边上坐下，问道："那您是希望我说真心话，还是希望……"

"我都不希望。"王女士飞快地道，"是你自己要过来的，我没有找你，那么你应该以我的心情为主。"

王泽文抬手揉着额头，含糊地说："是。"

王泽文其实能理解母亲的想法，但理解并没有什么用。他不是面前这个看似果决的女性，没有经历过她的人生，也不曾拥有过她的情感。

她已经最大限度地保持了自己的骄傲跟素质，没有将自己的疯狂传递给王泽文。

她很早就与丈夫离婚了，那是一个不负责任的男人。她对王泽文的父亲倾注了太多的感情，至今都没能从那场家庭的剧变中完全抽身。她无法原谅对方的背叛，却很努力地用一种宽容或者说是不在乎的态度，去维持和平的假象，以期让自己的儿子快速度过那一段乱七八糟的人生，不要受其影响，成为一个善良勇敢的人。

为此她付出了太多的心血，将王泽文的人生当作了自己的全部，她希望自己的儿子可以按照她规划的路线走。

她害怕他受到欺骗，也害怕他像自己一样被其他人利用。

王泽文对此，除了愧疚以外，不知还应该抱有什么心态。而在得知对方住院却不告诉他之后，那种两难的感觉让他更为难受。

王泽文说："那就随便聊聊，聊聊以前的事儿。"

王女士问："你是觉得我老了？要帮我进行盘点吗？"

"只是想稍微回忆一下过去，顺便抒发一下感情而已。"王泽文说，"不是您让我起个话题的吗？那我当然是找我们两个的共同话题啊，这个也不行吗？"

王女士认真起来，戴上一旁的眼镜，道："你说吧。"

王泽文："您等我，再思考一下。"

王女士两手环胸，静静地看着他。

王泽文今天，想用最冷静的态度，跟她开诚布公。

王泽文靠在椅背上，两眼放空，抿了抿唇，终于开口说："我记得小学的那个时候，你们离婚了。就在某一天，秦玄跟他一起不见了。您想把我送去学校，我不肯，死命扒拉着门框，说'哥哥不去上学，我也不要去上学'。"

王女士仔细回忆了一遍，发现那段记忆太过混乱糟糕，她当时根本没有多余的精力去关心自己的孩子究竟是有厌学的情绪还是别的意图。

"后来呢？"王女士看着他问，"你多久后去上学了？"

王泽文："您觉得一切都会好，只要把我送去学校就可以。您觉得小孩子忘性大……其实我不觉得那个时候的我还是个小孩子，但您就是那么认为……您强行把我送去了学校，把它当作是一件微不足道的小事。"

王女士："目前来看你还身心健康，所以人是可以适应的，不会离开谁就过不下去。"

"没有，您的天才儿子当时逃课了，只是您不知道。"王泽文说，"我不想再跟那些人交朋友，后来我跳级，上了初中。"

王女士半合着眼，眼睛在镜片之后显得很是无神。她顺着王泽文的话模拟了下场景，随后道："看来这是一件值得你骄傲的事情。"

"当然不是。我现在想起来还是觉得很生气，根本不是骄傲。那个时候我不懂，为什么你们这些大人都不尊重我的意见，从来只拿'调皮''不懂事''叛逆'这些借口来打发我。所以我憋着一口气，做那些会让自己不高兴的事儿来逼迫您，想告诉您，您这样敷衍我，后果很严重，严重影响了我的心理健康，我不要跟您妥协。"王泽文自嘲地笑道，"结果我的叛逆期过去了，您都没发现我在跟您赌气。即使是现在，您也没放在心上。"

"我不是一个合格的母亲，你想说这个，对不对？"王女士说话的速度很慢，"我曾经忽略过你，所以现在也没有资格来管你的事儿？"

"不，我想说的是，我很感激您，可是每个人的感受都不一样。就像当时的我，无法体谅您的处境。同样，现在的您，其实也不明白我的想法。"

王泽文一字一句，说得很认真："我已经长大了，我想要自由，有自我意识，有自己的朋友，我不想再照着您的要求循规蹈矩，这是我们之间不可调和的矛盾。"

王女士欲言又止，可是在辩论这一点上，王泽文似乎已经青出于蓝而胜于蓝了。她哂笑着说："你很会说服人。好像我是什么恶人一样，你的长大就是变得一点儿都不在乎我的想法？"

王泽文："我现在正在询问您的意见。"

王女士："嗬，我知道，你这只是告知。"

王泽文："我也在试图挽留我们之间的母子情，我不是像您说的那么没有温度。"

"温度?！"王女士突然变得很激动，她全身肌肉紧绷，一把抓紧了被面，喊道，"可是你以前根本不会这样忤逆！"

王泽文被她震得后仰了下，稳定心神后，回答她道："并不单纯是因为他，只是堆积得太多，总会有一个爆发的出口。"

王女士强撑着的情绪被他一层一层地击溃，深埋着头表示拒绝，哽咽道："如果没有他就好了……"

"如果没有他这个朋友，我也不会继续听从您的话，何况这种'如果'的问题根本就没有意义。"

王泽文将她攥紧的手指抚平，说着好像有点儿残酷的话。

"从一开始就不是第三人的问题，妈，您应该最清楚的，悲剧的根源不在于那个人是谁，而是我已经成为一个独立的人，我想要摆脱过去的阴影，离开您的保护，过我自己的人生。这不也是您期望的吗？"

一个人的性格会决定他的人生，就像决绝的人可以走得义无反顾一样。在这一点上，无论是她，还是王泽文的父亲，都没有学会犹豫。王泽文几乎完美地继承了她的这种性格。

她深切知道，自己的儿子此时能说出这样的话，那就是他真的决定了，不会再动摇了。

她只能用最古老的方法——逃避，来替自己做出选择。事实上那其实没有道理。

王泽文用无比直白的方式告诉她，不容她再有任何的辩解与误会。

"而且，从来不是他离不开我，是我离不开他。我想要一个能在我无助时陪伴着我的朋友，我想要一个能包容我做任何荒唐事的兄弟。我可以和他说各种无聊且毫无意义的话……其实他可以比我潇洒，是我需要他。"

王女士的呜咽声骤然变重，她发现自己其实是一个很失败的人。

她抬起头，泪眼婆娑地看着面前的男人。朦胧的水雾中，王泽文平静地看着她。他的脸上写满了担当与坚持，没有任何她所熟悉的稚气跟任性。

他早就已经长大，不再需要她的安慰了。

在这一刻，身为一个母亲，她突然意识到，无论是王泽文还是秦玄，都在这个家庭中忍受了很多。

她以为他们没有受到太大的伤害，其实不是，大家都只是在假装很好，为了保护她这个真正脆弱的人。

王泽文看着王女士入睡，收拾了屋里的东西，在角落里坐下。

安静的时候他开始想，林城现在在做什么，是已经休息了，还是跟他一样无法入睡。

这时候手机振了一下，王泽文快速摸出来一看，屏幕上显示的两个字是"秦玄"而不是"林城"。他大为失望，拿着手机出门接电话。

秦玄问："打起来了吗？"

"我有病？"王泽文看着空旷的走廊，单手插兜说，"你不要这么莫名其妙好不好？"

秦玄："我是说林城。"

王泽文："什么？"

秦玄："他不是问了我医院跟病房号吗？怎么，他没过去吗？"

王泽文想起中午看见的那道人影，怔了怔。他觉得世界上也许真的有所谓缘分的存在，就像他现在跟着魔了似的认为，那个男人就是林城。

他问道："什么时候的事儿？"

"早些时候吧。"秦玄听起来有点儿遗憾，"没打起来吗？可惜。"

王泽文想骂他一句，又觉得是在浪费自己的时间，对着手机"呸"了一声，无情地挂了电话，开始寻找林城的号码。

林城一直坐在住院部大楼的台阶上吹风，他也不知道为什么还坐在这里。让他意识到自己此刻状态十分诡异的人是王泽文。当林城接到他的电话的时候，才发现天竟然在不知不觉中黑了。

王泽文的声音很轻："林城。"

"我在呢。"林城回应的声音有点儿急。

王泽文问："你在楼下吗？"

"嗯？"林城茫然了一阵，看着面前已经安静下来的医院，说，"对，吃完饭出来走走，现在回去了。"

王泽文："回头。"

林城惊讶了下，站起来回过身。他仔细地看了一圈儿，除了几个穿着病号服的人，什么都没看见。

林城失笑，正想说话，就见玻璃门后，从楼梯口冲出来一个男人。

林城眼眶突然湿润，他站在那里，看见王泽文朝他走过来。

王泽文脚步越来越快，到后面变成了小跑。

"你怎么会在这里？坐了多久？为什么来了不给我打电话？"王泽文说的话里带着笑意，他退开半步，"给我看看，哭了没有？"

林城抬手用袖子快速擦了遍脸，结果把口罩挤歪了。

王泽文用手帮他遮挡视线，快速将他的帽子和口罩摆正，笑说："真的哭了啊？"

林城说："没有，看见你高兴，眼睛热了下。"

王泽文问："你还没回答我，你来这里干什么？"

林城："等你。"

王泽文："等多久了？"

林城说："就一小会儿。"

"我其实中午的时候就看见你了。我在三楼，刚刚走到窗户边的时候，看见一个穿黑衣服的人朝这边走过来，我觉得像你，还在想你应该不会过来。"王泽文说，

"结果秦玄给我打电话，说你知道我妈的医院地址了，我就猜你应该还在，结果你真的在。"

林城觉得这段过程听起来挺玄幻的，茫然地"啊"了一声。

王泽文笑了起来，看着他脚边的东西问："你带了什么过来？"

"就一点儿汤。"

林城把保温杯拿起来，东西被他装在厚重的袋子里，他的手指笨拙，掰了好几下，才把封口处的拉链条给掰出来，里面露出一个蓝色的保温杯。

王泽文说："她已经睡了，我还饿着。我可以喝吧？"

林城："当然可以。"

王泽文："先上去。"

王泽文带着林城去了三楼的一个休息厅，这个地方要暖和许多，灯光明亮，桌上还摆着几束鲜花。

林城将杯子打开，瞬间一股浓郁的参鸡汤味儿从里面飘了出来。

今天一整天，两人都没怎么好好吃饭，闻见这味道，腹部几乎是同时响了一下。

王泽文接过对方递来的小杯子，喝了一口，然后神色不变地把杯子放下，偏头望着他。

林城问："怎么了？"

"我走得太急让你担心了。"王泽文说，"对不起，我应该给你打个电话，跟你说清楚的。"

林城自己也尝了一口。因为嘴巴里比较苦涩，喝第一口的时候，他还没尝出不对味儿来，等又尝了一次，才知道哪里出了问题。

他有些惆怅道："没有放盐。"

只有酱油带来的稍许咸味儿，几乎喝不出来。

"还是很香的，很好喝。"王泽文说，"要不要去找护士拿点儿盐？"

林城："什么盐？不会是生理盐水吧？"

王泽文赞赏道："主意不错，点子很正。"

他是真的饿了，也没嫌弃这汤有哪里不好喝，趁着热意，很快把手里的东西喝干净。

林城问："她怎么样了？"

王泽文说："还好。毕竟她还年轻。"

林城犹豫片刻，又问："你们聊了什么？"

王泽文："聊到了你。"

然后就没有然后了。

林城都要生气了，觉得他就是故意的。

王泽文挑起眉毛，欠揍地说："你急了！"

"我现在能这么轻松地坐在这里陪你吃饭，就说明什么问题也没有。"王泽文笑了一会儿。

笑完他起身说："我去拿个酱。"

病房里有很多调味料，估计是秦玄陪她吃饭的时候买的，正好拿来用一用，方便吃鸡肉。

王泽文回到病房，轻手轻脚地从桌上拿了辣椒酱，准备出去。这时床上传来窸窣的声音，王女士醒过来了。

也可能是刚才就没睡，只是不想再面对和王泽文相顾无言的尴尬境地而已。

王泽文回过头，就听王女士问："林城过来了？"

王泽文："是的。在外面。"

王女士爬起来，在床上坐好，说："如果他愿意，你叫他进来吧，我想跟他聊一聊。"

王泽文盯着她，似乎在观察她的精神状态。

王女士坚持道："我想跟他聊一聊。不要用这种看着重症病人的眼神看着我，我还没死。"

王泽文说："好吧，那我去问问他的意见。"

王泽文拿着辣椒酱出来的时候，林城正在挑选保温杯里的鸡肉。他把炖得软烂的鸡肉用筷子别成肉丝，细心地摆在一旁的碟子里，听见他的脚步声，抬起了头。

"她醒了。"王泽文说，"她想见见你。"

林城维持着夹东西的动作，微张着嘴，惊讶地看着他。

王泽文说："你来不是想看她的吗？那就去吧！"

林城稍显犹豫。

"我在外面偷听，"王泽文小声说，"有什么事儿喊救命，我冲进去救你。"

林城觉得就算有什么紧张的心情也全被王泽文破坏了，这人到底怎么回事？

王泽文带着林城过去。

王女士正在出神。与上次相比，没有化妆，又带着病容的她，面容苍老了足有十几岁，连气势也不如之前强盛了。

林城选了一个相对较远的位置，站在那里跟她点头。

王女士用复杂的眼神追着他，似乎在进行判断，但解析失败。

这一回，她没有像先前一样进行试探，而是直白又犀利地问出了自己的问题。

"你有多重视泽文呢？"王女士问，"诚实的，跟身份地位都没有关系的一个答案。"

林城觉得这个问题无法回答，因为这本来就是不可测量的东西，也从来不由个人的主观意识而决定。

他没有办法用任何语言来形容这段际遇，也从来没想过在自己最低潮的时期，能遇到一个这样理解他的伯乐，将他拉出深谷，耐心地教导他各种琐碎的小事。他的生命中从来没有出现过像王泽文这么重要的人。

林城思索片刻，回答道："您之前跟我说过的，每一个问题，我都思考过。"

准确来说，他思考了很久。

从他第一次获得事业上的成功，第一次被人承认他的努力，第一次借助着王泽文的帮助，跨过了他奋斗十几年都未能逾越的壁垒。

他想得太多太久，他觉得很疲惫。因为每一次思考这样的问题，他都会觉得亏欠王泽文太多，也开始恍惚怀疑自己对他的尊重里是不是夹杂了利益的影响。

但不是。

林城："我之前想过退圈，我对演员这条道路的憧憬早就不是因为所谓的光鲜亮丽，而是我想跟他合作出更好的作品，不辜负他对我的器重跟信任。"

他不希望王泽文听见那些无端的揣测，也不希望他听见那些关于对自己的诋毁。

林城说："我在娱乐圈里混了十几年，已经快要忘了当初入行的初衷是什么。可是和王导工作的几个月的时间里，我在他的身上看见了他梦想的纯粹，他每一次的夸奖跟肯定都让我动容，我就想自己那么多年的坚持终于有了存在的意义，而那对我真的很重要。我没有办法因为您的一句话，离开这个挖掘我、打磨我的知己。"

王女士没有打断他，林城瞟了一眼窗外，继续道："我是个再普通不过的人，甚至没出息地觉得，碌碌无为地过一生也不是什么惨不忍睹的事儿。而我现在最享受最希望的，是能跟他一起拍戏，一起拍出更好的作品。"

"我不知道应该要怎么向您证明，或许我的确不是那么善良，我带了点儿私心。我想最后再拼搏一把，并不是要干扰谁。"林城顿了顿，说，"我也想有未来啊，我也想。"

王女士很认真地看着他，在他说到一半的时候，眼泪已经流下来了，到后面根本听不下去。

他们每个人都在说梦想，说未来，而这个东西她很早之前就失去了。他们迫不及待地想要摆脱跟她的联系，不容许她有任何的自私，可是她过往几十年那空白的人生又应该怎么填补呢？

王女士擦了把脸，说："你出去吧。"

林城还没动作，门已经被人打开了。王泽文走进来，王女士说："你们一起走吧，我想要一个人冷静一下。"

王泽文点头："好。"

王泽文搭着林城的肩，带他走出病房。他给秦玄发了条微信，然后跟林城一起回家。

两人在走出医院大门的时候，都长长松了口气。

林城给王妈妈炖的那碗鸡肉，最后是被王泽文吃完的，王泽文又领着林城去吃了一顿夜宵。

两人在烟雾缭绕的烧烤摊边放纵地享受来自食物的快乐。

之后的几天，生活恢复了往常的平静。

可能是在彻底说开之后，反而没有了心结，休息几天，王女士顺利出院了。

王泽文跟秦玄一起去送她回 D 市。

王女士平时工作繁忙，而王泽文成年之后，总是因为工作需要东奔西跑，两人能碰面的机会寥寥无几。秦玄就更不用说，受离异的影响，母子隔阂很深，已经很久没能好好地聊聊天儿。

乘机的那段时间里，王女士问了点儿秦玄的工作问题，说到一半，又牵扯到了林城的电影。她其实没有想到自己的两个儿子都会跟娱乐圈扯上关系，如果无可避免的话，她还是想了解一下。王泽文就给她推荐了几部电影，让她回去可以看看。

天气突然冷了下来，在一场大雨过后。

王泽文去的时候为了风度，只穿了一件衬衫加外套。当天晚上，他送完母亲，买了返程的机票，从机场出来的时候，发现一夜间气温直降十几度，整个人都蒙了，最后是林城开车去把瑟瑟发抖的王导接回家。

王泽文很懊恼。他知道最近要降温，林城已经提醒过他好几次了，可是他没想到会是这种程度的降温。以至于坐到车上之后，他不受控制地被面前的暖气吹得满脸鼻涕，事后耿耿于怀，觉得特别丢人。

随着各种关于新电影的话题出现，再加上节日气氛愈加浓烈，《夜雨》的"热度"逐渐散去，林城的社交账号也慢慢"冷却"。

新事物变更的速度总是快得惊人，而娱乐这一行业，更是惨烈。只有真正做到优秀的作品，才能让观众分出一丝长情。

王泽文平时很喜欢刷林城的微博，因为下面没有所谓的粉丝控评，一堆堆的，全是"沙雕"网友。无论是讲段子还是互撑，都显得十分真实。那些网友也毫不客气地把林城的账号当成了某种打卡账号，连抽奖都会艾特他，完完全全把他当成一名"工具人"。

现在那些有趣的网友，都随着"热度"一起消失了。

王泽文跟林城对于这种变化倒是觉得没什么，毕竟两人本身就很低调，但是林城的事业粉杞人忧天，跟麦浪似的周期性地跑来哭号。尤其是之前那个跟王泽文有点儿私交的小姐姐，就差三百六十度旋转空翻跪下请林城去接新的工作了。

林城的老粉们拥有过快乐时光，根本不敢去回忆林城"糊咖"时的生活。而林城一直不出来"营业"，总让他们有一种林城正在家里闲得抠脚、过完年就隐退种田的错觉。

这么一想，"老母亲"的眼泪就止不住地流。

王泽文每日一刷，最后终于忍不住了，主动提醒林城说："这快元旦了，你的粉丝都在叫你'营业'，要不你发两张照片？你的账号里全是广告，你有多久没登录过了？"

林城的大号玩得仿佛是一个小号。如果不是有记住密码的功能，可能再也没有登录的机会了。

王泽文说："都快过年了，那帮孩子可怜巴巴的。真是，我帮你发一张照片吧！"

林城点头："嗯。"

林城也没去问王泽文想发的是哪张，因为他根本不知道王泽文的手机里有什么照片。

王泽文为了方便，直接拿了林城的手机自动登录，然后再从自己的相册里选了几张喜欢的传过去。

等林城看见微博的时候，已经是两个小时以后。

王泽文帮他发了九张照片，刚好凑了一个版面。

照片里，有三张是林城系着围裙站在厨房做饭煲汤，三张是林城端着盘子在客厅包馄饨或者包饺子，还有三张，是林城或靠在床头，或坐在沙发上的照片。

很居家。

果然，林城的女粉丝都被酸哭了，正在评论里嗷嗷叫。

"'老公'做饭好香啊！"

"我刚想问是谁拍的，我的口水先流了出来。"

"我要看的不是这个！我要看自拍！能自给自足的那种！"

"哥，建议每日'营业'。"

林城看完笑了一下，又自己从相册里选了两张自拍上传。

自拍照是他以前的库存，作为一名专业的表情包大师，他在修图上从没出过错。两张照片的主要内容都是他将下巴搭在桌上，同时发型凌乱，表情无辜地望着镜头。调整了光线之后，加上一点儿动物的特效，风格还是挺软萌的。

"晚安，宝贝。有工作的，在洽谈，不要担心啦！"

粉丝们继续在底下开心大叫，拉着林城各种"献吻"，还把之前从刘峰那流出去的那几张照片做成了表情包，"云调戏"自己的偶像。

对于一个不喜欢"营业"的明星来说，这种连发两条带照片微博的行为已经算是极其宠粉了，他们快乐到失去了方向。

林城观察了一会儿，觉得粉丝的措辞虽然有点儿流氓，但氛围还算良好，安心地切去主页刷别的新闻，也没有回答所谓的工作到底是什么。

不过工作的事儿的确是真的。

在电视剧杀青之后没多久，黄导就联系了他，想预约他演下部电影的男二号。

那部电影，黄导是想带着自己的学生冲奖用的，前期准备很繁复，同时选题也比较晦涩，具体的开机时间还没定，黄导只是提前来跟他打个招呼。王泽文建议他接，林城就把它纳入了备查项目。

林城随意刷了一遍热搜，给自己的好友点了几个赞，然后点开自己的账号，发现上一条微博的内容被重新编辑过。

文案下面多加了一句："月亮不睡你不睡，你是秃头小宝贝儿。"

林城："？"

他简直不敢点开评论区，完全可以想象下面会是怎样的"腥风血雨"。

大概已经"死"成一片了。

卧室的门开着，林城听见王泽文在客厅得意地哼歌。

林城忍无可忍，一面删除一面大声叫道："王导，你到底在干什么？！"

王泽文理直气壮道："督促他们早点儿休息啊！"

林城"嗒嗒嗒"地跑进去，训道："你不要闹！那些粉丝都还是孩子！"

王泽文自知理亏，开始转移话题问："今年要去哪里啊？"

林城木着脸，觉得他的行为并不高明，干巴巴地回道："什么去哪里？"

王泽文："过年啊。"

林城惊讶地道："你跟我一起过年吗？"

"你不跟我一起过你自己过吗？"王泽文更为惊讶。

林城迟疑地道："你不跟你妈妈过吗？"

王泽文笑着说："算了吧。她说她要跟秦玄一起过，难道你想在大过年的时候见到秦玄那张臭脸？我看他也不会乐意的，说不定还要在门口摆个阵把我赶出去。"

林城也笑了一下。

王泽文问："你以前过年在哪里过？"

林城想了想，说："有工作赶不回去的话，那就一个人过。没有工作的话，就和朋友一起过。做饭，看春晚，打游戏，也没什么特殊的。"

王泽文点头，叹道："我也差不多，有时候太忙，还跟刘峰一起凑合。唉，一帮大男人也没什么娱乐项目，就是大家凑在一起抢红包。"

林城心想：春晚的红包的确挺没意思的，他从来没摇出过十元以上的红包。

就听王泽文悠悠地跟了一句："我最多的一年，抢了十几万吧。"

林城大惊："怎么会有那么多？！"

"我们群人少，就约定，抢到多少，后面加两个零，自己去找会计领钱。"王泽文说，"我手气一般般吧，也就刘峰的三四倍而已。"

林城心口呕血，原来他真的不懂有钱人的快乐。

王泽文坐起来兴奋地道："来来来，我把你拉进去！刚好可以赶一波新年红包。"

他两手操作，把林城拉进自己的工作群里，又问："今年你想去哪里玩？是去外面逛街守倒计时呢，还是选餐厅包个场？"

林城说："不行吧？新春档，大年初一，电影要上映的是不是？"

为什么还要工作？

林城："你这就忘了啊？"

王泽文咳了一声："算了。王导私下给你封个大红包，别人都没有的那一种。"

"还是先看看买什么年货吧。你有什么想买的吗？"林城忽然问，"你家里有挂红灯笼的风俗吗？"

王泽文沉吟片刻，说："有。"

林城总觉得他的回答有点儿含糊。

王泽文把林城拉进群之后，顺手在群里发了两个红包，刘峰等人立马冒出来大喊"谢谢老板"。

副导演等人也出来，一面说着"欢迎新人"，一面顺手在群里撒红包。

卑微林城，连续开了几个数值最低的红包之后，几乎陷入自闭。他看不惯这场有钱人的游戏，觉得还不如去安慰自己的粉丝，于是抱着自己的平板电脑走开。

王泽文见林城进了房间，立马从微博里翻出一个被自己抛弃在角落的某个账号，朝对方发了个红包。

王泽文：【红包】

王泽文：有没有过年挂的好看又方便的灯笼推荐？

王泽文：你们平常年货都怎么备？

王泽文：你们那里过年有什么特别的习俗吗？

王泽文：你们过年都什么安排？

王泽文：喂，在吗？

王泽文发过去之后等了片刻，一直没有得到回应。他不禁撇嘴，对自己这个粉丝感到深深的失望，说好的二十四小时待机都是骗人的。

王泽文又将目光转移到另外一部手机上，发现林城的账号已经被他自己顶掉了，估计是防止他又上去修改微博内容。

王泽文顺手点了个切换登录。

这一点不要紧，点完之后，隐隐觉得哪里不对劲。

王泽文一个甩头，用力眨了眨眼，视线不断在两个手机之间来回移动，发现屏幕上那个绿色的头像、网名，真的都是一模一样，不是高仿。

王泽文再次蒙了。

他手指一动，一脸受惊地选择登录。

刚刚登录完成，消息界面最新的一条显示就是——

王泽文：喂，在吗？

王泽文："……"

我在。

这极具戏剧性的一幕，导致王泽文的大脑出现了一段空白，而他甚至下意识地想要去回复对方一句，促成这奇妙的缘分。

啊呸！

王泽文从自己被好朋友欺骗的真相中清醒，从沙发上站了起来。

他朝着林城的方向看了一眼，气沉丹田，想开口喊人，刚刚张开嘴，又停住了，顺势低头看了一眼手机。

屏幕正好暗去，王泽文重新开启，手指按上输入框。

林城正在整理自己后台的私信消息，翻阅到眼睛发花的时候，一个红点跳了出来，提示他收到了王泽文的艾特消息。

林城把界面转过去。

王泽文："收到了粉丝爆料，感觉有点儿微妙，你怎么看？ @林城【图片】"

林城茫然地点开图片，上面是一段聊天记录。

你这木头呀：王导王导，我是你的大粉丝，我超级喜欢你的！

王泽文：是吗？

你这木头呀：我知道林城有一个小号，哈哈，他经常用小号跟我聊天儿的。

王泽文：哦？

你这木头呀：林城也是你的粉丝啊！他超级喜欢你的，老跟我说你的好话！

王泽文：是吗？

你这木头呀：下次能不能让林城帮我带一个你的签名呀？【转圈圈】【超爱你的】

王泽文：可以吧。

林城陷入恍惚，半晌没回过神来，大脑有一瞬间像宕机一样，无法正常思考。

他第一反应是怀疑"小电压"串号了，用了他的这个小号去找王泽文追星，然后想想又觉得不对，"小电压"向来只喜欢漂亮小姐姐，怎么会追星追到王泽文这里？

所以……

林城打了个哆嗦，拿着平板电脑走向客厅。王泽文面色如常地坐在原位，之前什么样，现在还什么样，完全看不出任何反常。

林城默默地在旁观察。

王泽文挑起眉毛，高冷地问道："干什么啊？"

林城迷惑了，忍不住怀疑自我，说："没什么。"

他转了个身，犹豫了半天又转了回来："那个……"

林城一句话还没说话，王泽文已经箭步冲过来，一把将他拽到沙发上。

还好这沙发靠墙，否则林城都怀疑这一下能把沙发给撞翻了。王泽文摆出阴狠的表情，质问道："林城啊，你说，你怎么会有这么个账号？还我的粉丝？你演技挺好的啊？"

林城脑海里想过很多种借口，譬如这是工作室的工作账号，不一定是他在用，顺利地把所有的"锅"都甩给"小电压"。

王泽文："借口想好了吗？"

林城倔强地说："我没有。"

王泽文："没有什么？没有用过这个账号，还是没有在背地里偷笑？"

林城可耻地沉默了。

王泽文："开花店？你的副业不是写通稿吗？水平那么高，怎么不见你平时夸夸我？"

林城："……"

王泽文："撒花呀，捧心心呀，来啊！"

林城卑微地承认道："是我，是我。但我都是被动的，我不是故意要骗你啊！"

王泽文说："我以前找你问问题的时候，你到底是个什么心情？"

"我也没有办法啊，都是你主动来找我的，其实我只想跟你聊工作。"林城说，"而且刚开始的时候，我也不知道你说的是我。"

王泽文说："这么说我还问对人了？"

林城："难道不是？"

王泽文仔细想想林城当初"精分"应对的模样，就觉得太好笑了。

十四亿人口里，随便往地上抛块砖，就砸到了他，怎么就有那么巧的事情？

以后谁再说他们两个没有缘分，他就把这个账号砸过去。

林城幽怨地道："你找我问的稀奇古怪的事情，我也不能直接告诉你。你还说我账号不'干净'，我都没跟你生气。"

王泽文笑得不停发抖，快要直不起腰来。

王泽文自己乐完，又开始无事生非，说："你严重影响了我的个人风评，你知道吗？私联粉丝在业内是被严重鄙视的行为。"

王泽文不要脸的时候，怎么脸皮就那么厚呢？别人是没脸没皮，他是没脸全是皮。

皮皮王。

王泽文把手机递到他的面前，当着他的面操作，说："你的表情包我都收缴了。披着'马甲'你倒是很快乐。"

林城看他手指不断点动，频率快到像要抽搐，忍不住道："用电脑啊，你这样一个一个发再一个一个地保存要到什么时候？我直接把图片打包发给你。"

王泽文低下头，突然露出危险的表情，问道："你是不是嫌弃我不会做表情包？"

王泽文哼道："我就喜欢这种集邮一样的快乐。"

林城从他手中拿回手机说："我给你发，你专心存好了。"

两个成年男人并排窝在一个沙发上，以一个莫名其妙的操作互发表情包。

林城看着自己丰富的库存内心闪过一丝纠结，仿佛这是一个没有结局的事业。

随后微信的提示跳了出来，林城手快点了进去。

刘峰：王导又在干什么？我怎么看不懂他的操作？他那么热衷于给你俩刷粉丝偶像关系的吗？

林城很无奈，给他回复了一句。

林城：木头是我的小号。

刘峰疯了。

刘峰：林城！你不是那样的人啊！我记忆里你不是个那么"精分"不正常的人！你搞啥呢？

林城：刚才手机被王导拿走了。

刘峰：王导最近是不是太闲了，精神有点儿问题啊？他真的，再这样下去，我觉得他要进医院了！

林城：他现在就在我旁边。

刘峰撤回了一条消息。

刘峰：我要死了，对不对？【强忍眼泪】

林城：【语音】

王泽文不冷不热的声音从对面传来，简简单单、杀气纵横的三个字——"你说呢？"

刘峰：【飙泪】【您联系的用户已私奔】

刘峰：永别了！我滚！

林城对刘峰无比同情，但也因为他的打断，有了叫停的契机。他问道："这样够了吗？"

王泽文说："够了，你去洗澡吧。要不要吃点儿夜宵？"

林城："不用了。"

林城拿着手机跟平板电脑一起离开，王泽文对着他的背影看了一会儿，然后笑着坐起来。

他点出自己的账号，思前想后，先把自己的微信头像和用户名给改了。

王泽文撤下了自己的海胆球，换上一张长着嫩芽的木桩，然后把昵称改成"我是木头的呀"。

改完之后，他对着屏幕看了又看，心里乐得不行，见工作群里的人被红包炸出来之后一直在闲聊，试图哄骗别的人出来担任散财童子，不由得心痒难耐。

王泽文在群里发了条消息。

我是木头的呀：工作总结都做完了？

原本还在聊天儿的众人静默了片刻，然后纷纷暴跳起来。

摄像师—陈××：这是哪个傻缺混进来了？没看见名字格式吗？

收音师—李××:@我是木头的呀，居然恶意卖萌，这名字怎么听起来那么蠢？还学领导视察，小辈你有点儿数没有？

摄像师—陈××：年轻人，等你进了社会就会发现，装成熟比卖萌要好用。

我是木头的呀：【挑眉】

副导演—林××：装×是我们王导专利，懂吧？赶紧撤回，留自己一条狗命。

收音师—李××：不是，小伙子你为啥叫这么一个名儿啊？谁招你进来的？

助理1号—刘峰：你们真的都不点开他的个人详情看看？到这里为止，我先走了。【图片】

群里再次安静了许久。

我是木头的呀：继续啊！

收音师—李××：英明伟大的王导啊！你怎么换了这么可爱内敛又富有含义的名字啊？

副导演—林××：这个名称一定是有深意的！是王导对自己的反省与感悟！一个人只有绝对谦虚，才能更远地向前！

收音师—李××：木头可贵了。你们看，上好的紫檀木、金丝楠木，得多少钱啊？王导最近是不是买了新房子在忙装修？

尴尬一阵后，副导演等人选择发红包进行刷屏。

刘峰的心因此得到了治愈。

他原谅王导了。

第十二章

－ 天光 －

年关越来越近，生活的节奏没有因为节日的来临而跟着放缓，反而因为电影的后期筹备不断加速。

尤其是林城，他还接到了好几个地方电视台的晚会邀请。

这是一个刷脸的绝好机会，大型晚会表演的刷脸程度不是普通综艺能比的，毕竟它的范围覆盖男女老少，纵然是非专业混娱乐圈的林城也觉得很高兴。

结果没有想到的是，他居然还收到了春晚的邀请。

林城自己都被惊到了，看了十几年的春晚，突然得知有机会上台，简直像在做梦。他跑去告诉王泽文的时候，甚至以为对方是个骗子。

同组的郭奕世也接到了邀请。不过那并不奇怪，毕竟《夜雨》之前，郭奕世的人气就很高，口碑和"热度"都不错，春晚偏爱有话题度的演员早就是件公认的事情。只是林城的话，他跟"流量"的差距，还是很大的。他连个专业的粉丝群都没有。

林城去和对方聊了聊，知道节目组是想让他作为武生上场表演。大概是因为《夜雨》里北固的打戏"热度"很高，而同类型的演员混出名的又少，大部分的武星前辈都已经做过类似的表演，他们想选几个新面孔。

最后可能会跟武术学校合作表演，也可能让他和郭奕世组回《夜雨》的班子一起表演歌舞，具体节目再商量，看最终排练的效果。

林城为此忐忑了很长一段时间，总担心自己的节目会被刷下。王泽文就笑，说如果真被刷了，他正好可以带着排练好的队伍去别的电视台捞金去。

这倒真是一个不错的办法。

王泽文在消极怠工了一段时间之后，终于被发狂的刘峰逼去工作。秦玄以要陪王女士散心为由，拒绝伸出援手，让王泽文自己去豪横。

因为林城要参加选拔跟排练，又要参加电影的宣传工作，王泽文只能跟他分开行动，一直到大年前夕，才有了一小段休息的时间。

王泽文问要不要托人拿张春晚的票进去看他，被林城严词拒绝。他本来就够紧张了，每次排练都要严格掐着节奏跟时间，被导演不停地催促，要是出场的时候看见熟人愣了一下，那可就完了。

王泽文笑着说"好"，那他就不去了。

林城最后定下的表演节目的确是武打。在几位当红明星演唱的歌曲间隙，穿插一段他的舞剑。

王泽文本来是不看春晚的，但是为了林城，手机、平板电脑、笔记本电脑全都备好了，说要给他的节目增加收视率。

王泽文前一天还在外地工作，早上6点多开始在机场等候，一直到下午2点，才抵达首都，然后借了朋友的车，开去附近的酒店，蹲守在电视前。

大年三十这一天，林城基本没有时间跟他聊天儿。两人断断续续地用手机交流，大部分时间，林城都跟着郭奕世在后台乱晃，准备彩排。

熟悉的主持人报幕声准时响起，王泽文对照着节目单，看得很认真，等待着林城出场。

然而林城露面的时间很短，因为不是他的个人节目，镜头从每个明星身上扫一遍，观众身上扫一遍，再拉远景拍他的动作，偶尔才会拍到一两秒的脸部近景，加起来的时间总共也不到半分钟。

就在那寥寥的几瞥中，林城紧绷的表情深入人心，他脸上是肉眼可见的紧张跟严肃，但打出的动作却一板一眼，很是标准。

这种反差的表现，王泽文只看一眼就笑疯了，后面的节目也没什么兴趣继续看，不断进行着重播、截图的操作，反复观看林城的表演。

直播的画面相对没那么清晰，王泽文经过漫长的挑选，截了几张好看的照片，发到工作群里，然后又登上微博，要给林城应援。

王泽文："今晚这套黑色的衣服跟舞剑果然很配啊！【图片】"

武术节目本身就是每年春晚的亮点，向来都会受到比较多的关注。而今年林城开场那认真又乖巧的小表情，很讨中年长辈的喜欢，节目结束没多久，网上已经开始热议他的表现。

他的节目算是话题度比较高的几个节目之一。

网友蜂拥到他的账号下面大喊：

"这是我的城城啊！"

"这是我的林林啊！"

"这是我的老公啊！"

"辛苦王导给我孩子他爸打广告！请大家关注我孩子他爸明天公映的新电影《请你告诉我》！"

"真的好帅，口水流下来……我是说中华剑术。"

——这些都是不推荐的"安利"手段。王泽文"哼"了一声。

新年倒计时的时候，酒店外面的街道上传来一大片欢呼的声音。群里发红包的提示音也开始疯狂响动，成片的消息被刷过去，这帮有钱的大老爷们儿自己给自己撒了一片红包雨。

电视里烟火绽放，远处的天空被渲染成一片灰蒙蒙的深蓝色。

王泽文抓紧时间，给林城发了一条新年祝福的短信。等他切换回微信界面的时候，才发现林城在背着镜头愉快地抢红包，王导顿时整个人都不平衡了。

等结束的时候已经深夜一两点钟，林城穿着大衣，走到街上，去找王泽文会合。

外面的风很大，林城的脸上却有点儿未退去的微红。

林城爬上他的车，调整了下暖气的方向，笑呵呵地对他说："新年快乐。"

王泽文："新年快乐。"

林城说："对不起啊，明年我们再一起过年。"

王泽文问："明年要是又收到邀请了呢？"

"那我明年就……"林城想放大话说那明年就不去了，看着王泽文似笑非笑的眼神，改口道，"明年就让你去现场看。"

王泽文大笑："我谢谢你！"

林城脸上的妆还没卸，他急着出来，只换了身衣服。没有舞台的灯光照着，妆容就显得很浓，身上还有股强烈的香味儿。

林城脱了外套，放到后座，系完安全带之后又转身朝王泽文笑了一下。他的眼睛似在发光，显然情绪高涨。

王泽文也笑，转着方向盘，问道："现在想去哪里啊？街上的人都散了。"

"随便去哪里。"林城问他，"你困吗？"

王泽文："不困，能熬夜到天明。"

林城想起大事来，掏出手机说："我红包还没抢完，你先随便在附近转一转吧。"

王泽文无语。

林城再次跳出来开红包，群里的人就发现了。他们也还没睡，冒出来跟他搭话。

摄像师—陈××：城城，出来了？表现得可以的。

副导演—林××：林林，你是我们林家的骄傲！

收音师—李××：小城，李叔向你要个签名可以吧？你写给我女儿，告诉她，不好好读书的人是没有资格追星的，让她乖乖写作业！

剪辑师—方××：小林，方叔叔祝你新年快乐。【红包】

助理1号—刘峰：林城你的节目"热度"很高啊，别忘了发条微博给电影引个流，明天要上映了。

林城：好的好的。谢谢大家。

林城努力地往前面翻看聊天记录，从一大片红包海里找还没开完的那些，玩得不亦乐乎。

王泽文将车停在路边，去附近的店里买了两杯热饮，还有几盒零食，然后拉着林城坐在街边的台阶上吃夜宵。

林城翻完自己的红包，意犹未尽，又拿王泽文的手机出来扫尾。

群里的朋友收到王泽文在开红包的提示，顿时又叫嚷起来。

剪辑师—方××：王导一声不吭地抢红包？王导你变了。

收音师—李××：王导今天失踪了好长一段时间，这不科学。

摄像师—陈××：王导你在哪里过年啊？怎么都没有消息？

剪辑师—方××：王导你没给林城表扬红包吗？明天电影要上映了！

王泽文一看，拿回来回复了一句。

我是木头的呀：我跟林城现在在一起。

林城跟王泽文在外边逛了一圈儿，等回到酒店的时候，已经是早上5点了。

天空依旧是灰蒙蒙的一片，冬日的早晨还没有到来。

两人小睡了一会儿，又爬起来。

王泽文买了几张电影票，准备去把春节档有竞争力的几部电影都看一遍，正好可以评估对手的实力。

两人戴着口罩帽子，又把围巾在口罩外面绕了一圈儿，提早混进VIP厅，选了个角落的位置坐好。

还好是在冬天，众人都穿得很严实，像林城这样全副武装的人，也不再显得突兀。

王泽文跟林城约好了，要公正公开公平地对几部电影进行评分，不能夹杂私心刻意打低。

两人早上选的是一部喜剧电影，满怀期待地进去，不料尴尬的剧情硬生生地把还清醒的二人给看困了。根据影院里的氛围来看，应该不是因为他们的个人偏见。

随后王泽文在商场里买了午饭，带回车上跟林城一起吃，又赶场一样地去等下午的电影。

下午两人又看了两部片子，接收的信息太多，情绪都堵在胸口，到了晚上，已经是精神疲惫，这时候才终于开始看他们自己的《请你听我说》。

林城很少从大银幕里看自己演绎的角色，那种近到无处躲藏的压迫力，会让他有一种羞耻感。《夜雨》里他露脸的机会少，看着还好，但是在《请你听我说》当中，有很多的特写镜头。

当林城饰演的校草严思齐出场的时候，起码持续了有半分钟的镜头将他的发丝都拍得清清楚楚，他微笑的表情被放慢，瞳孔被阳光照成淡色，倒映着一片闪烁的灯光。

林城看自己耍帅十分尴尬，甚至还有一点儿油腻的感觉。尤其是在电影院里响起一排女生默契的"啊——"的叫声之后，林城口罩下的脸都红了。

王泽文在一旁低笑。

林城偏过头悄悄地道："是不是看起来很傻？"

王泽文说："没有，很帅。"

《请你听我说》的中后期，有一段情绪低沉的剧情，那就是男主角在劝说女主角母亲痛快离婚、远离家暴人渣的部分。母女之间爆发了激烈的争吵，将所有难听又想说的话全都说了出来。而男主角的表情从最初的愤然，到后面对两人身份错乱的惊讶，以及还被激斗起来的两个女人误打了一拳的无措。

因为王泽文拍摄出的画面很温暖，而节奏又掌控得很好，并没有将压抑的部分持续太长时间，反而直接用爆发式的表演方式将它过渡了，所以给人的感觉是大松一口气的爽快。

影院观众的情绪反馈还算不错，正面居多。

在临近结局的时候，女主角跟男主角回归校园，王泽文真的把林城打球后脱衣服擦汗的镜头给放了出来，于是电影院里又是一阵兴奋而压抑的欢呼声。

林城从来都不是走偶像路线的，听到观众那么直白地吹捧他颜值的言论，有点儿无所适从。他轻轻咳嗽了一声，说："这个影院里的女生太上道了。"

王泽文："是我拍得好看。"

林城："好吧，你拍得好看。"

王泽文得意地道："当然主要是你好看。"

林城："我又不'吸颜粉'的。"

"什么话？你在外面说这话是要被打的，"王泽文挑眉，"不信你待会儿上网看评论。"

电影结束之后，王泽文去上卫生间，林城在休息厅里等着，顺便搜索相关影片评论。为了不受外界影响，两人今天都憋着没去看影评，这时候才有机会看看大众评价。

林城把今天看过的几部电影都按照关键词搜索了一遍，认真地翻看评论区，确认观众对于电影的看法，与他自己的差不多。

而在春节档几部电影的选择与推荐问题中，大多数观众都提名《请你听我说》。可惜它的初始排片并不多，现在已经买不到位置好的电影票了，观众都在为此哀号。

可以说，今天上映的电影里，话题度跟口碑最高的，确实是这一部。

林城松了口气，才敢去搜索自己的名字。

"林城我爱了。他真的好帅。【哭】"

"林城这样的宝藏男孩儿为什么现在才被发现？"

"我怎么觉得林城比出道的时候更帅了？当时看《夜雨》的片花还没这种感觉。"

"冷知识：林城出道十几年了，他的出道作不是《夜雨》。"

"不得不说王导拍片技术真的牛。相信我，单纯为了画面，你也值得去看这部电影，反正票价不贵。"

王泽文突然出现在他身边，笑着说："怎么样？还怀疑我的眼光啊？"

林城装作若无其事地把手机收起来，同时视线瞥向旁边，说："没有啊。"

王泽文笑说："走吧，饿了没有？"

等他们吃完饭出来，外面又是漫天星辰。

商场附近有很多行人，都是年轻的情侣或者相伴的家人，互相低笑着缓步走在石板路上。

他们两个的气场，走在一起会比较显眼，林城故意与王泽文错开位置，随着人群走在稍前方。

等走出商场的时候，两个人才并排而行。

王泽文突然道："我想拍一部电影。"

"嗯？"林城问，"拍什么？"

王泽文："拍一个会发光的普通人。"

林城不解道："什么叫会发光的普通人？"

"认真生活的人。"王泽文仰头看着天空，感到浩瀚星河在自己的头顶无声旋转。

他轻声说："比如你啊，我啊，还有各种人啊。"

林城问道："那拍我们的什么事儿？"

王泽文："我还没想好。"

每个人都很普通，但是也有某些时候，会变得不那么普通。总有哪一刻，会像着了魔一样，非要去做某件事。那种决心能鼓励自己，感染别人，那么这个平凡的人，不就值得说吗？

不是所有发光的人都是小太阳，也不是所有暗沉的星星都不能发光，对吧？

林城听他说完，认真思考片刻，说："是啊，电影不就是记录人生吗？我觉得那样挺好的。那你想拍一个什么故事？"

"没想好。"王泽文说，"就刚才看着你的时候，想到一件事。你在电影里那么好，却还没做过我的主角。"

他想为林城，拍一部真正能作为他代表作的好电影。

王泽文跟林城就着这个没想好的想法，深入讨论了一番电影题材。

王泽文脑海中最先冒出的，是夹着武打戏的悬疑片。这类题材一向有市场，跟林城的专业也契合。但是一位大隐隐于市的武林高手，本身就不是那么普通的人物，主角的人设也不好定，不容易打动成熟的观众。

之后王泽文又想拍紧跟政策热点的金融题材或者扶贫题材，思考了一下，觉得内容不好拍，可能难以对上观众的胃口，而且他手上也没有合适的剧本，更找不到合适的编剧，无从下手。

两人讨论了许久，都没有结果，最后只能将话题暂停。

如何选电影本来就不是件那么容易的事情，需要慢慢考量。王泽文向业内打听，看看最近有没有合适的项目。只要导演足够优秀，选择面也会变广。

不知道是不是王泽文走运，上映前比较有竞争力的几部喜剧电影，似乎都有翻车的征兆，而表现出色的几部影片，跟他的题材又不重合，并没有太大的竞争力。

在春节这样的档期，喜剧电影有着天然的优势。《请你听我说》这样一部以轻松为主、略带中二的电影，质量评价都被提高了一个档次。

果然，全靠同行衬托。

"我们这样不对。"王泽文想努力板起脸说，"我们怎么能这么幸灾乐祸呢？我们应该要自信，目标是'屠神摘金'，而不是'菜鸡互啄'！"

林城点头："你说得对。"

两人对视一眼，又忍不住大笑。

电影还没有下映，票房分账已经远超成本。王泽文也没想到这么一部拍着玩玩的商业剧，最后成绩能远远超过他的预期，只能说是运气太好，老天都要成就他商业片导演的大业。

王泽文忍不住在微博上炫耀了一下："林城简直是我的幸运星，下一部电影约什么？@林城。"

林城的粉丝看见直接疯狂了，激动地在下面跟他道谢。

"谢谢王导提携！"

"还能有第三部电影吗？能给我林哥一个一番吗？"

"不要管一番二番或是几番，我们只看电影的质量。跟着王导混都有宝贵经验，大家不要替林城要求太多。"

"我们家城城就跟你混了王导，我给你跪下了！谢谢你那么关照他！"

因为电影还在上映，线下宣传也要继续。

《请你听我说》这部电影，它的成功之处不仅是票房爆了，同时演员也爆了。

上映没几天，网上已经出现了林城的相关动图和表情包，流传面很广，得益于他阳光坦率的人设，在各个年龄段里都很混得开。

不得不说"爆"真是一门玄学，林城万万没有想到，身为武生的自己有一天却走上了靠脸吃饭的道路。

粉丝全在他的账号底下叫嚷，说他就是走错了路线，否则早红了。

林城没当真，因为他知道这世上有一种叫"角色滤镜"的东西。

他不是严思齐，也没有那么不谙世事。他又不是今天才长得帅，也不是所有帅哥都红了。

不过红了确实有个好处，那就是他的宣传工作变得异常顺利。

原先林城还担心这部电影的几位主演知名度都不够，恐怕会受到冷待，现在完全没有这个担忧。观众十分捧场，每一次线下活动都很热情积极。

也是基于这部电影的主担都是新人的考虑，原定的计划是，王泽文与剧组几位主要的制作人员跟着他们跑宣传。他们虽然是搞幕后的，可是背景深，能镇场子，同时还能请业内的知名好友过来一起帮忙。现在，人情可以省下了，而大家的档期反正空着也是空着，就继续过来了。

但是，那访谈的内容，怎么听怎么觉得不对啊。副导演等人都不敢往深处琢磨，越琢磨越不是滋味。

比如说——

主持人问："这部电影结束之后，剧组里最期待再次合作的人是谁？"

许杨宁官方地说："大家人都很好，温和友善，我作为新人从他们身上学到了很多。要说最想合作的人，应该还是林哥。因为连王导都觉得林哥现在东风在手，感觉跟着他混，能火。"

主持人把话筒转向林城。

林城言简意赅："王导。"

"你的回答真是跟郭奕世一样坚定！"主持人失笑，对着许杨宁说，"你看，这就是林城跟郭奕世能深受王导赏识的原因。"

许杨宁忙改口道："不好意思，刚刚没有经验，我也最喜欢王导！我想跟他合作！"

众人哄笑。

主持人对着台下问："王导，你什么看法？"

王泽文淡然一笑，像大佬一样地挥了下手，说："看缘分。"

主持人："看缘分！好，看来我们王导是个性情中人！"

在《请你听我说》即将下映的时候，秦玄给王泽文发出了一个邀约，请他拍摄一部以抗洪为题材的剧情片。

这部电影由星火自己制作，从去年开始筹备，各方都已经接洽好了。片子必须有质量保障，会请消防人员帮忙指导。

虽然这是一部主旋律电影，但是秦玄想将它打造成叙事类的商业片。他是期待这一类题材能面向市场并取得成功的。如果可以的话，这会是一部值得记录在册的电影。

主演跟导演的位置他留给王泽文了，还给了他极大的自由，片场的主导权几乎都交到他的手上。因为最近两部电影收益不错，资金也可以充足保证。

演员已经敲定了几位，比较关键的位置，留给剧组决定。

王泽文翻看了一遍剧本，觉得内容不错。但是要说主角，其实没有绝对的主角。

它不是一部展现个人英雄主义的片子，或者说表现的是很典型的中国式群体英雄。

参与的角色有地方军人、基层干部、武警、一线记者……从洪灾前的预防开始，到后期灾情结束一切回归平静，拍摄的是一段看似普通又很惊险的救援过程。

简单的文字描述显得无波无澜，但是每一个字里又透露着热忱。只要拍得好，相信多数的国人都可以体会到那种融入中华儿女血液里的浪漫豪情。

林城认真看了一遍，说："我想拍这个。"

王泽文说："会不好拍。"

林城点头："没关系。"

这部电影的不好拍，是指对演员的要求很高。这一类题材想要拍得真实，危险跟辛苦是无法避免的。演员身上可能会留疤，脸可能会晒丑，妆容也不好看，电影还可能扑街。就算电影爆了，观众也很难熟悉演员。

其实对于一个演员，尤其是发展期的演员来讲，可以有很多更好的选择。

架不住王泽文跟林城"头铁"。

另外一个"铁头娃"就是郭奕世。

"我就跟着你混啊！我等着王导领我拿奖的啊！我也要去！"郭奕世积极问道，"我能选领导的角色吗？或者抗洪突击队的队长怎么样？再不济哪个兵的老大给我当当。对了，可以摸枪吗？"

看不出来这人居然还是个官迷。

王泽文问："剧组的后勤组组长给你当要不要？"

郭奕世气愤地道："我不要！"

王泽文："试完镜再说。下周空出来，要定角色了。让我想想，该怎么拍……"

电影正式开拍之前，部分演员要先跟着请来的教官进行体能训练，包括学习使用相关的工具。

王泽文不用怎么考核这类演员，直接从报名表中粗略挑了一批，然后拉着他们过去训练。王泽文告诉他们，能在训练中坚持下来的，就能在电影里获得比较重要的角色。

配角单独露面的戏不多，王泽文有信心能在短时间内把这帮小子的演技练出来，关键是要能吃苦，他现在对演员就那么一个要求。

郭奕世的角色是一位消防队员，林城则是一名子弟兵。他们两人要跟随大家一起训练。

同样的运动量，同样的行程表，两人并没有因为自己的知名度提出任何特别的要求，更没有对训练的安排提出过任何异议，用一个词形容大概就是"吃苦耐劳"。

或许是受他们两人的激励，这批报名的青年演员的素质让王泽文惊喜了一下。几个主要配角很快就定了下来，电影的筹备工作也正式完成，剧组顺利开机。

电影的设定时间是七月，南方正炎热的时候。受到台风降雨的影响，气象台预判可能会出现水灾。

新闻告知居民提前储备粮食、饮用水，尽量减少外出。

南方沿海地区经常遇见各种台风涨潮天气，大家已经习以为常，居民的情绪并没有因为台风的出现而大幅波动，还跟以前一样，出门买菜买肉，在家中囤积食品，等待台风过去。闲适的态度仿佛只是在应对一场较大的暴雨天气。

与之相反，相关部门开始进入警戒状态。通知防范各种紧急情况，紧张的情绪早早开始蔓延。

郭奕世饰演的消防员，在台风来临的前两天回家收拾东西。

他穿着一件宽松但舒适的汗衫，快步走上台阶，停在老旧电梯前。

外头太阳很大，他跑得太快，跑到这里的时候，皮肤表面沁着一层大汗。他随意地抬手擦了下额头，漫不经心地看着墙上的小广告。

站在他边上的女生朝旁边跨了一步，离他远了一些。

她五官精致，身上散发着化妆品的清香味道，和郭奕世这样粗糙又不修边幅的完全是两类人。最近放假，她就住在郭奕世的对门。

虽然两人住得很近，但到现在为止，还没有正式说过话。

郭奕世回到家里，换了身衣服，又去收拾东西，准备吃饭的时候，被母亲拉着唠叨。

"你知不知道这两天气死我了。我看对面那个小姑娘挺漂亮的，想给你们介绍。她家人居然在我面前阴阳怪气，说你工资低，没前途，又危险又忙，不适合处对象，还说他们家小姑娘有很多人追了，条件都很好的，就是看不上你。"

郭奕世心想：这话其实没毛病。他无奈地道："那你别跟他们聊这些，不就身心都健康了吗！干吗老跟人家比啊？"

他母亲不满道："你以为我乐意啊？你可不愁死我了吗？当初我让你去找个清闲的工作不好吗？考公务员多好啊！每天坐在办公室里吹空调不舒服吗？现在全市放假你加班，你快乐了？"

郭奕世说："为人民服务，我当然快乐啊！"

"我懒得跟你讲！"

郭奕世"嘿嘿"笑了起来。

晚上吃过饭之后，郭奕世看着手机，问道："这栋房子刚好在低地势区，你要不要去外婆家住一天？"

他母亲高声道："我在三楼啊！搬什么搬？水还能漫到我三楼来吗？我不用你关心我，你不如关心一下自己，不知道我最担心的是你吗？一有事就没个影儿了，电话也打不通。"

郭奕世嘴角抽了抽，背起一旁的包往外赶："我先走了啊。"

他母亲在后面喊："你还知道跟我打招呼啊？！我让你不要走你听过吗？风大啊！你小心一点儿！"

而另外一边，林城饰演的军人，所属的军队接到了上级的指示。他们要在暴雨来临前，开始进行防汛的工作，扛着沙石袋，帮忙加固防洪坝。

那几天正好艳阳高照，南方暴雨前的天气十分闷热，加上阳光猛烈，所有的热气都像是笼罩在半空，置身室外，痛苦宛如蒸桑拿。

一行人沿着坎坷的道路，将通往附近农田的道路垒高。

暴风雨前一切都显得如此寻常。

正式开展工作的戏，拍得断断续续，一直过不掉。

王泽文想拍出军人热火朝天的积极面貌，实际上这些演员却是一个个瘫成"死狗"。

都不用泼水化妆，汗水直接就从演员们的头上流下，浸湿了他们的全身。而在汗衫的下方，尤其是手臂和肩膀位置的皮肤，更是被凹凸不平的袋子磨得一片通红。

不是王泽文故意找碴儿，而是那一个个颓废喘气的模样，让他实在难以选出合适的素材进行剪辑。他怕就这么播出去，会有人说他在"黑"地方军人。

一遍过不了那就只能拍第二遍，两遍过不了当然只能第三遍。然而众人状态越来越差，最后不可避免地陷入恶性循环，这个场景就卡住了。

王泽文也知道，估计今天是过不了这个场景了，但他对众人开头那种散漫的态度很不高兴，就没叫停，让他们一直重复，等看到他们受不了了，才终于让人休息。

虽然林城是武生出身，但在过强的阳光下干着如此繁重的体力活也是劳累到头晕目眩，与他配合的几位青年演员更是抵抗不住。

他们有些是刚从戏剧学院毕业的学生，有些还在读，怀揣着对演员生活的美好憧憬进了王泽文的剧组，没想到还没起步，就被摧残至此。他们一个个都是被家长捧着长大的，不少人家境还很优渥，哪里吃过这样的苦？

在休息的时候，一个男演员手里捧着块肉松面包，坐在地上，吃着吃着，牵动到手上的伤口，情难自控地哭了出来。

他一直听说王泽文的剧组富，哪里富？这可真是太苦了！

他的哭声并不强烈，只有间或响起的哽咽声，但正是那种强忍着的抽搭声太有感染力，很快边上的新人跟着变得情绪低迷，对着前方破骂两声。

王泽文这个没有心的人，听了一会儿之后，满头大汗地接过摄像师手中的机器，去近距离拍那个演员的委屈表情。他不安慰也就算了，还在拱火道："来，对着镜头哭。咱们的片花还没有素材，你贡献一下。"

那个男演员被他说得心理崩溃，觉得他是故意挤对自己，索性放下手里的东西，朝着镜头喊道："我就是累啊！你还不许我发泄啊！"

林城真担心王泽文把人给吓跑了，毕竟他伤起人来还是挺狠的，连忙打圆场道："王导，你让他一个人冷静一下吧！"

王泽文说："演员不就是这样吗？我告诉你，认真拍完这部电影，以后你就有资本出去吹，能在我的魔掌下历练出师，胜过在那些垃圾剧组里打十次酱油。你要是想做演员，你就继续待着。你要是想做个偶像，那你可以走了。工钱我照给，不亏待你，怎么样？"

男演员抹了把脸："我当然想做演员啊！"

"做演员那就没办法了。"王泽文说,"真以为当演员很轻松啊?在空调房里背好台词就叫演员了?想吃饭就有人喂饭,连鞋带松了都有助理跪下给你系?我直白地告诉你,好的演员,没哪个是小公主、小王子出身的。拍这戏大家都辛苦。你扛石头,我们扛机子。你看那摄像师都四十几岁了,挺着个肥肚子,你还比不过他?要真跟军人比起来,你这才哪儿跟哪儿啊?"

摄像师扭过头:"?"他要改名"窦娥"了。

青年朝那边瞥了一眼,吸了吸鼻子:"我就流一点儿生理眼泪,没什么意思。"

他已经把那股涌上来的情绪给压下去了,却听王泽文在那边催促道:"别停啊,接着哭!今天真要发微博宣传的。"

至于吗你?林城坐在一边,用帽子给自己扇风,无语地看王泽文向那位新人传授哭戏的秘诀。

鉴于王泽文这人工作起来实在是太狠,让一众演员印象深刻,第二天再拍这个场景的时候,众人拿出了十二分的投入,争取一次过,不敢再卡机。

王泽文对此很满意,这才应该是年轻人该有的样子嘛!

而王泽文除了导演工作以外,每天还有一项必做的事情,那就是把自己的感想发到各种社交账号上。

措辞直白,配图清晰,且不留情面。

王泽文:"唉,还是太年轻。【动图】"

动图里就是那个演员哭着啃咬面包的可怜画面。

王泽文:"附近没有酒店,大家都挤在一起。说实话这部电影的经费还真挺省的。【图片】"

一张图片是林城趴在床上玩儿手机,另外一张图片是郭奕世跟他的两个室友在大床房上睡得四仰八叉。

王泽文:"演员们忙了半天后还能休息一下。真正进行救援的时候,晕倒中暑是很常见的情况。同志们真的辛苦了。【图片】"

图片里是一片划伤的皮肤,跟晒到发红、大汗淋漓的脸。

网友们十分配合,跟着他一唱一和:

"太年轻,居然在王导面前哭。这个残酷的男人会同情你吗?不!他只会笑得很大声!"

"这部电影拍起来难度好高的样子。看着都心疼死了。"

"为什么林城的照片全都没拍到脸?王导你不会……把他晒伤了吧?"

"太辛苦了。大家都是。感谢国家!"

"听说剧组还专门带了个皮肤科的医生。我之前还想有毛病啊,你们组的人都这么爱美的吗？我错了。对不起，我真的错了。"

　　电影的剧情推进到台风来时。天上刮起大风，同时大雨倾盆而下，整个世界被雨水笼罩。

　　林城等人换了个场景，拍摄匆忙冒雨抢救河堤的画面。

　　泡在水里的感觉很不好受，一天时间下来，身上的皮都被泡发了。就算不停地换鞋袜，注意休息，脚上依旧起了水泡。有伤口的演员不敢轻易下水，要做足防护工作，然后才能继续。

　　好在演员的状态一直不错，保证了剧组进度的正常推进。也算是慢工出细活儿，王泽文可以尽情挑选拍摄到的镜头，可用的素材堪称丰富。

　　拍完他们这一部分之后，王泽文给他们放了几天假，再去拍郭奕世那边的剧情。

　　郭奕世他们所扮演的消防队员，与基层警员开始在市区进行巡逻。他们四处逮那些台风天还在外豪横的人，劝回去进行思想教育。

　　郭奕世的戏相对林城来说比较好拍，但是他们依旧被水淋得够呛，也被鼓风机吹得够呛。且因为拍摄场地的时间有限，王泽文必须速战速决。整个班子的人被赶得跟陀螺一样团团转，每天的工作时长被拉长到十多个小时，夜以继日。

　　演员还能根据场次轮换着休息，剧组的幕后工作人员真的就是顶着压力在赶工。尤其是剪辑师，他们原先的作息是日夜颠倒，现在则是彻底不分日夜。

　　副导演跟摄像师每天都在"哎哟哎哟"地叫唤，从跟了王泽文开始，他们已经很久没体验过这种不要命的工作模式了。

　　好在，忙完这一段时间之后，王泽文给剧组的人放了一小段假。

　　歇一会儿，等雨天。

　　天气预报中的雨天准时到来，王泽文松了口气。

　　众人再次聚首。

　　一大票人会聚在现场，场面显得有些混乱。

　　郭奕世在开机之后，第一次和林城演上了对手戏。

　　他重重握住了林城的手，感动地道："兄弟！我终于见到你了！"

　　林城说："你好。"

　　郭奕世含泪道："我不是很好！这片子太难拍了！王导当初说的话半点儿没虚。我好累！我当初拍另外一部灾难片都没这么累！我就想知道你那边怎么样，可是压根儿看不见你！"

　　然而，他们两个的戏产生交集，也只有深夜里灾情将歇时的一瞬而已，以表示众人共同作战的缘分。

王泽文给他们俩拍了个夜色中的眼睛特写。

对于这个林城已经轻车熟路了，毕竟北固时期被狠狠地教育过，他对着镜头送去一个眺望革命战友的目光。郭奕世还没从自己的情绪中抽离，深深凝望着林城。

王泽文对着郭奕世的片段看了许久，不知道怀着什么样的心情，居然给过了。

后面的戏几乎都是夜戏。

暴雨连续猛下了一整天，入夜，城市排水系统出现问题，大雨也没有如预料一样停歇，台风的行径出现偏离，水位渐渐在城区上升，漫过了马路，漫过了车顶，在不知不觉间，漫过了一些低矮的楼层。按照这个势头，一些低地势区的房屋会被淹没，而水流附近的区域，水势湍急汹涌，情况更为危险。

形势严峻，官兵火速分散四处，前往救援处于危险中的群众。

林城所在的团抽调出一部分兵力紧急前往住宅区支援，武警官兵也冒雨驾着皮艇进行救援。

新闻里不停播报最新救援情况，手机反复推送消息来安抚群众情绪，同时引导众人先前往高处避难。

不要冒险涉水逃离，不要攀爬电线杆，身上穿着或佩戴能引起注意的服饰物品，若情况危急，马上联系救援。

一直到半夜，雨水才渐渐小去。

没有人想到这次的洪灾会如此汹涌，他们已经很多年没有见到这样的灾情。在一阵惊恐之后，众人再次安静下来。

他们在忐忑不安之中，听着绵密的雨声，等待第二天太阳的升起。

救援队在街道中行船，经过连日没有停歇的繁重工作，手和脚已经快要没有知觉。他们没穿雨衣，只给照明用的机器包了一层袋子。

但是，人类或许天生有着幽默的基因。即便是在最危险的时刻，也不忘记自我取乐。

林城所在的救援船开过去的时候，远远听见一道沙哑的女声在高唱："哥哥你坐船头，妹妹我岸上走！"

众人顿时笑喷了。

船上的灯光打向两侧，在黑夜里不断扫动，确定人数和危险情况。

一群年轻人身上披着一大块看似被单的东西，盘腿坐在天台，跟他们招手。他们拿着的手电筒，一直在黑夜里闪动，提醒这里有人。

这一片的楼房都比较高，他们目前还是安全的。

林城说："听声音还挺精神的是吧？"

"这不你们来了吗？"那群人大声回应道，"精神啊！就是有点儿冷！"

"我住了一天的海景房！如果能带个盖儿就更好了。"

"让同志们先走！我还坐在高高的屋顶上面！我很安全！"

"喂——前面的都醒一醒，军人来啦！有身体不舒服的没有？"

…………

清晨的太阳从天际线上升起，刺破云层，染蓝天空。

浑浊的水流表层泛着白色的光点，昨日还张牙舞爪的乌云不知何时已经消散，连夏风都变得温和。

渐渐，水位降下。人们被危险紧逼的那种忧惧随之退去，救援的工作有条不紊地继续，而一切都已经在胜利与希望的普照下。

被轮换去休息的救援队员倚靠在一起，疲惫得顾不上其他，姿势杂乱地在地上昏睡。光打在他们满是泥水的脸上，空气里混着他们一起一伏的呼噜声。

志愿者拿着水和食物，小心地从他们身边走过。

林城跟郭奕世被阳光刺得睁开眼睛，抬头看了一眼蔚蓝的天际。

关于这部电影的名字，王泽文思考了很久。

最早的时候，他想直接起名叫"抗洪""救援"这种，简单直白，寓意明确，被剧组其他人给反对了，说他不走心。之后又出现了几个提议，分别来自编剧跟秦玄等人，叫"曙光""晨曦""洪流"这种的。

王泽文觉得不够霸气。王导认真起来，要求还是很多的。

经过多次挑选讨论，最后电影的名字被定为——《天光》。

这部戏的确拍得很辛苦。

虽然资金充足，但是对演员的要求很高。好几次他们都觉得不能再纵容王导对他们进行摧残了，到最后又鬼使神差地坚持了下来。

在正式杀青后的宴会上，一帮男演员喝了几杯酒，开始不分对象地抱头痛哭。

深受其害的就是林城跟郭奕世，两人莫名多了一帮兄弟。他们被一群小弟围在中间含泪诉苦，诉到后面几方人马互相不服地吵了起来，大家开始比较究竟是哪个队伍的遭遇更惨烈。

郭奕世的衣服差点儿被扯破，林城被王泽文及时救走，免于磨难。

郭奕世隔着半个场地在那里失望痛呼："林城——林城你居然抛弃我！"

不过，这确实是林城待过的印象最深刻的一个组。

众人都撕下了伪装，用最坦诚的方式去相处。都算是同床共枕过的兄弟，感情当然比普通的剧组要深厚很多。

结束之后，大家拉了一个群，在里面插科打诨，说着毫无营养的笑话，还相约放假之后要去哪里挥霍时间，以抚慰自己受伤的身心。不过一顿酒，瞬间复活了他们时尚的灵魂。

晚上，王泽文在网上放出了一组整理后的照片，很感慨地为这部电影的拍摄画上句号。

王泽文："杀青了啊……【图片】"

照片里是连着血水的袜子、漆黑带着伤口的手脚、背对着镜头因委屈哭泣而耸动的肩头、红着眼睛在雨水里冲刷着伤口的青年……

网友一直在等待王泽文的微博更新，追更甚至已经成了他们的习惯。每次看王泽文发一些剧组认真拍戏的幕后照片，或者是相关战士的新闻链接，就会觉得心疼。

仅从花絮里，他们就能体会到这部电影想传递给观众的信息和想法，那是一种被保护的幸福感，也让他们极为期待这部电影的正式上映。

"一想到这些不是特效也不是妆容，而是真实的伤口，我就忍不住心肌梗塞。"

"我的天，看见就想哭。"

"太辛苦了，这还只是拍电影，现实抗洪救灾肯定更艰苦。"

"好好休息一下吧。我没别的意思啊，我就是有个疑问，林城，你下部戏拍什么？"

"就冲这种认真拍电影的精神，我也会贡献一张电影票。那么问题来了，到底什么时候上映？"

别说是观众，耗费了那么多的心血，就连王泽文自己都无比期待这部电影的上映。

演员们可以放假，但是剧组还要赶后期制作，王泽文要忙的事儿远没有结束。

两人回到家，睡得天昏地暗，休整了两天，立即开始投入下一步的工作。

林城学过剪辑，技术甚至还算不错，再不济也可以帮王泽文整理视频素材和各种文件资料，于是在他的要求下，临时充当起王泽文的助理。

这样的好日子持续了没多久，林城的日程上突然多出一项工作，他被黄导给叫走了。

难产了那么长时间，黄导的剧组终于要开机了。

两人许久不见，黄导看着黑了一圈儿也瘦了一圈儿的林城，整个人有点儿发蒙。他仔细打量了林城两遍，语气发虚道："也……也行。"

好好一阳光男神，突然就转成硬汉人设了，这演员的跨度真的有点儿大啊！

黄导的剧本相对而言工作强度不算大，或者说林城刚刚经历了《天光》的磨砺，对于黄导剧组的要求，都不大放在心上。

他的演技已经变得足够流畅，对怎么找镜头的位置跟怎么面对光线的变化有了丰富的经验，台词水准也在王泽文的纠正训练下提高很多，早就不是当初那个不知所措的小演员了。

毕竟，和一个名导天天在一起，想不变优秀也很难的。

黄导却极其兴奋。

如果他原本对林城的评价是七分，超过同龄的多数演员，那么当林城拿出九分的成绩单，完全符合他对角色的设想要求，比肩那些有着多年经验的专业演员的时候，他高兴得就像捡到了一个宝。

一个专业技术过硬、认真工作、态度谦逊、有知名度、会带同组新人入戏、片酬还不太贵的年轻演员，是多么难得！

他为剧组省下了大笔的经费，也救下了导演跟制片人无数根头发。

黄导想，还好林城混电影圈不算久，等再过两年，他口碑发酵，自己想请他拍戏，可能就没这么容易了。

王泽文经常会打电话来剧组慰问，黄导就跟他说林城的好话。

两人在这件事情上面特别聊得来，滔滔不绝，还能就林城未来发展前景和表演路线展开三千字的讨论，连林城都插不进话。

林城在黄导组里拍到尾声的时候，迎来了自己的生日。

王泽文跟黄导打了声招呼，让剧组放林城一天假，特意过来看他。

两人点了一桌外卖，又点了一个小蛋糕，留在酒店里吃饭。

林城不是个习惯过生日的人，毕竟他真正的生日是哪天也不知道，以前对生日的憧憬也只是这一天可以理所当然地提出想吃蛋糕的愿望而已，长大以后，就没有兴趣了。

王泽文也不大习惯庆祝这样的日子，所以他们只是找个理由可以见面而已。

两人对着电视一边聊一边吃，房间里充斥着食物的香味儿。时间久了，摆在最上面的几盘菜都要凉了。

吃了一会儿，王泽文又抬起头笑道："这家店的味道不错，跟你炒的有点儿像。你不在家的时候，我觉得周围的外卖都有点儿不够味道。"

他说着翻找了一下这家饭店的名字，想知道他们在 B 市有没有分店。

林城扫了一眼桌上的餐盘，狐疑地说："不都是家常菜吗？"

王泽文点头："我就是很想吃家常菜。"

林城："家常菜不就是一般家里常吃的菜吗？"

王泽文说："是啊。"

林城还想说话，刚张开嘴，打了结的脑子终于明白过来。可能还真是，王泽文以前是不常在家里吃饭的，都没有家的味道，哪里能算家常菜。

林城笑道："我这边快拍完了，等我拍完就回去。"

王泽文像就等着他这句话，跟着笑道："好啊。"

两人吃完饭，把东西简单收拾了一下，让客房服务员过来收垃圾。

王泽文拿出手机，摆着一副要干大事的表情道："你生日我给你发点儿红包。"

林城说："不用了。"

王泽文："要的要的，讨个喜气。"

王泽文坚持，林城也没再拒绝。然而他等了一会儿，还是没收到王泽文发来的红包，正觉得奇怪，随手切到微信，发现王导刚才新发了一条朋友圈。

我是木头的呀：今天林城生日。【盯】【抠鼻】

底下人纷纷问道：多大了啊？

林城感受到岁月的飞逝，叹了口气。

我是木头的呀：二十七了。

林城都没来得及伤感，手机开始不停响起，转账 7777、8888、9999 的都有。秦玄更是直接给他转了两万七。

林城惊呆了，他终于体会到"发点儿红包"的深意原来在这里，直接把有些发烫的手机丢给了王泽文。

王泽文递还给他，怂恿道："这些都是我交出去的份子啊，全靠你收回来了。快收，一个都别落下。你忘了收他们也不会客气的，还可以跟他们说不够不够，让他们发两个！"

这一笔笔钱林城收得心惊肉跳。有钱人发家致富原来这么简单，只要过过生日就可以了。

王泽文的私人账号里只加朋友，所以会给林城发红包的基本都是跟王泽文关系比较近的人。

林城把钱全部领了，同时给众人一一回复，表示感谢。

于是对面的人也跟他聊起来，和他哀号哭诉王泽文的惨无人道，希望他能帮忙教育。

王泽文刚帮林城打开了新世界的大门，教育上帝，林城做不到的。

因为消息太多，林城回复起来有点儿凌乱。

没多久，王泽文靠过来，问道："刚刚是不是有人要加你好友？"

林城扫了一眼联系人处的一个红点，慢一拍地回复："有。"

王泽文说："加进来，那是我妈。"

林城愣了下，转过头瞪住王泽文。

王泽文抓了下脸，轻描淡写道："她说秦玄给她推了你的名片，但是你没加她。"

林城立马翻到"新的朋友"界面，通过了那个顶着黑色封面的好友申请。

王女士干脆利落，什么都没说，直接给他转了五万块钱。

林城憋了好长一口气，看着那条转账记录不敢点又不知道该怎么回复，叫道："王导！这到底是要怎么办啊！"

王泽文看林城手忙脚乱的模样一阵失笑，说："这就是普通的长辈给小辈发红包而已。她生日的时候你再转给她就好了，没事，她不会亏。快收，不收是不给她面子。"

林城很郑重地点了领取，并郑重地回复了两个字"谢谢"。他思考片刻，在自己丰富的表情包库存里，翻了个底儿朝天，翻出一个带着时代庄重气息的玫瑰花表情，发送了过去。

王女士回复道：嗯。

王女士：表情包有点儿老。

林城："……"

王泽文目睹了一切，在一旁无情嘲笑道："我妈怎么说也是站在时代前沿的人，你发这表情包合适吗？"

林城抓狂叫道："那你不会早点儿说吗?！"

王泽文笑倒在床上。

林城按住他，问道："阿姨的生日是什么时候？"

王泽文笑岔了气，缓了缓，说："下个月25号，到时候我提醒你。"

王泽文语气随意，林城却很慎重地把日期记录下来，并设置了一个重复提醒，怕自己错过。等他设定完，切换回微信界面，再次看见那个表情包，依旧觉得太过刺眼。内心挣扎了一下，他选择删除，当作无事发生。

又过了两个月，《天光》的后期制作完成，王泽文把剩下的工作丢给了秦玄，跟林城赖在家里休息。

正好，林城之前客串的那部电视剧正式开播。

这部剧的收视率普普通通，同期能打的片子不少，它各方面都没什么出彩的地方，但是在古装偶像剧的圈子里还算有点儿讨论量。

其实林城在剧里只是客串而已，无奈他最近没有什么新作上市，他的那些闲得慌的朋友和粉丝只能跑去支持这部电视剧。尤其是郭奕世等人，每天都在他们的兄弟群里狂欢。

王泽文拉着林城看了两集。

他前后内容都没看，只看林城出场的部分，然后可以就着那没几集的内容跟群里的朋友展开激情讨论，还说得头头是道、无懈可击。

这部剧承受了太多它不应该承受的关注。

好在，《天光》终于上映了。

这部电影从过审到上映的速度都很快，初始排片也不少，最后选在国庆档正式公映。

在公映之前，它就接受了网上众多人的关注，几个知名翻车影评人都对它寄予厚望，最后弄得王泽文跟出品方都有点儿忐忑了。

最后证明只是王泽文患得患失而已。《天光》质量过硬，完全撑起了前期的口碑。上映之后票房走势不仅没有疲软，还连连走高，林城等人的投入得到了应有的回报。

网上赞誉声一片，因为题材优势，还受到了官方的几次表扬，可以说《天光》是目前主旋律电影里商业化最成功的一部。

"沿海城市的人，冲抗洪题材也要去贡献两张电影票，何况看过的人都说好。冲啊，'奥利给'！"

"第一次看我是哭着出来的，第二次我还是哭着出来的，怎么就那么好哭呢？王泽文你非要赚我们眼泪是不是？"

"实不相瞒，我是冲着林城去看的，但是第一眼的时候根本没认出林城是谁。不过没关系，全是帅气小哥哥！"

"向英雄致敬。大爱无疆的热血灾难片，绝对值得带小朋友去看。"

"之前看王导放出来的演员照片，我以为只是营销，现在的年轻演员，肯辛苦到哪里去？可是当我走进电影院，看见那些完整又真实的救援镜头时，能理解电影制作方为了展现最好的一面而做出的努力。感谢所有普通又不平凡的英雄，也感谢这部电影。今年不可错过的国产电影，五星不亏！"

…………

这部电影毫无疑问成了当年的票房霸主，也为林城跟王泽文再下一城。

这两人的名字绑在一起，似乎就是新一代的票房灵药。

林城情绪从电影上映起就很不平静。

一是得到了被肯定的满足，二是回忆起当初拍戏时的艰辛就忍不住想热泪盈眶。再想起两年前处境落魄的自己，更是觉得恍如隔世。

与之相反，王泽文表现得就很从容，轻声细语地安慰他，还帮他整理工作，约他一起出去游玩。

在终于确定《天光》会成为当年的票房冠军之后，林城一直念叨着一件事："今年可以拿奖了吗？"

王泽文说："不知道啊。"

"我想看你拿奖，然后对所有人说，'谢谢林城，帮我拿到这个奖'。"林城看着他，低声说，"然后我也拿到一个奖，跟大家说……"

王泽文主动接话道："不用谢。"

林城低低发笑："你也不用谢。"

《天光》被提名多个奖项是必然的。

收到消息的那一天，刘峰跟剧组的人在群里发了上百个庆祝的红包，剑指今年的几座重量级的奖杯，且大言不惭地放着狠话。

林城跟着发了一排，并约着刘峰出去挑选参加典礼的西装。

他们这边言辞都还算含蓄，《天光》的演员群里那才叫一个夸张。这个群到现在一直很活跃，从电影上映之后就更疯了，每天都能"水"出上千条的消息。

群里的不少演员，已经开始在圈子里崭露头角，也有人转型跑去做了谐星，整个群变成了单纯的八卦吹牛群，充满了快乐。

林城跟着剧组几位主演，以及制作组的人一起受邀参加颁奖典礼。

众人在入场前被记者拦住了，接受一段临时采访。

记者问道："王导，恭喜你再次提名最佳导演。陪跑三次，这回有信心可以拿奖吗？"

这个问题只是惯例而已，大家的回答都是谦虚一下，以免后期被"打脸"。王泽文年年的回应都不走心，几乎一模一样，他们以前只要把通稿改个时间就能发出来重新用。

结果这一次，王泽文张扬地笑了一下，伸手揽住旁边的林城，说："如果这次我真拿奖了，说明林城是我的福将，我一定给他一个拥抱。"

林城无奈地看了他一眼，记者们也笑了出来，没有当真。

随后王泽文又回答了几个问题，讲的基本是之前采访说过的内容，比如拍这部电影的初心跟自己的评价。但是他今天特别耐心，不管谁的问题都好声好气地回答，那种愉悦连记者都看出来了。一直到时间差不多了，他才带着林城进去。

两人进去后，几个采访的娱记闲聊了两句。

"看来王导今年很有自信啊！"

"多半就是他了，我之前听到的消息也说是他。"

"王泽文其实又不缺那个奖的咯。"

"就是因为没有所以才特别稀罕啊！就算本来不稀罕，一直拉他陪跑，是我我也要生气了。"

如果这话让王泽文听见，他一定会真心实意地告诉他们，他现在最大的心愿的确不是拿奖了，他觉得做人不能太贪心，毕竟他已经有了那么好的知己、那么高的票房，还是应该给别人留点儿活路。

当然如果实力不允许的话，那就没有办法了。天才的烦恼总是如此。

音响的声音不断震动耳膜。

灯光明亮的会场，光鲜亮丽的明星——这是最华丽最辉煌的名利场。

主持人拿着卡片，抬头看向观众席，眼中是灯光闪烁，他笑道："最佳导演——是你们万众瞩目的，王泽文！"

镜头对准了相应的座位，王泽文十分迅速地站了起来，似乎早已为此做好了准备，连基本的"迷茫—蒙—不可置信—惊喜—喜极而泣"的表演流程都略过了，反而林城是一副不知所措的样子。

王泽文朝着身边人伸出手，林城高兴地和他握了一下，但是王泽文轻轻拽着他的手臂让他起来。

于是林城站了起来，不知道他想做什么。

王泽文朝他张开双臂，给了他一个拥抱。

那一刻头顶白色的灯光似乎特别刺眼。

大屏幕以及转播的所有画面里，全是两人拥抱的画面。现场一片失控的尖叫。

王泽文靠近林城的耳朵，轻轻说了一句："谢谢你。"

林城的眼泪险些当场飙出，还在努力控制情绪的时候，王泽文已经离开了他。

边上副导演同样激动地站了起来，张开双臂，想给王泽文一个拥抱。王泽文用自己的无情铁手一把推开，副导演大失所望，放弃了和王导亲密接触的机会，转而用力和他握了一下手。

镜头再次扫过林城，林城坐回位置上，表情看着还有点儿茫然，意识到镜头在对着他的时候，才终于打起点儿精神，对着机器的方向抬起手挥了挥，并且笑了一下。

王泽文已经走上台，接过颁奖嘉宾手中的奖杯。他把奖杯高高举起，掂量了一下重量，翘起唇角笑了起来。那种笑容让所有人都能体会到他此时的喜悦。

王泽文说："我的剧组，是十分优秀的剧组，所有的工作人员都是我的兄弟，感谢他们的帮助，我们一起拿到了这个奖。但是今天，我想把说感谢词的时间留给一个人。"

"啊！！！"

众人皆是尖叫。

"感谢他熬夜给我发过的短信，感谢他出现带给我的幸运，感谢他努力和我共同创造的成就。"王泽文深吸一口气，英俊的脸庞上带着温柔的笑意，"他有一个小小的要求，希望能在所有人的面前说感谢。谢谢你，小城。"

主持人带头鼓掌。

"谢谢大家。"王泽文说，"我一直期待能有个高光时刻在我最好的朋友面前秀一把，感谢大家成全。这个奖杯我会作为礼物送给他，一定让它发出最大的光和热。"

众人被他逗笑。掌声雷动，为他送去祝福，又目送着他意气风发地走下领奖台。

与此同时，这一幕也被完整地传到了网上，快速被网友剪辑成小段视频，大范围传播起来。

林城的粉丝跟"吃瓜"的网友见状全在大笑。

"我林哥都蒙了！"

"王导你抱我男人你经过我的同意了吗？！"

林城看着王泽文迎着光芒朝自己走来，已经完全不知道该如何动作。只是跟着身边的人一起站起来，最后又被王泽文按着肩膀坐下。

林城以为今晚最大的收获应该就是王泽文的那个奖杯，所以对后面的流程有点儿心不在焉。在颁奖进行到下一环节的时候，又听见嘉宾在那里宣布："今年的最佳男主角——"

主持人浑厚的声音被嘈杂的喧哗所掩盖。灯光一瞬间打向了林城的位置，林城整个人僵硬在原地。

"林城，"王泽文清朗的声音在他耳边不断响起，"是你。快点儿起来，林城。"

林城茫然地扭过头，看向王泽文。

王泽文拽着他的手臂起身说："真的是你！别发呆了，快醒醒！"

"我我我！"边上刘峰大喊，"抱我！"

郭奕世跟着插科打诨，在那边争抢："我！是我！我的兄弟！我是你的幸运星，要抱我吗？"

王泽文推开他们，把林城送出座位席。

站到万众瞩目的高台上，视野中的一切都变得渺小。

"我……那个……"林城说得结结巴巴，脑海里全是王泽文刚才说的话，导致他之前背过的感谢词全给忘了。

他笑了一下，朝众人鞠躬道："谢谢大家。"

底下众人集体鼓掌，鼓励他不要紧张。

林城吐出一口气，感觉身体终于放松下来，笑道："谢谢王导。"

众人再次鼓掌，配合大笑。

王泽文抬起下巴，像王者一样傲视全场。

郭奕世和刘峰对着镜头疯狂挥手，以强调自己的存在。

林城："当然也很感谢你们，我剧组的小伙伴，我的老搭档们。"

那两人终于满意地点头。

林城低头看向手中："正好我也缺个礼物，现在有了……"

"喂——"今晚的观众发出不满的叫声。

林城笑说："那就祝福大家的友谊天长地久吧。"

主持人忍不住插话道："我的见识可能不多，但是在这个领奖台上，祝福这个的，我好像还真是第一次见。"

林城道："我很真诚的。"

"我知道。"主持人失笑，"我替所有人感谢你的祝福。"

林城挥了挥手里的奖杯。

庆功宴之后，王泽文已经有点儿醉了。

林城好不容易把他弄上车，放进汽车后座，王泽文又拽着他不让他走。

林城只能好声好气地劝道："王导，先放开我。我喊代驾来开车。"

"林城。"王泽文还不算太醉，能认得出他，但思绪已经混乱了，口齿也不清楚，就拽着他的手笑道，"林城，谢谢你。看见那个奖了吗？送给你，那是我们荣誉的证明。友谊天长地久。"

林城："我也谢谢你，那么现在可以回家了吗，王导？"

王泽文："回家。"

带 娃

林城跟王泽文在放假的时候，秦玄那边打来电话，希望他们能帮忙照看一下自己的儿子。

秦玄跟妻子这段时间要出差，幼儿园刚好放暑假。他不放心让保姆带孩子，偏偏王女士也没空，就把这个重任交托给了王泽文。

王泽文来问林城的意见。他说这是一个不大爱说话的小孩儿，应该不会太"熊"。

林城倒没什么意见，他对小朋友的态度是不喜欢也不讨厌，小时候在孤儿院的时候，作为老大帮着照顾"小电压"他们，也算有经验了，就让王泽文把人接过来。

秦玄儿子的小名叫"小高粱"，因为出生的时候特别喜欢吃，脸圆圆的看起来很讨喜，就叫了这个管饱的名字，现在也才三岁半。

他有一双漆黑的眼睛，睫毛很长，而且不怯场，站在那里的时候很安静，不像一般的小孩儿那样喜欢热闹，也不黏人。

王泽文把人抱过来以后，就把他放在铺好的毛毯上，再给他拿了一箱子新买的玩具，让他自我娱乐。

"小高粱"没吵着让他陪，只是站起来从箱子里摸出几个玩具，不走心地摆弄了一下，然后认真地对着王泽文的脸瞧了一会儿，又别开视线。

"没经验啊这个……"王泽文对着林城瞎商量道，"他什么意思啊？"

林城心想：我哪里知道？难以捉摸不是你们老王家的基因吗？

王泽文看他挺乖的，应该没有问题，一步两步，小心地往书房的方向移动。

"小高粱"已经不看他了，转了方向在看林城。

林城朝他笑了一下，"小高粱"开口说出今天第一句话："叔叔好。"

王泽文表情抽了下，这怎么还差别对待呢？

林城在他面前蹲下："你好啊，要不要吃东西呀？"

"小高粱"说："想喝奶。"

林城就去厨房给他冲了杯奶粉。他抱着奶瓶，坐在地毯上，吸得很认真。

客厅里装了监控，能看见各个角落，但是那么小的孩子，林城也不敢让他离开自己的视线，就跟着坐在沙发边上看剧本。

没一会儿，"小高粱"站起来，在屋子里走走看看，逛了一圈之后，回到自己的位置，蹲着坐下，一会儿摆弄玩具，一会儿看边上的林城。

中午的时候，秦玄打电话过来，让王泽文多去跟"小高粱"说说话，锻炼一下他的语言表述能力。

"让我去给他做早教？"王泽文很忐忑地说，"这会出人命的吧？"

秦玄："现在你面前就是一条人命，还是一条崭新的人命。"

王泽文出来找林城聊孩子早教的问题，林城觉得秦玄就是最大的问题。

"小高粱"在旁边欲言又止，林城已经看见了这表情好几次，忍不住问道："怎么了？"

"小高粱"摇头。

林城摸摸他的头，问道："我去运动了，你要不要跟我过来呀？"

"小高粱"乖乖地跟在他身后。

林城想锻炼一下而已，没有带着"小高粱"去器材室，毕竟里面危险的器具太多。他拿了瑜伽垫，重新回到客厅，趴到地上开始做俯卧撑。

林城看着一脸憧憬的"小高粱"，问道："要不要上来？"

"小高粱"超级大声道："要！"

他爬上林城的背，在他身上坐好，随着林城的动作起起伏伏，咯咯笑个不停。

王泽文拍了个视频，发给秦玄，表示一切安好。

秦玄惊讶地回复了一句：太阳打西边出来了，真的。

王泽文：我好朋友，当然讨人喜欢。

王泽文放下手机，跟着去凑热闹。他到厨房削了一个苹果，蹲在两人身边，给他们喂吃的。

林城："喂——"

王泽文给他喂了一块。

林城："我这是语气词！"

王泽文笑道："你说。"

林城："别闹了。"

王泽文把"小高粱"抱起来，"小高粱"不满地叫起来。

大概是因为坐过林城的背，"小高粱"跟林城的关系瞬间亲近，走哪儿都喜欢缠着他，还喜欢趴在他身上睡觉。

王泽文就不明白，这孩子身上"不黏人"的属性是突然掉沟里了吗？

两天之后，秦玄刚下飞机，急着开车过来接儿子。

林城抱着人出来，"小高粱"两手搂着他的脖子，在他脸上乱亲。

秦玄看见这一幕，仍旧惊讶道："他还挺认生的，一般人不给抱，跟你关系倒是还不错。"

林城："他很乖的。"

"小高粱"深深注视着林城，在秦玄即将把他抱走的时候，石破天惊地叫了一声："爸爸！"

在场三人全都愣住了。

似乎是怕人没听清，"小高粱"又清晰地叫了一声："爸爸！"

王泽文瞪眼。

林城惊恐："不……不是我干的……"

王泽文："我知道不是你！秦玄你简直狼子野心！你想干什么！"

"我呸！"秦玄很激动地道，"王泽文你想得美！你带他两天你教了他什么！"

王泽文："你碰瓷也就算了，你居然还想'黑'我？秦玄你没有心！"

"爸爸……""小高粱"看着林城，眼里泛起泪水，"我乖，不要丢我。"

秦玄将他按在怀里严肃地教育道："秦瑜看清楚，我才是你爸！老子养了你三年！"

林城很无奈地上火："爸爸不能乱叫的，我不是你爸爸。"

"小高粱""哇"地大哭："秦叔叔说的，家里长得漂亮的是妈妈，长得帅的是爸爸！你不是我们家里人吗？"

秦玄气到心梗："才两天时间，我这就成秦叔叔了？"

林城："爸爸妈妈不是看长相的！你秦叔……你爸爸逗你呢。"

"小高粱"蹬腿，控诉道："他都不陪我，不在家，不骑马，不说话，不爱我！我都知道了！"

秦玄："没有的事儿！你又知道什么！"

王泽文大笑起来："该！秦玄你也有今天？让你平时放养！你再这样，你儿子就不是你儿子了。"

秦玄一阵头晕目眩。

"小高粱"两只手朝着林城扑来，敞开怀抱。

林城心中不忍，生出一股浓烈的父爱，说："要不就养了吧？"

秦玄怒而大叫："这是我儿子！"

王泽文认真思考了一下，遗憾道："生抢可能犯法，看看有没有别的路子。"

"小高粱"："爸——爸——"

秦玄将人抱在怀里快速往外走："我走了。"

"小高粱"哭声猛地一停，扭头问秦玄："那你以后听话吗？"

秦玄："……？"

"小高粱"换爹没有成功，很遗憾，擦了擦鼻子，抱着秦玄教育道："你怎么这样做爸爸，把我送给别的人。你再这样我就叫别人爸爸了。"

秦玄："你已经叫了，祖宗。"

王泽文笑倒了，靠着林城说："这孩子很有想法啊！"

林城简直哭笑不得。

两人回了屋。

少了个人之后，王泽文觉得家里瞬间安静下来。他环视一圈儿，问道："喝点儿酒吗？"

林城想了想，觉得可以。

王泽文就去开了瓶红酒，给林城倒了半杯，自己也小抿着喝起来。

风从阳台吹进来，夹着几缕花的香味儿。

王泽文酒量不好，喝了几杯之后，感觉热意上头，有点儿微醺。

王泽文说："我要和你拍张照。"

王泽文拉着林城对着镜头拍了一张，传到网上。

王泽文："家里的小客人刚刚走。假期快乐！【图片】"

番外二

— 新年快乐 —

春节晚会结束之后，林城搭乘工作人员的顺风车回了酒店。

这时候已经是凌晨 2 点左右了，他卸完妆坐在沙发上，在安静的环境中沉淀了一刻钟，仍旧觉得大脑异常兴奋，眼前仿佛还残留着舞台上明亮灯光的影像，一合眼，交响乐的声音跟着回荡起来。

林城站起来，去窗边吹一会儿冷风。

零点过后，喧闹的城市变得静谧而空荡，璀璨的灯火沿着车道长长地蔓延至天边，汇入一片深邃的夜空。

林城深吸了一口气，体温随着灌入肺部的凉意渐渐冷却下来。他拿出手机，查看已经显示为"…"的未读消息。

王女士今年刚好五十五岁，王泽文春节档又没有工作安排，被勒令回去跟她一起跨年。

他虽然没能陪林城去晚会现场，但片刻也没闲着，往林城账号里发了数百条消息。

林城翻着聊天记录，低笑出声。

内容大部分都是对节目的吐槽，有一搭没一搭地评价着节目流程的安排。说哪个演员脸生，业务能力不行；哪个演员在台上紧张得手抖，声音发颤。

为了活跃现场气氛，他给王女士力荐了某几位小品演员，结果等了半天没等到节目出现，翻了列表才知道他欣赏的那几个人的节目今年都没过审，当下恼羞成怒。

这件事对他的打击可能真的很大，以至于他后面的吐槽内容基本穿插着对秦玄的诋毁，因为新冒头的好些艺人都是秦玄公司的。

最后他给林城展示了他忙碌一整晚抢到的三块钱红包，并将自己的勤劳所得分享给了林城，同时不忘提醒他去各个群里领新年红包。

林城先把王泽文的红包领了，然后去工作群里翻记录。

这帮大老爷们儿也贼能聊，各种胡侃瞎吹，高兴了就发红包。

刘峰大概是喝醉了，发了好几条语音，含混不清地喊林城"大哥"，让他劝诫王泽文戒骄戒躁，好好珍惜他这么优秀的助理。

伟大英明的王泽文威胁了他一句，他也没消停，转而十分有志气地发了片红包雨。

摄像师、剪辑师等人在下面开开心心地喊："谢谢老板！"

林城顺手领取，脑海中已经浮现出刘峰酒醒后悔不当初、鬼哭狼嚎的模样。

他不由得笑出声来，切换出去，转到隔壁的群里。

"小电压"他们已经睡了，一个多小时前群里就没了新消息。林城知道他们一般不屏蔽群提醒，就没打扰他们。

王女士给他发了很多红包，尤其是在轮到他表演的时候，几乎隔十几秒就发一个，后来可能是觉得太烦，直接转账了一笔大的。

林城给她回了个"小猫抱手感谢"的表情包，正打算回去休息，手机振了起来，是王泽文发来的视频请求。

林城下意识地点了接通。

视频中是一片天花板，明亮的吊灯在镜头里晃来晃去，对不准焦距。

林城迟疑道："王导？"

一张小脸冲进镜头，"小高粱"穿着浅蓝色的睡衣，对着屏幕乐呵呵地傻笑，见到林城的脸后，满意地对着屏幕亲了一下。

林城也笑："小宝贝儿怎么还没睡？知道几点了吗？"

"小高粱"抱过一旁的奶瓶，表示自己正在喝奶。

他应该是刚刚洗过澡，皮肤有些发红，双目明亮有神，不见半点儿困意。

"小高粱"用力吸了几口奶，低下头问："你哄我睡觉吗？你可以给我唱歌吗？"

林城还没来得及回答，屏幕中画面翻转，随后出现王泽文的脸。

王泽文低垂着视线，像在扒拉某人，没什么长辈正经样地道："让你爸哄你睡觉去。"

"小高粱"不高兴地叫了声。

王泽文扛起"小高粱"，把他往隔壁房间送，路上跟林城抱怨道："这小祖宗，这么晚了还不肯睡觉，折磨完他爸又来折磨我。"

"小高粱"在镜头外气急败坏地叫嚷。

林城很喜欢这个人小鬼大的"假儿子",忍不住笑道:"他还小。要不你给他唱两首?"

"他那是想听歌吗?他只是想拉着人陪他一起熬夜!让秦玄自己养儿子。"王泽文抬高手机,仔细盯着屏幕看了两眼,问,"准备休息了?"

林城把窗户关上,退到灯光下,好让他看清楚:"是啊。"

王泽文问:"困吗?"

林城说:"还好,精神挺亢奋的。"

"我去找你吧。"王泽文笑道,"家里给你留了饺子和年糕。你今晚肯定没好好吃饭,我陪你补一顿年夜饭。"

他在衣柜里翻找衣服,坚持道:"我现在开车过去,到你酒店半个小时左右。你先找东西垫垫肚子,快到了我给你打电话。"

林城:"好吧,那你开车小心一点儿。"

半个小时后,林城接到短信,裹紧外套,从小道出来等人。

他站在昏黄的路灯下,随意地环视四周,黑夜中忽然亮起一道闪光灯,他循着光亮看去,在马路对面看见一个裹着羽绒服的青年,愣了一下。

那青年举着手机,见被发现,也愣了一下。

这世上大概没人会喜欢被跟拍,还是在新年的第一天。

青年放下手机,从阴影处走出来,无奈又真诚地朝他招了招手:"我说我不是跟踪你的脑残粉,你信吗?"

"我信。"林城笑起来的时候,漆黑的瞳孔里闪着微光,看着既年轻张扬,又温柔敦厚。他低声问候了句:"新年快乐。"

青年喉结滚动,胸口莫名涌起一股酸涩与感动,在这个寒冷的冬夜,收获了新年的第一份友好,他也点头说了一句:"新年快乐。"

青年见林城友善,主动朝他走近,把手机转给他看,想证明自己刚才那张照片没拍清楚,还主动问他要不要删了。

林城扫了一眼,没大在意,与他寒暄道:"大年初一在外头乱逛啊?"

"我一个人住,看完电视睡不着,随便出来走走,还以为遇到一个跟我一样的单身狗,仔细一瞧,发现原来是你啊!白高兴一场。"青年吸了口气,悄悄说,"你整过容吗?"

林城被问迷糊了:"啊?是有哪里像?"

"不是不是!没有哪里像!对不起啊,我就是觉得你太帅了,比屏幕上还好看。

今晚的节目也特别精彩。"青年吸了吸鼻子，"我要是有你这么帅，我也不至于'漂'得这么凄惨。"

林城不知该怎么安慰，只能道："加油吧，我以前也很凄惨的。我以前……也很穷，后来等到了机遇。"

青年没想到他这么平易近人，一直以为他现实中是个高冷小哥，眼中泪光闪烁，说道："谢谢你啊，也祝福你。"

没多久，前方亮起一道车灯，王泽文驾驶着车辆小心拐过来，停在林城面前。

青年主动退了一步，跟他道别，岂料车窗降下，王泽文从里面伸出手，给他递了一个红包。

林城顺手接过，转交给青年。

青年受宠若惊，捏在手里跟烫手似的，紧张地道："真给我啊？我们不就……第一次见面吗？"

林城说："他过年过节喜欢做散财童子。你收着吧，图个吉利。"

青年真诚地道："谢谢。"

林城坐上副驾驶，慢条斯理地系上安全带，王泽文还不走。他半身前倾，抬高下巴示意道："不拍张照片？"

青年感觉今晚的自己快被惊喜砸晕了，许愿都不带这么许的，诧异道："可以吗？"

王泽文大方说："这有什么不可以？"

青年心想：也对，王泽文的态度一向挺坦荡的，只不过粉丝们都不是很敢想。

"那我……"他举起手机，"拍一张？"

王泽文伸长手臂，揽住林城的肩膀。青年对焦后，按下拍摄。

王泽文对他的配合非常满意，委婉暗示道："大过年的，发个微博祝福一下，内容写得圆满、高兴一点儿。最近总有些乱七八糟的谣言，不知道是不是林城太好欺负了，都没人出来帮忙辟个谣。"

娱乐圈里大部分关于"我们关系很好，并没有不和"之类的辟谣，青年都是不大相信的，除了王泽文。

王泽文的操作总是那么骚。

王泽文最后挥了下手："新年快乐！"

汽车尾灯渐渐远去。

真好啊。

青年在冷风中吸了吸鼻子。

想给林城当"水军"，实在不行，"自来水"也行。